U0020062

曉風戲劇集
張曉風 著

由龍思良攝影的〈第五牆〉造型之一

〈第五牆〉劇本封面

從〈第五牆〉劇照中可見濃厚實驗精神

〈武陵人〉由劉墉飾演黃道真，大受好評

〈武陵人〉劇照

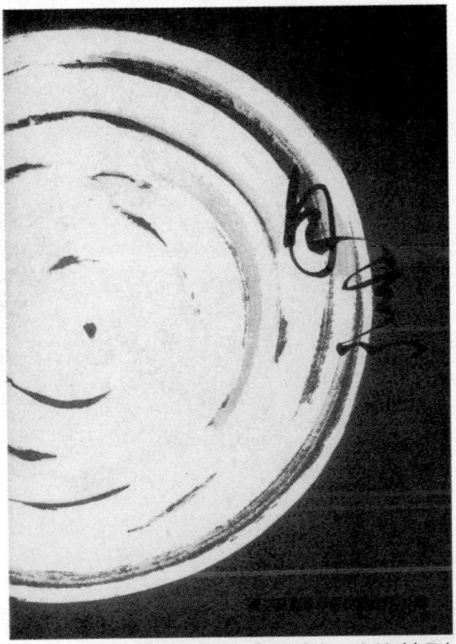

國立藝專演出〈自烹〉時的特刊

國立藝專演出〈自烹〉的劇照

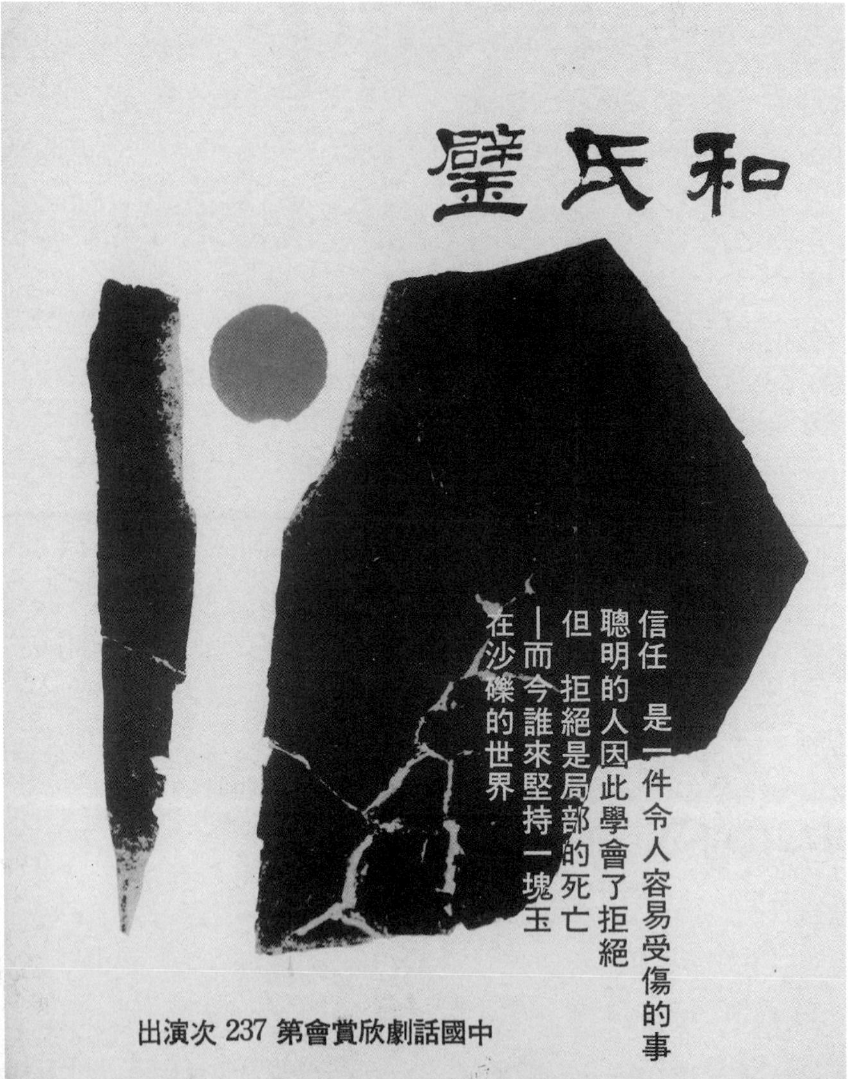
和氏璧
信任 是一件令人容易受傷的事
聰明的人因此學會了拒絕
但 拒絕是局部的死亡
—而今誰來堅持一塊玉
在沙礫的世界
中國話劇欣賞會第237次演出

〈和氏璧〉宣傳品，版畫是陳庭詩的作品

〈和氏璧〉劇照

聶光炎設計的〈和氏璧〉舞台

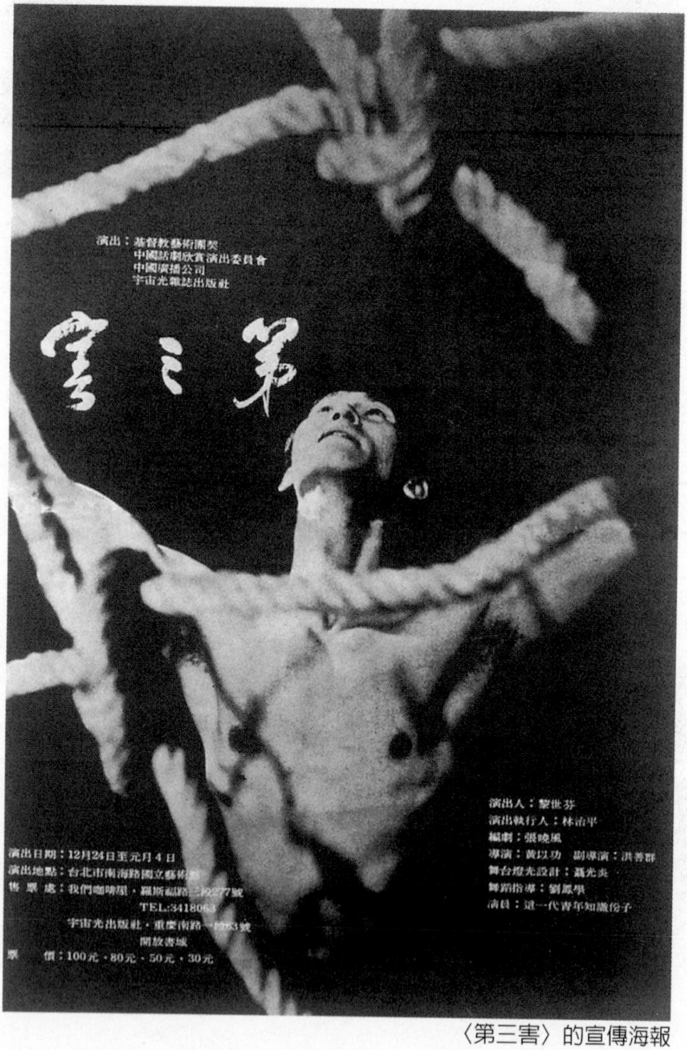
演出：基督教藝術團契
中國話劇欣賞演出委員會
中國廣播公司
宇宙光雜誌出版社
第三害
演出人：黎世芬
演出執行人：林治平
編劇：張曉風
導演：黃以功　副導演：洪善群
舞台燈光設計：聶光炎
舞蹈指導：劉鳳學
演員：這一代青年知識份子
演出日期：12月24日至元月4日
演出地點：台北市南海路國立藝術館
售票處：我們咖啡屋．羅斯福路三段277號
TEL:3418063
宇宙光出版社．重慶南路一段53號
開放書城
票　價：100元．80元．50元．30元

〈第三害〉的宣傳海報

〈第三害〉對人性有深刻探討

〈第三害〉劇照

聶光炎〈嚴子與妻〉的舞台設計圖

嚴子與煽墳婦人

〈嚴子與妻〉的主要演員

古典現代劇
位子
■演出人：黎世芬
■演出執行人：林治平
■演出者：基督教藝術團契
■編劇：張曉風
■導演：黃以功
■副導演：吳錡
■舞台燈光設計：聶光炎
■服裝設計：司徒芝萍
■音樂音效設計：陳建台、陳建華
■攝影：王英生
■動作指導：湛竹安
■演出時間：六十七年一月廿一日至二月五日下午七時半
■地點：台北市南海路國立藝術館
■售票處：羅斯福路三段269巷3號
我們咖啡屋 電話:3418063
新生南路二段35巷7號
宇宙光雜誌社 電話:7052715
中山北路二段117號
榕榕園 電話:5316195～8
北市博愛路115號
功學社 電話:3118701～10
輔愛社
藝術團契劇團
主辦
中國廣播公司
宇宙光雜誌社
協辦

〈位子〉的宣傳海報

張曉風與〈位子〉演員合影

面具是〈位子〉劇中的特色之一

文化大學公演〈一匹馬的故事〉海報

# 爲紀念中國戲劇導師李曼瑰教授的一系列特別演出

世華銀行文化慈善基金會贊助

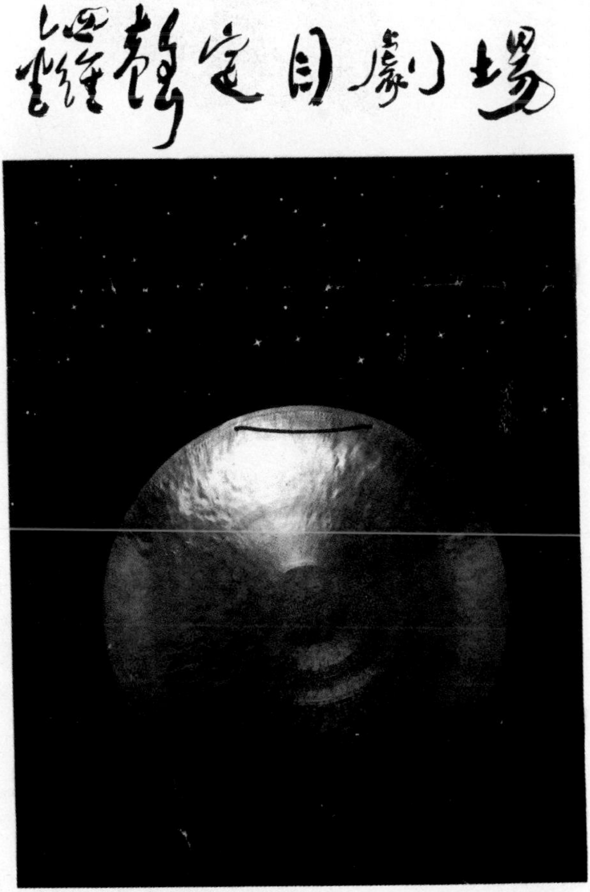

9月8日午3時正 / 9月8·9·10日晚7時30分
蘭陵劇坊　陳玉慧
謝微笑　編劇：陳玉慧　導演：陳玉慧

9月11·12·13日晚7時30分
筆記劇場
楊美聲報告　台北的故事
編劇：集體創作　導演：黃承晃

9月15日午3時正 / 9月14·15·16日晚7時30分
藝術團契　宇宙光傳播中心
猩猩的故事
編劇：張曉風
導演：黃以功、洪善群、吳　錡
金士傑、寇紹恩

9月17·18·19日晚7時30分
艾文劇苑
塵世(一)永恒的愧疚(二)戲？
編劇：齊錫麟　導演：齊錫麟

9月22日午3時正 / 9月21·22·23日晚7時30分
工作劇團
過客　編劇：賴聲川　導演：賴聲川

9月24·25·26日晚7時30分
政戰學校　特別敦請演出、不售座券
大漢復興曲
編劇：李曼瑰　導演：丁洪哲

9月30日及10月1·2日晚7時30分
大觀劇場
同是天涯淪落人
編劇：陳榮顯　導演：陳榮顯

10月19日晚10時正
電視演出
瑤池仙夢
編劇：李曼瑰　導演：趙琦彬

〈猩猩的故事〉為紀念李曼瑰教授的演出劇目之一

〈猩猩的故事〉劇照

〈猩猩的故事〉主要演員

# 目錄

# 我們來看戲，好嗎？

## ——寫在戲劇集整理出版之前

張曉風

### 1

深夜，在窗前校稿，自己三十年前的戲劇舊稿，不由得想起俞大綱老師的一件小事。

記得，他曾對我說，他喜歡關漢卿的〈趙盼兒〉，很想把它改成平劇寫出來。

「那就快寫啊！」我說，我也深愛那劇本。

「連怎麼寫都想好了——其實，世人都以為那是個喜劇，不是啊，實在是悲劇啊！」

「為什麼還不寫？快寫啊！」

俞老師不太在乎學生講話沒大沒小，我也就自認為可以大聲「鞭策」他寫新戲。我其實也並不真是他的學生，當時像我這樣的人有一大票，大家各自有所求，無形中他好像成立了一個「俞氏智慧供應基金會」，免費指導每個來請教的人。至於臉皮更厚的傢伙，還可以騙到好吃的好喝的。唉，那個令人懷念的年代啊！後來，被我催得緊了，俞老師終於說了實話。

「寫，我當然也想趕快寫，但我每次一想到要寫新戲，就想起手上還有幾個舊戲須得先改一改，舊戲都沒整好，怎麼又去寫新戲呢？」

話是沒錯，這簡直像舊情未了，新情不宜生發，我因而啞口無言。俞老師不久瘁逝，想來令人扼腕，對我而言，俞老師走了已夠叫人傷心，趙盼兒也一併香銷玉殞才更可嘆。

唉，整理舊稿是多麼煩人的事啊，有時連它們跑到那裡去了你都搞不清，等千搜萬尋將之緝捕到案，又須一字一字來校對，而校對的時候，一幕幕前塵舊事紛紛回到眼前來，而我的年齡已漸漸接近當年俞老師的年齡，況且，去歲又遭一次病劫……

然而，電話鈴響了，出版社的催稿債主又是威逼又是哀告，我想，我大概是幸運的，如果不是有人相強，照我隨散的性格，大概拖到十年後也未必出得了手，俞老師當年要是碰上個狠心的出版社就好了！

## 2

我的戲劇演出大約是從民國六十年到七十年的事，回想起來，大部分都是愉快的記憶，例如每次的跨年演出常演十幾天，時間從聖誕假期到新年假期，地點在植物園裡的藝術館，八百人的場子，觀眾和舞台間有一種呼吸與共的相濡……

至於那些導演和演員，我對他們也覺欠著一世恩情，像黃以功、洪善群、金士傑、王正良、徐以琳、劉墉，他們如今都是管領風騷的人物。其他合作的人包括劉鳳學、林懷民、羅曼菲的舞蹈，聶光炎的舞台，凌明聲的海報，龍思良的攝影，侯啓平的燈光，陳建台、陳建華的音樂都是一時之選。劇團的大部分資料如今皆因一場大水而毀了，但記憶尚在，包括某次演出的首演日林懷民送來一盒蘋果給演員吃，那時代蘋果比較希罕，而那蘋果在冬天密閉的後台顯得特別甜馥清香，我至今還能嗅到那四處播揚幽微的氣息。

另外還有某個演出的晚上，觀眾都走了，我在觀眾席上收拾善後。忽然，趙琦彬先生出現了，他有點不好意思，說話也有點打結，他說：

「我其實已經要回家去了，走了幾條街，想想不對，我還是要走回來，回來跟你說一聲。」

回來說什麼呢？記憶中他也沒說什麼，但他誠摯的眼神我至今記得，「愛戲人」的眼睛是另外一種，很難形容，但碰到的時候你會知道。

趙琦彬先生已也作古十幾年了，他去世後學生為了紀念他演了他的舞台劇「壩」，演得不好，但我還是去坐在冷落的劇場中一直到落幕。因為，除了劇場，我不知曉到那裡可以找到這位故友。

不愉快的記憶也有，例如常常挨批（那年頭，文藝界有點愛打筆仗）。還有一年有個劇叫〈自烹〉的，甚至申請不到演出證，那一年的演出只好開空窗。「申請不到演出證」其實也不等同遭禁演（當然，實質上你是演不成的）。三十年後的現在回想起來也沒那麼嚴重，就算在當時，我雖氣憤萬分，到處奔走打聽問題之所在，但從來也不想打起什麼悲情牌或把自己變成「受迫害作家」。在我確知戲演不成之際，我的決定是立刻著手寫來年的劇本〈和氏璧〉。

〈自烹〉後來在香港和上海演出，在這之前〈和氏璧〉在北京演出，都算轟動。那是八○年代初期，北京方面很希望我去首演禮，但如果全台灣的人都並沒有合法途徑赴中國大陸，我先偷跑，雖可造成一時名利，總覺得此事不夠義氣，所以不為。

到了九○年代，〈自烹〉在板橋國立藝專邵玉珍老師的導演下，作為學生畢業演出的劇碼。

3

後來，很好玩，不知怎麼回事，竟常有研究所的學生來找我，目的是把我變成他們的論文資料。啊，原來我是「被研究的」。我有一點喜悅，也有一點悲傷，喜悅是因自己勉強有一席之地，悲傷是凡被研究的大概都是些塵埃落定的東西吧？像〈太和正音譜〉，這本有關元雜劇的研究，其實是明太祖的第十六個兒子朱權所作的。我如果已成為那些研究生研究的前朝素材，也只好「由之」吧。

4

有人要演我的戲，問我該怎麼演，我說「你來問我，原因只有一個，只因為我活著，可是我是會死的，如果我死了你去問誰呢？你如果導莎士比亞的戲你去問誰呢？你自己想怎麼詮釋就怎麼詮釋吧！就當我已經不在這世上了——反正這件事是一定會發生的。」話雖如此說，我竟有時跑到紐西蘭，有時跑到新加坡看他們的演出。此事費時耗力又沒錢，可是，能看到躺在劇本中的故人一一復活起來，在聲光電化中與你共渡一宵，人生還有什麼更好的事呢？何況，在海外演出，它又意味著華人文化凝聚力的焦點。

更奇異的是高雄文藻學院曾把〈和氏璧〉譯成德文來演出，蔣維國教授將〈武陵人〉譯為英文在英國演。看到洋鬼子演「桃花源記」的劇照簡直不敢置信，不過，據說現場觀眾皆為之動容。

5

民國九十三年，有一天，我從學校開車回家，夜有點深了，我還在高架橋上驅馳。忽然，手機響了，唉！我不禁責罵自己，該死，怎麼忘了關機，此刻接機其實是極危險的！——當然，也可以不接，可是，我又是個好奇的人，這麼晚了，快十二點了，誰會這個時候找我呢？

我接了，原來是藝大戲劇主任鍾明德教授，他嚕嚕嗦嗦地跟我談起戲劇來，我心裡急得要死，天哪，此時我用單手馳車，要一出事，就要命喪黃泉，我怎能跟你風雅下去？更何況就算死了，名聲也不好，會給人拿來當負面教材，勸人如何注意駕駛安全。

終於搞懂了，他接了個企劃案，為文建會整理劇作家，我是「企劃案之一」，他要我答應「被寫」，我其實不想答應，我為什麼那麼不識相呢？人家肯出錢出力，有人來寫你捧你抬你，幹麼不答應呢？唉，只因想起了莊子的寓言，我不想做那隻被供在廟堂上的靈龜板，我想做的是拖著滿身稀泥，在窪地裡亂轉亂走的普通烏龜啊！

可是，我輸了，這真是沒辦法，我如果不答應，鍾教授就會繼續嘮嘮叨叨遊說我，把出書一事當成攸關民族生死存亡的大事，而我很可能就在聽手機的當下血肉模糊，兩害相權取其輕，我還是答應他吧！

這次答應，其實事後很後悔，撰稿人金明瑋是有才華有經驗且極熱心的女子，但人生在世又豈是為了被採訪而活？又豈是為了找照片而活，我之深愛舞台劇不正是因為它的「暮生暮死」（比朝生暮死還短命）和「船過水無痕嗎」？每次我被她逼瘋的時候（這樣說不公平，其實是她被文建會的截稿期逼瘋）都不免恨起那隻手機和鍾明德教授來。

接下來書在年底如期出了，書印得很好，是本冷門書，書一出，我又不後悔了，不，不是不後悔，是感謝。新書發表會上來了些老友，那天我有點感冒，卻大著膽子把〈位子〉中的說書人一角所唱的歌唱了半首：

憑一條沙喉老嗓
憑一把破板殘弦
衝州撞府
露飲風餐……

丈夫大吃一驚，說他和我相識五十年，就從來不知我還會唱歌。其實，那天令人感動的當然不是我的嗓子。

說來，如果人生可以自己選擇時空來投胎，我喜歡做個文盲，生在亂世，窮鄉僻壤，或為男或為女，記憶力奇好，胸中熟記上千個故事，上萬的詩詞，且天生一副好嗓子，彈一手好三弦，然後，像歌詞中形容的，衝州撞府，露飲風餐……對，我要做的其實是一個遊唱詩人，肯聽我的人不必太多，也不能太少，而丟在塵埃中的賞錢恰好夠我吃飽穿暖……

然而，沒有選擇，我過的是我目前的日子，我沒有過成的日子只能在魂夢中偶一浮現。

6

退休的歡送會在六月舉行，我對學生用閩南語形容自己未來追求的人生境界，我說：「我走（跑）——乎你抓（讓你抓）——乎你抓冇（讓你抓不到）——」

一個作者的對面常站著一大排的批評家和文學史學家，而讀者站在另一邊，他們是觀眾。

批評家常常帶著鐵鍊來拿人，想把作者各自鎖入「寫實主義」或「鄉土作家」或「軍中作家」或「散文作家」的牢籠裡。可是，一個活蹦亂跳的作家哪能那麼容易就來就範呢？你抓，他當然要跑——

好，你說我是寫散文的嗎？我就偏寫戲劇給你看。

及至你來宣佈我是劇作家，我又偏去寫兒童故事。

等你說我擅寫兒童故事，我就跑去寫論文。

等你承認我能寫論文，我就跳出去組織「搶救國文聯盟」給你瞧。

我難道是邊跑邊打有七十二變的孫悟空嗎？不是的，只要你不追打我，不定義我，我很願停下來讓你看個清楚，我只是我，只是一個深愛中文（你要叫它「華文」也隨你）的女子，企圖留下一些眾人想說而未說出的話。

蘇東坡從不知自己是詩人，是詞人還是散文家、書法家？他只是一路寫下去而已，我們難道不能學他嗎？古代文人是什麼都敢於去試一試或去「參一腳」的，你信不信，東坡的「食譜撰述」也不錯喔！

以上是因為太多人問我「你為什麼寫劇本？」而道出的理由。

其實，我的人生角色常是混淆的，譬如說，我管我媽媽的時候，既是女兒也是媽媽，我上課的時候，既是老師也是老母。我寫戲劇會冒出散文來，我寫散文偶如寫兒童詩，我寫兒童詩有如講故事，我講故事忽如演講，我演講又如同扮演戲劇……不可以嗎？

7

劇本是無聲無影的戲，這種戲，你願意看嗎？於無聲處聽驚雷，於無色處賞繁花，需要的只是一點想像力，你肯投身嗎？我們來看戲，在紙上，好嗎？

——九十五年十二月十五日

全文寫完了，忽然想到還有三件事要補充說明一下：

一、本書封面是〈和氏璧〉當年的舞台設計圖，設計人是聶光炎先生，在打算使用這幅封面之前，我先打電話徵求聶先生同意。他不在，接電話的是個大男孩，我楞了一下，想，這人恐怕就是從前我常去聶老師家談劇務時，桌上放的那張裸照中的小男嬰。後來找到聶老師，相詢之下，果然是他。啊，原來三十年過去了！封面的事聶老師欣然同意了，我極愛聶老師的舞台設計。彷彿法師登壇時須有壇，美人起舞時須有榭，聶老師的舞台本身即是戲。

二、封面上的字是臺靜農先生的手筆，他罹病時我去看他，不知怎麼談到荷花，他抱怨自己缸中養的荷花開得不好，我就去慕蓉家要了一缸送他，臺老師看了花很滿足說：「哎——沒料到今年還能再看一次荷花！」

我為此事回家痛哭，原來，那年年燦開的荷花卻不是我們年年看得到的。

臺老師不久過世，「曉風」兩字是他題贈書法集時寫的，今日我用來思憶其人。

三、〈武陵人〉劇本中有些音樂方面的建議，那些音樂是周文中和陳建台作的曲，對一般讀者而言並無意義，那是專門針對導演而作的建議。

# 爲曉風的戲劇定位

## ——序《曉風戲劇集》

馬森

中西戲劇的起源和發展很為不同，但多少均與歌舞有關。西方戲劇發源甚早，據說遠在公元前三千年，埃及的葬禮和國君的加冕禮已具有戲劇的形式。但埃及的文化並不能說是今日西方文明的源頭。予後世西方文明巨大影響的是希臘文化。希臘的悲喜劇可上溯到公元前五世紀，其形式起源於對酒神狄俄尼素斯（Dionysus）的祭典，即以對酒神的讚歌（dithyramb）為主體。後來由歌隊中分離出主唱的人，由唱而詠，由詠而誦，由誦而說，終於演變成十九世紀寫實的白話劇。

中國戲劇的形式相對地完成甚晚，到了十三世紀的元代才有完整的代言體出現；但仍由一人主唱，與歌舞緊密結合。其前身「諸宮調」則純為清唱，雖與對酒神之讚歌功用不同，其為歌唱則一。在二十世紀以前，中國從沒有發展出白話劇。

光緒三十三年（一九〇七年）是中國戲劇史上一個重要的年代，那一年中國留日學生組織了「春柳社」，正式演出西方的白話劇。「春柳社」的仝人歸國後繼續從事新劇運動，於是在中國產生了有別於以歌舞為主的傳統戲劇的舞台劇，俗稱為「話劇」。

中國傳統戲劇與西方晚期的寫實劇最大的不同處即是前者以歌舞的形式、象徵的手法來演現劇情，可稱為純演戲；後者則趨向於對生活的逼真模擬，期望觀眾信以為真。這二者之間本有一個橋梁，做為從純演戲到化入生活的一個中間地帶，即是本為西方早期戲劇主體的「詩劇」。詩劇不若歌舞之純演，與生活有較密切的結合，但又因其以詩語代白話，故也不可能盡情寫實。然而由於中國的話劇等於是西方十九世紀末期寫實劇的直接移植，反倒沒有機會發展出以朗誦代歌唱的詩劇了。

戲劇的來源既然都與歌舞有關，就可以知道戲劇的重要表現方式並不必定是像一面鏡子似地把人生毫纖畢露地反映出來。戲劇可以提煉人生的或悲或喜的遭遇（歌劇、詩劇、舞劇）、可以用暗示比喻的方式來現示人的遭遇和命運（象徵主義）、可以模擬生活的表象（寫實主義）、可以凸顯潛在的暗流（超現實、夢幻劇）、可以強調心理現象（表現主義）、可以非邏輯地透視人生（荒謬劇）等種種可能，所以戲劇的表現方式是非常廣闊的。但不論任何表現方式，均不能脫離情緒的發揮與流洩。在這一點上詩語也許比白話更易於表現情緒的激越或收斂。這就是為什麼在以寫實的白話劇為主流的我國現代劇中，總使人覺得在情緒表現上太過平板、單調，既少見激越奔放的場面，亦不易達到收斂冷凝的境界。張曉風女士的戲劇，在以寫實為主流的我國現代劇中，卻帶出了很濃烈的詩劇的傾向。

我自己沒有看過曉風戲劇的演出，但是我認為如果以寫實劇的方式來處理，恐怕無法使她戲劇中蘊含的激越或冷凝的情緒適當地表現出來。正像布雷赫特（Bertopt Brecht）受了東方戲劇影響後所導的疏離的「史詩劇場」一樣，曉風的戲也是具有疏離感的。她常常取材於遙遠的古代，把戲劇的背景放在一個想像的時空中，就很明顯地帶出她企圖要求觀眾保持距離的願望。中國的傳統戲劇就是如此，從沒有要求觀眾參與劇中人的生活，重要的是需要觀眾具有明晰的判斷力，來鑑賞、批評另一個時空中人物的命運與遭際。

這個集子中所收的幾個戲，我覺得都是接近「史詩劇場」一類的戲劇。雖然與布雷赫特一樣曉風運用的語言也是白話，但場景、氣氛與對話中的用詞遣字卻是詩意的。

〈嚴子與妻〉繼傳奇中的「蝴蝶夢」和平劇中的「大劈棺」之後，也取材自明代小說《警世通言》中的「莊子休鼓盆成大道」。莊子的這個故事本身就是寓言詩意的，曉風用的也不是直寫，而常借明喻或暗喻，在詩的手法中顯示出人際的關係和自我剖析。

〈位子〉是通過竹林七賢等七個詩人的各種放達不羈的面貌來襯托出人生的無常。找不到〈位子〉既是無常，找到了〈位子〉，又哪能永遠占有這個位子？負鼓盲翁的戲中戲，把人物與故事都從觀眾面前拉遠了，我們正如隔了一層透明的紗幕來欣賞戲裡的詩或詩中的戲。

〈一匹馬的故事〉一開場就是一群不露人間疾苦像的叫花子，把觀眾帶入了另一個詩中才有的世界。這一個世界具有十足的世外桃源的意味。戰爭的慘痛、人間的禍福與生離死別，都呈現出經過了餘濾後的純淨。

這幾齣戲所追求的都不是對人間世相的具體模擬，而是抽離了生活中繁瑣末節後的精鍊了的共相。表現的方法是詩的，表現的情境是詩劇的。

談到詩劇，除了情境超出寫實的範限以外，最重要的當然是語言的運用。寫實劇的語言用的是純白話，有時候甚至是純口語。詩劇則不然，詩劇的語言是從白話中提煉而成的詩，有韻腳、有對仗、有聯想、暗示、有明喻、暗喻、有歧義、隱語等等，具有詩的所有特性。在舞台上誦說起來，自然與說大白話很為不同。莎士比亞戲中的對話，就是鏗鏘有聲的詩句。哈姆雷特的「生存還是毀滅」、羅密歐與朱麗葉的情話，跟日常生活中的語言相去甚遠。

前文已經說過中國傳統的戲劇語言是歌，而二十世紀由西方移植而來的話劇又因為在西方寫實主義戲劇的強大影響下，一開始就應用了白話，反倒未曾有過詩的語言的嘗試。說未曾有過也許是稍稍過分了些，應該說是未曾成功地把詩的語言運用在戲劇之中。這其中有一個重大的原因，就是劇作者在原始意圖上有意無意地均奔向寫實，因此使凡是違離了白話與口語的舞台語言，聽來都覺刺耳。

然而到了八〇年代的今日，白話本身已經產生了問題。特別是在目前的台灣，不管最近三十年來多麼著力地推行國語，一般人所運用的口語離以北平音為基準的國語都有一段很大的距離。如果這時寫實劇的作者，以北平話習用的語法語彙來寫生活在台灣的人物，然後又要求演員在舞台上以標準的國語說出來，便顯出了與人物的身分和情景扞格不入的現象。但是如果劇作家並沒有寫實的意圖，戲的背景又沒有確定的時空，這時候不但國語是可行的舞台語言，詩意的舞台語恐怕也是可行的。不過後者需要劇作者不怕失敗的大膽嘗試，以俾摸清楚詩的語言可以到達一種什麼程度。

曉風所用的語言基本上是國語的白話，但是其間時常顯示了詩的韻味。譬如在〈嚴子與妻〉中有這樣的句子：

「菊花把籬笆都照成金子的早晨他不在，月亮把後院都映成銀子的晚上他也不在。」

〈位子〉中：

「你坐在這船頭——我坐在那船尾，瀛海九州，海外仙山，都會照我們所要的樣子一路好下去。」

〈一匹馬的故事〉中：

「春暖草薰，在荒郊試馬，在酒肆裡沽酒，沿著石板路引吭高歌，從莊子東頭直跑到莊子西頭，眼前只見十里春花像一道血紅鞭子，舉起來，落下，刷的一聲，半空裡紅成一片。」

這一類的句子可說遠遠地超出了日常的口語之外，如果用在生活化的寫實劇中絕對是不襯的，但是用在詩劇中反倒可以加強了詩劇的非寫實性。因此，我認為曉風的戲在導和演上絕對不能以寫實的手法來處理；否則不但乖謬了作者的原始企圖，一定也會使這樣的對話成為使觀眾無法忍受的「雅語」。

在人物的塑造上，曉風想規避寫實的意圖也非常明顯。她所寫的人物不但多半是歷史人物，而且常常是寓言中的人物，像嚴子與其妻及塞翁一家人。這樣的人物本來就沒有確定的身分，所以大有使作者虛構的餘地。「虛構」兩字並不必定具有貶意，正面的意思可能意指想像豐富。如果虛構本具有故意乖離日常生活的用意，那麼這樣的虛構就有其應有的意義。就正如抽象畫中的線條直接來自畫家的心境，不必一定符合眼目所見的形體一般。曉風劇中的人物並不具有寫實劇中所謂的血肉，但卻充注了詩劇中的象喻意義。每一個人物都代表了作者所賦予的某種抽象的意旨，可能是一種情感的化身，也可能是人的某種特質的具體形象。這樣的人物在寫實劇中可能顯得不夠豐滿，但在詩劇中卻更易於凸顯其詩情與詩意。

曉風是一個虔誠的基督徒，她的信仰當然會反映在她的作品裡，那就是使她的作品充盈著寬容的恕道。但是有時也會因此形成一個小小的局限，在不留意的時候容易顯示出作者強調自我信念的企圖，予人有不容置疑的感覺。然而對這一點，穎悟的讀者或觀眾當然會有自己判斷的能力。

曉風的為人蘊藉而深，溫存而韌，細緻而放，有多方面的情趣。曉風之才也是多方面的。除了戲劇外，還寫得一手機智而潑辣的雜文。但更容易展示曉風豐贍的才情的卻是她的散文。她的一手散文幾有詩一般的清醇幽遠，實在使人聯想到羚羊掛角的妙喻。曉風的散文既是詩意的，她的戲劇也是富於詩意的散文。如果未來的導演及演員把握到曉風散文的特質，一定會把她的戲劇在舞台上展現出一種從「春柳社」以來從未曾有過的詩劇的新形貌。

——一九八四年八月十六日於台北

# 第五牆

## 時間

不知道這是什麼時代，也許是從前，也許是現在，也許是未來。

## 人物表

**先知**　他沒有名字，沒有族譜，無生之始，無命之終。

**女孩**　張人生（在第一、二幕裡，她是「女孩」，後來她就叫張人生了。）

**男孩**　張生人（在第一、二幕裡，他是「男孩」，後來他就叫張生人了。）

**母親**　李四（在第一、二幕裡，她是「母親」，後來她就被叫做外婆了。）

**父親**　張三（在第一、二幕裡，他是「父親」，後來他就被叫做外公了。）

**觀眾代表**（他的責任是嗑瓜子、喝汽水和聊天）

**丁一**（女孩張人生的男朋友，後來變成她的丈夫了。）

**小丁丁**　張人生和丁一的孩子。

# 第一幕

——燈熄

幕未啓，只有一盞燈，打在介乎舞臺和一般觀眾之間的「觀眾代表座」。（觀眾代表自入口處進入自語）

咦，我的票是特一號，特一號在哪裡呀，喂！帶票小姐呀，我的位子在哪裡？（漸漸走到最前面）哦，原來是這裡，哦，特一號在這裡——

——幕啓——黎明

（女孩上）

（這女孩，和你每天在街上，在公共汽車上，或者學校裡，商店裡看到的並沒有兩樣，二十歲，或者再大一點，或者再小一點。她穿著一件半舊的睡衣，或者說是半新的吧，從邊門跑進來，我們不確實知道她一大早爲什麼要跑到客廳來，也許爲了找一份早報，她的樣子看起來很自然，一點也不嬌媚——因爲沒有女孩子在獨處的時候還注意自己是否楚楚動人）

（她在客廳稍微走動一下）

（忽然，在觀眾猝不及防時，她叫了起來）

**女孩**：啊（這一聲能多高就多高，能多大就多大，就像看到凶殺案一樣，務必把觀眾嚇倒）！

啊！媽媽，媽媽！喂！你們快點來，不得了啦……（這是一串急促的哀聲，有點上氣不接下氣）天哪，媽媽！

（母親上）

（她看起來比實際上年齡衰老些，待會兒，如果她裝扮好了要上菜場去的時候，她可能看起來會年輕些，會精明幹練些。等她跟菜販搶菜的時候，想必是很有氣力，很有口才的，但現在，她是個強不起來的母親。她頭上還有髮捲，——每個女人在街上走時各有她們不同的髮型，但在家裡，每天至少有八個小時以上，她們是梳著這種髮型的）

**母親**：幹什麼？（不耐地，絕對不像小說裡形容的那麼慈愛）叫魂似的，一大早叫什麼？

**女孩**：哦（ㄛ力）——媽媽，媽媽，媽媽……

**母親**：幹什麼，還小嗎？我說你在幹什麼？

**觀衆代表**：（跳上臺）（燈忽暗，只留一方燈光在舞臺前，面對其他觀衆，這人或是男或是女，穿著比平常家居服好一點的衣服，是個過著「吃不飽，餓不死」的生活之餘還剩了幾塊錢買票看戲的傢伙，他曾非常注意的看戲，不時搖著頭，認爲一點也不能值回票價）啊！哈，哈，哈，朋友們，我看咱們是上當了，上當了，你們的票是多少錢買的？十塊錢？那還好，我的可是一百塊錢買的榮譽劵哪！花一百塊錢來看這種莫名其妙的戲，我看我們是上當了，上當了。你看，她媽媽在問她女兒叫什麼？鬼才知道她在叫什麼？我花了一百塊錢，難道就單來聽她這聲鬼叫嗎？呸！這種叫聲，我太太會，我女兒會，哼——甚至我自己也會啊！好！好！我先忍耐一下，要是實在不像話，我可是要退票的，我可是一定要退票的。

（觀衆代表下臺，燈光恢復）

**母親**：（嘮叨地重複）到底說啊，什麼事鬼叫？

**女孩**：你看，你看，（指著幕升起的地方）我們的牆倒了，天哪！

**母親**：天哪！是眞的倒了，哎呀！昨天晚上還是好好的，怎麼今天就倒了，這可怎麼辦哪？快叫你爸爸來！

**父親**：（不請自上，他手裡還捧著稀飯醬菜和筷子，匆匆地跑進來）怎麼，怎麼？你媽媽出事了嗎？

**女孩**：你看，你看，我們的牆倒了，天哪！

**父親**：（反應同母親一樣）天哪！是眞的倒了，哎呀，昨天晚上還好好的，怎麼今天就倒了。（伸手去摸舞臺其他三面）你們看這幾面牆都好好的，偏偏倒了這一面，一定是老王蓋房子的時候，砌到最後一面牆就偷工減料了，呸！我非去找他不可！

（燈光全熄，僅留一燈給再度跳上臺的觀眾代表）

**觀眾代表**：呸！偷工減料，嚇，我看你們才偷工減料呢！（憤怒的掏出節目單）哼！我倒要看看這是什麼人編的劇，什麼人導的演！（翻閱，忽然提高了嗓門好心地勸告別人）我看這齣戲是好不了的啦，你看，男主角不性格，女主角不性感，我看，這齣戲是完蛋了。怎麼，你走不走？跟我坐一輛計程車好不好？我們還來得及趕上電視劇，你看怎麼樣？

（燈光恢復，舞臺不知什麼時候出現了一個男孩，他的性格想必有點落落寡合，所以會採取這種辦法出現，他戴著眼鏡，捧著書，手裡叮噹地甩著摩托車的鑰匙。鑰匙不小心掉在地上，他拾起來又甩）

**女孩**：弟弟，我們的牆倒了。

**男孩**：唔。

**女孩**：我們的牆倒了！（更大聲）

**男孩**：咦！牆倒了（用手去摸牆），這倒是滿幽默的。嗯！（男孩繼續甩著鑰匙）昨天晚上好像颳了風，後來我就聽到一聲什麼聲音，（平靜地）哦！原來是牆倒了。

**女孩**：什麼？你聽到聲音，那你爲什麼不叫，天哪，這日子可怎麼過？我看今天晚上這面牆也會倒，（用手去摸另一面舞臺）然後，是這一面，和這一面，還有天花板，哦！天哪！爲什麼？爲什麼？這老王太可惡了。

**父親**：別甩了，別甩了，甩得人心煩，牆都倒了。

**男孩**：（走到舞臺前方，撿起一塊磚頭）還好，還有幾塊磚頭，稍微修修，不就成了。

**母親**：修好？你可想得天眞，哪有這麼方便，最近泥水工人才難請哩！好了，等下小偷來趁火打劫，看可怎麼辦吧！

**女孩**：（亦往前走，檢查落下的磚頭，猛地又大叫了一聲，一種受驚的叫聲，一面叫一面下意識地自衛起來）啊——爸爸，不好了。

（父親母親趨前探視，弟弟留在較後方，依然甩著他的摩托車鑰匙。）

啊，爸爸，你看，牆外面有好多無聊的人哪！（指著觀眾代表，和他身後的觀眾）他們正在偷看我們哪！天啊，我們還穿著睡衣啊！——他們眞不道德，他們憑什麼來看我們呢？

**觀眾代表**：（大模大樣地坐著，把一雙蹺得很高的腳撥動著）喂，走開走開，別擋著我看戲。

**男孩**：（驚怕，鑰匙落地）什麼，你是誰？

**觀眾代表**：臺下花錢看戲的。

**男孩**：媽媽！媽媽，我求求你，窗簾也好，被單也好，破布也好，你找個什麼把這面牆遮一下吧！我受不了，我真的受不了。

**母親**：（一面急急地鬆了一下自己的髮捲，一面推父親）去！去！去趕他們走，有什麼好看的，叫他們走，真是無聊，專愛看熱鬧，討厭！

**女孩**：哎呀！你們看，你們看（指觀眾），他們每個人全都帶了手帕來了，他們是誠心要我們出洋相，然後他們好一掬同情之淚，我不要，我不要，我不要！

**男孩**：姐姐我有辦法，好歹先用手帕遮一遮。（他爬上一個小墩，兩腿半蹲掏出手帕，把它擋著自己，如一塊小銀幕）

**父親**：我一定要去打電話叫警察，簡直不像話，我們家變成戲園子了，不像話，不像話！（父親下）

**母親**：（拉著女兒）走，走，我們去找窗簾，我們一定要對付這些人。

（燈暗，觀眾代表復上）

**觀眾代表**：（第一次露出笑容，自作聰明地說）哈，哈，我懂了，我懂了，（一面伸手去揭男孩的手帕，男孩發出幾聲低微的驚叫）這原來都是編劇跟導演偷懶，他們想不出一臺情節曲折動人的好戲，又出不起錢請演員，佈置舞臺，所以，哈哈，虧他們想得出，所以昨天晚上編劇跟導演就聯合起來拆這家人的牆，好讓我們直接看這家人演戲，可是，可是，這家人可不會演戲啊！啊喲，啊喲，真是笑死人，唉，我真想去退票，可是，唉，現在賣票小姐大概只肯退給我五十塊錢了。（搖頭，嘆息）鬧了半天，莫名其妙就丟了五十塊錢，划不來，划不來。（下）

（母親與女兒同上）

**母親**：窗簾找到了，窗簾找到了，好歹先遮一遮。（她的手中是空的，但卻弄出一副吃力的樣子）

**父親**：（上）我剛打了電話，警察馬上來，警察說昨天晚上沒颳風，一定是什麼小偷之類的人來拆的。他們就來了，到時候他們會把這批看熱鬧的人趕走的。（指觀眾）

**母親**：快來幫忙，我們一定不要讓他們不花錢白看熱鬧！

（在他們掛窗簾之際，幕徐徐落——幕就是他們家的窗簾，母親指揮大局，叫大家把窗簾掛平整。幕終於全部落地）

**觀眾代表**：（一躍數尺）豈有此理，豈有此理，說我不花錢白看熱鬧，我可是花了錢的，你們也花了錢，是不是？好，好，（反身指幕內）你們會叫警察，我也會。好，你們誰借我一塊錢，我這就去打電話，好，好，我非找警察不可。（下臺，穿過觀眾走向劇場外）

## 第二幕

幕升起，觀眾代表站在舞臺邊，用手做拉幕的動作，幕彷彿是被他拉起的。

**觀眾代表**：（很得意地面向觀眾）噓，我告訴你們，警察已經來過了，他們也弄不清楚誰是誰非，誰對誰錯，所以他們就走了。現在，天黑了，我就來偷偷地把窗簾掀起來，（拉幕動作可於此時進行）其實，掀窗簾算什麼，人家編劇跟導演還偷拆牆呢！我好像聽到腳步聲了，我得趕快躲起來，人家說「好戲在後頭」我們可要好好看看，你要曉得，我們可是花了錢的呀！（下）

（按鈴聲，女孩穿過客廳跑去開門，她手裡拿著一個紙球，邊走邊扔）

（先知上，手持《聖經》，他的身分和打扮既像希伯來的先知，也像希臘的預言家）

**先知**：對不起，（四下打量）我不知道我是不是找錯了地方，我要找的人是張三先生。

**女孩**：是啊，沒錯，我爸爸就叫張三啊！

**先知**：也許是同名吧？你媽媽是李四女士嗎？

**女孩**：是啊！一點也沒錯啊！

**先知**：可是，他們沒有孩子——我上次碰見他們，他們還沒有孩子。

**女孩**：也許那是很久以前的事了。

**先知**：那麼，請問，你叫什麼名字？

**女孩**：我叫張人生，因為，我是人生出來的。我弟弟叫張生人，我爸爸說，因為他是男孩，將來要生個人來傳宗接代的，所以就叫他張生人了。

**先知**：你來到這個世界有多久了？

**女孩**：你是說我幾歲嗎？我十九歲，我弟弟十八。

**先知**：什麼十八？十九？我上次碰到你爸爸媽媽，他們也正是十八歲和十九歲啊——那分明是上禮拜的事啊！怎麼一下子就有你們了？

（男孩上，似乎從外面剛回家，一隻手中甩著摩托車的鑰匙，一隻手捧著一本哲學書）

男孩：如果眞有上帝，我如何能甘心不是上帝呢，所以上帝是不存在的。——啊！尼采，尼采，你眞精采。

先知：你就是張生人先生吧！

男孩：是的，可是我不認識你！

先知：我是先知，是個傳道者，我是你爸爸媽媽的朋友，我不相信他們已經有了孩子，可是你姐姐偏說是的。

男孩：哦，你找爸爸媽媽，他們有事不在家。（繼續看他的書）

先知：我說我是他們的老朋友，可是，老實說，我只見過他們一次，你們信不信，我只見過他們一次。

男孩：（不屑）老朋友？只見過一次？嗯，不合邏輯，不合邏輯。

女孩：就是我爸爸十九歲，我媽媽十八歲那一年嗎？

先知：是的，其實更早的時候我也見過他們，只是那時候，他們看不見我，我也看不見他們。

女孩：爲什麼？

先知：因爲，因爲那時候他們還在母親的肚子裡，那時候你祖母懷著你爸爸，快生了，你外婆也剛懷上你媽媽，她們倆正在指腹爲婚，叫我當證人。

女孩：（興奮）啊！妙啊！眞有這種事！

男孩：那是八百年前的舊花樣了。

先知：不是，那只是兩個禮拜以前的事！

男孩：（生氣）不可能的事，分明四十年了，怎麼說兩個禮拜？

先知：別生氣，小弟弟，我並沒有騙你。兩個禮拜以前他們是胎兒，一個禮拜以前，我爲他們證婚，而現在，他們有了孩子，下個禮拜，我敢說，下個禮拜他們一定當祖父祖母了。

女孩：（不高興，因爲她現在對當母親完全沒有興趣，甚至有點鄙夷之色。轉向觀眾）——哎呀，你看他說的話眞是又可怕又噁心，鬼才要結婚，笨蛋才要生孩子呢！——（復轉向先知用一種厭煩的打發人的口吻說）好了，先生，我爸爸媽媽很忙，恐怕一時回來不了，你有什麼事情就說吧！

先知：事情？我當然是有事情的，但是如果你們說的那種事情也叫做事情的話，我是沒有什麼事情的。

男孩：（煩躁）什麼事情不事情的？

先知：事情，你的爸爸不是每天都辦事情嗎？他一天接幾十個電話，不是都在接洽「事情」嗎？還有人，從幼稚園小班，唸到博士班，把人生唸掉了一半，而且是比較好的一半，他們畢了業幹什麼？去「辦事情」，人間實在是又多「事」又多「情」啊，有些人弄出些「事情」，有些人來解決這些「事情」，哎，哎，大「事情」，小「事情」……

女孩：（驚訝）可是你是不是沒有事情的人？如果你沒有事情，你又來找我們做什麼？

先知：是的，我沒有事情——想想看，原始人沒有文字，就發明了一種結繩記事，大事情在繩子上打大結子，小事情就在繩子上打小結子，而所謂一輩子，只花那麼根把繩子也就過去了，大結子，小結子，小結子，大結子，然後呢，然後，就沒有了。

（燈暗，區域燈光如前）

（觀眾代表跳上舞臺）

觀眾代表：豈有此理，豈有此理，什麼大事情，小事情？什麼大結子，小結子？荒謬，荒謬。（手足亂舞）我最看不得傳道人，我也看不得他那

本黑《聖經》，我聽不懂他的話——就是聽得懂也不愛聽。啊，不好了，他好像看到我了，我得躲起來。（潛下，燈光恢復）

**男孩**：好，如果你沒事，你又爲什麼來找他們？

**先知**：我，我要來唸一段眞理，我第一次看到他們的時候，他們聽不懂！我第二次看見他們的時候，他們正忙著結婚，聽不進。現在，我第三次來，他們卻忙著事業。可憐，可憐，一個人一輩子好像注定聽不進什麼話似的。

**男孩**：你要念的是什麼？我們轉告他們也是一樣的。

**先知**：（走向臺前，燈光和音樂一時都來相襯，他一刹那間成爲一位宣讀聖旨的英雄）神愛世人，甚至將他的獨生子賜給他們，叫一切信他的，不至滅亡，反得永生。

**女孩**：啊！太長了，我們記不住。

**先知**：那麼你就記住這四個字吧！「神愛世人」。聽見了嗎？「神愛世人」。

**男孩**：就這一句嗎？

**女孩**：（忽然想起）啊呀！我想起來了！這四個字我是見過的呀！我在街上見過的，（格格發笑把紙球拍得砰然一響）我眞是土包子，我還以爲應該唸成「世人愛神」呢！

**先知**：那有什麼錯？世人是要愛神的，神也愛世人的，天人應該是要合一的，天人是應該合一的。

（燈暗，留區域燈光如前，觀眾代表復上）

**觀衆代表**：糟了，糟了，糟極了，我們被拉來聽道了，哎呀！我情願一個錢也不要退了，只要他們肯放我走，我是一個錢也不要退了。

（燈忽亮，臺上只餘女孩，窗外有男孩吹口哨的聲音，女孩驚奇躍起，觀衆代表亦轉憂爲喜）

**觀衆代表**：哦，好了，那位傳道先生走了，諸位，我不是說過嗎？「好戲在後頭」，嚇嚇，他走了，眞好，好極了，好戲在後頭。（下）不過，不過我可也搞糊塗了，怎麼我才說兩句話，那傢伙就不見了，而且，從哪裡跑出這種口哨，而且，這位小姐也好像老得馬上要嫁人了。

**女孩**：（快樂地開門）丁一，是你，房子看得怎麼樣了？（她的聲調表情都比剛才略顯穩重，是一個待嫁的婦人了）

**丁一**：唉！人生，我眞慚愧，我覺得稍微配讓你住的房子，我總是出不起價錢，我出得起價錢的房子，我又總是覺得絕不配給你住。

**女孩**：算了，我告訴你，只要有屋頂有牆壁，那就夠了。——難道說，住違章建築的人，就是他們只配住違章建築嗎？難道說，睡在馬路邊的人就只配睡馬路嗎？

**丁一**：（著急）你別扯遠了，人生，眞的，人生，（做出情聖的樣子）我一向是把你當皇后伺候的，皇后其實只能住皇宮啊，只可惜我的錢袋不爭氣，唉！錢！錢！要是我有錢……

**女孩**：好了，別提了，戒指訂了沒有？

**丁一**：（熱情）哦，我就是爲這個來的，我沒敢自作主張，我畫了幾張圖樣，你看看，你喜歡哪一種？

**女孩**：（取過紙片）嗯！都不錯，都是你設計的吧——

**丁一**：（得意）是啊！都很好看，想出這麼多好花樣，我眞高興，我恨不得爲此多結幾次婚，好把這幾種花樣都用上，（女孩生氣，把設計圖擲回，丁一趨前陪小心）唔，哦，別生氣，我的意思是說，跟你多結幾次婚，一年一次，年年新婚。

**女孩**：（轉怒為喜）好了，好了，你讀了這些年美術系，就學會亂塗亂抹，亂吹亂蓋的。

**丁一**：唔，說到亂塗亂抹，這是我昨天晚上隨便畫的，喏，你看，這張是模仿法國凡爾賽宮設計的房子，等我們有錢，就照這種樣子蓋一間，好嗎？

**女孩**：好呀！還有些什麼樣子，再給我看看。

**丁一**：這張，這張是仿照英國白金漢宮設計的，唔，這張是假想的唐朝的長生殿。嗯，這張什麼都不是，是跟華德迪斯奈學的，學那種童話式的王宮——唉，還有這張最最不好了，這張是我照白宮設計的，不過蓋起來便宜。

**女孩**：不錯，不錯，我一定不要像白宮的這一棟，太簡陋了。還是法國式的房子好，不過，我們多蓋幾棟，春天住一棟，夏天住一棟……

**丁一**：（接口）秋天住一棟，冬天住一棟。怎麼，喜歡嗎？你看，還嫌我亂塗亂抹，亂吹亂蓋呢！（自我愛憐）難道這雙亂塗亂抹的手不比那撥算盤珠子的手更可愛嗎？難道這張亂吹亂蓋的嘴，不比那金牙閃閃的嘴巴更甜蜜嗎？

（欲更進一步親熱，燈忽熄，丁一和女孩潛下）（觀眾代表上）

**觀眾代表**：啊——太噁心了，各位，我告訴你們，談戀愛的人好像都是跟一個師傅學的似的——全都一樣肉麻，（小聲）喂！你搞過這種肉麻的把戲沒有？我從前，好，我還是不說吧！省得風言風語地傳到我太太耳朵裡去。不過，不過，讓我告訴你下一幕吧，他們兩個準是隨便揀個便宜得不能再便宜的戒指，租了個小得不能再小的房子，他們春天住在那裡，夏天住在那裡，秋天住在那裡，冬天還住在那裡。他們的小孩子住在那裡，孩子的尿布也住在那裡，孩子的破娃娃跟爛三輪車也住在那裡……

（忽然有按鈴聲，觀眾代表本能地跑去開門）

啊！有人按鈴，我先去開門。（開了門才忽然想起這並不是他自己的家）

啊！糟了，糟了，我得快逃，我忘了這不是我的家了，我竟然替他們去開門了，我得趁那位客人沒看清楚我之前跑掉。

（燈亮，觀眾代表奔下之際，先知上）

**先知**：啊！是誰給我開的門？為什麼門開了卻不見人，張三、李四、張人生、張生人，你們都在哪裡？

**男孩**：（由內傳聲）爸媽，快點啊！（跑出舞臺見先知，忽然愣住了）誰？你是誰？

**先知**：是我，張生人，你不記得我嗎？我昨天才來過。

**男孩**：啊！我想起來了，那是五年前的事了，那時候我姐姐十九歲，還沒有男朋友，現在，她已經二十四歲，趕著忙著要去結婚了，你來得正巧，我們正好去參加婚禮，四個人，一輛計程車剛好。

**先知**：又是一個婚禮？怎麼又是一個婚禮？兩個禮拜前他們還是胎兒，可是現在他們已經要嫁女兒了。也許再過不久——

（燈光熄滅，丁一走出後，燈光打出一特定光區）

丁一：我的畫筆斷了！太太！太太！人生！你出來！我告訴你多少次，要你小心我的畫筆！你看！斷了！斷了！

人生：吵！吵！吵！吵什麼吵！畫筆斷了就斷了！又不是我弄斷的，我的魚還等著下鍋呢，我才沒有時間跟你嚕嗦呢！

（說完轉身要走，卻被丁一一把抓住）

人生：放手，你想怎麼樣？

丁一：不是你！還說不是你？就是你，你寵孩子，把小丁丁寵得無法無天，上次小丁丁把我的畫筆拿去玩，你不管，你還笑！

人生：哦——我問問你，小丁丁是姓丁還是姓張來著？說我寵孩子，我又問你，是誰爬在地上給他當牛騎來著。

丁一：那不同，那是父愛的表現。

人生：哼！

丁一：你哼什麼，你！這個家我過夠了！

人生：噢！你過夠了，我就沒過夠？畫筆反正你也用不著了，斷了，斷了就斷了，反正你這輩子是不會正正經經的畫一張畫了。

丁一：你……你懂什麼？我眞後悔跟你結婚，要不是爲了養活你們，我早就成爲全中國最有名的畫家了！

人生：好啊！你到現在還敢說這種沒良心的話！我要不是爲了伺候你，當你的老媽子，我早就成爲「全世界」最有名的女作家了！啊！我的油鍋！我的油鍋！（急奔下）

丁一：喂！（想要叫回人生，又無奈的搖頭作罷）唉！我的畫筆！我的畫筆。

（張人生、丁一下場後，燈光復打在先知和張生人身上）

男孩：哎，眞的，結婚，結婚眞是沒道理——這哲學，一碰上女人和牙疼，就英雄無用武之地了——所以，我不結婚，我不結婚。（父母出）

父親：（向母親）快點吧，要來不及了。（忽然看到陌生人）咦！這位是——啊是先知——我們有多少年不見了——

母親：啊，讓我算算，有二十五年不見了。

父親：哎，二十五年，今天是我們嫁女兒的日子，你跟我們一起去參加婚禮，好嗎？

先知：不，我要來讀一段經文，你們懂嗎，我必須讀，你們一生不會遇到我幾次的，趁著你們的眼睛未曾花，耳朵未曾聾，心智未曾遲鈍的一剎那，懇求你們聽我的宣讀。（翻開《聖經》，準備宣讀）

男孩：（看錶耳語）不行了，來不及了，我們得快走了。（潛下）

先知：（正開始讀第一句，渾然不覺）虛空的虛空，虛空的虛空，（抬頭四顧）怎麼？整個房子都虛空了，他們走了——他們總是忙！

（燈暗，觀眾代表上，他正開口說了一句「各位」，燈光恢復，觀眾代表被先知發現，他上前抓住他，觀眾代表掙扎不及，被按在椅子上）

先知：你不是爲我開門的嗎？好，那麼請你坐下來，我要跟你說話。

觀眾代表：你弄錯了，（急得口齒不清，不似剛才那麼威風了，似乎任何人見到傳道者都有他這種急起自衛的反應）眞的，先知先生，你弄錯了，我，我，我只是一個觀眾，我不是什麼演員，先知先生，你放了我吧！我是臺下的觀眾，我不是臺上的演員。

**先知**：不，我不知道什麼臺上臺下，我也不知道什麼觀眾演員，我只知道，大家都在臺上，大家也都在臺下，大家都是觀眾，大家也都是演員。

**觀眾代表**：不，不，不，你不知道，你弄錯了。

**先知**：不管錯不錯，請聽我讀，朋友。

虛空的虛空，虛空的虛空，凡事都是虛空。

人一切的勞碌，就是他在日光之下的勞碌，有什麼益處呢？

一代過去，一代又來，大地永遠長存。

日頭出來，日頭落下，急急地奔回所出之地。

風往南颳，又向北轉，不住的旋轉，而且返回轉行原道。

江河都往海裡流，海卻不滿，江河從何處流，仍歸何處。

萬事令人厭煩，人不能說盡。眼看，看不飽，耳聽，聽不足。

已有的事，後必再有，已行的事，後必再行，日光之下，並無新事。

豈有一件事，人能指著說，這是新的。

哪知，在我們以前的世代，早就有了。

已過的世代，無人紀念，後來的，人也不紀念。

我見日光之下，所做的一切事，都是虛空，都是捕風。

彎曲的，不能變直。

缺少的，無法補足。

多有智慧，就多有愁煩。

加增知識，就加增憂傷。

這一切，都是捕風。

（合上《聖經》）

（發現觀眾代表已經睡著）

**先知**：哦，朋友，你睡著了，（轉而逼近其他觀眾）可是，睡著的不一定比清醒的更糊塗，而清醒的不一定比睡著的更明白——好，我走了，我要去敲另一家的門，我要去哪裡呢？（轉指某觀眾）嗯，也許就是你家吧！（從舞臺前方下，穿過觀眾走出）

**觀眾代表**：（醒來）咦，糟了，我怎麼睡著了，我得快走，省得警察來找麻煩，（走到幕邊）對了，這窗簾要弄好，（做拉幕狀，幕徐下）我得快逃。

## 第三幕

幕起：一女孩進入，她是張人生的女兒，動作、舉止都有點相像，反正，不知是哪一點，觀眾一看就有些知道她和這一家人有點血緣上的關係。她手裡拿著一本書，與匆匆地進來了，看起來似乎是剛放暑假的高中生。

**丁丁**：外婆，外婆，我來了，外婆，你在哪裡啊！

（外公、外婆上，他們已露出顯然的老態，連帶地，態度也和藹了，不像第一幕的時候，似乎還有點主張。這時候，他們看來簡直就是一道甜軟油膩而不成形的八寶糯米飯）

**丁丁**：外婆，外婆，舅舅什麼時候回來啊？飛機是不是今天到？外公，我們去飛機場等好不好？

外婆：好了，丁丁，我快被你吵昏了，十六七歲的大閨女了，也不學文靜點。

丁丁：（放肆地——那種只有幸福的人才有的放肆）不管，不管，要文靜你去文靜好了，我心裡急死了，文靜不來的，舅舅說了要給我帶個電吉他來的，我非等到手不可。（陶醉在假想的吉他旋律裡）

觀眾代表：（在燈熄後，又復登臺，站在光中，很不高興的樣子）莫名其妙，這中間怎麼漏了一段戲，剛才，我不過出去抽了一根煙，怎麼張三李四一下子就變成老爺爺老奶奶了？上一幕他們剛嫁女兒，怎麼現在一下子就跑出個這麼大的外孫女兒了？（向內）哼！導演，我告訴你，你也不能弄得太不像話，這簡直是，是，嗯，簡直是小學生說的什麼「光陰似箭，日月如梭」嘛！好，我告訴你，下一次，下一次你要是再胡搞，我是要把你「ㄉㄧㄚ」到臺上來的，哼，你給我小心。（下）（燈光恢復）

外公：好了，我告訴你吧，舅舅寫信說今天不來了，他路過日本被人家留下來發表演講了，你要曉得，他現在做了哲學系主任了，後天晚上十點鐘才到，好了吧？

丁丁：哼，我才不管它什麼哲學不哲學，系主任不系主任，眞討厭，日本人眞無聊，有本事不會抓他們自己的舅舅去演講，幹麼要抓我的舅舅！

外婆：別急，小丁丁，你看，舅舅不回來也好，我做了好多好吃的東西，就先留給你吧。

丁丁：好吧；（一面走向廚房，一面抖著跳著，彷彿眞有吉他在她手中似的，忽然，她回過頭來）外婆，外公，請——嗯，請你們幫我做一件事。

外公：哈，我們的好差事又來了，是不是叫我打電話告訴你爸爸，說你今天住在這兒，不回家了？

丁丁：哼，我最討厭回家了，回家一點意思也沒有，我真不喜歡回家，啊！如果我能有個吉他，如果我能有個帳棚——我就什麼都不要了，——嘿，到時候，外公，外婆，我就連你們也不要了！

外公：你看，她簡直活像她爸爸，好像可以不食人間煙火似的。

外婆：不食人間煙火？哈哈，可是蛋糕、冰淇淋、可樂、電視，哪一樣她少得？她叫叫罷了，她是半點苦也吃不來的，她嘴裡一面嚼口香糖，一面說要到山裡頭去紮帳棚，要什麼對著月亮彈吉他，哈哈，你聽她的？我告訴你，凡是有口香糖味兒的話，你都別聽。

外公：別發牢騷了，我問你，你手上到底預備了多少女孩子，你知道，我們的少爺是挑剔得厲害的。

外婆：你放心，總共二十四個，十二個正取，十二個備取，我每天給他排約會，一天一個，他總不至於全不中意吧？

外公：張生人，張生人，我真想他快生個人下來啊！

外婆：你別急，這是再簡單不過的事。（邊談邊下，舞臺有短暫的安靜）

丁丁：（從另一邊門上又跳又叫）啊——失火了。不得了！失火了！失火了！

觀眾代表：（跳上臺）什麼？什麼火？在哪裡？在哪裡？我們從哪個門逃？

丁丁：你，你是誰？這是我外公外婆的家，你往哪裡跑？

**觀衆代表**：火！

**丁丁**：火？

**觀衆代表**：火！

**丁丁**：火？我見了你才一肚子火呢！我問你，你是誰？你來做什麼？

**觀衆代表**：我是倒楣的觀眾，戲不好看還不要緊，又碰上失火，我總要找個門逃呀！

**丁丁**：哼，我說的火呀，是電視上的火，電視上說是東京失火了。

**觀衆代表**：（擦汗）唉，小姐，小姐，這火也能開玩笑嗎？東京失火跟臺北有什麼關係？

**丁丁**：還說我隨便叫？我叫是有原因的，東京失火了，你曉得嗎？電視上說東京失火了，我舅舅路過東京，我當然害怕！

**觀衆代表**：唔，你是說張生人嗎？他是你外公外婆的命根子，對不對？

**丁丁**：是啊，你怎麼知道？

**觀衆代表**：哎，我跟他老朋友了，我告訴你，你可別再亂叫囉。

**丁丁**：爲什麼？

**觀衆代表**：我告訴你，再叫，你舅舅還沒死，你外公外婆倒要先死了。

**丁丁**：什麼，你，你咒我外公外婆。（生氣趕他下場）

**觀衆代表**：（被趕到位子上，仍然不服氣地嘀咕）這是眞的嘛，是事實嘛！

**丁丁**：（獨自悲切）舅舅，舅舅，請你不要被燒死了，千萬不要被燒死了，還有我的電吉他也要小心，如果我的電吉他燒了，我也會死的，我也會死的……（哽咽、疲倦、伏在沙發中睡覺了）

**先知**：（由第二幕退下的路走回，也就是穿過觀眾直上舞臺，他站定了，四顧無人，用沉雄的聲音宣布）張生人死了，張生人死了，我不能告訴他的爸爸張三，我不能告訴他的媽媽李四，我也不能告訴他的外甥女丁丁，（小聲）噓，我們必須把這件事瞞起來。世界上，每分鐘要死九十三個人，也就是說每秒鐘要死上一、兩個人，（驚惶掩口），你看，從我走進來開始；已經就有幾十個可憐的人斷了氣了，幾十個可憐的收不了尾的故事，可是你們不在乎（向內）他們也不在乎。哼，（生氣）我敢說，再多死一倍，你們也不會動心的。但是，張生人就不同了，張生人在他們眼中不但是不可以死的，而且，簡直就不可能死的，他們不准許張生人死，他們的每一根縐紋都刻畫著他們對張生人的愛，他們每一根白髮都是對張生人的挽留。

**丁丁**：（夢囈）舅舅，舅舅，你要小心我的電吉他，你也要小心你自己。

**先知**：但是，張生人死了，一個醉漢抽一根煙，燒了二十棟房子和一百個人。張生人死了，張生人死了，讀了那麼多書的張生人，死了，一個哲學博士，一個漂亮的極受歡迎的單身漢，死了，被一個醉漢的一根菸燒死了，世界上的事總是這樣的，壞的剋了好的，雜的剋了純的，醜陋的剋了美麗的。

**觀衆代表**：（緩緩的走上）朋友，你又來了。

**先知**：是的，你也來了。

**觀衆代表**：（憤怒）哼，我告訴你，我眞受不了啦！我對戲劇是頗有修養的，我敢說，編劇的意思，是要在這裡造起一個高潮的，但是，你看，你演成什麼了，你把這段戲演砸了！

**先知**：不，先生，大多數人的生命從來沒有高潮，我不懂什麼叫高潮，我也不懂什麼叫低潮，先生，每個故事都是一樣老套，生下來——長大——結婚——死了，朋友，我告訴你，你安心的坐下吧，我們這裡是沒有什麼高潮的。

**觀衆代表**：好吧，沒高潮就沒高潮，我且問你，那位編劇到底打算怎麼樣？他打算怎麼樣瞞著兩位老人？

**先知**：他打算給張生人找個替身。

**觀衆代表**：咦，這眞是怪事了，假的兒子能瞞得過父母嗎？假的父母也許還能瞞得過兒女。

**先知**：爲什麼？

**觀衆代表**：因爲兒女從來不拿正眼瞧父母，但假的兒子是瞞不過父母的。哼，荒謬，荒謬，我眞要去質詢導演，哪有父母錯認兒子的事！太沒常識了。

**先知**：好，那麼，就請你去問導演吧！

**觀衆代表**：好，問就問，導演，你給我出來！

**導演**：（走出，生氣；但並不發怒）喂，朋友，導演也不是好做的，你要有本事，你就來導演，否則，請你還是回去就座吧！

**觀衆代表**：好呀，就是你，你出來，你聽見過一句話沒有，顧客永遠是對的，你知道嗎？觀眾也永遠是對的，你錯了，你知道嗎？

**導演**：朋友，你回去就座吧，我正在後臺忙著教假的張生人演戲呢！他馬上就要上臺了。

**觀衆代表**：我告訴你，這眞是荒謬極了，你非解釋一下不可，假的張生人怎麼瞞得了兩位老人，你說。

**導演**：老人？哈，老人最好瞞了，老實說，天下父母認得自己兒女的有幾個？他們的兒子如果愚笨，他們就說他老實。他們的兒子滑頭，他們就說他聰明。他們的兒子揮霍，他們就說他大方。他們的兒子小氣，他們就說他節儉。他們的兒子娶不到老婆，他們就說他眼界高。他們的兒子用情不專，他們就怪天下女人都迷上了他兒子——好了；要是他們的兒子功成名就呢，他們就說他長得像他老子。

**觀衆代表**：別扯了，別扯了，誰跟你談這個，我是說，假的張生人裝不來眞的張生人，一下子就要給認出來的。

**導演**：這個你放心，演戲這玩意兒人人都會，不用多教，你看，有誰說假話會臉紅心跳的？除非是生手。還有，那些糊塗人裝聰明，那些聰明人裝糊塗，不是個個都裝得很像嗎？我不知道你老兄是什麼裝的，不過我覺得你裝得也不錯啊。

**觀衆代表**：你這人，滿嘴胡言，我告訴你，我可是一片好意，我怕假的張生人被人戳穿了，你可就下不了臺啦！

**導演**：我告訴你，就算眞的張生人回來了，你看起來還是以爲他是假的，他早就面目全非了，我告訴你，你以爲他在東京大火中才喪生的嗎？來，我們的先知，你把眞相告訴他，讓他知道，張生人是什麼時候死的。

**先知**：朋友，你知道嗎？張生人早就死了，他考上大學的那一天，他所有的年輕的理想都死了。他走上飛機的那一天，他所有對這裡的愛都死了。而當他埋首在圖書館的那些日子，他所有的智慧都死了，他的軀殼死得比較慢，是剛才纔死的。

**導演**：謝謝你，先知，請你回去吧！這場戲裡沒有你，還有這位朋友，也請你回去吧。（觀眾代表下）

**先知**：導演先生，你搞錯了，這齣戲裡是有我的。

**導演**：沒有，沒有你——人家母子團圓要你夾在中間幹什麼？

**先知**：不，你錯了，導演先生，這齣戲裡，並沒有什麼母子團圓的場面。即使張生人活著回來，他們母子也永不會團圓的，他們的語言已經彼此不通了。不錯，他月月寄支票回來，但他怎麼也辦不到愛他們了，他已經忘了怎麼愛他們，沒有愛，還有什麼團圓。

**導演**：好了好了，先知，我的麻煩夠多了，你不要再來折磨我了，無論如何，這齣戲叫做母子團圓，至於他們愛不愛，了不了解，那不是我的事，我只管叫他們母子團圓。至於你，你要是不肯走，你就給我站到那個角落裡去，這個區域，我是要留給張生人的——（拍手）張生人，你好上場了。

**張生人**：（其實，他還是原來的張生人，但是，當然老了些——他的一隻手中甩著他高中時代愛用的摩托車鑰匙，一隻手中拿了個旅行袋，脅下挾著個吉他，匆匆忙忙地跑了上來）

**導演**：回去，蠢才，笨蛋，你應該從那邊上來，記得要按鈴（張生人急得又往回鑽）還有，那個鬼鑰匙給我丟掉，那是張生人高中時代的玩意，現在用不著了。還有，你老是忘記，眼鏡可得戴上，走路穩重些；好好演，聽到沒有？（導演隨亦下臺，先知漸退，亦下）

（鈴聲）

（丁丁揉眼而起，用假動作開門，門開了，假的張生人走了進來，走得很穩重，或者說很僵硬，一如導演所要求的，他戴上了眼鏡，鑰匙不在手上了，行李似乎更多了幾件）

**丁丁**：啊，舅舅？

**張生人**：舅舅？哦，是，我是舅舅。

**丁丁**：（摸他）啊，舅舅你是活的吧？

**張生人**：是——是活的。

**丁丁**：啊，外公外婆，舅舅回來了，舅舅回來了。

（外公外婆隨即奔出——所謂奔，是指他們費力的程度，但事實上卻走得很慢）

**丁丁**：舅舅，你沒被燒死，眞好！

**外公外婆**：（一面寒暄，一面驚懼的回頭）什麼，丁丁，你說什麼？

**丁丁**：我沒說什麼——啊舅舅，你沒趕上東京大火吧？我剛才作夢，聽到有人說你死了。

**外公外婆**：丁丁！你到底說些什麼？

**丁丁**：我說——哼，你們還不曉得呢——東京燒大火，還好，舅舅提早回來了。

**外公外婆**：怎麼，東京失火了？你的行李沒有損失吧？

**張生人**：還好（恭謹而冷硬）爸爸，媽媽，請二老放心，行李沒有什麼損失。

（忽然忍不住地掩嘴失笑，跑到面對觀眾代表的地方）啊喲，啊喲，眞正笑死人，自己的兒子都死了，還來關心行李呢！你們說滑稽不滑稽？

**丁丁**：（忍不住）舅舅，舅舅，那是不是我的電吉他？

**張生人**：啊，對不起，導演說叫我一見面就把禮物給你，我竟然忘了——哦，「有個人」說你會喜歡，還要我多給你一個小帳棚，他說，你會喜歡的。

**外公**：生人，你到底說了些什麼？誰叫你買帳棚的——

**外婆**：說話怎麼還是這種老毛病，總是說半截子，弄得人家聽不懂。

**張生人**：啊——唔——（自知失言）我沒說什麼啊！對了，爸、媽，這是我給你們買的一點小禮物，請你們自己打開看吧！

（外公取出他的禮物，是一根手杖）

（外婆也取出她的禮物，是一套珍珠首飾）

（兩人都眉開眼笑，小丁丁把項鍊掛在自己的頭項上，又去搶外公的手杖試著走路，三人樂成一團，張生人卻不屑的走向觀眾，忍住笑，小聲地說）

**張生人**：啊喲，你們說好笑不好笑，簡直滑稽，這三個笨蛋還在高興呢！我告訴你們，我爲什麼買珍珠給媽媽——我姑且叫他媽媽。因爲，再過不久，他的眼淚便會像珍珠，一滴滴地流個不完。而爸爸——我姑且叫他爸爸，我爲什麼要送他一根手杖呢？

因爲他正像希臘神話裡的謎語，他用四個腳走路的早晨已經過去了，他用兩個腳走路的中午也過去了，現在是他該用三個腳走路的晚上了，導演說這一幕再悲慘不過了，可是，哎喲！你看他們還在笑呢！

**外婆**：生人，你又犯老毛病了，一個人咕咕噥噥地幹什麼？

**張生人**：老毛病？（仍面對觀眾）哈，導演說我能多演出一個老毛病，就要多給我十塊錢表演費呢！（轉身對二老）爸爸，媽媽，我沒幹什麼。

外公：丁丁，你進去，我有話要跟你舅舅說。

丁丁：好吧，你們說吧，我也有話要跟我的吉他說。（抱著吉他提著帳棚，走了）——Bye—bye——

外公：生人，你知道我們要跟你說什麼嗎？

張生人：我知道，我聽導演說（急而掩嘴）嗯，我，我想，你們最關心的是我的婚事。

外婆：不錯，你知道我們給你取這個名字是什麼意思嗎？

張生人：啊！（著急）我，導演先生沒告訴我，唔——我想，我想，這意思是說我是一個陌生人，正如法國人阿爾伯．卡繆說的，就是那個存在主義的哲學家說的，是一個陌生的異鄉人，或者說是一個異鄉的陌生人。

外公：生人，你眞是愈來愈糊塗，你要演講，請上別處去，但在這裡，我們要你安靜地坐著，把我們十二年以來跟你嘮叨的話題再說一遍——

外婆：我們要一個人，就像你的名字，生人，我們要你娶媳婦、生兒子。你懂了吧？我們要你生出一個人來。

外公：你出國十二年了，什麼消息都沒有，不但沒有孩子，連媳婦都沒有，不但沒媳婦，嗯，連女朋友都沒有吧？

張生人：（垂首不語，一種鄙視而又忍耐的樣子）

外婆：你爲什麼不說話？

張生人：哼，說到女朋友，我是沒有的，媳婦，也沒有，兒子呢，倒有一個，住在孤兒院裡，怎麼，你們要！

外公外婆：什麼？（外婆獨自接下去說）唉，我明白了，你眞荒唐，（縱容地）不過，那又有什麼關係？你爲什麼不把他認回來呢？如果你嫌麻煩，由你姐姐認領也可以呀！

**張生人**：不，人類的存在是荒謬而可笑的，婚姻和家庭，也是荒謬而可笑的，我不知道我要一個孩子幹什麼？生命充滿了不愉快的經驗，我寧可他住在孤兒院裡，我寧可他永遠走不進學院，我寧可他一輩子做個快樂的清道夫。

**外公**：好了，（讓步的）我想，年輕人一時荒唐也是難免的，不過這次，你既然有一個月的假期，我們希望能爲你安排好婚事，你媽媽給你找了二十四個女孩，個個都溫柔漂亮，你不妨一個一個去試試。

**張生人**：（獨自起立走向觀眾）啊！有一段祕密，導演沒交代清楚，我不知道該不該說給兩位老人家聽，張生人的兒子是白痴，白痴，你懂嗎？先天性白痴，張生人在他們眼中不知多優秀，而其實，他除了有個哲學博士以外，什麼都沒有。

**外婆**：你在想什麼？啊！你去想想也好。

**先知**：（在後臺四面八方叫起）

張三先生——

李四女士——

張生人先生——

**外公外婆**：什麼，有人在叫我們嗎？

**先知**：張三先生——

李四女士——

**外公**：我們想聽，聽不清！

**外婆**：我們想看，看不見！

**先知**：不，你們不用聽，因爲你們即使能聽，也聽得有限，即使能看，也看得有限。

**外公外婆**：但是，你是誰，你在哪裡？

**先知**：我是我，我不在哪裡。

**外公**：你怎麼進來的？

**先知**：我從來就沒有出去。

外婆：你來幹什麼？

張生人：咦，先知，是你嗎？你怎麼還沒走啊！

外公：原來是先知，你又來了，你居然又來了。

先知：是的，張三先生，我有話要和你說。

外婆：但是我們沒有時間，你看，我們的兒子回來了，我們忙著替他解決終身大事，我們沒有時間。

先知：又是沒有時間——可是，你們卻有充足的時間去鉤心鬥角，你們也總有時間去痛苦，你們更總有時間去失眠——唯有對於眞理，你們永遠是沒有時間接受的。

外公：先知先生，我想，許多年來，我們對你已經夠寬容了，宗教，宗教，爲什麼你還不走進博物館？你爲什麼還來騷擾我們？

先知：你錯了，張三先生，向來只有人類去騷擾宗教，宗教卻從來沒有騷擾人類。當人類和人類的文明都進入博物館的時候，宗教卻瞪著眼睛站在大門外面看著呢！

張生人：先知啊！先知啊！你走吧！這裡沒有你的子民，你去向老弱婦孺傳道吧！

先知：說到老弱婦孺，誰不是呢？大家都是婦人所生的孺子，大家都會老，也都會弱。但是，朋友啊！請你不要著急，因爲我不想打擾你——你不值得，因爲你不是一個「人」，你只是一個「名字」，只有「人」才會思索宗教，接受宗教，反對宗教，但你不是，你只是一個名字。

張生人：什麼，你說什麼？你敢說我不是人？

外公：我的兒子怎麼不是人？他的名字就叫張生人！

外婆：好了，好了，我們知道你是好人，但你說的東西太虛無縹渺了，我們只是凡人，我們只喜歡眼前的東西，像我，我一心只想要個兒子，有了兒子，我就想要個孫子，有個孫子，我……

先知：但是，請問，你祖父的祖父從何而來？你孫子的孫子往何而去？——看得見的是暫時的，（提高聲）看不見的才是永久的——

外公：什麼？什麼暫時，什麼永久，我現在抓住我兒子的手臂，我看著他的臉，這就是「一切」，明天，等我替他娶妻生子，我就有了「一切」的「一切」。

張生人：請你走吧，朋友，導演說的，這幕戲裡沒有你，眞的，沒有你。——你饒了我吧！——你走吧！

先知：朋友，請你要弄清楚，到底是沒有我，還是沒有你？

外婆：好了，你過來，孩子（小聲自顧自地講起話來）如果你不反對，今天晚上王家要給你洗塵，王家的二小姐是出名的美人，你說好了，我好給人家回個電話。

先知：總是這樣的，結婚、生孩子、再結婚、再生孩子，——總是湊不足錢結婚，也總是湊不足錢養孩子。老的忙著死，小的忙著生，生生死死，死死生生，一場打不完的糊塗仗。

外公：夠了。（不耐煩大叫）

丁丁：（匆匆跑出，顯然地，她是一個愛看熱鬧的小孩）什麼事？什麼事？

先知：啊！孩子，又是一個孩子，不久以前，我看過你的曾祖母，不久以後，我將看到你成爲別人的曾祖母，孩子啊！孩子啊！

丁丁：你，你是誰？你的聲音好熟，你的臉

像一個什麼朋友的臉。

**先知**：不要問我是誰，你且聽我一段話，你們忙，我比你們更忙！

**張生人**：忙，你還忙？你忙還跟我們蘑菇，你要是不忙，那還得了？

**先知**：是的，我忙，忙於憂愁，忙於向自以為忙的人搶一點時間。

**丁丁**：你是說，如果我們聽你一句話，你就會忙著走開嗎？

**先知**：是的。

**丁丁**：好，那麼讓我們忍受吧！外公、外婆，你們不是說，「人生不如意事常八、九嗎？」那麼，讓我們忍受一下吧！

**先知**：（翻開《聖經》）你們聽著，「嗐，你們說，今天，或者明天，我們要往某城去，在那裡計畫住一年作買賣賺大錢——其實，明天如何，你們還不知道，你們的生命是什麼呢？你們原來是一片雲霧，出現少時，就不見了。」

（舞臺稍稍沉默了一段時間）

**外公外婆**：完事了嗎？

**先知**：是的。

**丁丁**：咦，就這兩句話？

**先知**：（凝視地）孩子，你還嫌少嗎？（逼近地）夠你參悟一輩子了。（逕向舞臺下走去）

**丁丁**：（尖叫）他穿牆出去了，他會穿牆，（跑過去看見根本沒有牆，叫得更尖拔了，一如乃母當年）啊！天啦，不得了，是牆倒了，牆倒了，我還看見有人在看我們呢！

**張生人**：（亦跑過來看，忽然著急起來）哎，是了，是了，導演好像告訴我，從前這牆就倒過，那時候，那位張生人有過一段臺詞的——不是張生人，是「我」，我有過一段臺詞的，那段臺詞怎麼說，我想起來了……

**外婆**：幹什麼？幹什麼？叫魂似的，就像你媽……

**外公**：什麼牆？是我們的牆嗎？

**張生人**：啊！我想起來了，我想起張生人的臺詞來了——我是說我想起我自己的臺詞來了。媽媽，媽媽，我求求你，窗簾也好，被單也好，破布也好，你找個什麼把這面牆遮一下吧，我受不了，這麼多人看我，我受不了了！

**外公**：天哪，是真的倒了，昨天晚上還是好好的，怎麼今天就倒了？（伸手去摸舞臺其他三面）你們看，這幾面牆都好好的，偏偏倒了這一面，一定是老王修房子的時候偷工減料，呸，我非去找他不可。

**張生人**：丁丁別急，舅舅有辦法，好歹先用手帕遮遮，（爬上矮墩，以半蹲的姿態站著，並且又復掏手帕，企圖遮住自己，不料掏不出手帕）哎呀，忘了帶手帕，（改用雙手遮擋）好吧，只用手，不用帕了。

（外公、外婆、丁丁都去找窗簾了）

**張生人**：（伸腿欠腰，做痛苦狀）哎喲，快點呀！

（外公、外婆、丁丁捧著假想的窗簾出場如前）

**外婆**：快來放窗簾，（一面拉幕）奇怪，我記得這面牆是修好的呀！奇怪。

（幕下）

**觀衆代表**：（打呵欠）什麼，第三幕也完了嗎？要命，我睡著了，他們到底演了些什麼？（打開綠油精擦頭）咦，我作夢的時候，恍恍惚惚聽到什麼「你是雲霧，出現少時，就不見了」到底是什麼意思？雲霧？少時？不見了？我請你抽菸（掏出菸來，自己吸一口煙噴出來，煙散了）雲霧？少時？不見了？（走過去拍某觀眾的肩膀）你告訴我，這段話究竟是什麼意思？（下）

## 第四幕

幕啓時，臺上一片黑，漸漸地，亮了一點，又漸漸，中年婦人張人生獨坐著，她手中握了十幾個氣球，她毫無表情地任它們一個一個飄走了，氣球放完後，她發現手中握著一串鑰匙。

**張人生**：咦，怎麼都還在睡？咦，這不是弟弟的鑰匙嗎？弟弟，你看我給你找出個什麼，弟弟。（邊叫邊入內）

（舞臺有短暫的安靜）

**觀眾代表**：各位，你們想不想睡？我是想睡了；我每天八點半以後就不行了，——也就是說，看完電視連續劇就沒勁了。湊巧這齣戲又壞得出奇，唉，這編劇眞該死，你想，我們來看戲，無非想看看才子佳人，無非想看看公子怎落了難，而小姐怎麼在後花園裡送他金子，後來公子又怎麼中了舉，怎麼團了圓。可是，這位編劇一定是生手，他寫得眞糟，他只會一代一代地寫，總是結婚，總是生孩子，這哪裡是故事，這簡直就是我們居家過日子——我們自己過日子已經都過得膩畏死了，還要來看人家過日子，豈有此理！

**導演**：（自旁門走出）下去，下去，沒看過你這種人，你到底是觀眾還是演員？

**觀眾代表**：好，你還敢罵我？世界上再沒有比你更糟糕的導演了，「顧客永遠是對的」，你聽過沒有？

**導演**：好，我警告你。

**觀衆代表**：警告？我怕什麼警告？天老大，我老二，我怕誰？

**導演**：待會兒先知又要出場傳道了，哼，那時候，你想逃就不簡單了。

**觀衆代表**：哼，我誰都不怕——不過，我當然還是回去坐著舒服。（縮頭下，把雙手放在膝上，坐得有如一個聽話的小學生）

**導演**：各位，對不起，我們的張生人先生出了點麻煩，我導演得太好，他現在簡直就以爲自己就是張生人，他滿嘴失落、虛無、荒謬、憂鬱，把我也弄糊塗了——好在美國方面有電報叫他回去，美國方面還不知道他已經死了，我們的郵局也不知道，你們且等著，我去把這封電報弄到手。（下）

（張生人與張人生一同走出）

**張人生**：弟弟，別睡了，弟弟，你想想，你掉了什麼東西？

**張生人**：（不加思索）沒有，沒有，我什麼也沒掉。

**張人生**：你看（舉起鑰匙）

**張生人**：咦，這不是我的鑰匙嗎？

**張人生**：是呀，從小我就跟著你撿東西，沒想到弄到現在，還是在替你這哲學系主任撿東西。

**張生人**：姐姐，老實說，我已經忘了你了。

**張人生**：什麼？

**張生人**：其實，你也忘了我了，我們一別十二年，見了面卻要稱姐道弟的，我們在一起眞荒謬可笑啊！

**張人生**：什麼？我們在一起荒謬可笑？

**張生人**：的確可笑，老實說，每件事都可笑；結婚可笑，不結婚可笑，生孩子可笑，不生孩子也可笑；健康可笑，生病可笑；活著可笑，死了也可笑……（憤然揮拳）算了，不談這些，姐夫呢？丁一他還是那麼又認眞又可笑嗎？

**張人生**：他？他才可笑呢！他以前作夢都想做畢卡索，現在呢？卻在一家廣告公司給人畫大腿，昨天晚上，他替一種胃藥設計一段廣告，哈，廣告想不出，自己倒先弄出胃病來了！

**外公**：（外婆同上）什麼？誰胃病了，是不是昨晚的菜太油膩了？

**張生人**：昨天晚上的菜還好，倒是那些女孩子，媽媽，我膩了。

**外婆**：胡說，今天晚上（語氣轉柔）今天晚上的吳小姐最好了，你一定中意，一定中意——其實上次王二小姐最好了，你爲什麼不中意，眞不懂。

（燈光全熄，只留一盞紅燈以恐怖的顏色照在張生人一人身上）

**張生人**：中意？哈，除了大麻菸，我什麼都不中意。奇妙，刺激，滿原野都是花，每朵花是一個女孩，你可以隨便要，所以，婚姻是多餘的，孩子是多餘的，孩子，孩子？我有一個白痴兒子，聽說，是吃大麻菸的結果，吃大麻菸就有白痴的兒子，哈哈，我願天下人都吃大麻菸，我願天下人的兒子都是白痴。哈哈哈哈哈……（笑聲轉成哭聲，戛然而止，燈光持續良久，然後恢復）

**外公**：這孩子瘋了，他讀的書太多了。

**外婆**：不要緊，他一向這樣，等娶了媳婦就好了。唉，他就是眼界太高。

——按鈴聲，張人生開門，導演假扮郵差來送電報——

**導演**：電報，電報，張生人先生的電報。

**張人生**：弟弟，你的電報。

**張生人**：什麼，什麼人打電報？

**導演**：美國來的電報，快蓋圖章，電報，美國加州來的電報。

**張生人**：（看到導演，大驚欲呼，導演暗示不可）姐姐，快幫我拿圖章來。

（張人生入內取印，交張生人蓋章）

**張生人**：這是什麼電報？（打開看）啊！爸爸，媽媽，我要走了，我們教書的學校學生鬧學潮，把文學院院長關起來了，哎，鬧！鬧！鬧！我得回去了！我得回去了。姐姐，幫我把行李拿來。

（張人生急下，幫他取出旅行袋）

**外婆**：等吃了晚飯再說，忙什麼？

**張生人**：（提著旅行袋，往外跑）吃飯？飯碗都砸了！（下）

（導演推扯著，張生人又復上場，這種下而後上的路線頗似中國平劇，亦即在靠近背後佈景處下場，在靠近觀眾處上場）

**導演**：喂，喂，你幹什麼？

**張生人**：上美國去！

**導演**：笨蛋，你上什麼美國，美國豈是你去的？

**張生人**：怎麼？電報是假的嗎？

**導演**：電報是眞的，不過，你卻是假的！

**張生人**：什麼？我是假的？

**導演**：不錯，你是我花錢請來演戲的。

**張生人**：（低聲下氣）哎，我說導演兒，咱們打個商量好不好，我在這裡演張生人演得還不錯，到美國去，我也能演得像啊！

**導演**：算了，算了，別囉嗦了，看你還演了不少老毛病，可以給（掏錢計算，張生人伸手欲接）兩百塊錢表演費，（旋又後悔低聲說「哎，我總共也只有兩百」）好吧，待會兒散場在門口再算吧。（張生人提著提箱和上衣欲下，導演一把拉回）喂，這道具是我的，你可別帶走了。

（張生人歸還提箱，悵然若失地搭著上衣）

**張生人**：和一般人一樣，我曾努力扮演一個做兒子的角色，我也曾努力扮演一個做弟弟的角色，我也不知道演得好不好，管它的呢，是好也罷，是壞也罷，反正我是要走的，可是我能夠到哪裡去呢？我會到哪裡去呢？

**張生人**：再見了，爸爸。

**外公**：生人走了——

**張生人**：再見了，媽。

**外婆**：我的兒子，他走了！

**張生人**：再見了，姐姐。

**張生人**：弟弟走了——

（先知出現，從觀眾代表身旁走上舞臺）

**先知**：朋友們，你們錯了，張生人根本沒有回來——而，因爲他沒回來，所以，他也就沒有走。

**外公**：先知啊，請看：我們的頭髮被焦慮漂白了，我們的背脊被憂傷壓彎了；而你，竟然還來向我們打謎語……

**外婆**：請你離去吧，我們的心情灰黯，聽不進你的話。

**張人生**：請你走吧，我們聽不懂你的話，我的父母只想著孫子，我只想著買菜的錢，我的女兒只想著吉他，我們聽不懂你的話……

**先知**：爲什麼？朋友，你們的耳朵發沉，好像被破布塞住了；你們的心靈昏迷，好像被肥油包裹了；今日我搶天呼地的告訴你們，離開有限的，去追尋無限的；離開短暫的，去追尋永恆的；離開可見的，去追尋不可見的；離開邪惡的，去追尋善良的。

**張人生**：（起立察看）怎麼，牆又破了，原來你就是從破牆裡跑過來的。（由於她此刻已是一個沉著的婦人，而不是那種容易受驚的小女孩，所以她竟跟從前判若兩人了）爸爸，媽媽，你們難道看不見嗎？牆倒了，你們也不在乎嗎？

**先知**：不，孩子，你不要企圖用牆把自己隔離起來，我告訴你一個祕密，家家人家的牆都是倒的，家家人家的生活都是被人虎視眈眈地看著，而家家人家也都虎視眈眈地看著別人的生活。孩子，你看，在你們的牆外有一千隻眼睛，那些眼睛都是來看熱鬧的，他們指著戳著，嫌你們家裡發生的事情不夠多，不過癮，他們又嫌你們演技不好——人類眞是很殘忍的，他們專等著看別人出洋相，他們的眼睛裡全是血，他們最愛看悲劇——別人的悲劇——一面看一面哭，一副假仁慈的樣子，但是（指觀眾）但是他們好多了，羅馬皇帝喜歡看獅子嚼基督徒，嚼得喀嚓喀嚓的，西班牙的紳士淑女喜歡看鬥牛士殺牛，殺得鮮血滴瀝滴瀝的；他們呢，只想看看熱鬧罷了，他們的心腸不壞。

**張人生**：誰曉得，總之，人活著，就愛彼此窺探吧？

（忽然，外婆萎然倒下）

**外公**：啊，人生，快去打電話給王大夫，你媽媽不行了。

**外婆**：不，不用打了，人生，不用打了。

**張人生**：等一等，我去，我去打。（跑下）

**外婆**：我的血，哦，我的血，我的血全衝到腦門上來了。（紅色的燈光亂旋）

**張人生**：（跑回）救護車就來了，爸爸，你準備一下，我們馬上送媽媽入院。

（在他們正忙於收拾的時候，救護車的聲音在門口響起，先知幫著他們一起把老婦人抬上車，舞臺上有短暫的安靜，然後，先知走回來）

**先知**：（祈禱）父啊，憐憫他們，因爲他們所做的他們不曉得。

他們不斷地喝，卻永遠乾渴，

他們不斷地吃，卻永遠飢餓，

他們不斷地堆聚，卻永遠缺乏，

他們不斷地營求，卻永遠虛空。

（這段話可視需要重複幾次）

**丁丁**：（快樂地走入，忽然感到出奇的安靜，不由得也靜了下來）媽媽，外婆，你們都到哪裡去了？

**先知**：孩子，你找他們有什麼事？

**丁丁**：怎麼？又是你？我有很重要的事要告訴他們，我的舅舅呢？

**先知**：很重要的事，——難道說，你也要結婚了嗎？

**丁丁**：（愕然一下）你？你怎麼知道？

**先知**：唔——要結婚的人，他們的臉不同。

**丁丁**：什麼？（摸自己的臉）臉不同？

**先知**：不過，你現在結婚不太早了些嗎？你不過只有十七歲呀！

**丁丁**：早？不早了，十七歲和七十歲有什麼分別？青春轉眼便消逝，先知先生，你不覺得嗎？

**先知**：的確，我不覺得有什麼分別，但是，孩子，我告訴你，你的外婆病了，很嚴重。

**丁丁**：什麼，外婆病了，在哪裡，我要去看她。

**先知**：不，你不要動，讓我們坐在這裡等她，不，你不要哭，她也許會康復，也許不會，我們什麼也不能做，醫生也什麼都不能做，他們只能幫助她不惡化，小丁丁，我們只能爲她祈禱，我們只能爲自己祈禱，因爲生病的人和健康的人都同樣的不幸。

**丁丁**：死亡，死亡原來一直寄生在我們的屋子裡，原來，死亡，不單是別人家的事，也可能是我們自己家的事。（燈光顯出日出日落，月升月沉，老先知和小女孩默然對坐，這種沉寂感覺上有千年之久——忽然有車聲，開門聲——）

**丁丁**：（跑出去迎接）外公，是你嗎？外婆怎麼樣了？（外公和張人生合力抬著老婦進來，她被安置在一張輪椅上，穿著一件類似醫院病人制服的袍子，袍子左邊是紅色，右邊是黑色，她的手套，也是左紅右黑）

**丁丁**：外婆好嗎？外婆活著嗎？

**外公**：是活著的，也是死的，她中風了，她左邊活著，她右邊死了。

**外婆**：（張口叫小丁丁，語音既吃力，又不清楚，她掙扎著，用手去摸小丁丁）

**丁丁**：外婆，你的右手不行了嗎？（她去摸那隻手，那隻手被抬起，又落下，有如鬆了螺絲的義手）——嗚，外婆，你再不能打毛衣了嗎？再不能包餃子，做蔥油餅了嗎？你的右手，嗚——外婆。

**外公**：小丁丁，別吵，小丁丁，外婆要安靜。

**丁丁**：（轉而撲向媽媽）媽媽，媽媽，難道有一天你也會如此嗎？會不會，會不會，你說啊！

**張人生**：不會，媽媽不會的！（她的口氣很勉強）

**丁丁**：不會？可是外婆，外婆爲什麼會那樣？生命多麼殘酷啊，生命是一個漂亮的小梨子，你剛品嘗出一點味道，便已經吃到又酸又澀的心子了！

外婆：（做手勢叫先知，但因爲口齒不清，過了好一陣子，外公才弄明白她的意思）

外公：你是要先知，是嗎？

外婆：（點頭，一面發出肯定的「咢」「咢」之聲。她的語言一如嬰兒，不被了解時憤怒如嬰兒，被了解時喜悅亦如嬰兒，但她的白髮蕭蕭，有如枯葦，她的頭髮似乎已加入她的右邊一齊死了，使她看來衰竭極了）

外公：他來了，你要聽他，是嗎？

先知：李四，我的姐妹，從前，我曾千方百計要向你說話。但現在，你想聽我說一句話，我卻覺得不如沉默了。因爲，你不再需要別人向你解釋眞道了，當你渴切地需要眞理的時候，眞理便來到你心中了。孔子說過「我欲仁，斯仁至矣」，你小時候背過的。「我欲仁，斯仁至矣」，當你渴望救恩的時候，你的心靈已經比千萬神學家更豐富了。

外婆：（嗚嗚發聲，指天，指己心，又合手作敬拜狀）

先知：你的左邊活著，
你的右邊死了，
活著需要的是能力，
死亡需要的卻是大智慧，
智慧比能力更美麗，
而你，李四，你兼備了智慧和能力。因爲，你了悟了生死，你集生死於一身。
（忽然，他很有信心地說）我走了，朋友們。

外公：（粗暴地）你走？爲什麼？我們眞正需要你的時候你卻要走。

先知：不，你們不再需要我了，你們的心從前是石頭造的，冷硬而無情，但現在，你們的心像經過了一夜春雨的水田，可以滋生一切最好的種子。

（這一段和以下一段可以斟酌情形在舞臺上放一些描述大自然的電影片）

**丁丁**：可是，誰來教導我們？誰來向我們指示眞理的道路？誰來向我們傳揚穹蒼的奧祕；你知道，我們都是凡人，俗人。

**先知**：難道你們的教師還不夠多嗎？難道山岳、海洋、星辰、大地還不足以做你們的啓蒙師嗎？難道百草千花不足以說明祂的手段嗎？難道春天的綠水，秋天的黃葉，不足以叫你們感動而哭泣嗎？

（一片靜穆中，有雄雞的聲音叫徹天空，接著是太陽上升，每個人身上都是莊嚴的金紅色，他們似乎一霎時都成了貴族。忽然，有羣鳥振翅，啁啁啾啾之聲不絕於耳）

**外婆**：（也許因爲病了，她的注意力特別集中，她是最先聽到這聲音的。她興奮地叫嚷起來，揮動著她的左手）

**張人生**：什麼事？媽媽。

**外婆**：（固執地表現她美妙的發現）咢——咢——啊。

**外公**：哦？是的，我聽見了。

**全體**：啊，——我們聽見了。

**觀衆代表**：啊，我也聽見了（抓頭）唉，奇怪，我從十四歲以後就沒有聽過鳥叫了，我每天只聽見鬧鐘。（下）

**丁丁**：啊，是誰？又是你，（跳腳）唉，外公，你怎麼不去找個人把牆修好。

**先知**：隨它去吧，人類的眼睛是鐮刀，隨時都想宰割別人，但我們的辦法不是去修補牆，而是去開一扇天窗。

（忽然，所有的燈都熄了，只有舞臺上方照下明亮的天光）看啊，這裡，是你們的舞臺。如果臺下（指著觀衆）有喝倒采的聲音，有謾罵的聲音，請注意，在那上面，有慈祥安慰的聲音。這裡，是第一面牆，（指著舞臺上的三面幕）這裡，是第二面牆，這裡，是第三面牆，這裡（指臺口），是第四面牆，三面牆開向自己，一面牆開向觀眾，但這一面（指上方），這第五面牆最美，這一面開向湛湛青天。（稍作靜默）再見了，朋友，在別的地方，有別的舞臺，在等著我上戲，再見了，朋友們。（下）

**全體**：再見。

**外公**：我們推外婆進去休息吧。

（外公推著外婆，有如推一輛甜蜜的嬰兒車；張人生丁丁一前一後的跟著。車子前進時，舞台上響起黑人靈歌「輕搖，可愛的馬車，輕搖著來接我回家，我望約旦河，我看見些什麼？輕搖著來接我回家」）（從客廳把老婦人推回去的路當然很短，但他們卻走了很久——這段路象徵著死亡的旅途，但並不可怖，正如一個嬰兒在推車裡入夢）

舞臺漸暗，終至全黑，唯有輪椅推入的方向有微光充滿希望地亮著，算是閉幕。結束的鈴聲亦響起，但漸漸地，燈又一盞盞地亮了。但既不繼續演，也不謝幕。觀眾代表跑上舞臺，向後臺張望。

**觀眾代表**：咦，這到底是完了，還是沒完呀？

喂——

**導演**：哎，朋友，你又來囉嗦，你可以回家了！我們演完了。

**觀眾代表**：什麼？已經完了，喂，你忘了交代清楚了，張三李四到底曉不曉得他們的兒子死了？

**導演**：這個，我不清楚，不過，我倒是聽編劇說過，不告訴他們，是生離，告訴他們，是死別；所以告不告訴都是一樣，反正他們是傷心人就是了。

**觀衆代表**：豈有此理，豈有此理，天下也有這種編劇！我再問你，你大概也是抓來湊數的導演吧？戲演完了就要閉幕，你懂不懂？你不閉幕，我們怎麼知道你演完了沒有？

**導演**：不是我不懂，我告訴你，是編劇不懂，（掏出劇本讀）你看這裡怎麼寫的「燈光漸暗，算是落幕」你懂不懂？

**觀衆代表**：這，這，爲什麼？

**導演**：因爲，我也不曉得他搞什麼名堂。因爲他說，人生的舞臺，永遠不閉幕。

**觀衆代表**：這是什麼意思？人生的舞臺，永遠不閉幕。

**導演**：對不起，我沒時間，我的演員等著向觀眾致謝呢！請張人生出場——請張三出場——請李四出場——請先知出場——請丁一出場——請張生人出場——

**張生人**：（從觀眾席穿過，往舞臺上跑，一面大叫）導演，是不是該我了？（跳上舞臺）

**觀衆代表**：（站在舞臺上）哈哈，這麼差勁的演員，我要看看，我可要看看！咦，還有小丁丁呢？

**導演**：噢，對了，小丁丁上哪兒去了，請小丁丁出場——

**觀衆代表**：（一一檢閱似地細看，一面搖頭撇嘴）唉，眞的，我從來沒看過這麼差勁的演員。（欲下）

**導演**：哎，哎，別走（拉住他），別走。

**觀衆代表**：（慌忙）哦，不，不，讓我先下去，你們再謝幕，不然等下人家搞誤會了，我是臺下觀眾，我不是演員。

**導演**：（拉住他不放）別走，別走，你跟我們一起，那位先知說得好，世界上並沒有什麼臺上臺下之分，也沒有什麼演員觀眾之別，我們都是一樣的——各位觀眾，他也是我們的演員，他演的是觀眾代表。

**觀眾代表**：鞠躬，（反問），你別盡拉著我，我問你，你又是什麼？

**導演**：啊，對了，我也只是個演員，我演的是一個導演。

（全體鞠躬致謝，幕仍未落）

# 附錄：寫在〈第五牆〉出版之前

元雜劇裡有一齣非常有趣的戲——藍采和（它的正名是「呂洞賓點化伶倫客，漢鍾離度脫藍采和」），使我感動的不是呂洞賓和漢鍾離那樣苦心地來引渡劇場中的名角藍采和，也不是藍采和走下生日宴會的盛景而乍遇官刑的淒涼，更不是藍采和修道三十年後將赴瑤池閬苑的風光。而是藍采和在出人入仙之際，猛然回首，見到熟識的劇場而興起的溫柔的感情，當他聽到劇團中的伙伴跟他說：「哥哥，你那做雜劇的衣服等件，不曾壞了，哥哥，你揭起帳幕細看咱。」他已差不多不能自持——三十年的修煉，近在咫尺的仙鄉，在偶然一眼的對劇場的回顧裡，都黯敗無色了！

劇場是迷人的！

連劇場的痛苦也是迷人的！

他的迷人處足以使即將昇仙的人徘徊駐足。

我不知道哪一個詩人在握管苦吟時逝去，但我知道劇人莫里哀是在舞台上倒下不起的。

我從來不曾放棄我的散文和小說，但戲劇卻是更令我傾心的一種形式。許多年浸潤在舊文學的芬芳裡，如今卻乍然發現我仍然有足夠的愛去愛西方的戲劇，去愛新時代的戲劇，使我自己也頗為吃驚。我忽然了解，唯有真正愛過中國的人才知道怎麼去愛西方，唯有真正愛過古典的人才知道怎麼去愛現代。

我寫〈第五牆〉，是在一九七一年夏天，演出，則在一九七一年年底到一九七二年年初。對自己的劇本我當然懷著自珍之情，但我仍相信我的劇本是有缺憾的，（誰能沒有缺憾呢？）我之所以寫劇本並將之演出，絕無自炫之心，我只願自己是一個長夜的秉燭人。我用祈禱的姿勢等待旭日，當真正的燦爛臨照時，我將比任何人更不愛惜這微小的光燄。

我願我所作的只是一段序曲——在新時代的中國劇場裡。

# 武陵人

石刻人

# 人物表

**灰衣黃道真**　他是一個漁夫，一個由於生活不得不執起網罟的漁夫，但也許由於年輕，他不知道如何使自己免於被網的命運而深感痛苦，他學不會安於無知。

**白衣黃道真**　他也是黃道眞，他常和黃道眞談一些看不見的事。一些似乎是不切實際的事。

**黑衣黃道真**　他也是黃道眞，他總不忘記提醒黃道眞做一個聰明世故的人。

**漁夫趙、錢、孫、李**　他們是一些成功的漁人，至少他們知道怎樣適應他們的生活，知道怎樣妥協。

**樵夫**　和漁夫一樣，他所做的也是一些文人們羨慕的行業，可是他也是一個不快樂的樵夫。

**桃花**

**翦紅**

**老叟**　桃花源中的長者

**小玉**　老叟的孫女

**大楞子**

**大楞子的父親**

**大楞子的母親**

**桃花的母親**

**羣衆若干人**　可有可無

## 前奏

在一切的動作和燈光之前，是音樂和舞蹈。

音樂很簡單，幾乎是說話，或者明確點說，是舊式的中國孩童的朗誦，對某些人而言，這種音樂是有點過分單純簡陋了。

可是這種緩慢的，拉長了調子的吟哦，似乎被一種沉重的歷史感壓迫著，亦自有其動人處。他們唸的是：（此頁音樂用〈前奏曲〉）

晉太元中，武陵人，捕魚為業。

忽逢桃花林！夾岸數百步，中無雜樹。

芳草鮮美，落英繽紛。

漁人甚異之，復前行，欲窮其林。

林盡水源，便得一山，山有小口，髣髴若有光，便捨船，從口入。

……

而這場舞蹈，是獨立的，由三個黃道真的並立，衝突，破析來籠罩全局，它的意義不單是序曲或楔子，它是整個戲的解釋。

## 第一幕

——燈光漸亮。

臺上有四個穿著簡單蓑衣的漁人，也有漁具，如魚簍、魚網之屬。但沒有漁船。也沒有魚。雖然如此，他們仍很逼真地撒網，收網，並且小心地駕著船，「煞有介事」地忙著。

（以下八行對話皆以歌舞表示，所用的曲譜見〈打魚歌〉，舞蹈結束後，趙錢一組、孫李一組，分別在舞臺兩個部位捕魚）

**趙**：魚啊，快來吧！魚啊！

**錢**：魚啊，快來吧！我作夢都夢著你呢！

**趙**：不但作夢，我走著坐著都看見你呢！

錢：來吧，魚啊！成堆成堆的來吧！
趙：來吧，成羣成羣的來吧！
錢：來它一百條吧！
趙：來它一千條吧！
錢：來它一萬條吧！
趙：（一面收網，一面尖叫起來）啊呀，一條魚，一條魚要漏掉了！
錢：快快，老李，老孫，快來幫忙，一條大魚，小心，要漏掉了，一條大魚。
（老李、老孫在垂釣，比較優閒）
孫：（應聲放下釣竿過來探視）在哪裡？一條大魚？別急，就算漏掉了，我也還能把它釣起來的，放心，我一定把它釣起來。
李：對啦，別急，就算老孫釣不起來，我老李也一定釣得起來，如果我釣不起來，明天你們兩個還可以網它。
孫：就算明天網不到，別急，它還會生小魚，生了魚，還是逃不了你們的網子。
趙：（怒然）好了，好了，它跑了，它跑了，它掙破一個大洞，哎喲——
錢：哎喲，又漏了幾條，快！（他們終於把魚網弄上船了）
趙：跑了總有四條。
錢：不止——我看總有六條。
趙：都是你的網子！（生著氣，幾乎把網扔到對方臉上）
錢：不錯，是我的網子，可是，你呢？你的網子好，爲什麼老是用我的網子！
趙：我的網子不好，我還知道，你的網子不好，你竟然不知道。
錢：我怎麼不知道，（坐下補網）我知道我的網子不好，（像在說急口令）可是總還比你的網子好——用我的網子抓魚，漏了四條——
趙：不止——你自己說六條。
錢：好，就算漏了六條，可是如果是你的網子，至少要漏六十條。

趙：胡說——我們從來沒有抓過一網六十條魚。
錢：我知道沒有——其實我們也從來沒有用過你的網子抓魚。
孫：啊——我釣到一條——（急著抓下，諦視）咦！好像是你們掉出來的那條。
李：你怎麼知道？
孫：嗯，（假裝拿著魚端詳）這隻魚神色很緊張，我看是一條逃亡魚！
趙：（神色肅然）這漏掉的六條，待會分魚的時候要算在你的帳上。
錢：胡說，你白用了我的網子，還要把漏網的魚算在我的份上。
趙：當然，我叫了「小心」、「小心」，可是「你」還是讓它漏了。
錢：「你」叫了？「我」也叫了——我還比你多叫了兩聲。
趙：不管，反正這六條魚我不認帳。
錢：你不認，我也不認。
孫：哎，別吵，別吵，我告訴你們一件祕密。
李：祕密？你老兄不會有祕密的——你要是有祕密（打量他的肚子）你的肚子都會憋得鼓出來的。
趙：算了，你的祕密大概都是些陳年的祕密吧！
錢：什麼祕密？是王家的鵝生了個雙黃蛋，還是張家的狗逮到了一隻耗子？
孫：哼，你們不要瞧不起人，這是眞的，天大的祕密，我從昨天晚上忍到現在，可眞不容易啊！
李：——到底什麼事啊？（眾人七嘴八舌地爭著相問）
孫：唉，說來話長，昨天我的姑奶奶回娘家來；她老人家已經九十七了，她說了些很嚇人的話呢！
趙：九十七了？她能說出什麼話來呢？
孫：哎，她也是聽說的，她說她做小姑娘的

時候聽她三舅公講的。

錢：天哪，你姑奶奶的三舅公說了些什麼呢？

孫：我姑奶奶的三舅公也是聽別人說的，他是聽他的姨婆說的，哎！但是我姑奶奶的三舅公的姨婆是聽誰說的，我就不知道了。

李：啊，你到底有完沒完，他們到底說了些什麼呀！（眾人再度追問）

孫：噓，他們說，我們武陵這地方曾經有一批人，六百年前他們沿著溪走，走著走著就不見了，他們說，可能他們成仙了。

李：哈，胡說，這條溪我們世世代代都在這裡抓魚，可從來沒見過一個神仙啊！

趙：是啊！我們從岸這邊抓到岸那邊。

錢：我們從下游抓到上游。

李：我們可就沒有見過一個神仙啊！

孫：哼，可是，我姑奶奶說是真的，她的三舅公也說是真的，她三舅公的姨婆也說是真的，聽說還有族譜可查呢！聽說他們都走進一個洞裡。

李：（悵然望山）可是，這麼長的溪水，這麼重疊的青山，到底哪一個洞裡有神仙呢？

趙：呀，老天爺保佑，要是能找到那個神仙洞府就好了，（咚然跪下）我再也不用抓魚了，我只要把魚簍往岸上那麼一放，魚就一條一條排著隊伍往裡跳了，到時候，我一拎，就回家了。

錢：呸，你這傻小子，你根本不必要魚簍了，你只要坐在飯桌上，到時候，魚會來敲你家的門的，並且自己跳到油鍋裡，會燒好了，又自己蹦到飯桌上，只等你張嘴吃就得了。

同聲：哎呀，哎呀，老天爺保佑，（依然跪著）讓我們找到神仙洞府就好了。那就好了，那就好了，那就一切都好了。

**孫**：（良久，嘆息）唉，我們只是在作夢罷了——六百年來沒人找到的地方，我們也是找不到的！

**同聲**：唉！（趙起立）

**李**：哎，別說了，那個人來了，那個作夢的人來了。（以下至一七五頁下用周文中〈漁歌〉為配樂）

**趙**：誰？

**錢**：哪個人？

（黃道眞出現在舞臺上，他也穿著蓑衣，看起來是一個無助的，不快樂的，不會捉魚的漁夫。他一手拿著一張網，也許因爲不會拿，拖拖拉拉地，倒像把自己也給網進去了）

（他有一個朋友，看樣子是個樵夫，背上背著一捆柴，柴又多又黑，像是許多個重疊的黑色大「X」，襯得他似乎成了一個寫錯的字）

**趙**：啊喲，你來幹什麼的呀？

**錢**：這還用問嗎？——人家當然是來捉魚的呀！

**孫**：捉魚？我看他不太喜歡魚。

**李**：我看魚也不太喜歡他。

**黃道真**：（執樵子之手）再見了，朋友，我的不幸的朋友，你去賣你的柴吧！賣完了，好膽出你的肩膀去扛明天的柴！去吧！到市場上去吧。

**樵子**：再見，朋友，我的比我更不幸的朋友！你去網你的魚吧，網夠了，你就曬乾你腥氣的魚網，好接受明天的腥臭吧！

**黃道真**：再會了。

**樵子**：再會了。（下）

**黃道真**：（急追）啊，我忘了一件重要的事——

**樵子**：（回頭停住）什麼事啊？

**黃道真**：我忘了，我忘了告訴你，現在是春天了！

**樵子**：哦——我知道——做樵夫的大概比做漁夫的先知道春天！

**黃道真**：唔——

**樵子**：你看，在山上，草綠得不一樣了，起先是淺淺的，好像綠得不太好意思似的，後來就一大蓬一大蓬，理直氣壯地壯著膽子綠起來了，然後就一不做二不休地綠得滿山滿谷。樹也不一樣了，你好像可以聽見樹醒了，咕嘟咕嘟的在喝地底下的泉水，（忽然活潑起來，忘了背上的重量）喝完了，就伸伸懶腰，（比畫）往這邊這麼一伸，就長出一根新枝子，往那邊那麼一伸，又長出一根新枝子，新枝子們一天一個樣子，害得我老是走迷路。

**黃道真**：可是，你不知道，在水邊，春天比山上來得還早，起先是化冰，化得嗤嗤喀喀的，那些冰都你爭我奪的來不及地溶，溶得一條河像一張琴似的。後來，水就愈來愈暖和了，有時候你把手伸進去，（伸手入河）覺得水暖和得像你的血一樣，你覺得整個一條河都是你的血，又年輕又快活的血，你覺得你的血（指遠方）流到天涯海角去了，流到洪荒的宇宙裡去了，你跟天地變成一體了。

**樵子**：（忽然）是的，春天來了——可是，（黯然）我要走了。

**黃道真**：是的，再會了。（揖送樵子，走下，加入漁人羣）

**趙**：哎喲，原來人家是眞的要打魚咧。

**錢**：嗯，的確不假。

**孫**：喂，黃道眞啊，你怎麼這麼晚來？這個時候，抓不到魚啦。

**李**：我倒覺得他來早了——（轉對黃道眞）我想你是來趕明兒早上抓魚的吧？

（齊聲大笑）

**黃道真**：啊，朋友們，有我這樣一個漁夫，一定使你們大家覺得丟臉，我不是一個好漁夫，我下網從來沒下對過，我拉網從來沒拉準過——可是我跟你們一樣，跟這條武陵溪旁邊所有捕魚人一樣，我也掙扎著，過那汗流滿面，才得餬口的日子。

**趙**：我有事，要先走了，（與錢耳語）我不聽這位獃子說話了！你們沒事的聽吧！

**錢**：我沒事，可是我也要走了。——嗨，我說，那漏掉的魚就算我的吧！（兩人復和好）

**趙**：胡說八道，當然算我的。

**錢**：算我的！

**趙**：算我的！

**錢**：我的，我的，我的。

**趙**：我的，我的，我的。（邊吵邊下，甚至有出手相打之勢，旁觀者弄不清他們究竟是在禮讓抑或相爭）

**孫**：老李啊，你看還是釣魚好，咱兩個就不吵嘴。

**李**：當然，釣魚才是眞本事——不過，你還記得嗎？上次你的線絆著了我的線。害我平白損失了一條魚、一根線。

**孫**：沒有的事，是你的線舊了，釣不動大魚。

**李**：是你，是你的鉤子甩到我的線上來的。

**孫**：不是，是我先甩，你才甩的，是你自己甩不準，碰上我的，你忘了。

**李**：是你，是你。

**孫**：明明是你，明明是你。

**李**：哎喲，糟糕，有一條魚偷跑了，牠吃了我的東西就跑了——喪盡天良，（換餌）這年頭啊，眞是魚心不古了！

**孫**：我看我們換個地方吧！（指黃道眞）這地方風水不好。

**李**：是啊！我們走吧！（又復和好，結伴而去）

（以下十行用〈前奏樂〉片段）

（舞臺上剩下孤單的黃道眞，他的青春橫溢卻黯然疲倦的身體。主題音樂又響起，他打了一些魚，收了網放在魚簍裡，他顯然並不是他的同伴所形容的完全不會打魚的人）

（之後，他慢慢地脫下蓑衣，露出一件灰衣，非常清潔明朗的青灰，似乎是一種光亮凝重的金屬色的鉛灰，而不是一般人想像的頹廢的灰色）

（他慢慢地把蓑衣掛在樹上）

**黃道眞**：衣服啊，你被掛在樹上了，我不喜歡你，你大概也不喜歡我吧。你看，我把你吊死了，我想全天下的人，都討厭他們的職業吧，越是他們靠著活命的東西，恐怕他們越恨吧！打魚的最恨蓑衣和網子。砍柴的最恨斧頭和扁擔，教書的最恨孔夫子和戒尺，（說著，說著忽然愉快起來，一種感覺到窺探了別人內心奧祕的愉快）泥水工人一定最恨鏟子和鏝子，裁縫最恨剪刀和尺，種田的最恨犁和耙……

（以下三十一行用〈雅樂〉）

（當他說到得意處，舞臺左邊忽然潛入一位黑衣人，衣服的式樣和黃道眞的一模一樣，身型雖然未必完全相同，看起來卻十分像黃道眞）

（黃道眞發現了，住口不再說下去，開始打量著對方，下意識地比較自己和對方的相似處）

**黃道眞**：請問這位新來的大哥也是我們武陵人吧。

**黑衣人**：是的，我是武陵人。（傲然）

**黃道眞**：請問你也捕魚爲業嗎？

**黑衣人**：是的，我捕魚爲業。

**黃道眞**：請問尊姓大名。

**黑衣人**：我姓黃，名道眞。草頭黃，道路的道，眞假的眞。

**黃道真**：啊！眞是湊巧，（高興得跳起）我也姓黃，也叫道眞，我們是同名同姓了——請問你家在哪裡呢？

**黑衣人**：我就住在村子東邊，那棵黃角樹下頭的小屋裡。

**黃道真**：（愕然）啊，我也住在那裡啊！

**黑衣人**：我知道，我來提醒你，你今天打的魚太少了，你想想，你上有父母，下有弟妹，每天打那麼幾條魚，怎麼夠呢？西村的藍姑娘多麼好的人品，已經定親一年了，還沒有錢迎娶，你難道不會想想嗎？

**黃道真**：是的，我這就去打魚。（重新手忙腳亂地去捕魚，他不斷地撒網，收網，不斷地流汗，他用袖子去擦汗）

**黑衣人**：快啊，快啊！（以下十三行音樂用〈打魚歌〉）
拚命幹啊！
沒有魚，怎麼有錢呢？
沒有魚，怎麼做人呢！

**黃道真**：（動作越加快，不像在捉魚，倒像在拚命，漸漸地，有些眩暈而東倒西歪了）

**黑衣人**：嗯，這樣還差不多，來，把魚簍給我，我替你交給你們家，再晚了，就趕不及送到市場上去賣了。

**黃道真**：是的，是的，請幫幫忙，快點幫我拿回去吧！我慚愧，我眞的很慚愧。

**黑衣人**：（毫無憐惜地走了）
（倒靠在一塊大石頭上）

**黃道真**：（奄奄一息，怨恨地望著天空）
（音樂）（以下音樂用〈吟誦〉）
天空，你爲什麼那麼藍，那麼不負責任？
不管我們怎麼辛苦，你都無所謂！
你自己站得那麼高，卻把我們丟在這個折磨人的土地上。
（舞臺右邊潛入另一個白衣人，他衣服

的式樣也跟黃道眞一樣，只是他沒有拿漁具，他靠近疲倦的黃道眞，黃道眞抬起眼睛，但沒有十分注意看他）（以下至一八三頁下用〈雅樂〉）

**白衣人**：不，不要咒罵這塊土地——特別在這個時節，在這種春天。

**黃道眞**：什麼？你說什麼？

**白衣人**：我說春天，你知道吧？現在是春天了。

**黃道眞**：是啊！我想起來了，現在是春天，（稍稍復甦過來）不久以前，我才提醒我那不幸的朋友，可是，現在，我卻需要別人來提醒我了。

**白衣人**：春天，
春天總是那樣渺渺茫茫，
春天像一只水果，
成熟得恰到好處的時候，就必須採摘
——否則一轉眼就跌在地上摔爛了。

**黃道眞**：春天，脆弱的春天，
我們所永遠不會再有的，
晉太元十二年的春天。

**白衣人**：以後的時代也許有千千萬萬次春天，
正如以前的時代已經有千千萬萬度春天，
可是我們的眼睛再也看不見那些春天，
我們所有的只是這一度春天，
晉，太元十二年的，春天。

**黃道眞**：晉太元十二年的春天。
這不久以後即將湮滅的春天。

**白衣人**：這就要被人忘記的春天。
晉，太元十二年的，春天。

**黃道眞**：——可是，這位大哥，你是誰？你也是這武陵溪邊的捕魚人嗎？你尊姓大名，你住在哪裡？

**白衣人**：我姓黃叫道眞，我住在村子東邊那棵黃角樹下的小屋裡，我有時候捕魚，但是更多的時候，我捕捉那些看不見的東西。

**黃道真**：啊！這是怎麼回事，你是黃道眞，我是黃道眞，他也是黃道眞，我今天已經碰見兩個叫黃道眞的人了，一個穿黑，一個穿白，都住在我所住的地方。

**白衣人**：我們三個人不是老朋友嗎？從你生下來的那一天起，我們三個人就一起長大，我們三個一起吃奶，一起踢毽子，我們一起擠在黃角樹下那個小屋裡，別人叫黃道眞的時候，我們三個一起答應。

**黃道真**：不，我不明白你說些什麼，我向來是一個人，我只有一個打柴的朋友，可是我們也不常見面。

**白衣人**：不要追究這些吧，不要問什麼是黃道眞。

在古往今來時間的洪流裡，
只有一次晉太元十二年，
在瀛海之內，九州之中，
在浩浩瀚瀚空間的荒野裡，
只有一個捕魚人黃道眞。

**黃道真**：是的，是的。

只有一個晉太元十二年，
只有一個捕魚人黃道眞，
可是，我該做什麼？
有一天，我的手會拉不動魚網，
有一天，我的豐潤的肌膚會變成槁木，
有一天，我的黑亮的頭髮會落滿白雪，
而我要做什麼？
而我要做什麼？
我這偶然出現在
晉太元十二年的，
我這偶然出現在
武陵溪畔的

**白衣人**：是的，是的。
捕魚人黃道眞。
這就是我，每次跟我在一起，你就會思索這些事，但跟黑衣的黃道眞在一起，你就想起打魚，想起衣服，想起鞋子，想起西邊鄰居欠你的糧，想東邊表親該還你的債。

**黃道真**：啊！我並不想知道太多，我甚至不必知道自己。我只想問你，我該怎麼做黃道眞？

**白衣人**：你該活著，
因爲活著比什麼都好，
你該讓你的心靈活著——而不僅是四肢，
你該讓你的靈魂活著——而不僅是肉體，
你該百分之百的活著——而不是活一部分，
你該永永遠遠的活著——而不是活這一剎那。

**黃道真**：我知道，可是，有時候，我眞不知道自己是人還是魚，時間的網罟網著我，我不知道如何掙脫。

**白衣人**：黃道眞，黃道眞，請你抬頭看，
在魚之外有溪水，
在溪水之外有綠岸，在綠岸之外有青山，
在青山之外有藍天，
從藍天到綠地，沒有一處不是春天，
沒有一尺不是春天，沒有一寸不是春天。

**黃道真**：我知道春天——我卻不知道自己——這樣，我的幸福又何在呢？

**白衣人**：如果春天能收容億萬朵小花，
造化難道會把我們的生命潑在地上不要了嗎？
野地裡的花今天尙在，明天就被粗心的樵夫跟枯枝一起挑去賣，造物者尙

且讓它燦爛——而我們難道會被遺棄嗎？

**黃道真**：啊——（驚慌）（舞臺燈光轉成紅色）這是什麼事，爲什麼整個溪水都紅了，多可愛的粉紅，這溪水變得像新釀好的水果酒。

**白衣人**：那是花，這武陵溪是一帶水磨坊，溪水磨著花，把花瓣磨成花汁了。

**黃道真**：（取魚網撈花，然後把想像中的或實在的花瓣整堆整堆地放好）啊！可怕，可怕的奢侈，每年春天，你都會被造物的氣派嚇死，你會覺得上帝一下子丟下這麼多的美，好像把千千萬萬年以後的春天都一筆透支了似的，好像祂老人家再也不打算以後要安排春天了似的——可是，到明年，春天又好好兒的來了。

**白衣人**：（旁白）我可以告退了，黃道眞，黃道眞，去撈取春天吧！因爲你會常常有魚，卻不見得常常有春天。（潛下）

**黃道真**：我不知道我爲什麼撈取這些花，它們的美使我震動。

我一到春天就變得虔誠，變得熱烈，變得謙虛。

——漸行漸遠，忘了路之遠近——

這裡是桃花疊成的峽谷，夾得我衣衫都紅了，我怕這桃花會坍方，我怕我會被這溫柔的紅壓死。

這樣的春天叫人不敢呼吸，我低著頭，怕呼吸的空氣是綠的（燈光轉綠），抬起頭，又怕呼吸的空氣是紅的（燈光轉紅），仰頭向天，又怕呼吸的空氣是藍的。（燈光轉藍）（搖櫓）爲什麼我從來沒有看過這樣廣大的桃花林，這麼無邊無際地紅下去，好像打算要紅到天地的盡頭似的。

現在是什麼時候，我看不出天色，我

只知道天上全是桃花（抬頭），現在我走了多遠？似乎一步也沒有走！又似乎走了幾千幾萬里！

——音樂

這是晉太元十二年的桃花（把玩桃花），只紅一次就扔了不用的桃花，而我是晉太元年間武陵溪畔，捕魚爲業的人，一個偶然在桃花的紅色裡忘記自己的人！

——音樂

——桃紅紛然如雨下——

忽然，絢麗的燈光停了，舞臺進入一片黑暗。

**黃道真**：啊！這是什麼，那些桃花呢？爲什麼這麼暗，這麼黑，這麼森冷可怕？（以下用錄音帶作回聲效果）

——在洞口盡頭打出一小方微弱的燈光

船啊！你停在這裡吧，這裡有一個小小的洞，小得只容我一個人走，二十幾年來我一直住在武陵溪邊，我一直住在那棵黃角樹下的小屋裡，但，今天，船啊，有一種比桃花的紅色更美麗的黑色在召喚我。

這黑暗多麼深沉，多麼艷麗，它又神祕又高貴，有如我在胎兒期所看到的黑色。我不能不去，船啊！你在這裡休息，而我，要投入這片黑色，我要穿過這割得我流血的石頭，我要去看看遠方——越是狹窄的地方，越是引誘我去通過；越是黯淡的所在，越是吸引我去探索。

黃道真艱辛地鑽爬，不時發出模糊的呻吟聲，他的每一絲聲音，都被回聲誇張著，觀眾幾乎可以感覺他的掙扎，這一段是一種舞蹈，黃道真像是一隻正在退殼的蟬，讓人有一種驚心動魄的感動，幕在他痛苦的攀爬中緩緩落下。

## 第二幕

開幕時臺上漆黑，仍由音樂在訴說一段古老的故事。漸漸地，燈光從很遙遠的地方投射過來，是一片溫柔的粉紅色的花光，原來黃道真仆倒在舞臺上。

慢慢地，他甦醒過來，他的臉上身上有顯然的傷痕。

**黃道真**：呀，這是什麼地方？（以下十七行用〈雅樂〉）

（捧土）仍然只是泥土。

（掬水）仍然只是河水。

（爲石所絆）仍然只是石頭。

（折枝）仍然只是樹枝。

（頹然無奈地擦傷口）

（忽然，雞犬之聲交聞，黃側耳而聽，聲音從舞臺四面八方而來，有的甚至從樓上觀眾席末排的地方傳來，一種渾樸得讓人懷古的曲調）

我太累了，必須休息。

（桃花與翦紅上，此處可以有一段舞蹈）

**翦紅**：桃花姐，你看，好大的桑葉啊！（摘葉）

**桃花**：嗯，今年的桑樹好像是特別的綠啊！綠得——綠得好像會綠出什麼事來似的——總之，春天是來了！

**翦紅**：春天總是瞞不住人。（以下二十九行用〈晨光中的呼喚〉）

**桃花**：雲知道，泥土知道，桃樹知道，所有的紅色和綠色都知道。

**翦紅**：我們的每一條蠶寶寶都知道。

**桃花**：春天來了總瞞不住人。

**翦紅**：桃花姐，這裡有好多草，我們來鬥草好嗎？

**桃花**：好。（放下桑籃，彼此鬥草爲戲）

（一面鬥草一面唸下面的歌謠，歌謠聲可時大時小，時而夾著巧笑，時而夾著鬥草贏了的歡呼。黃道眞的話在歌謠聲低時出現。

春天到，春天到，滿眼風箏天上開，
滿眼杏花地下鬧，桃花李花等不及，
桃花李花等不及，各嫁春風顏色好，
各嫁春風顏色好，桑樹柳樹不服氣，
你要紅來我就綠，紅的綠的纏不清，
今天鬥草歸我贏，今天鬥草歸我贏。）

**黃道真**：所謂幸福，有時候是多麼簡單！一個女孩，一棵桑樹，一窩子蠶，不久以後所有粗糙的葉子都將變成柔軟光亮的緞子，他們在從事多麼偉大的行業。

**桃花翦紅**：（發現黃道眞驚叫）

一個人！一個外鄉人，他在偷看我們。（棄籃而逃）

（桃花躡足取回籃子，與黃道眞目光相接）

**翦紅**：（不高興地拉桃花）走呀，桃花姐，你的腳底下生根了嗎？

**桃花**：（掩飾）我是在等你呀，好心沒好報的。（同下）

**黃道真**：人，我當然是人，可是人有這麼可怕嗎？（換一位置，坐下）（老叟牽著一個小孩出，是祖孫兩人）（以下六行用〈桃源樂〉）

**老叟**：小玉，我告訴你，爺爺今天是不管你要賴不要賴了，你要是再背不出天干跟地支，我這根麥芽糖是決計不給你吃了。

**小玉**：（不聽，繞著爺爺跑，想奪下糖來）爺爺，給我嘛，我下回背就是了。

**老叟**：下回，下回，已經下回幾十次了，這次非背不可，十歲了，連天干地支都不曉得。

**小玉**：先給我舐一口，爺爺，只舐一口，這麼好的糖不吃可惜了。

**老叟**：舐一口，好，只舐一口，（小玉舐一口，但不免多咬幾下）跟我說「甲乙丙丁」。

**小玉**：「甲乙丙丁」（乘勢又舐一口）。

**老叟**：戊己庚辛。

**小玉**：戊己庚辛——爺爺，背天干地支有什麼用嘛！

**老叟**：有了天干地支才能配時間呀，傻小玉，六十年一甲子，沒有天干地支可怎麼計算日子呢？

**小玉**：幹麼算時間呢？

**老叟**：不算時間怎麼知道你十歲了呢？不算時間怎麼知道春夏秋冬還有二十四個節氣呢！

**小玉**：（乘爺爺不備，把糖搶跑吃了，爺爺佯裝生氣，其實不免爲她的伶俐暗自得意）爺爺，爺爺你別生氣啦，我看干支這玩意兒不背也無所謂。春天來了哪裡還用掐著指頭算，你聽，小鳥都告訴我們現在是春天了！（一片鳥鳴之聲）

**老叟**：嗯，眞的，現在是春天了，我們回去吧——麥芽糖你也搶去了，干支可得好好背哦！

**黃道眞**：眞的，所謂幸福有時候是多麼簡單，一個爺爺，一個孫子，一根甜甜的麥芽糖。我再到村子那邊去看看。（下）

（父子兩人上，他們一言不發地插著秧。稍過一會，父親挺起腰來）

**大楞子**：爹，您累啦，你歇會兒，我來吧！

**大楞娘**：（提著一只陶製的小壺，和一包食物上）大楞子爹，您都過來，（奉茶）我這兒有剛沏的麥茶呀，還有剛烙好的餅，累了來吃點吧！

（大楞子歇工走近，在衣服上抹了手，喝茶，吃餅，大楞娘心滿意足地看看）

**大楞娘**：大楞子，可得賣力呀！娘就指望今年收成好添媳婦抱孫子呢！

**大楞子**：（正嚥一口餅，聽了這話，咽得滿臉通紅）娘想抱孫子，還是讓二楞子來吧——我才不想媳婦呢！

**大楞娘**：（小聲）大楞子爹，我已經給他看上一門親事了。

**大楞子爹**：誰？誰家姑娘。（大楞子側耳偷聽）

**大楞子娘**：就是那個翦紅姑娘啊！

**大楞子爹**：小翦紅，啊，不錯，不錯。

（大楞子喜形於色）

**大楞子娘**：大楞子，你也別想瞞著娘，滿村的姑娘我看你就是中意翦紅。

**大楞子爹**：咦，對了，大楞子不是說讓二楞子先嗎？我看就把翦紅先給二楞子吧！

**大楞子**：爹！（急得直搓手）

**大楞子爹**：（得意）哈哈別急！別急！今年大楞子——明年二楞子——後年，後年就該咱們小楞子了。

**大楞子**：嘻嘻……對，對，對。

**黃道真**：所謂幸福，有時候是多麼簡單，一壺茶、一塊餅，一個兒子。

**大楞子**：（吃完）娘，我這就去幹活兒啦！

**大楞子娘**：好好幹哪，大楞子！——（大楞子剛走開去插秧，忽然發現黃道眞，吃了一驚，婦人怕事，很想叫大楞子快走，大楞子不服，跑上前去粗暴地抓住黃道眞）

**大楞子**：你是什麼人，你想幹什麼？

忽然，老叟、小玉、桃花、翦紅，連同其他村人一起擁入。老叟被擁至首座，其他的人散開站著，大楞子拉著黃道眞，黃像是一個受審的犯人，其實並沒有什麼人對他很「凶惡」，只是「不信任」）

**老叟**：大楞子，放開手，我有幾句話要問他。（他顯然是一個好人，但跟剛才相比，也就是跟他含飴弄孫的時候相比，簡直判若兩人）你叫什麼名字，你是哪裡人？

**黃道真**：我叫黃道眞，我是武陵人。

**老叟**：誰帶你進來的？

**黃道真**：誰？我不知道，我只知道我跟著桃花走，桃花把我帶來了。

**羣衆**：桃花？（推擁村女桃花）是桃花姑娘帶你進來的？

**老叟**：什麼？桃花，是你帶他進來的嗎？

**桃花**：沒有的事，沒有的事，我不認識他！

**黃道真**：不是，我不是說她，我，（焦急起來）我是說，我是說樹上的桃花，我跟著樹上的桃花，糊裡糊塗地就走到這裡。

**老叟**：哦，原來你跟著樹上的桃花走！嗯——你一定是秦朝人？你快說。

**黃道真**：秦朝？什麼秦朝？（他並非眞的不知秦朝，但一時卻被他們搞糊塗了）

（由於他一個人站在一邊，而其他的人都站在另一邊，使他顯出一種不均衡的孤單，尤其當他聽不懂對方的話，而對方又不相信他聽不懂時，更顯出他可憐的迷惘——羣眾交頭接耳，似乎有些不友善的趨向）

**老叟**：不要吵，你說，你以何爲業？

**黃道真**：我打魚，我的漁船還在洞口，（急切地辯白）我從小就在武陵溪打魚。

（以下至一九〇頁末用周文中〈漁歌〉）

**老叟**：好，就算打魚，你也該知道自己是什麼朝代的人！

**黃道真**：我當然知道，我是晉朝人！

**大楞子**：晉朝？什麼晉朝？（大家又懷疑地互問）

**老叟**：你說清楚——是「晉」朝——還是「秦」朝。

**黃道真**：我不知道什麼秦朝，我只知道晉朝。

**老叟**：唔——那麼，你是說，秦朝亡了，晉國取而代之，是嗎？

**黃道真**：不是的，晉朝之前是魏！

**大楞子**：魏？什麼是魏？（彼此互問）

**老叟**：這麼說，是魏朝亡了秦朝，而晉朝又亡了魏朝，是嗎？

**黃道真**：不是，魏國是從三國裡挺出來的，那時魏蜀吳三分天下，叫做三國。

**桃花娘**：三國？哎呀，可眞麻煩啊！

**老叟**：好吧，我再問你一次，這三國，該是秦朝分出來的吧？

**黃道真**：不是，是從漢朝——漢朝，你總該聽說了吧？

**羣衆**：漢？漢？什麼漢？

**老叟**：這漢朝以前又是什麼？

**黃道真**：啊，對了，這漢朝以前大概就是你們剛才說的秦朝了，（說到這兒，羣衆總算放了心）我不太清楚，誰能記得那麼多呢？誰去管他幾百年前的古人呢？

你們爲什麼把我跟幾百年前的人扯在一起呢？

**老叟**：我們是秦始皇當政的時候逃進來的，六百年來才第一次有外人進來——說說這六百年來的事給我們大家夥兒聽聽吧！

**黃道真**：六百年，我不知道，我才活了二十年啊——不過反正就是打仗就是了，起先漢朝的時候是姓劉的做皇帝。後來三國有姓劉的、有姓曹的、有姓孫的。後來，又輪到姓司馬的——而我們，反正就是納稅完糧就是了。

**大楞子娘**：（同情地）什麼？交糧食？交糧食給誰？誰沒飯吃了？

**黃道真**：天哪，交糧食給皇帝，皇帝可不缺飯吃啊！

**桃花娘**：不缺飯，不缺飯要大家給他糧食幹麼？

**黃道真**：他要養軍隊啊！軍隊打仗總要吃糧食啊！

**大楞子**：打仗幹什麼？打仗是不是就是打架呀？

**黃道真**：這，這，他們大概想搶著做皇帝吧！

**大楞子爹**：做皇帝又有什麼好處？做皇帝還得跟人家要糧食吃啊！

**黃道真**：唉，做皇帝當然好啊，他吃得好。

**大楞子娘**：吃得好？吃得好一天也吃不下許多啊，吃多了不嫌撐嗎？

**黃道真**：他穿得好。

**翦紅**：穿得好？穿得好還不是讓別人看嗎？自己總不能整天低著頭看自己的衣服呀！

**黃道真**：他住得好！

**老叟**：住得好？住得好到晚上倒下來也只能佔七尺長的地方啊！而且，睡著了以後誰又知道自己睡的地方好不好啊？

**黃道真**：他騎得好。

**大楞子**：騎得好？騎得再好也不能整天坐在馬背上啊！屁股會痛啊！

**黃道真**：（不勝其煩）哦——（抱頭）

**老叟**：好了，好了，我們讓這位遠客歇歇吧，村子北邊有個祠堂，祠堂前面有條溪流，溪很深，魚也多，如果你喜歡打魚，也隨你在那裡打吧！

**黃道真**：可是我沒有說我要留下啊！

**老叟**：可是，我知道，我準知道你捨不得這裡，我們當初雖然是爲了躲避秦朝逃進來的，可是，現在卻再也捨不得出去了，誰知道過了六百年，挨了幾朝幾代，外面還是亂世——恐怕永遠就是亂世了，你回去幹麼？

**黃道真**：你們就是傳說中的仙人嗎？

**老叟**：不是，我們不是仙人，我們也有生、老、病、死。

**黃道真**：那麼，我為什麼要留下呢？

**老叟**：留不留隨你，但是你要想想，能進來，不容易啊！（轉身向羣眾）大家散了吧！各幹各的活兒去吧！

（桃花的母親走近黃道眞）

**桃花娘**：今天晚了，你就到舍下吃頓便飯吧，難得你這麼遠來。

（老叟亦轉回）

**老叟**：啊，哈，你已經先邀了嗎？好吧？那麼明天到我寒舍來坐坐吧，我們錯怪了你，還是殺隻雞來跟你謝罪吧。

（大楞子的爹亦前來）

**大楞子爹**：我家有新釀的春酒！我的三個兒子都想聽聽外頭的事。

**大楞子**：新釀的春酒，可眞好喝呢！

**黃道真**：謝謝各位的好意，改天我一定去拜望你們，但今天請允許我單獨在這裡，這裡對我來說，是太神奇了，請給我一點時間，好讓我慢慢地相信，這是一件眞的事。

**大楞子娘**：（走了一半，忽又退回來找到翦紅，親切地拉著她的手）翦紅，有空到大娘家來玩啊。

**翦紅**：是，大娘慢走。（大楞子很不自然地探頭探腦，又喜又窘）（以下四行用〈前奏樂〉）

（數人散去，天亦漸漸黯淡。炊煙四起中，益發襯出他不知何所自置的悲哀，在這美麗的樂園裡，他找不到自己的位置。）

**黃道真**：啊，這是什麼地方？（以下至落幕用〈終曲〉）

我曾經抱怨那個叫做武陵的地方，
但這裡又如何呢？
每一家人都在吃晚飯了，每一個煙囪都在冒煙了。
溫柔的燈光一盞一盞點亮起來了。

但這究竟是不是幸福呢？
這裡究竟是一個怎樣的地方？
他們譏笑我們的光榮，他們摔碎我們的皇冠，
武陵的一切他們全否定了，可是桃源呢？他們又能有什麼？
誰能告訴我，這個幸福了六百年的地方。
在今天，是否能給我幸福，
而如果它給我幸福，
我將享受這些幸福，
還是忍受這些幸福，
上天啊，你究竟告不告訴我，你究竟知不知道我的名字？你究竟負不負我的責任？

（仰天而問，羣星寂然，星光漸漸更燦爛，大地漸漸更黑沉，幕似乎也在不知何以自處的情形下落了下來）

## 第三幕

（桃花的家，幕啓時桃花在繅蠶絲）

**桃花**：那個人，是一條魚，他游遍每一個洞口。那個人是一朵雲，沒有一個山頭他肯停留。

（黃道眞自外入，提著魚簍）

**黃道真**：咦，已經可以抽蠶絲了嗎？

**桃花**：是啊，日子過得多快，那一次，你還記得嗎？我跟表妹去採桑葉——你快把我們嚇死了！

**黃道真**：嚇死？可是你後來並沒有嚇得忘了籃子啊！

**桃花**：當然，後來我看見你只不過是個「人」。

**黃道真**：（仰天大笑）

**桃花**：你笑什麼？

**黃道真**：不單是人，而且，還是個「男人」

呢！

**桃花**：（生氣）好，男人怎麼樣，再嚕囌，我拿這絲線纏死你。

**黃道真**：纏我？那才好呢！我最不怕人家「思」我「纏」我了。

**桃花**：娘來了，你少貧嘴。

**黃道真**：那是說，娘不在我就可以貧嘴了嗎？

**桃花娘**：（入）啊，道眞，你今天回來得早。

**黃道真**：是啊，這裡的魚特別容易抓。

**桃花**：眞的？

**黃道真**：眞的，我現在知道你們爲什麼在這裡一住六百年，這裡的土特別肥，（轉視桃花）這裡的花特別紅，這裡的蠶特別大，吐的絲也特別長。這裡的糧食特別香，果子特別甜。

**桃花娘**：照你這麼說，外面的世界未免太可憐了。

**黃道真**：應該可以這麼說吧！我們從小就過著勞苦的日子，祖祖輩輩總是叫我們學吃苦。苦，苦，苦，苦，苦一輩子總是苦。

**桃花**：（嬌嗔）不要，不要再說「苦」字，你說些我們聽得懂的事吧！

**桃花娘**：好了，不要再吵了，道眞也該到市場上去了，（趁道眞提魚簍時轉身向桃花小聲）女孩子家嘛，也學得莊重點。（復向黃道眞）道眞，你今天賣了魚，換點青布回來，我幫你縫件衣服。

**黃道真**：那太麻煩大娘了吧？

**桃花娘**：麻煩？六百年才一次的客人，這算什麼。

（黃道眞提著魚簍走了，桃花戀戀地望著）

**桃花娘**：桃花！（桃花渾然不覺）桃花！

**桃花**：嗯。

**桃花娘**：事情怎麼樣了？

**桃花**：這絲，我馬上就弄好了。

**桃花娘**：天啊，我不管你弄這些蠶絲，我問你跟黃道眞怎麼樣了啊！

**桃花**：娘！我聽說人家訂過親。

**桃花娘**：傻孩子，訂過親又怎樣，就是娶了親也不妨啊！只要他不回去，他們還不是當他死了嗎？

**桃花**：娘，我們別談他，我們還是抽絲吧！

**桃花娘**：抽絲，抽絲，你想抽絲，將來抽一輩子也不妨啊，但這個人留不住就可惜了。

**桃花**：可是，娘，絲線在我們手裡，是可以握得住的啊，可是男人，就沒有那麼容易了。

**桃花娘**：（仍然自顧陶醉著）如果他肯入贅我們家，那多好啊，你還年輕，不懂家裡有個男人的好處，你聽我的話，沒錯。

**桃花**：娘……

**桃花娘**：其實，你自己不也挺喜歡他嗎——外鄉人不錯，外鄉人有許多好處，第一，他沒有親故，你也就不必伺候公公婆婆、小姑子、大嫂子的。第二，外鄉人看起來就是不同些，你知道本鄉人看起來像池塘，外鄉人卻像條溪流。

**桃花**：娘，你說些什麼呀！

**桃花娘**：溪流的水總比池塘的好喝些呀！

**桃花**：娘！

**桃花娘**：傻丫頭，六百年就進來那一個呀！你又不缺鼻子少眼睛的，怕他什麼——

（兩人一同繅蠶絲，良久不語）

**桃花娘**：過兩天，我跟村長說去，如果他不要娶我們這裡的姑娘，就休想住在我們村子裡，沒有這麼便宜的事，趁著他那條小船還沒有爛，我們就叫他走路。（這時候，他忽然露出一種精明

的婦人氣，跟剛才的慈愛大相逕庭）

**桃花**：（焦急）娘，你眞要他走啊？

**桃花娘**：別急，傻丫頭，這只是嚇唬他的，他一聽這話不急巴巴的來求婚才怪吶。

**桃花**：（跑向前臺，因情急而淚下，燈光集中在她一身）（以下二十一行用〈雅樂〉）

黃道眞，黃道眞，你這條溪流，
究竟什麼地方才是你旅行的終站？
是什麼樣的力量叫你跟著桃花走？
是什麼樣的眼睛叫你看見那狹小的洞？
黃道眞，黃道眞，
我不知道爲什麼我會喜歡你，
爲什麼我著迷於你憂傷的額頭，
以及你的被痛苦煎熬的眼睛；
我被你的痛苦弄醉了，
像一個初嚐烈酒的人，
我從不知痛苦爲何物，
我們安安穩穩地過了一百年，
我們安安穩穩地過了二百年，
我們安安穩穩地過了三百年，
我們安安穩穩地過了四百、五百、六百年；
六百年的快樂使我疲倦，六百年的幸福使我厭煩，
我戀慕你的憂傷，戀慕你懂得憂傷的心。

**桃花娘**：桃花——你在想些什麼？

**桃花**：（搖頭）沒有。

**桃花娘**：我們去把蠶絲晾乾吧！

**桃花**：是的，娘。

**桃花娘**：春天已經快老了，所有的樹都肥肥脹脹地綠起來，
像懷了孕的女人，
所有的桃花都結了小桃子，
所有粗糙的桑葉都變成了細細長長的透明的絲。（手提起絲）

**桃花**：而那位武陵人到底怎麼樣？

爲什麼所有女人都說春天過完了，而男人卻說還早。

（一同拿著絲走下，黑衣黃道眞上，他雖有些探頭探腦的，但一進了門就理直氣壯地覺得他到了自己的家似的）

（以下六行用〈雅樂〉）

**黑衣人**：這樣的地方多好，就連傻子也該知道，如果黃道眞不想法子留下，那他就是第一號獃瓜；古往今來多少人求仙，只有他福氣好闖進了桃源，眼前現放著個桃花姑娘，何不快快活活地終老他鄉？

（黃道眞匆匆進入，帶著一塊布，與匆匆地叫著桃花，忽然發現黑衣人黃道眞）

**黃道真**：啊，你好，黃道眞大哥。（以下十九行用〈陽關三疊〉）

**黑衣人**：是呀！你好，黃道眞大哥。

**黃道真**：你怎麼進來的呢？

**黑衣人**：你怎麼進來的，我就怎麼進來的。

**黃道真**：你來這裡多久了？

**黃衣人**：你來多久，我就來多久。

**黃道真**：你住在哪兒？

**黑衣人**：你住在哪兒，我就住在哪兒。

**黃道真**：朋友，這樣下去，我怕我們要說個沒完了。

**黑衣人**：是啊！所以你不要問我，你聽我說吧！

**黃道真**：我聽你說什麼呢？

**黑衣人**：當然是智慧的箴言。

**黃道真**：好吧，你說吧。

**黑衣人**：好，我且問你——你活著圖什麼？

**黃道真**：哦，天哪，天哪，你不要來折磨我這可憐的腦子吧。不問這問題大家都好好兒的，一問這問題，大家就要發狂！

做人最受不了的問題有三個：

一個是「人從哪裡來」，一個是「人死了往哪裡去」，一個是「人活著幹什麼」。（手勢表現這三個問題的三段性）

**黑衣人**：（狡獪）難道我會不了解你嗎？難道二十年生活在一起，我還會不懂你的想法嗎？我知道這三個問題不會受歡迎，所以我不問那兩個難回答的，只問你這個比較容易的。

**黃道真**：那兩個更難回答嗎？

**黑衣人**：當然，如果我問你「人從哪裡來」，你怎麼能知道呢？別說第一個人怎麼來的你不知道，就是你自己，你來的時候，你何嘗不是懵懵懂懂的。至於人死了往哪裡去，我們就更不知道了，從來沒有一個死了的人回來告訴我們，所以我們只好莫名其妙的去死——連一份導遊說明書都沒有。

**黃道真**：是的，是的，請你饒了我這又小又乾的腦筋吧，那樣的問題交給聖人賢人去解答吧，他們的腦子特別多汁，他們的心特別多竅。

**黑衣人**：所以我只挑個容易的問題問你呀！我問你「活著圖什麼」，因爲你好端端地活了二十年，你雖然沒想生出來，卻偶然生出來了，你雖然不想死，卻不得不去死。但活著，至少是你自己同意的，或者說，至少是你不反對而默許的。

**黃道真**：不，不是的，老實說，我雖不反對活著，可是絕不會因此就聰明起來。聰明人才知道活著的意義。而我，活著就只是活著，我不耐煩去想那麼多答案。

**黑衣人**：那麼，讓我來告訴你答。

**黃道真**：請便。

黑衣人：這回答非常簡單，小孩子也能分辨。人活著就該高興，不高興就不對勁，人活著就該享福，不享福就叫糊塗。聖賢才去想忠孝節義，小百姓只想發財娶妻，傻瓜才拚命立功立言，小百姓只想柴米油鹽。

黃道真：可是有的人寧可鐵馬金戈以衛社稷。

黑衣人：別上當，傻瓜，他只是在下本兒，等著將來享大福。

黃道真：可是有的人寧可焚膏繼晷寒窗苦讀。

黑衣人：別上當，傻瓜，你難道不懂「書中自有黃金屋，書中自有顏如玉」。

黃道真：那麼你要我怎麼樣？

黑衣人：怎麼樣？你又希望怎麼樣？你，一個吃夠了苦的孩子，沒錢沒勢的孩子，你還打算怎麼樣？難道還有駙馬爺等著你去當嗎？難道還有金子等著你去挖嗎？

黃道真：這個我知道，可是，我問你，我該怎麼樣？

黑衣人：哈哈，你該怎麼樣，你倒來問我。（這位黑衣人有時候有一種逼人的氣燄，但有時候卻像一個小丑，特別當唸著這種「詞兒」的時候，他唸的聲調簡直像叫化子在唱「蓮花落」）這裡的地方多好，就連傻子也該知道。如果你不想法子留下，那你就是第一號獃瓜。古往今來多少人求仙，只有你福氣好闖進了桃源，眼前現放著桃花姑娘，何不快快活活地終老他鄉？

黃道真：（旁白）奇怪，他竟然用我自己的想法來引誘我，他是誰，這神祕的人，我眞怕他。他說的話多麼有道理，可是我忍不住害怕。

**黑衣人**：你是不是在害怕？

**黃道真**：怕？（裝作）我有什麼可害怕的？

**黑衣人**：你怕，你怕，你怕……（用錄音效果，回聲愈來愈大，整個劇場都爲之搖撼了）

**黃道真**：（頹然倒地）（音樂）你走吧！你走吧！我不願意跟你說話！

**黑衣人**：是的，我就走，這件事一點不難。（下）

（白衣黃道眞上）

**黃道真**：怎麼，你，天哪！你饒了我吧！世間有一個黃道眞就夠苦惱了，不知爲什麼，會跑出兩個，兩個黃道眞還不夠，竟然弄出了三個。

**白衣人**：可是如果沒有這第三個，誰來把你向上拉？誰來把你往高處提？

**黃道真**：你來幹什麼，你能做什麼呢？

**白衣人**：我不幹什麼，我只想讓你看看我；我只想讓你知道，我仍然活著；而當你需要的時候，你可以尋找我。（下）

（舞臺上又復剩下孤單的黃道眞，（音樂）他無助地坐著）

（漸漸地，黃道眞睡著了）

（漁夫趙錢孫李又在黃道眞的夢裡登場，夢裡，他們也帶著網子）

（他們四個人執網而舞，在一片紅光下，音樂仍是劇首的〈打魚歌〉，黃道眞被罩在他們的網影之下）

（趙錢孫李四人下場後，樵夫又背著大捆的柴在夢中出現）

**樵子**：道眞兄，道眞兄，我們的徵召令下來了，（稍顯緊張，用錄音效果的聲音）我們兩個都被抽去當兵了。我眞不知道怎麼有那麼多仗要打，（說著，說著，就有一種「認了命」的鬆弛疲倦）而且爲什麼偏偏在春天打。隔著春天裡最後一批野薔薇，我的弓箭會射不出去的呀！

道眞兄，道眞兄，（聲音愈來愈高昂，悽愴），我們要去當兵了，我們要去打仗了。

**黃道真**：（在惡夢中呻吟，卻醒不過來）

（接著村女甲和村女乙提著桑籃上，在夢中，她們似乎更爲艷魅）

（以下五行用〈雅樂〉）

（桃花和翦紅在一片袖影中舞近又舞遠。

老叟出現在舞臺，另一角他平伸著兩臂，在原地轉圈，小玉繞著他跑圓圈。

黃道眞掙扎而醒，卻仍然假寐）（以下至二〇一頁上用〈晨光中的呼喚〉）

（桃花回來，走近黃道眞，愛憐地看著他的睡容，她的手裡帶著酒甕）

**桃花**：愛情，愛情好像總是有幾分荒唐；
愛情是酒，又好喝，又苦，
愛你該愛的人，叫婚姻，愛你不該愛的人才叫愛情，
所有的女人都守著她們可靠的池塘，
爲什麼我獨自鍾情於荒野的溪流。

（又重新去看了一遍黃道眞）

**桃花**：就是在睡眠中，就連閉著眼，我也看得出他的憂傷，憂傷是一件奇妙的事，憂傷把他的臉雕刻得多麼動人。

**黃道真**：（醒過來，在她背後叫了一聲）桃花！

**桃花**：（驚慌）啊！

**黃道真**：（沒話找話）你手裡拿著什麼？

**桃花**：酒，今年春天新釀的濁酒。

**黃道真**：（接過嚐一口）這又甜又苦的酒。

**桃花**：這又溫柔又濃烈的酒！

**黃道真**：今天有什麼喜慶嗎？

**桃花**：是的，今天是茶蘼花的節日，你知道茶蘼花嗎？

**黃道真**：我知道，那是春天裡的最後一種花。

**桃花**：是的，荼靡花一謝，春天就收場了。（稍趨前向觀眾）所有的桃花都已經結了子，所有的春蠶都已經吐了絲。所有的女人都說春天老了，所有的男人都說春天還早。可是荼靡已經開完春天最後的財寶，我們已經被她的美弄得疲倦了，她走了也好。

**黃道真**：今天全村的人都喝酒嗎？

**桃花**：是的，全村的人都喝，今年我們家作東，我們會一起喝酒，一起唱歌。

**黃道真**：啊，喝酒多麼好。

酒可以忘憂，酒可以消愁……

**桃花**：可是，你忘了，我們喝酒可只為喝酒，因為我們這裡既無憂也無愁。

**黃道真**：是的，我忘了，哈哈哈哈，多麼快樂的地方，既無憂，也無愁的地方。

**桃花**：客人們來了，我們要去篩酒了。

**黃道真**：綠酒初熟，紅顏新綻，醉鄉是多麼大，人間是多麼小——哈哈哈哈，這是多麼快樂的地方，既無憂，也無愁的地方。（此處用〈終曲〉）

（幕下）

## 第四幕

照例地，幕升時仍是音樂，那種古老遲緩誦經似的音樂。（以下至二〇二頁上用〈誦經樂〉）

黃道真在溪旁垂釣，而舞臺的另一邊，是他幻想中的桃花母女，她們正在理絲，在黃道真之後背對背坐著白衣黃道真，幕啓時，他離開黃道真，以舞蹈動作，趨近幻境中的桃花母女，他不說話，但，像唱雙簧似的，黃道真的話，都由他來動作——不過動作並不多。

**桃花娘**：道眞哪，你今天回來得早。（一種夢寐似的平板的聲音，以下亦然）

**黃道眞**：是啊，這裡的魚特別多，也特別容易抓。

**桃花**：眞的？

**黃道眞**：眞的，我現在知道你們爲什麼在這裡一住六百年，這裡的土特別肥，這裡的花特別紅，這裡的蠶特別大，吐的絲也特別長，這裡的糧食特別香，果子特別甜。

**黃道眞**：六百年來累積的歡樂是一缽子濃濃的蜜陷在裡面，就沒有人想重新爬起，從晉朝的日曆走回秦朝的日曆，晉朝的干戈？晉朝的離亂？隨它在外面去鬧去。（三人下）

（又釣起一條魚，他悠然取下，放入魚簍）

（老叟帶小玉上）

**小玉**：黃叔叔！

**黃道眞**：老伯！您來了！

**老叟**：我找了好久，原來你在這裡。

**黃道眞**：老伯有事，叫小玉來叫我好了，何必勞動大駕？

**老叟**：不妨，不妨，我有一件事跟你說。

**黃道眞**：是的。

**老叟**：你曉得，你是我們這裡六百年來唯一的客人。

**黃道眞**：是的。

**老叟**：你曉得，我們大家也都待你不薄。

**黃道眞**：是的，我知道，一個月來，我喝遍了每一家的酒。

**老叟**：我看，你也還喜歡這地方。

**黃道眞**：是的。

**老叟**：你曉得，我們這裡好處很多。

**黃道眞**：是的——不交稅，不打仗，沒有國君。

**老叟**：而且，你曉得，我們當初是爲了躲避秦朝才逃進來的。

**黃道眞**：是的。

**老叟**：所以，到現在六百年了，我們仍然還在害怕。

**黃道真**：害怕？害怕什麼？

**老叟**：怕有人找到我們，怕有人把我們帶回從前的生活。

**黃道真**：可是，這個洞這麼隱密，誰能找到呢？

**老叟**：（狡獪地）有一個人就找到了。

**黃道真**：可是，我不會洩漏的。

**老叟**：我們怎麼知道？

**黃道真**：老伯，我人在這裡，我怎麼會去洩漏什麼呢？

**老叟**：也許，你今天就走了，我們怎麼知道？

**黃道真**：啊，老伯，我怎麼辦呢？

**老叟**：好吧，我給你兩條路，第一條，你在這裡娶妻生子，一輩子只知道有桃源，不知道有武陵。

**黃道真**：第二條呢？

**老叟**：第二條路是讓我們把你的眼睛蒙上，送你回你原來入洞的地方。

**黃道真**：事情很急嗎？叫我娶誰爲妻呢？

**老叟**：事情很急，我今天黃昏來聽取回音，至於娶妻，還有誰比桃花姑娘漂亮，還有誰比她能幹，還有誰比她溫柔，如果你願意入贅，她們一定更歡喜。

**黃道真**：好吧，黃昏的時候——（以下至二○四頁上十四行用〈雅樂〉）（叟下）

**黃道真**：這裡是他們發現的樂園，他們拒絕我是理所當然，原來眞要走進他們的歡樂，也有那麼多那麼多的困難。

（黑衣黃道眞潛上）

**黑衣人**：爲什麼你說困難？其實，不也挺簡單，只需要娶一個女人，這件事馬上就能實行。

**黃道真**：可是，在東村，還有一個姓藍的姑娘。

**黑衣人**：姓藍的姑娘？你家裡的人準以爲你

已經死了，那姓藍的姑娘將來自然會另嫁，而且你還沒見過她，聽說她的容貌也很平凡。

**黃道真**：我還有一個打柴的朋友。

**黑衣人**：哎呀，你說這話眞是好笑，你死了，他照樣能吃飯睡覺。那邊的世界少了個你沒什麼大不了。

**黃道真**：我……

**黑衣人**：不要再我，我，我，難道你還想再回到武陵溪畔去受氣？那些趙錢孫李都不是好東西。他們吵吵鬧鬧，爭爭擠擠，他們哪裡配跟你在一起？

**黃道真**：請你走吧，請你走吧……

**黑衣人**：（全然不理）再說，桃花姑娘有多麼好，女人的好處她沒有一樣沒有。現在的事情最簡單不過，只要你肯開一下口。

**黃道真**：走吧，走吧……

（黑衣人下，黃道眞因痛苦而伏地。白衣人上，他這一次出現似乎比任何一次出現都光華莊嚴，他一聲不發，坐在黃道眞身旁）（以下至二〇六頁上用〈陽關三疊〉）

（不知由於一種什麼力量，黃道眞感覺到他的出現，他抬起頭來，接觸到那張美好發光的臉）

**黃道真**：你是誰？

**白衣人**：我是黃道眞，我是你最深處的自己。

**黃道真**：可是，爲什麼，你那麼光華美麗。

**白衣人**：我一向如此。

**黃道真**：你來，有什麼話對我說呢？

**白衣人**：這裡，是一個可以享福的好地方。（友善的）

**黃道真**：是的，很好的地方。

**白衣人**：可是，它只是一種次等的理想。

**黃道真**：（幾乎驚跳起來）次等的？

**白衣人**：是的，次等的美善比醜惡更令人不能忍受。

**黃道真**：爲什麼？

**白衣人**：因爲在醜惡裡，人還有希望，還有夢，還肯孜孜不息地去尋求，去叩門。

**黃道真**：但是在次等的美善裡，人們卻知足了。

**白衣人**：是的，他們喝著酒，唱著歌，穿著他們的新衣，數著他們的銀子，抱著他們的孩子，很得意地說，他們已經逃開了秦。

**黃道真**：可是，能這樣，不也是一種簡單的幸福嗎？

**白衣人**：可是，世界上有比秦更可怕的東西——秦可以毀滅，可以消失，但那些比秦更可怕的東西卻毀滅不掉。

**黃道真**：沒有呀，我在這裡沒有看見什麼可怕的東西。

**白衣人**：這裡有生，這裡有老，這裡有病，這裡有死。

**黃道真**：這些並不可怕呀，反正人人都有那麼一遭。

**白衣人**：那是因爲大家已經忍受慣了，所以就認命了。而且，此外他們也有恐懼，也有猜疑，也一樣地自私。

**黃道真**：連這些，我也差不多慣了。

**白衣人**：他們的歡樂是一種凝結窒息的歡樂，六百年的豐足使他們自傲自豪，如果你願意，你可以加入他們的歡樂，否則，你也有權利掙脫他們的歡樂。

**黃道真**：但是，你要我怎麼樣呢？你要我怎麼樣呢？

我一向都覺得離開這裡是「犧牲」是「責任」，而你卻說我有「放棄的權利」，放棄，難道也可以是一種權利嗎？

**白衣人**：如果你被迫放棄，那就不是權利，如果你自己要求放棄，那就是一項權利。

**黃道真**：——我走了，桃花姑娘怎麼辦呢？

**白衣人**：哈，哈，放著桃花姑娘的那種美貌，你以爲桃源村的人會把她擱到老嗎？

**黃道真**：啊！（困惑而激動）武陵，你的苦難。桃源，你的歡樂，我將怎樣選擇。

**白衣人**：但是在苦難裡，你可以因爲苦難的煎熬而急於追尋第一等的美善。但是在這次等的歡樂裡，你將失去作夢的權利，你會被欺騙，你會滿足於這種仿造的冒充貨。你會躺下來睡覺，站起來吃喝。

（說完走下）

**黃道真**：黃道眞——黃道眞——（以下二十一行用（雅樂））

（桃花姑娘上）

**桃花**：啊——他，他難道有點瘋癲。他那樣急急地叫著別人，用的卻是自己的名字。

**黃道真**：（發現桃花）啊！桃花。

（兩人默然，一種由於兩情漸好，卻又沒有好到眞正交融的程度而形成的默然）

**黃道真**：桃花，爲什麼你今天特別美麗，
深深的淵水裡才有金鱗的大魚。
淺淺的溝水裡只有細小的蝦。
只有桃源洞裡六百年的歡樂和平靖，
才能結晶成爲你的顏色。
（轉身旁白）啊，她的美艷使我痛苦，
使我悲哀地想起，那些因爲戰爭和雜亂，
而產生不出這種美麗的地方。

**桃花**：黃道眞，你這陌生的武陵人，我給你

帶來今天的茶靡，因爲，也許，明天茶靡就要謝盡。

**黃道真**：哦，請你放下你的茶靡花，當你在的時候，我勸你永遠不要拿出它來，因爲你自己把你的禮物襯得醜陋無比——等你臨走的時候，你可以把它送人，因爲那時候，那時候茶靡花又恢復了它的美艷。

**桃花**：來吧，讓我們不要再說花，把武陵的故事講給我聽，告訴我那位姓司馬的皇帝，告訴我村子東邊黃角樹下的那一家。

**黃道真**：其實，也沒有什麼好聽，因爲所有的皇帝只是皇帝，不管他姓劉，還是姓司馬。反正歷代的皇帝總在換姓，只有我們小老百姓守住一個姓不改。

**桃花**：哈，哈，當皇帝倒是有趣，你從秦始皇起講給我聽吧！

**黃道真**：秦始皇，他，他好像燒過書，也殺過人，他好像砌過一道厚磚牆擋敵人，可是後來卻是被牆裡面的勢力消滅的。

**桃花**：你們受了些苦吧？

**黃道真**：大概是吧，有一位張良，拿著大椎去行刺，卻不幸失手。

**桃花**：唔——（對於悲哀，她的感受很遲鈍，她幾乎完全不知道黃道真在說些什麼）

**黃道真**：有一位項羽，幾乎做了漢朝皇帝，可是他失敗了，他臨死之前仰天而哭，說：「力拔山兮氣蓋世，時不利兮騅不逝，騅不逝兮可奈何，虞兮虞兮奈若何。」

**桃花**：唔——後來呢？（顯然不生興趣，只顧數著茶靡花瓣）

**黃道真**：後來，就有了漢朝，強得不得了，一共坐了四百多年的皇帝位子。

**桃花**：可是我們有六百年呢！

**黃道真**：漢朝末年是最熱鬧不過的了，那時候有三國，他們爭來爭去，他們在赤壁打仗，赤壁，這名字聽起來就夠驚心動魄的了。

**桃花**：（勉強）唔，是的——

**黃道真**：三國之後就是晉了——

**桃花**：是的——

**黃道真**：我們晉朝眞是不幸，老是打仗，一直打仗，跟外邊的人打，跟裡面的人打——反正老是打。

**桃花**：唔——

**黃道真**：那麼，你說說這裡的事。

**桃花**：我們剛進來的時候只有一船人，當初我們沒有什麼東西吃，只吃帶來的東西，可是不多久，種下去的糧食全長出來了。

**黃道真**：後來呢？

**桃花**：（高興）後來就一直吃，吃不完，吃了六百年。

**黃道真**：難道這其間就沒有一件悲慘痛苦的事嗎？

**桃花**：悲慘，嗯，有的，聽說兩百年前有一件事，很悲慘，有一個釣魚的人，釣到一頭大魚，拉不起來，反而被魚拉下水去了，魚吃了他幾口肉，才把他放回來的。

**黃道真**：天啊，這就是你們唯一的悲劇嗎？

**桃花**：是啊，另外我也想不出什麼事來了。

**黃道真**：當我和我的祖先在六百年裡不斷地吃著苦的時候，你們在幹什麼呢？

**桃花**：我們在歡樂，我們，和我們的牛，我們的狗，甚至還有我們的雞，都一成不變地歡樂著。（以下五行用〈終曲〉）

**黃道真**：那麼，將來，當武陵人和武陵人的子孫在受苦的時候呢？

**桃花**：我們仍將歡樂，我們將永遠守著這一片歡樂。除了歡樂，我們還有什麼呢？

**黃道真**：啊，桃花，桃花！（以下二十五行用周文中〈漁歌〉）

讓我最後一次看你的臉，讓我最後一次看你的眼睛。

你的沒有風波的臉，你的沒有哭泣過的眼睛。

我現在知道了我的選擇。

桃花！桃花！

**桃花**：你要做什麼？爲什麼你的聲音這樣發抖，

雖然你站得筆直，我卻覺得你全身都在搖晃。

你雖然沒有一滴淚水，我卻聽到你嚎啕的哭聲。

**黃道真**：桃花，桃花，黃昏就要來到，

這是我最後的時候，我必須向這裡告別，

你們到這裡是躲避秦朝，我到這裡卻是躲避武陵。

躲避那些你們不曾聽說的離亂貧窮和煩瑣。

但現在我開始明白，你們的歡樂我永遠沒有份，你們注定要陷在這種歡樂裡，這種次等的理想，次等的美善，而我，和我的父老，卻注定以艱難爲餅，以困苦當水，並且在長久的磨難裡，切切地渴想著天國！

（羣眾上，和入桃源時一樣，黃道眞又和村人形成十分懸殊的對立的情勢）

**羣眾同聲唱**：（或用錄音帶，他們一個一個出場，自成一圈地繞著）

（以下十一行用〈平調〉）

這裡的魚特別多，並且也特別容易抓，

這裡的土特別肥，這裡的水特別清，

這裡的太陽特別溫暖，這裡的月亮特

別圓，
這裡的花特別紅，這裡的水果特別甜，
這裡的蠶特別大，所吐的絲也特別長，
這裡的糧食特別香，這裡的姑娘特別漂亮。

**黃道真**：可是，我寧可選擇武陵。

**羣眾同聲**：武陵地方有什麼好？

**黃道真**：（沉吟）武陵地方沒有什麼好。

**羣眾同聲**：晉朝有什麼好？

**黃道真**：晉朝也沒有什麼好。

**羣眾同聲**：你故鄉的人有什麼好？

**黃道真**：是的，（搖頭）我的故鄉的人也沒有什麼好。

**羣眾同聲**：那麼，你究竟爲著什麼回去？

**黃道真**：我退回武陵，是因爲我厭倦了桃源，
在武陵，我至少有嚮往天國的權利，
而在這裡，你們只有舒服，只有安靜，只有一切令人發狂的幸福。

**羣眾同聲**：如果我們這裡不是天國，請問還有什麼天國，難道武陵就是天國嗎？

**黃道真**：不，武陵不是天國，但在武陵的痛苦中，我會想起天國，但在這裡，我只會遺忘。忘記了我自己，忘記了身家，忘記了天國，這裡的幸福取消了我思索的權利。

**羣眾同聲**：你是愚蠢的，你是愚蠢的，世上哪裡有天國，你不如躺在這裡享清福。

**黃道真**：你們被一種次等的幸福麻痺了靈魂，
你們被一種仿製的天國消滅了決心，
至於我，我已不屬於這種低劣的歡樂，
我寧可選擇多難的武陵。

**羣眾同聲**：你是愚蠢的，你是愚蠢的。

**老叟**：大楞子！（交大楞子一塊黑布）

**大楞子**：（一面蒙其眼）你去找你的天國吧！你去找你那根本不存在的頭等的幸福吧！

**黃道真**：我穿過黑暗而來，我也穿過黑暗而去，

你們會笑我愚蠢，將來的人也將笑我愚蠢，

那麼，讓愚蠢的人笑我愚蠢，讓懦弱的人笑我懦弱，

但這是我自己的權利，這是我光榮的選擇。

（羣眾退，桃花依依地望著，但終於，她也退下了，跟別人一樣。

老叟推著黃道眞往前走，走了幾轉，他推了他一把）

**老叟**：喏，就從這裡下去，下去。

（黃道眞艱難地爬入小洞，掙扎而出，這一段掙扎幾乎和入洞時相同，唯一的差異在於入洞時帶著好奇，出洞時則多了一份返家的急切）

（這一切仍如蟬蛻的掙扎，舞臺有短暫的黑暗和強大的音響效果。如果演員不能把握動作的舞蹈性，亦可用換場方式演出）

（終於黃道眞到達了洞口，找到了船）

**黃道真**：啊，船，我破舊的船，讓我們回家吧！

——忽然，他發現溪畔睡著一個人，那正是他的朋友樵夫。他酣然地曲肱而睡。

**黃道真**：啊，好朋友，你怎麼也來了，你怎麼找到的？

**樵子**：（醒過來）啊，我終於等到你了，你許久不回家，別人都說你死了，可是我卻找到你的船，我知道你一定在附近。

**黃道真**：啊，這個故事長得很呢！我們一邊

走一邊說吧！其實，我差一點不回來了。

**樵子**：（興奮）眞的？你碰到使你差一點不回來的事了？

**黃道真**：我穿過一個山洞，我走進了一個歡樂的村莊。啊！叫我怎麼形容那個村莊呢？他們說：

（村中羣眾在一種遙遠朦朧的燈光中出現，齊聲唱）（以下十行用〈平調〉）

這裡的魚特別多，並且也特別容易抓，

這裡的土特別肥，這裡的水特別清，

這裡的太陽特別溫暖，這裡的月亮特別圓，

這裡的花特別紅，這裡的水特別甜，

這裡的蠶特別大，所吐的絲也特別長，

這裡的糧食特別香，這裡的姑娘特別漂亮！

**樵子**：世間眞有這樣的地方？

**黃道真**：可是，我放棄了這種次等的幸福。

**樵子**：啊，我——

**黃道真**：什麼事？

**樵子**：我要回頭，我要去拾取你所丟掉的幸福。

**黃道真**：不要去，我的朋友。

我們活在世上是一羣口渴的人。

而桃源村正像一片大海汪洋。

**樵子**：那不是很好嗎？

**黃道真**：是的，當時，你以爲你掉進了天堂，

但等你張開口，你發現所有無邊無際的鹹水，你一口都不能喝。

**樵子**：可是（猶疑），我還是要去。

**黃道真**：好吧，你去尋找吧！這樣空曠的黑夜，這樣黯淡的星光，我懷疑你會找不到。如果你找得到，並且找得快的話，也許桃花姑娘還沒有出嫁，你還

來得及做個新郎。

**樵子**：也許我會回來，甚至，我根本找不到。

**黃道真**：我不知道，我的朋友，也許你能安於那種歡樂，也許你仍發狂地想著武陵的苦難。

**樵子**：再會吧！

**黃道真**：再會吧！（以下十三行用〈漁歌〉）

所有的桃花都已經謝盡，（抬頭）終於把藍色還給了天空。這樣的溪水簡直溫暖像血（伸手入水），從我的手裡流著，流過整個武陵縣。

我的朋友，我的朋友，（悵然地望入雲山）你踏著我踏過的路走進去，我不知道你肯不肯踏著我踏過的路走出來。

啊，武陵，我又看到你了，我感到我作夢的慾望又復活了，我尋求的力量又恢復了，我對天國的嚮往又強烈起來了。雖然我必須忍受人世的苦難，可是，我絕不後悔我的選擇。

（用錄音效果重播黃道眞方才的宣告）

（這段話或視需要重播若干次）

（至幕落用〈終曲〉音樂）

（彷彿是他那份心意又從千山萬谷中盪回來了）

你們被一種次等的幸福麻痺了靈魂，
你們被一種仿製的天國消滅了決心，
至於我，我已不屬於這低劣的歡樂，
我寧可選擇多難的武陵。

（音樂）

——幕下

# 自烹

這是一則兩千六百年前的故事，如果要說得準確點，那是春秋時期魯莊公九年到魯僖公十七年間的故事，可是，一直到今天，翻開《春秋》和《左傳》，我們不仍能聞到那熟悉的血腥味嗎？我們對他們的了解，並不來自那稱為「相斫書」（斫，讀音ㄓㄨㄛˊ，相斫指相殺相砍）的《左傳》，相反地，來自現代，來自我們最深處的自己。

# 人物表

**齊桓公** 他是春秋時期的第一個霸主，曾九匡諸侯，一合天下。他是一個極強而又極弱的人，極聰明而又極愚魯的人，極幸福而又極不幸的人，極被羨慕而又極被同情的人。

**蔡　姬** 一個美麗的女人，她的美，她的笑，都蘊有一種毀滅的特質。其實，連她自己也弄不清她爲什麼渴望毀滅，她多少有一種瘋狂的傾向。她一生都在從事毀滅——除了「毀滅」的本能不曾被毀滅以外，她把一切都粉滅了！

**鮑叔牙** 他是一個好人。

**管　仲** 他是一個做過許多壞事，卻仍然被了解被鼓勵的人。

**易　牙** 他是歷史上最懂得調味的人，事實上，他所懂的不單是調味，而是人性的弱點，所以他的仕途從一開始就很順利——不幸的是，這個對人類有著可怕了解的人，竟不了解自己做了什麼。

**豎　刁** 和易牙一樣，他深深地了解齊桓公，他自己執行了宮刑，成爲一名去勢者，以干祿求官，他和易牙，是一對最叛逆的順臣。

**易牙妻** 和易牙相反，她是一個母親，她恨惡毀滅，我們只能用「強烈」兩字來形容她，她具有一種強烈的溫柔——像米蓋朗基羅的「哀慟聖母像」。

**優　兒** 照例地，宮廷裡少不了他這樣的丑角，他是一個矮小的角色，足以滿足別人的偉大慾。但就歷代君王的弄臣而言，他不算成功的，因爲他的笑話不但不逗笑，反而很悲哀。

朝臣若干人　可有可無。

# 第一場

——合唱隊上

合唱隊由八個人組成，穿著黯淡的藍色或灰色的直統統的袍子。他們的面色灰敗，聲音憂傷，蹭蹬著遲緩的步子，像一羣羣沿門托缽的逃荒者。他們的唱詞很單調，像朗誦，也像中古世紀的教堂音樂。

啊　請不要問我們是不是齊國人
我們是一些不幸的人
請不要問我們是不是春秋時人
我們是一些不幸的人
請不要問我們要到哪裡去
這世界並無處可去
請不要問我們有什麼話要說
最深的沉痛無言可說
你們，你們來看歷史是容易的
我們，我們扮演歷史怎能不感到艱辛
我們唯一的音樂是戰鼓
我們僅有的花香是血腥
我們是一羣不幸的人

——合唱隊下

（戰鼓的節奏，聲音並不頂緊張，但它的恐怖在於它有一種亙古常在的單調性，彷彿是一場永世不絕的戰爭）

（齊桓公上，在未上之前，我們先聽到他驚悸的嘶喊，他一面跑，一面拔下射在腹前帶鉤上的一枝箭。他是一個年輕的英挺的公子，像一隻野狼，即使身處危難，也有一種令人心顫的，灼然的眼神）

（鮑叔牙隨侍在旁）

**鮑叔牙**：公子，公子，怎麼樣了？

**齊桓公**：啊，可怕，剛好射在我的帶鉤上！

（雖然沒有負傷，卻由於駭怕，感到

一種負傷的虛弱和仇恨）只要差一寸，不，只要差一分，叔牙，你就白教導我了。

**鮑叔牙**：（他是一個仁厚的君子，讓人一眼看上去有一種寬心的感覺，他是一個隨時打算用縱容的愛來愛這個世界的人，他仔細地檢查箭和帶鉤）我知道這枝箭，這是管夷吾的箭，（稍帶欣慰）眞的，除了他，也沒有誰有這種好手法！

**齊桓公**：什麼？叔牙，你在讚美他！如果他把我射死了，你就更有理由讚美他的準確了。

**鮑叔牙**：公子不死，當然是大幸之事，但既然不死，便要活，而只要你活著，這位射箭之人便對你大有用處。

**齊桓公**：我活著，哼，只要我活著，我就不會讓他活著！

**鮑叔牙**：好了，現在不是賭氣的時候，既然公子被射中帶鉤，我們不如將計就計。

**優兒**：（帶跑連喘地奔上）公子！公子！（哭了起來，但這種人物的哭仍讓人產生一種可笑的感覺）唉，公子，你幹麼死得那麼快呀！你要是死得慢一點，我趕著來講個笑話，你就活啦！

**齊桓公**：（生氣——而且驚駭，任何人如果能夠聽到自己的追悼會，都會有類似的驚駭）優兒，我好好的，你亂嚎什麼？

**優兒**：（一時愣住，問鮑叔牙）他，他是什麼人？

**鮑叔牙**：什麼，他是什麼人你也不曉得了？

**優兒**：他長得眞像公子，可是公子不是死了嗎？（走近）喲，天呀，簡直一模一樣，（欲往後臺）嘿，不知是哪個化裝師傅的好手法，不但畫得嘴巴鼻子像，連眼神都像呢！

**齊桓公**：優兒，你這倒是開玩笑還是發癡啊！我們現在是在戰場上啊！

**優兒**：嘖，嘖，可了不得，連嗓子都像，連說話的架式都像！

**齊桓公**：該死的優兒，我沒死呵！我還活著的呀，我像我自己，這還用說！

**優兒**：（猛然省悟）哎喲，原來你是活的，（上前觸摸）是熱的，不是冷的，是軟的，不是硬的，不錯，還活著。

**鮑叔牙**：不錯，活著（轉向公子），但剛才我說，我們得將計就計，公子，現在你卻必須裝死，喏，優兒，你看見嗎？那家人家有塊破楊木門板，你去拆下來，咱們抬著公子走。

**齊桓公**：什麼？要我死？

**優兒**：什麼？原來公子是死的？我剛才弄錯了？（他是一個非常負責的人，所以一聽到公子是死的，立刻打算把他的哭詞重嚎一遍）唉，公子，你幹麼死得那麼快呀？你要是死得慢一點……

**鮑叔牙**：優兒，你就別吵了，公子是活的，但我們要他死一會，你懂嗎？

**優兒**：唉，你們人大腦筋大，我們人小腦筋小，我哪裡搞得清你們的事呀，（悲從中來）想從前齊襄公還沒有死的時候，有個女人跟他老黏在一起，我好容易搞明白了，覺得她一定是襄公的老婆，哪曉得人家把她往魯國一送，她偏偏又變成魯桓公的老婆了。又過了些年，她跟魯桓公一起從魯國回來，我想這下我是明白了，她準是魯桓公的老婆，可是，她一回來，不知怎麼的，又變成齊襄公的老婆。唉，我連一個女人究竟是誰的老婆都搞不清楚，我怎麼搞得清生死大事呀——剛才我說他是死的，你偏說他是活的，連他自己也爬起來說他是活的，我剛信了他是活的，你們又偏說他是死的，還叫我去扛門板，我怎麼搞得清他是活是死呵……

（賭氣去取門板）

**齊桓公**：噢，叔牙，連我也搞迷惑了。剛才，那枝箭射過來的時候，我恍惚覺得自己什麼都不是，不是未來的齊侯，甚至不是公子小白，只是一個還沒有出娘胎的胎兒，什麼都是空虛混沌的，我覺得我正在死……可是，忽然，我又看到青天，又看到太陽，我覺得我正在活著。

**優兒**：門板來了！

**齊桓公**：什麼？

**優兒**：叔牙說，你是死的，我想一向說話總是叔牙對的多，公子對的少。

**齊桓公**：叔牙……（他囁嚅著，有幾分膽怯起來）

**鮑叔牙**：公子，你非裝死不可。你的兄弟公子糾不會放過你的。你裝死，他們就放心了。然後我們就可以把你藏在車子裡，連夜趕路——包你跳下這塊楊木門板，就坐上齊國國君的寶座。

**齊桓公**：好吧，看來真的只有這一條路了！（半躺下）呵，死，死到底是怎麼一會事呵！優兒所不懂的，誰又能懂呢？哦，叔牙，我死得像不像呵！

**鮑叔牙、優兒**：像極了！（一面合力扛起門板走下）

**優兒**：我們公子作了一首歌
他說他正在死又正在活（搖頭）
這句話要是我說的就該挨嘴巴
但，是他說的，就是哲學著作。
（同下）

## 第二場

在堂阜，一個枯索的冬天，管仲鮑叔牙上，管仲披枷帶鎖，鮑叔牙算是他的監守。他們兩個一言不發地走著，終於，當他們像演平劇似的走了很長遠的距離之後，他們在一個亭子前歇下來。

連他們的沉默也有一份相契。

**管仲**：這是什麼地方，叔牙。

**鮑叔牙**：堂阜，齊國的堂阜。我剛才已經把魯國的囚車放回去了，你現在身在齊國了。

**管仲**：哦——我已經被押到你的國家了。（他是信任鮑叔牙的，但他的語調中仍有掩不住的蒼涼，也許是因爲北風，也許是因爲枷鎖，也許是因爲他高大兀立的身體）

**鮑叔牙**：你看見嗎？夷吾，這裡是一座亭子，在這樣蕭索的冬天，在這樣衰微的世代，這是唯一的風景。而你我，也要活下去，活成這個時代唯一的風景。千秋萬世之後，別人也許會罵我們的時代，但只要我們活著，我們便要像這座亭子，撐起一片清白——我要叫這座亭子夷吾亭。

**管仲**：呵！叔牙，跟你在一起，我變得沒有犯罪的可能。從前，我們合夥做生意，我是貪心的，我多拿了錢……

**鮑叔牙**：（急止）不，不要談錢，不要說貪心，不是——你沒有錯，那是因爲你貧窮。

**管仲**：我是愚蠢的，我四出謀事——可是我總是失敗。

**鮑叔牙**：不，不是你愚蠢——命運有利，（嘆息）也有不利。

**管仲**：可是，（幾乎是悲憤的叫嘯）我三次做官，三次遭驅逐。

**鮑叔牙**：（親切地執手）那不是你不行，而是，這世界還不曾認識你，你的時候還沒有到！

**管仲**：（悲哀地）我曾三次作戰，三次逃亡……

**鮑叔牙**：那不是膽怯，我知道，那是因爲你家有老母。

**管仲**：（忽然翻爲悲哀激昂的高聲）我所輔助的公子糾死了！我的同伴召忽自殺以殉主了，我卻還活著，我卻還活著！

**鮑叔牙**：不，這並不可恥，你只是不拘小節，你所怕的不是死，而是名節不顯於天下後世！

**管仲**：啊！

**鮑叔牙**：難道我說得不對嗎？

**管仲**：叔牙，叔牙，你眞是一個可怕的人，沒有人可以成爲你的對手，由於你的愛，你的寬厚，你把別人的壞都抹殺了。呵，生我者父母，知我者叔牙！

**鮑叔牙**：不，管仲，不要感謝我，我要保護的並不是你，而是在你裡面的那塊美玉。你有許多缺點，但在你最深的內心裡，我知道有一塊玉。管夷吾！管夷吾！（雖然近在眼前，不知爲什麼，他卻異樣激動地叫了起來，也許是由於他早已預見齊桓公的愚昧）我曾輔助你，而現在，你也去輔助公子小白吧！不要感謝我，把我曾經愛你的去愛公子小白吧！

**管仲**：公子小白，內心深處也有一塊美玉嗎？

**鮑叔牙**：每一個人原來都有一塊美玉——但是有許多人，慢慢一角一角地把它砸碎了。

**管仲**：我們還有多少路？

**鮑叔牙**：我們還有很長很長的一段路。

**管仲**：你在張望什麼？

**鮑叔牙**：（仍然回頭遙望）我在看那座亭子！在滾滾黃塵中的亭子，在北風中的亭子。

**管仲**：走吧，叔牙，我們去建造另外一座亭子，另一座立在齊國宮苑中的亭子。另一座立在歷史的曠野中的亭子。

（在北方乾嗆的黃塵中，他們一路走去，那的確是一段很長的路）

## 第三場

齊桓公宮中，優兒侍立一旁，高傒亦在側，如果再列些朝臣亦可，否則也可以讓觀眾自己去想像百官熙熙的盛況。

**高　傒**：啓稟主上，叔牙回來了（他平靜地說，故意不提管仲的名字）。

**齊桓公**：唔——（他的恨意陡然升起，但他也試著和高傒一樣，不去提那個蜂刺似的名字）叫他進來。

（叔牙和管仲入）

**齊桓公**：叔牙，誰把那叛逆的枷鎖除去的？

**鮑叔牙**：我。（他回答的聲音不像認罪，而像在承認一項善行，幾乎有點欣然）

**齊桓公**：爲什麼？

**鮑叔牙**：世界上沒有鎖鍊可以鎖得住他！你可以用草繩綁小雞，你可以用麻繩綁小羊，你可以用鐵鍊鎖老虎——但對於一個偉大的人，你無論用什麼辦法都殺不死他，都捆不住他。

**齊桓公**：哼，說得倒像個聖人，可是，你過來，我問你，你就是那個射中我帶鉤的人嗎？

**管仲**：是的——可是我眞正要射的，並不僅僅只是帶鉤。

**齊桓公**：而現在，我沒死，你們的公子糾倒死了，而你，是跟召忽一起輔助他的，我請問你，召忽哪裡去了？

**管仲**：召忽自殺以殉主了！

**齊桓公**：喲，你好像還知道世上有自殺殉主的事呵！那麼請問，賢明如管夷吾者，爲什麼卻好好地活著呢！

**管仲**：（幾乎從一開始，管仲和齊桓公便彼此形成尖銳的對立，而此刻，形勢更形緊張）因爲，公子糾死了，齊國並不會亡。

**齊桓公**：哈哈！小人，那麼想必公子小白死了，齊國才會亡囉！

**管仲**：不，公子小白死了，齊國也不會亡。

**齊桓公**：（微怒，但爲了贏得這一次勝利，他隱忍著）那麼誰死了齊國才亡？

**管仲**：我死了，齊國就亡了。

**齊桓公**：（稍微有一點心服，可是故意把話題扯遠了些）照你這麼說，召忽倒是不忠了？

**管仲**：不，召忽不是不忠，他用死，寫了歷史的第一節，而我，我要活著，來寫歷史的第二節。

**齊桓公**：你要活著？我叫你死你就得死！

**管仲**：當然，但現在還不是我該死的時候。

**齊桓公**：（微帶諷刺）唔——請問什麼時候才是你該死的時候？

**管仲**：如果上天要我死，我沒有話說——但如果要我自己死，除非齊國的社稷破了，宗廟滅了，祭祀絕了！

**齊桓公**：說話倒像個聖人。

**管仲**：我並不是聖人。

**齊桓公**：如果你不是聖人，你有什麼資格說那種話呢？

**管仲**：我願意輔助你，正因爲我和你是同樣的人，我曾有許多缺點，所以我對你感覺熟悉，我現在如果和你有一點不同，那都是由於我曾被一份偉大的愛愛過。在我卑鄙的時候，他信任我，在我懦弱的時候，他諒解我，在我被捆綁的時候，他釋放我。我本來一無所有，他卻一直給我——直到把我給成了一個能夠去給予的人。

**齊桓公**：什麼？難道你的朋友推薦你，就因爲你曾經被愛過嗎？

**管仲**：是的，所有偉人的偉大都在於他們的愛，而所有的愛都發源於被愛。

**齊桓公**：（狡猾地）如果人必須先被愛才能學會愛，請問人間的第一個人怎麼會愛的。

**管仲**：人間的第一個人自有上帝愛他。

（豎刁上，向齊桓公耳語，他是一個卑瑣的人，鬼影似的人。有些人的惡，表現於誇張的扭曲，但他的惡卻表現爲一種柔滑軟膩。有的人的惡在於多出了什麼，他的惡卻在於少了什麼）

**豎刁**：夫人蔡姬說的，請主上去蕩舟，她說春天了，冰化了，請主上就去。

**齊桓公**：還早呢，冰還沒化完呢，寡人這裡有要緊的事。

**豎刁**：夫人說得，就是趁著冰沒化完才有趣哪，夫人喜歡一邊划船一邊砸冰。

**鮑叔牙**：豎刁，你走吧，這是朝中議事的時候。

**齊桓公**：豎刁，你去吧，寡人回頭就來。

（微赧，轉向管仲，說些話以自我解嘲）寡人有三個毛病。

**優兒**：那是說，他只知道三個毛病。

**齊桓公**：（喝叱）優兒！

（轉向管仲）第一件，寡人好打獵，天不亮就到了郊外了，不盡興又不肯停，諸侯百官都不能見到寡人的面。

**管仲**：是的，不過好在這件事並不嚴重。

**齊桓公**：第二件，寡人不幸又好酒，日以繼夜，夜以繼日，諸侯百官因此而見不到寡人的面。

**管仲**：是的，不過好在這件事也並不嚴重。

**齊桓公**：第三件，寡人不幸而好色，就連堂姐堂妹也不免，我……

**管仲**：是的，不過，好在這件事也不算最嚴重。

**優兒**：哎喲，我早就知道他又是這句話。

**齊桓公**：不嚴重！不嚴重！我現在知道你不過只是個巧言令色的小人，請問天下還有什麼事是嚴重的！

**管仲**：最嚴重的事也有三件。

第一件，覺得別人都有罪，我卻不可能有罪。

第二件，就算有罪，也覺得人非聖賢，孰能無過，只要無傷大雅，也就算了。

第三件，跟罪結了朋友，捨不得改，反而想法子多犯幾件——這才是嚴重的！

**齊桓公**：呵！管仲，做為一國之君，我難道連罪也控制不住嗎？難道我比罪小嗎？難道罪比我大嗎？

**管仲**：你願意比罪大，或者比罪小，那在乎你自己的選擇。

**齊桓公**：選擇！你說得容易，寡人該如何選擇？

**管仲**：選擇親君子，遠小人。

**齊桓公**：親君子，遠小人。誰是君子？誰是小人？

**管仲**：所謂君子，所謂小人，在主上一心之間。

**齊桓公**：是的，（悲哀的）在這裡，在這個小小的方寸之地，我感到有一位像皇天一樣的君王，可是，在這裡，在同一個地方，羣臣篡亂，小人橫行，我覺得我心中的君王快被長釘釘死，快被尖刀戳死，我……

管仲：（悲憫地低首不語，似乎爲自己在無意之間窺探了對方的悲劇而斂容）

齊桓公：還有嗎？

管仲：還有，我要成爲我自己的主人——我不願意成爲一個擁有四海卻不能控制自己的人，我不要身居萬人之上卻仍然做罪惡的臣僕，我不要屠殺我心中的眞理形象。

齊桓公：如果寡人把齊國讓給你，你要用什麼特別的辦法治齊國呢？

管仲：我並沒有什麼特殊的辦法，我會使齊國富有起來——因爲事實上齊國本來就很富有！

齊桓公：什麼？齊國本來富有？

管仲：是的，每一座山，每一灣海，都是金子。

齊桓公：還有呢？

管仲：我會使齊國強大起來——因爲事實上齊國本來就強大。

齊桓公：什麼？齊國本來就強大。

管仲：是的，齊國的強本來就在那裡，可惜我們沒有發現！

齊桓公：（他凝視著管仲，漸漸有些心動，他猶疑著，不知該以什麼辦法來對付他的對手，終於他試著作一點讓步）叔牙，你要寡人給你這個朋友安插個什麼官呵！

鮑叔牙：管夷吾只有一個官可做。

齊桓公：什麼官？

鮑叔牙：管夷吾只能厚禮拜相。

齊桓公：（小聲）什麼？難道一定要寡人輸在他手裡嗎？

鮑叔牙：是的，如果你要贏得天下。

齊桓公：好，高傒，你怎麼說？

（豎刁上）

豎刁：夫人蔡姬來了！

齊桓公：唉！

優兒：主上，我說呀，「蔡姬」的名字取得好！

齊桓公：你又懂什麼來著？

優兒：你看另外那兩個夫人，一個叫王姬，一個叫徐姬，她們哪有蔡姬得寵呀！她們忘了，公子好喝酒，當然也就好菜呀！公子好菜，蔡姬怎麼能不得寵呀！

蔡姬：（上，聽見優兒的半截話）優兒，你又在胡說什麼？

優兒：喲，我說什麼你也不知道，我說的是菜呵！

蔡姬：（笑著扭優兒一把，逕自走向桓公）

齊桓公：豈敢，願夫人有以教我。你可眞是爲國憂勞呵！

蔡姬：（忽然爆笑起來，一種高昂拔天，似乎要震碎什麼的笑聲）是呵，我要教你，我有很多東西可以教你……

管、鮑：臣先退。

豎刁：臣亦先退。

高傒：臣亦先退。

優兒：臣亦先退。

蔡姬：喂，該你了。

齊桓公：該我什麼？

蔡姬：該你跟我說了。

齊桓公：說什麼？

蔡姬：（模仿前數人）說：「臣亦先退」。

齊桓公：唉，那是你該對我說的呀！

蔡姬：胡說，我告訴你，現在是春天了。

齊桓公：春天？還不算，冰沒化，花沒開，草沒有冒出頭來，這算什麼春天，告訴你吧，春天的寶座還沒坐穩呢！春天的王圖霸業還沒有展開呢——唉，跟我一樣。

蔡姬：呀，可是我就愛這樣的春天，我好像聽見他在罵冬天說：「我要毀滅你！我要毀滅你！你是毀滅者，但是我要毀滅你的毀滅。」

齊桓公：你因此而愛春天嗎？

蔡姬：不，我不愛春天，當春天一穩住江山，我就不愛它了。

齊桓公：那時候你怎麼辦？

蔡姬：呵，我等著去愛夏天，夏天也是殘酷的！（帶有一種殘忍的快意）他把所有的紅色都殺了。夏天眞狠，我愛夏天，夏天把什麼都打碎，夏天用它又老又濃的綠色把每一個山頭強佔了！

齊桓公：那麼，你很愛夏天了？

蔡姬：不，我其實不愛夏天，我愛的只是夏天毀滅春天時的凶狠殘忍。

齊桓公：所以，我猜你又等著愛秋天了。

蔡姬：是呵，秋天剛來的時候眞美，你走到園子裡，忽然，一片又乾又焦的葉子劈臉打來。啊，那眞是奇妙，那種毀滅眞壯烈，起先是一片葉子一片葉子地死，後來是一根枝子一根枝子地死，後來是一棵樹一棵樹地死。之後是整座林子整座林子地死——最後是全個山頭全個平原地死——冬天更厲害，冬天一來，什麼都趕盡殺絕，那種蠻橫不講理，眞叫人愛得發狂！

齊桓公：蔡姬，你是一個奇怪的女人。

蔡姬：你愛打獵，你愛那種激烈的毀滅的遊戲，你說你喜歡虎豹，你說你喜歡熊羆，不，不是的，你只是喜歡毀滅虎豹熊羆罷了！

齊桓公：是的！毀滅虎豹熊羆使我自己覺得自己是強壯的——我需要覺得自己是強壯的！

蔡姬：你愛酒，你愛馬，不，其實你不愛酒，你也不愛馬，你只是想毀滅，你只是想佔據。

**齊桓公**：是的，是的，（稍有惱羞成怒的傾向）我就是要毀滅，有本事，就毀滅我，沒本事，就等著我來毀滅。

**蔡姬**：（忽然，她柔弱下來，一種不能壓抑的母性決了堤般地高漲起來）啊，小白，我是喜歡被毀滅的，啊，小白，我喜歡被一個小小的孩子所毀滅，一個小孩子，一個小孩子，啊，小白，爲什麼我們沒有孩子……

（燈乍黑，舞臺有短暫的沉默，在觸及這最嚴重最沉痛的問題時，兩人同時有幾分忡怔，他們在死寂而黑暗的舞臺上如塑像般地對坐，之後，燈光在蔡姬的獨白中一一亮起）

**蔡姬**：啊，小白，我多麼渴望一個孩子，當我懷他的時候——他會不講理地侵略我，他踢我，他捶我，他吸我的血，他使我嘔吐，使我醜陋，後來，我臨盆了，他會把我弄得很痛很痛，他把我撕裂，可是我喜歡，我比誰都不怕痛，我喜歡被這種痛撕碎。然後他長大了，我要把我兩眼的光華給他——而自己留下黑暗，我要把我皮膚的紅潤給他——而讓自己留下蒼白和皺紋，我要把我滿頭的青絲給他——而讓自己留下枯乾的蘆葦。小白，給我一個孩子，給我一個人來打倒我，毀滅我，取代我！

**齊桓公**：蔡姬，我們和大自然不同，大自然的毀滅是爲了建造而我們毀滅了就是毀滅了！

**蔡姬**：（悲哀地）小白，我想我們永遠不會有孩子了——你跟我是一種人，你真正愛的東西也是「毀滅」。沒有建樹的毀滅！

**齊桓公**：是的，是的，我們都是一種人（稍嫌失態地叫了起來），我們什麼都想毀滅，可是我們就是毀滅不了自己毀滅的願望。

**蔡姬**：小白！

**齊桓公**：你知道嗎？（痛下決心似的）我要拜管仲爲相。

**蔡姬**：（用一種惡意的，不信任的眼光看著桓公）唔——（她的聲音高亢而刺耳，幾乎有一種侮辱性）

**齊桓公**：是的，我要拜管仲爲相，我想他是唯一能幫助我毀滅我的毀滅性的人。

**蔡姬**：我卻覺得你更愛豎刁，豎刁，哈哈哈哈，可笑的豎刁，他的「男性」被毀滅了，多可笑的人啊？是誰第一個發明宮刑的——奇怪，世界上許多偉大的發明都找不到發明的人。譬如說，殉葬是誰發明的？還有些用不起人來殉葬的，就用木頭俑、泥俑，誰又是第一個開始作俑的人啊？

**齊桓公**：是的，我愛豎刁，他爲我而毀滅了，我之愛豎刁是因爲我愛女人——其實，不是愛女人而是想毀滅女人，但我又怕，我怕女人來毀滅我，所以必須有一個人來幫我毀滅女人，這個人必須不是女人，也必須不是男人，豎刁看準了這一點，他自己把自己閹了。人類是多麼奇怪多麼聰明的動物啊！人類眞不愧是萬物之靈，人類不但會閹雞、閹鴨、閹豬、閹牛，人還會閹人，人還會閹自己。

**蔡姬**：啊，自閹，自閹是多麼殘酷的一種毀滅，哦，我想，我們大概活在一個瘋狂的時代裡，你是瘋狂的，我是瘋狂的，豎刁也是瘋狂的。啊，我們所有的人全加起來，也許還沒有優兒一半聰明。

**齊桓公**：（軟弱無力）管仲能救我！

**蔡姬**：（殘忍地釘上去）管仲救不了你，世界上每有一個管仲，就有十個豎刁，不，就有一千個豎刁。啊，你裝做愛管仲，但我知道你是愛豎刁的，小白，小白，我是知道你的……

**齊桓公**：蔡姬！（哭嚎似地叫起來）你走吧！你去吧！你死吧！你這毀滅的女人……（聲音轉低，無限悲哀）我想你說得對，蔡姬，我們是永遠不會有孩子了。

**蔡姬**：是的，小白，我們不會有孩子了！

## 第四場

齊宮的一個角落，漸明的燈光照在角落裡兩個竊談者的身上，將他們幢幢然的影子照在帷幕上，有如兩座巨大的鬼影，他們是易牙和豎刁。

**易牙**：所以，豎刁，你終於選擇了自閹。

**豎刁**：是的，我就自閹了。（當他在追述這段過程的時候，不帶一點痛苦，相反的，他很漠然）易牙，這個世界其實並沒有興趣知道你是不是男人。老實說，連女人，也不在乎你是不是個男人，笨一點的女人只想知道你現在是不是有錢，聰明一點的女人不太在乎你現在有沒有錢；他們想知道你將來有沒有錢。反正，除了你自己，誰也不管你是不是男人。

**易牙**：你不後悔嗎？（雖然，他在試探著問對方，但很顯然地，他在探詢自己的命運）

**豎刁**：後悔？不，我不後悔，後悔又怎樣呢？我反正已經閹了。啊，人住在齊宮裡是不會後悔的，看啊，齊宮多美，金子是山，銀子是河，珍珠瑪瑙多如森林，白玉賤得像泥土。

**易牙**：那麼，你想，（像一個漸入陷阱的野獸，他一步一步逼近了）我也該自閹嗎？

**豎刁**：你眞的想自閹嗎？

**易牙**：是的，哀莫大於貧賤，只要免於貧賤，我——我是不在乎自閹的。

**豎刁**：你不想想你的妻子兒女嗎？

**易牙**：不要提他們！我是下定決心了！

**豎刁**：可是，你沒有機會了！最近宮中不打算再增加閹人。

**易牙**：（霍地立起）啊！

**豎刁**：其實，易牙，你另有過人的本事，不必自閹。

**易牙**：我？

**豎刁**：是的，你能烹調，你想，靠心最近的是什麼？當然就是肚腸，所以你做官比我容易。

**優兒**：（冒冒失失地跑上）喲，這位是什麼夫人呀！

**豎刁**：唉，優兒，你是愈來愈傻了，我是豎刁呀，你怎麼連男人女人也分不出來了啊！

**優兒**：這年頭，要想分出男人女人可也不容易啊，何況你整天都跟女人在一起。啊，這位是新來的如夫人吧！

**豎刁**：優兒，這位也是男人啊！

**優兒**：唉，是的，我是愈來愈傻了，我沒有入宮以前不是這麼傻的，我一進宮就傳染上傻病了。

**易牙**：這是誰呀，他怎麼這麼矮？

**優兒**：我嘛，我是優兒，我不矮怎麼行呢？住在齊宮裡頭的個個想往上拚，我呢，我只好往下沉。你想想，沒有我，這裡還行嗎？他們叫我來給他們說個笑話取樂，其實，我哪兒說得好笑話，但是，反正他們一見我就樂了。

**易牙**：啊，這是一個什麼地方啊，女人們把臉染成紅的，腰紮成瘦的，男人呢？或者閹了，或者賣了，啊，優兒，告訴我，你後悔不後悔。

**優兒**：後悔不後悔，我怎麼知道，聰明人才會想前因後果，而你，把該問聰明人的問題問了笨蛋，你就比笨蛋更笨蛋。

**易牙**：啊，這是多麼可怕的地方！

**豎刁**：（陰險而甜蜜）可是，這也是一個可愛的地方！

**易牙**：這裡有些多麼古怪的人！

**優兒**：而我，是怪人中的怪人！

因爲有我這張臉，每一個人都襯得漂亮了。

因爲有我這副腦筋，每一個人都襯得聰明了。

因爲有我這個身材，每一個人都襯得魁梧了。

因爲有我這種地位，每一個人都襯得偉大了。

男人們看見我都忽然有了自信，女人們看見我，也不自覺地放鬆了表情，不像等著要俘虜什麼或等著被俘虜那麼緊張。

**易牙**：優兒，依你看，我留在宮中有沒有希望？

**優兒**：天哪，你怎麼來問我呢？

反正在這裡，人人都有希望，你問豎刁，那些後宮的女人等著等著，等得頭髮都白了，可是你能說她們沒有希望嗎？他們還是有希望的！

**易牙**：你是怎麼得寵的呢？說來聽聽吧！

**優兒**：我嗎？我因爲長得矮，永遠只能跟主上的肚子說話——可是，奇怪的是，我發覺這樣也就夠啦，大部分的人肚子以上的東西全是擺設，全是做做樣子的，只有那個肚子是眞的。

**易牙**：哦——（興奮起來）是眞的嗎？主上果眞貪食好酒嗎？

**優兒**：是眞的，天下能吃的他都吃——他，大概只差人肉沒吃過罷了。我看他是因爲娘死得早，吃奶沒吃夠，所以見什麼都吃。

**易牙**：他喜歡吃什麼？

**優兒**：他什麼都吃，蒸的、煮的、烤的、炸的、涮的、溜的、川的、爆的，總之他不喜歡嘴閒著。他吃肉、他吃酒，還有他看到女人，也恨不得一口吃了。要是鄰國有一塊好地，他不呑掉也是睡不穩的——反正他什麼都想呑掉，你要是有本事把太陽弄到盤子裡來，我保證他也照吃不誤，說不定還順便罵你兩句，怪你沒有摘一把星星撒在旁邊當胡椒（邊說邊下）。

**豎刁**：他眞是個討人喜歡的人物。

**易牙**：可是他說的話眞可怕。

**豎刁**：你聽他？他只不過在說笑話。

**易牙**：不，那不是笑話，不知道爲什麼，我感到他是一邊哭一邊說的——你沒有看見他的眼淚嗎？

**豎刁**：沒有呀！

**易牙**：你沒有聽見他說起話來帶著一抽一抽的聲音嗎？

**豎刁**：你在說什麼？沒有的事！

**易牙**：啊，豎刁，這是多麼可怕的地方！優兒是多麼可怕的人物，他說的話也是多麼可怕的話——可是，豎刁，豎刁，那一切合起來都沒有你可怕，我想你是瘋了——但是，豎刁，豎刁，其實那一切加上你，都還不及我可怕，你知道嗎？我是可怕的，我想我也瘋了，不，比瘋還可怕，因爲我是清醒的！我清清醒醒地知道我該幹什麼，我該回家，牽著我的狗，抱著我的兒子，去東門外的郊野散步——呵，兒子，我的小小的兒子，有著我的眼睛，我的鼻子的兒子，（但忽然間，他的權力欲又抬頭了）啊！不！我不能守著那半間破房子，跟老婆孩子過一輩子苦日子，大丈夫豈能常處貧賤，我要留下來，爲什麼我不能富貴，優兒富貴了，豎刁富貴了，爲什麼我不能富貴！我一定要留下來！我什麼都願意付上——我願意閹了、我願意賣了，我不知道如果要富貴還有什麼更多的代價要付，但是，我願意，我什麼都願意，我願意遭到侮辱——只要別人看起來我很尊榮。我願意遭到剝奪——只要別人看起來我很富有，我甚至願意死，我甚至願意自烹爲一道菜（一邊說，一邊恐懼地喘息起來），呵，上天知道，我把什麼都押上了！命運的骰子啊，轉吧，不管你爲我擲出什麼點數，

我都已經押上了。

——合唱隊上

哦，請不要問我悲劇從何時發生
也不要問我悲劇在誰身上發生
我倒要問你，你幾曾看見歷史的傷口結
痂
你幾曾聽見血流的瀑布停頓
永遠有些人在自閹
永遠有些人在自烹
同樣的故事搬演了又搬演
同樣的情節重而又重

——合唱隊下

# 第五場

在齊宮的另一處，齊桓公愉快地坐著，旁邊有蔡姬和優兒，愉快的理由很簡單，因為易牙在，還有他所獻的食物。

**齊桓公**：你叫什麼名字。

**易牙**：易牙。

**齊桓公**：（指食物）這個，叫什麼名字？

**易牙**：烤乳豬。

**齊桓公**：你怎麼會打聽到寡人的口味呢？你嚐嚐，（遞給蔡姬）你嚐嚐，（遞給優兒）——（轉向易牙）——嗯？

**易牙**：不，我不曾打聽過主上的口味。

**齊桓公**：那麼為什麼你做得那麼巧，剛剛好對我的口味呢？

**易牙**：因為天下人的口味是一樣的，而我是一個深深了解天下人口味的人。

**齊桓公**：天下人的口味你都了解嗎？

**易牙**：是的，我了解，所以我比任何人都了解天下人。

**齊桓公**：天下人又是怎樣的呢？

**易牙**：主上，天下人是些跟我一樣的人，也是些跟主上一樣的人，他們是些又快樂又不快樂的人，他們是些吃了餓、餓了吃的人。

**優兒**：哎呀，主上，天下人還不簡單嗎？所謂人口人口，一個人就是一張口，兩個人就是一雙口，人一生下來嘛，就先哭，哭的意思嘛就是說，注意啊，我這裡有一張口，給我塞點什麼吃的進來吧！

**齊桓公**：天下人都是這樣的嗎？

**易牙**：是的，天下人除了聖賢，都一天到晚記掛著他們的口，都想法子餬他們的口。

**優兒**：是呀，主上，人的嘴巴是諸侯，人的肚子就是天子——有時候嘴比肚子還難纏呢！這就像周天子不難纏，難纏的是齊國、楚國、趙國、秦國……

**齊桓公**：少胡扯了，優兒，你的烤乳豬怎麼沒見你吃。

**優兒**：我不敢吃。

**齊桓公**：爲什麼不敢？

**優兒**：主上人大福大，我人小福小，我怕今天吃多了，把明天的口福也一起透支了，划不來。（忽然站起來，像拔劍起舞感慨而歌的壯士，但，這番話由他講出來，自有一番悲涼好笑）

噫，你要曉得，好東西吃得多的，後來常常餓死了。

酒喝得多的，後來血壓高，一滴也不准喝了。

老婆娶得多的，後來全跑光了。

兒子生得多的，後來一個也不剩了。（說完走下）

**齊桓公**：優兒，優兒，你這傻孩子，有好東西不懂得吃，盡說些廢話。

**蔡姬**：（她從一種深度的享受中驚醒，帶著一種不敢置信的迷惘的神情）這肉太好吃，易牙，你的手藝跟別人不同——吃別人的菜，我們只覺得吃飽了，但吃你的菜，我們，我們感到一種快樂，不但嚼的時候快樂，嚥的時候快樂，連吃完了反覆思想的時候都快樂。

**易牙**：（旁白）（燈光變化）

啊，所謂的萬乘之君又是什麼呢？小小的一片肉就能將他征服，多麼可怕（桓公繼續吃肉，誇張地咀嚼，如果可能，導演不妨在此時加映強調咀嚼和牙齒動作的特寫影片，當森然的白齒截切磨碎肉類的時候，簡直是一段恐怖的鏡頭），啊，每一天，每一天，每一頓，我們都張著口吃那些看得見的東西，可是我感到有一張看不見的口也正在吃我們每一個人，（雖然近在眼前，但他用一種相距無限遠的眼光望著齊桓公和蔡姬）這是可怕的，堂堂齊國的萬乘之君正在被吃，美麗如花的蔡姬也正在被吃，豎刁被吃，我被吃——（忽然，他看到管仲走入，燈光照在管仲身上）啊，那人是誰？他似乎又像我們，又不像我們，（像一條狗似的繞著管仲的周圍觀察，似乎想嗅出些什麼來，無奈人狗之間的距離太遠，他仍然不能了解）他當然也是有口的人，但他卻不是我能了解的，他是誰？

（燈光恢復）

**管仲**：啓稟主上，晉國生事了！

**齊桓公**：什麼事？

**管仲**：晉國的世子申生自殺了，晉國的公子重耳出亡了！

**齊桓公**：（振衣而起，不勝惋惜）啊，晉國要大亂了，可憐晉獻公怎麼會如此昏聵！

**管仲**：主上觀鄰國之事，明察有如通神。

**易牙**：（旁白）啊，他一定就是管仲，他是一個多麼強的人啊，可是，我恨他，他一定也恨我，我知道，他也一定知道。

**齊桓公**：管夷吾，你來得正好，請嚐一片炙肉。

**管仲**：（接過，吃了一口，忽然間，他驚訝地停下來，他的表情開始近乎恐懼）

**齊桓公**：怎麼樣，很美味吧？

**管仲**：（推開）我不能吃。

**齊桓公**：怎麼，我方才以爲只有優兒傻，不料聰明如夷吾也跟優兒一樣。你又是爲了什麼？

**管仲**：我不吃，是因爲它太美味了！古時候，有人獻旨酒給大禹，大禹嚐了一口，就推開了，他嘆息說：「這樣美味的東西，後世必有人因它而亡國的！」——過分的美味有一種毀滅性，而我，我恨毀滅！

**蔡姬**：啊，我明白了！我明白我們爲什麼顛倒於這種美味，是的，是的，這烤乳豬有多麼強烈的毀滅性！（起先，她的話是一串嘶喊，但漸漸地，在下面這段話裡，她的口氣變得像一種小女孩的叨叨訴冤）你看，牠是一頭多麼小多麼小的豬，當屠夫找到牠的時候，牠一定正在吃奶，他們硬著心，把牠從奶頭上拉開，牠哭了，（當她說這些話的時候，充滿了一種移情作用，她幾乎把乳豬當乳兒來看待了）他們給了牠一刀，立刻，牠就死了，那時白白的奶還沒嚥完，正從牠的嘴角流下來，像一道白色的小山泉——而在牠脖子上，剖開了另外一道噴泉，是鮮紅色的噴泉，兩道泉水，白的奶泉跟紅的血泉都各自流著，流不多久，就都流完了，於是，他們把牠帶去，細條慢理地整治牠，仔細地煨烤牠，他們把牠的死雕琢得完美無比——啊，這一切是殘酷的，而我們所愛的就是這份殘酷。

**管仲**：不，它的毀滅性還不在此，老實說，我比你們誰都更愛美味，唯其如此，我就更得遠離它，人不管渴望什麼，如果多於渴望生命本身，他就淪爲奴隸——愛錢財的，常常是財奴，愛美色的，是色奴，愛權勢的，是權奴，愛美味的，是味奴，愛馬的，是馬奴，好戰的，是戰奴——啊，主上，爲人想要自由不做奴隸，可也不容易啊！

**齊桓公**：賢相，你也言重了，寡人不過君臣夫婦，一起吃頓好點的，你未免扯得太遠了——做人，能不吃嗎？（這句話，他講得理直氣壯，其實與其說是說給管仲聽的，不如說是說給自己聽的，事實上，他是想爲自己下面的行動找一個堂皇的理由）——易牙，明日起，你爲寡人主廚。

**易牙**：謝主上大恩。

**齊桓公**：易牙，天下最美味的東西是什麼？

**易牙**：天下的至味便是我們少吃到的東西，天天炰龍炙鳳，野菜便顯得清芬無比，而如果天天吃番薯，雞肋也足爲厚味。

**齊桓公**：寡人是一個什麼都吃遍了的人，去吧，易牙，去到最高的山巖上去射殺野禽，去到最深的淵水裡去釣取魚蝦，去吧，去找一樣我不曾嚐過的美味——唉，寡人是一個好吃的人，啊，說來你們也許不信，寡人常作惡夢，夢見美味當前，可就是吃不到口，美酒當前，可就是喝不到嘴——啊，寡人從夢中餓醒！

**易牙**：主上是知味的人，能爲主上掌廚，是小人之幸。

**齊桓公**：我是知味的人，世上的東西，寡人沒嚐過的，大概只有人肉了吧！啊，不知道人肉好不好吃，烤乳豬的肉好吃，小嬰兒的肉大概也不錯吧！哈，哈，哈，哈！

**蔡姬**：人肉？哈，哈，哈，哈，如果有一碗小孩子的肉，我也敢吃，哈，哈，哈，哈，哈！（忽然，悲哀地停下，用哭泣過的聲音說）啊，小白，我們是永遠永遠都不會有孩子了。

（忽然，鼓聲響起，鼓聲節奏不變，但聲量越來越大，屋宇都爲之

**管仲**：（他的話夾在鼓聲中，沉雄而堅定）

震動了）

大禹惡旨酒，大禹說「這樣美味的東西，後世必有因它而亡國的！」

**易牙**：人肉！人肉！啊！人肉……人肉是必要的嗎？富貴在哪裡？我還有更好的富貴的機會嗎？他說這話什麼意思？他說人肉是什麼意思啊，這是什麼聲音，命運的骰子擲好了嗎？我輸了？還是贏了？

（鼓聲更大，掩蓋了他的話）

（漸漸地，鼓聲小了，但仍不絕如縷）

**齊桓公**：易牙，你去吧！（易牙謝退）

（轉向管仲）對了，夷吾，剛才你來，要和寡人商討什麼？

**鮑叔牙**：（神色慌張匆匆走入）啟稟主上，晉國出事了，晉國的世子申生自殺了，晉國的公子重耳出亡了！

**齊桓公**：是的，寡人知道了！他們晉國要生亂了！

**管仲**：（意味深長地）不是他們晉國要生亂了，而是天下要生亂了！

（鼓聲又起，暗昧地，朦朧地，殺機隱伏地，似乎要敲到宇宙毀亡之日）

## 第六場

地點是在易牙的家裡，一個破落而安詳的小地方，角落上有一個搖籃，似乎可以嗅得出來，所有的寧謐都是從那個地方擴散出來的。

易牙的妻子凝神站在搖籃旁，微笑著俯下身去，她的兩臂柔如垂絲柳樹，她以兩臂的弧自圈為一個美好溫柔的小宇宙。她愉快地抱起她的兒子，搖籃中事實上什麼都沒有，但我們不妨想像一個小小的粉糰似的小孩子。

**易妻**：（以下是一段甜蜜的半唸半唱的兒歌，使易妻在此顯得有如一個純淨稚弱的小女孩）

啊，我的孩子
我的小小的雍巫
你的呼吸是新栽的粉荷花
你的小手是拳拳的白茉莉
你的爸爸到齊宮中去了
他在那裡會看到金子打的寶座玉做的床
爸爸是全天下最偉大的烹調家
他可以把石頭煮成美味
爸爸就要回來抱小雍巫了
爸爸要給小雍巫蒸一碗小甜糕
小雍巫吃了小小的甜糕
睡著了，夢見東海的珍珠
啊，我的孩子
我的小小的雍巫

（在一種美妙的和諧之中，易妻抱著孩子一起垂首睡著了）

**易牙**：（推開門，兀自站著，然後慢慢地走近那一對母子）

**易妻**：（在深沉而信任的睡眠中，咿唔著前面的歌詞，易牙木然地聽著，此段歌詞以後不一定需要全唱）

啊，我的孩子
我的小小的雍巫
你的呼吸是新栽的粉荷花
你的小手是拳拳的白茉莉
你的爸爸到齊宮中去了
他在那裡會看到金子打的寶座玉做的床
爸爸是全天下最偉大的烹調家
他可以把石頭煮成美味
爸爸就要回來抱小雍巫了
爸爸要給小雍巫蒸一碗小甜糕
小雍巫吃了小小的甜糕

睡著了夢見東海的珍珠
啊，我的孩子
我的小小的雍巫

**易牙**：（毫無表情地望著齊桓公的出現，他始終是清醒的，他平靜得有如一個對著鏡子沉思的人——雖然在抬頭之際看到了鏡中的影子，卻絕不會吃驚，他又像一個觀眾走入劇場，不管看到臺上有怎樣怪異的演出，他都早已準備好願意接受，所以齊桓公的出現對他而言非但不古怪，反有一種理該如此的熟稔）

（但當齊桓公乍然笑起來的時候，他忽然感到一種強烈的憎惡）

**齊桓公**：不錯，寡人是知味的人，世上的東西，寡人沒嚐過的，大概只有人肉了吧？啊！不知道人肉好不好吃，烤乳豬的肉好吃，小嬰孩的肉大概也不錯吧？哈，哈，哈，哈！

**易牙**：（忽然間，他衝上前去，他也許是想對齊桓公有所行動，但他在一晃之間失去了齊桓公，幾乎在同時，豎刁出現了，在燈光中他看來是個稀薄的濃度不夠的人，他是個成色不足的人，他一言不發地走近易牙）

啊，豎刁，這是多麼可怕的地方！

（當他吶喊的時候，整個舞臺像旋宮似地轉了起來，觀眾幾乎感到頭暈）

那位優兒是多麼可怕的人物，他說的話也是多麼可怕的話——可是，豎刁，豎刁，那一切合起來都沒有你可怕，我想你是瘋了——但是，豎刁，豎刁，其實那一切加上你都還不及我可怕，你知道嗎？我是可怕的，我想，我也瘋了，不，比瘋還可怕，我是清醒的！（豎刁下）（蔡姬上）

**易妻**：烤乳豬的肉好吃，小嬰兒的肉大概也

不錯吧！人肉？哈，哈，哈，哈，如果有一碗小孩子的肉，我也敢吃！（下）

**易牙**：他們是什麼意思？人肉是什麼意思？（忽然發狂一般地尖吼起來，他從舞臺的最高位置俯衝下來，踉踉蹌蹌地幾乎滾入觀眾席，一面猶自狂叫不已）人肉是什麼意思？人肉是什麼意思？（摔倒在地，低泣著）人肉是什麼意思……（他悄悄地行近他的妻子，並將孩子抱過來，舉高）啊！我的小雍巫，你會是一道最美味的菜，（將小孩平托在手上，深情地細看著，緩緩地唱起輓歌般的調子）小雍巫，你的手，即是我的手，（將兩手貼向想像中嬰兒的手）你的鼻子即是我的鼻子，你的眼睛即是我的眼睛，（將頭貼向想像中嬰兒的頭，並漸漸激動起來）啊！當我舉刀殺你的時候，疼痛的是我的咽喉，當我舉火烹你的時候，受傷的是我的肌膚，而當別人吃你的時候，每一下咀嚼都咬在我身上……

**易妻**：（驀然驚醒，猶自圈著手臂，急惶欲哭）啊，我的手臂突然痛了，多麼可怕的空虛，小雍巫，我的孩子，你在哪裡？（忽然看見易牙，以及孩子）啊，不要，不要這樣，還給我我的孩子，不要偷偷地拿走他！（搶回孩子）

**易牙**：這是我的孩子！

**易妻**：啊，小雍巫，媽媽有時幾乎忘了你也是爸爸的孩子，真的，你看，你越長越像你爸爸。喂，你看，他在笑了！他笑什麼？他笑的樣子多麼像你啊！

**易牙**：（旁白，自此開始，他們有一連串的旁白，在同一個舞臺上，他們是遙遠而陌生的一對）我必須下手了，我怕我會受不了，啊，上天啊，上天啊，爲什麼他長著一張跟我一樣的臉，啊，爲什麼他要笑。

**易妻**：（注視著易牙的臉，旁白，他們各自處在自己的悲哀和恐懼裡）啊，爲什麼他的臉色變了，今天早上他去齊宮以前不是這樣的，啊，他的臉多了一些什麼，他的臉色也少了一些什麼，（對照而看）他的臉跟小雍巫不一樣了——啊，他的臉使我害怕。

（遠遠的，管仲出現在舞臺上）

**易牙**：（旁白）啊，我恨管仲，他是個聖人，他爲什麼要是個聖人，我恨他，我恨他！

**管仲**：不，我不是聖人，如果我和別人有什麼不同，那都是由於我曾被一份偉大的愛愛過。在我卑鄙的時候他曾信任我，在我懦弱的時候他諒解我，在我被捆綁的時候他釋放我，我本來一無所有，他卻一直給我，直到把我給成了一個能夠去給予的人。（管仲下）

**易牙**：可是，什麼是偉大的愛，我從來不知道什麼是偉大的愛。

啊，豎刁，豎刁，自閹一定是你唯一的辦法了——自烹是不是我唯一的辦法啊？

**易妻**：我怕，我覺得有什麼事要發生了！

（鼓聲漸起，另外夾著一種拉風箱似的呼吸的聲音）

（易牙和易妻對立）

**易牙**：給我孩子！

**易妻**：不！我怕！

**易牙**：給我孩子！

**易妻**：你要幹什麼？（雖然只是問句，但事

實上她已直覺地感到了什麼）

易牙：（也許是由於驚惶，也許是由於慚愧，他說話的聲音急促地喘了起來）給我吧，我今天去見齊國的國君，他忽然對我說，小孩子的肉一定很好吃吧！一定很好吃吧！我什麼都吃過，就是沒有吃過人肉，啊——給我孩子！

易妻：（尖叫起來）不行，哦，不行，小雍巫是你，小雍巫是我，我們爲什麼一定要毀滅我們自己，（懷著一種洞悉的恨毒）國君並沒有要我們的孩子，是你自己，是你自己想要毀滅！

易牙：（殘忍地微笑）吃孩子並不是什麼新鮮的事，過荒年的時候，家家都殺孩子，他們不忍心殺自己的孩子，他們易子而食——他們能那樣做，我們爲什麼不能？

易妻：（悲哀地）齊宮究竟是什麼地方？如果要進齊宮，眞的要付上小雍巫嗎？（忽然，她強了起來，用一種比死更硬的聲音說）不，你永遠拿不走我的孩子。

易牙：你給我吧，我們何必在他死以前把他碰得青青腫腫的呢？我保證在他還沒有來得及哭以前，事情就結束了！他不會受什麼苦的！而你還年輕，我們以後還可以有很多孩子！

易妻：不，遠遠地在你以前就有小雍巫了，早在我出嫁之前，早在我還是小女孩的時候，小雍巫的笑聲就在那裡，我天天和他說話，天天餵他吃東西——直到我們結婚，直到神把他賜給我。對你而言，他也許只有半歲，但對我而言，從亙古到亙古，他一直在那裡。

易牙：（絕望）婦人啊，你爲什麼那麼無知

呢，權力自古以來就是爭到手的，放下你的孩子吧！你沒有到過齊宮，齊宮眞美，金子是山，銀子是河！珍珠瑪瑙多如森林，白玉賤得像泥土。丟掉你的孩子吧，丟掉你的孩子吧！我們要爭啊！人生在世活著就要爭啊！（倏而拔出刀子）給我吧，把孩子給我吧，（鼓聲響起）我保證，他不會受什麼苦的，在他還沒有來得及哭以前，事情就結束了！

**易妻**：不，我求你，不要，孩子是神賜的，你看，孩子有多麼美的一張臉，神爲什麼叫人類有孩子？因爲神說，他們活得太久了，變醜了，我現在要把他原來的樣子送回去給他看。你看，這是你原來的樣子，神說，你們要回轉，成爲小孩子的樣子。

**易牙**：不，你這婦人之見，你不懂，你不懂什麼叫榮華，什麼叫富貴，什麼叫權勢——啊，給我孩子！給我孩子！

**易妻**：不要這樣，不要這樣，神會罰你的。

**易牙**：給我孩子！給我孩子！

（他們爭吵，跑，終於在一個角落上，他們相遇了，易牙已放棄爭奪孩子，他知道他必須先對付母親）

**易妻**：殺我吧！如果你一定要人肉——殺我吧！我的肉是溫暖的，鮮嫩的，充滿了年輕的血的！殺我吧！我求你，我求你……（忽然恐怖地尖叫起來）你爲什麼不說話？你爲什麼不下手？你在等什麼？給我刀，（前來搶奪）讓我自己來！

（鼓聲更大）

（他們的眼睛對視著，有如一萬年之久）

**易牙**：（逼近，制住其妻）

**易妻**：你答應了，是嗎？

用我的血代替孩子的血，
用我的肉代替孩子的肉，
（聲漸微弱）你答應了，是嗎？
（忽然，由於疲乏和驚恐以及以爲孩子已經安全了，易妻昏倒在地，她的懷中猶自抱著一個溫暖柔軟的小生命）
（易牙奪過孩子）
（易牙諦視孩子）
（用錄音帶的效果將易妻以下的話重播一遍：「不，我求你，不要，孩子是神賜的，你看，孩子有多麼美的一張臉，神爲什麼叫人類有孩子？因爲神說，他們活得太久了，變醜了，我現在要把他原來的樣子送回去給他看，你看，你看，這是你原來的樣子，神說，你們要回轉，成爲小孩子的樣子。」）
（鼓聲更大）

**易牙**：（手執刀，別過頭去，摀著眼，他把小雍巫殺了）
啊，你死了，我的小小的雍巫。
你還沒有來得及哭。
你的手長得像我的手。
你的眼睛長得像我的眼睛
你的臉長得像我的臉——啊，可是，
從此以後，這世界上再沒有你的臉。
（以下易妻的話以錄音效果重播一遍：「不要這樣，不要這樣，神會罰你的！」）

**易牙**：神罰我嗎？哈，哈，哈，哈，最厲害的懲罰不過是全家死絕，可是，我的家已經死絕了，我的小雍巫死了，我死了，我們全家都死絕了，哈，哈，哈，哈……
神罰我？神罰我？（淒然搖頭）我做了些什麼？我要的又是什麼？我

不知道我做的是什麼？我也不知道我要的是什麼？我所做的能使我要到我所要的嗎？我所要的又是我眞的想要的嗎？

**易妻：**（甦醒過來，她的雙手圈著，猶如嬰兒尚在）

（她和易牙分站在兩個光圈裡，相隔有如千里之遙，他們看來永遠不會再重遇）

（她渾然不覺地唱著那首甜蜜傷感的兒歌）

啊，我的孩子
我的小小的雍巫
你的呼吸是新栽的粉荷花
你的小手是拳拳的白茉莉
你的爸爸到齊宮中去了
他在哪裡看到金子打的寶座玉做的床
爸爸是全天下最偉大的烹調家
他可以把石頭煮成美味
爸爸就要回來抱小雍巫了
爸爸要給小雍巫蒸一碗小甜糕
小雍巫吃了小小的甜糕
睡著了夢見東海的珍珠
啊，我的孩子
我的小小的雍巫

（這首歌，或唱完，或不唱完，幕在淒然的夜風裡垂下）

## 第七場

——合唱隊上

昨夜，我們整夜躺在血裡
我們的天空在滴血
我們的大海在湧血
我們的井水有血
我們的鹽有血
我們不能睡覺

因為每一滴鐘漏是血
我們不能走路
因為每一寸土地都泡了血
我們不能呼吸
因為每一絲風都拖著血
——合唱隊下

原來齊桓公和蔡姬、優兒就坐在後面，此刻燈光將他們顯形出來，有如掀開石頭，忽然見到一批蟲子。

**齊桓公**：奇怪，昨天夜晚，我比那一天夜晚都餓，我睡不著覺，我翻來覆去，總是睡不著，我好不容易睡著了，卻依然夢著吃，可是，那眞是可怕，我吃的東西全是空的我喝的東西也是空的，後來，我覺得我好像在吃自己——哦——可怕——我醒了，我在吃自己。

**易牙**：（走入，非常愼重地奉上鼎鑊）請主上進食。

**齊桓公**：（吃了一口，慘綠血紅的燈光和隔得相當疏遠的大鼓點使他的歡悅顯得極不協調，忽然，他擲箸而起，旋又撿回，他驚訝地立住）這是什麼？寡人的玉箸裂了！這是什麼湯？它讓我想起昨夜的夢——我感覺我在吃自己！可是它又這麼好吃！啊，它美味得有點過分，它給了我快樂，強烈得不能再強烈的毀滅的快樂！（轉向蔡姬）夫人，你也嚐一點吧！

**蔡姬**：（嚐了一口，失手打了碗）啊！這，這種美味！這種美味，他使人發抖！世上竟有這樣的美味！

**齊桓公**：易牙，今天，你獻的是什麼東西？

**易牙**：（緩慢、一種職業性的報告）今天這道菜是慢火蒸的肉湯。

齊桓公：我知道，蒸的是什麼肉，爲什麼這麼鮮嫩，是牛肉？羊肉？還是豬肉？野鹿肉？

易牙：（悲哀的）都不是，如果主上願意，就給它賜名叫易牙肉吧！

齊桓公：哈，哈，哈，哈，好個易牙肉！眞是少嚐的美味啊——易牙肉。喏，這裡還剩下一小碗，寡人就賜給你喝了吧！

易牙：（接過，熟視之，旁白）啊，雍巫我的小小的孩子，你曾經是多麼美的一張臉，而現在，你只是一小碗湯——哦，我看到碗底有一張臉，多可怕，多老，多醜，多扭曲的臉。

優兒：（一本正經）主上，我要辭職，我幹不下去了！

齊桓公：優兒，你又玩什麼花樣。

優兒：主上，我做不下去了，這人（指易牙）搶了我的飯碗了，主上看中我。無非是要我說個笑話賣個傻。但是，你看，分明他的笑話說得比我還好笑，他的人比我還傻，我還留下來幹什麼呀！你看，你看，他煮了碗湯，不說是牛肉，不說是羊肉，偏說是易牙肉，哎呀！自己烹自己的肉，天下還有比這更大的笑話嗎？而且，主上還要他吃自己的肉呢！——對不起，主上，我要辭職了！

蔡姬：別鬧，別鬧，優兒，宮裡太悶，笑話不嫌多，多個人說笑話又礙著你什麼事呀，你要是不高興，就出去散散心，記得早點回來。（優兒下）

齊桓公：（吃完最後一口湯，咂嘴）吃，眞是多麼奧妙的一件事。啊，寡人的口福也算好的了，除了人肉，我是什麼都吃過了。

易牙：（猝然轉身）不，（他的聲音因沉重

而壓低了）主上現在什麼都吃過了，主上現在連人肉也吃過了。

（大家都一剎那的愕然）

（鼓聲復起）

**蔡姬**：什麼？你說什麼？

**易牙**：（跪下）臣昨夜烹了小兒雍巫，以供主上及夫人一快。（退下）

（剩下齊桓公和蔡姬，他們一時不知如何適應自己剛剛吃了人肉的事實）

（管仲上）

**齊桓公**：管夷吾！管夷吾！（一種求救似的呼求）

**管仲**：主上，我曾幫助你會合諸侯，我曾幫助你一匡天下，我曾使貧窮的齊國變爲富庶，我曾使無名的小白揚威四海，但至於救你自己，卻不是我能做到的！祈禱吧！你這聰明而又愚蠢的人！懺悔吧！你這幸運而又可憐的人！

你有許多珠寶，但你依然貧窮

你有許多華服，但你依然醜陋

你有許多美味，但你依然飢餓

你有許多娛樂，但你依然悲哀

**蔡姬**：小白，小白，我們做了什麼事！我們吃了易牙的兒子——不，我們其實是吃了易牙——我不知道是易牙卑鄙呢？還是我們卑鄙？啊！他烹了自己的兒子！可怕，其實他烹的是自己！啊，小白，小白，我們吃的不是肉，而是毀滅！

**齊桓公**：管夷吾！管夷吾！

**管仲**：（悲憫地）祈禱吧！懺悔吧！我不能救你！——（易妻上，她似乎完全不曾經過任何風暴，依然兩手圈抱著懷中想像中的小孩子，唱著那首甜蜜悽惋的兒歌）

啊，我的孩子

我的小小的雍巫
你的呼吸是新栽的粉荷花
你的小手是拳拳的白茉莉
你的爸爸到齊宮中去了
他在那裡會看到金子打的寶座玉做的床
爸爸是全天下最偉大的烹調家
他可以把石頭煮成美味
爸爸就要回來抱小雍巫了
爸爸要給小雍巫蒸一碗小甜糕
小雍巫吃了小小的甜糕
睡著了夢見東海的珍珠
啊，我的孩子
我的小小的雍巫

（易妻下）

（優兒匆匆跑上）

**優兒**：主上，主上，不好了，晉國生亂了！

**齊桓公**：不要吵，優兒！

**優兒**：（煞有介事地叫了起來，雖然說的也是君國大事，但不知爲什麼，一經他口述，便十分可笑）晉國生亂啦！晉國的世子申生自殺了，晉國的公子重耳出亡啦！

**蔡姬**：早曉得了，優兒（不耐煩），這是人人都曉得的事了！

**優兒**：啊，（稍洩氣）他們都說，晉國要生亂了！

**齊桓公**：是的，是的，（不耐煩）我知道晉國要生亂了。

（鼓聲又起）

**管仲**：（走向較接近觀眾的前方）唉，蒼天啊，我要告訴他們多少遍，他們才知道「不是晉國要生亂了，而是，天下要生亂了！」

（鼓聲由遠而近，成爲大地上一種亙古長存的恐怖的節拍）

## 第八場

秋天，在齊宮的花園裡，景物都美得有些透明，但亦有些可怕，那些景物的絕美之中，正醞釀著一種深深的毀滅，在這琉璃似的美景中，蔡姬出現，她似乎想為這些美加一個頂尖，她孤獨地走著，一直到水邊，她以一種美麗而可怕的眼神望入水心。

**蔡姬**：春天的水是玉，秋天的水卻是金子，那麼均淨，那麼閃爍——我喜歡看水裡的自己，我喜歡看到我好像已經死了，不，我好像變成了水神——啊，水（忽然，懷著極溫柔的情感）水讓我想起母親，水讓我想起我曾經住了十個月的溫暖的子宮。母親，我有一個母親，可是，做爲一個既嫁的婦人，我有許多年沒有看見母親了。而小白，小白是男人，他可以看見母親，可是，他卻沒有母親了——可憐的小白，他一直在找女人，他不明白，他其實是在找母親。——啊，媽媽，爲什麼我不能成爲一個媽媽？聽說生孩子很痛，啊，如果可能，我願意天天生孩子，天天生孩子，一年就有三百六十五個孩子，啊！——小白，你雖然另外有許多兒子，（絕望）可是你跟我，是不會有孩子的了！（忽然，她昂起頭來，以一種無畏的眼光望著齊宮）——豎刁！

**豎刁**：（上）臣在。

**蔡姬**：去請國君來，這兩天秋光正濃，請國君來池上蕩舟。

**豎刁**：是（下）。

**蔡姬**：（解纜，取槳）

**齊桓公**：（上）夫人好興致！

**蔡姬**：請上船。

**齊桓公**：怎麼？不用舟人嗎？

**蔡姬**：臣妾自己把槳。

**齊桓公**：啊！

**蔡姬**：來，坐下，我們放開纜索，讓小船自己走——來，你伸頭看水，水是鏡子，啊，奇怪，我不知道上天爲什麼在大地上造的水比土地還多，還大。天神好像喜歡替我們造鏡子，但不管祂造了多麼大的鏡子，我們凡人還是忘了照鏡子。你看，在你的園子裡就有一面鏡子，可是，你從來不來照鏡子！

**齊桓公**：我不喜歡鏡子，我恨鏡子！鏡子讓人覺得什麼都是假的。都是空的！

**蔡姬**：你看這面鏡子吧，齊國的園囿，齊國的天空，還有齊國的宮室，齊國的國君全都在裡頭了（伸手攪水），可是，你再看，你再看只要一根手指頭，它們全碎了！（恣意地將兩隻手都伸下去攪水，並且惡意地尖叫起來）哈哈哈哈，全碎了！房子碎了！樹木花草碎了，天碎了，人碎了！哈哈哈哈，全碎了！全碎了！

**齊桓公**：（執蔡姬之手）你怎麼了？你怎麼了？

**蔡姬**：你怕，你在怕，可是我告訴你，這一切是會毀滅的，只要一根小小的指頭，這一切就都毀滅了！（在空中做攪水狀）

**齊桓公**：你不能安靜一點嗎？

**蔡姬**：你知道我爲什麼請你來蕩舟嗎？

**齊桓公**：不知道。

**蔡姬**：在這裡，在這片水上，只有我們兩個人。

**齊桓公**：兩個人，又怎麼樣呢？（長期的宮廷生活，他們之間永遠夾著些人，而此刻，他們幾乎反而不習慣於彼

此面對面的對視）

**蔡姬**：小白，小白，我們好像永遠不會再相遇了，我們其實都是一種人，你，我，易牙，我們是一種人。你在位已經二十九年了，你九合諸侯，你一匡天下，你幾幾乎要封禪泰山，但是，小白，小白，可惜這一切不是你，不是你，這一切是管仲，至於你，你只不過在吃，你在吃美味的食物，你呑吃別人的土地，你吃一切可吃的！

**齊桓公**：蔡姬！

**蔡姬**：我們都不再年輕了，小白，我感到你已不再愛我了，老實說，我也不愛你——啊，可怕，我們彼此太了解了——可是，我們並不相愛。

**齊桓公**：蔡姬，我們回去吧！

**蔡姬**：你記得嗎？你曾說，你立管仲爲相，是希望管仲能救你！不，管仲不能救你，因爲你從來不想被救。我們都老了，可是我們一點也沒有改好，我們跟易牙一樣，我們是在愚蠢地傷害著自己的人！

**齊桓公**：蔡姬，你病了！

**蔡姬**：不，不，你聽我說，豎刁還沒有兒子，他閹了他自己，他殺的是他未來的兒子。易牙有兒子，他殺的是他當時的兒子。我們沒有兒子，可是我們也在殺，我們也在毀滅，我們殺的是我們無形的兒子。我們跟易牙一樣——我們烹了我們自己，最好最美的自己！我們多麼愚蠢！

**齊桓公**：我命令你，哦，我求你，蔡姬，別再說了！

**蔡姬**：你曾立志以管仲爲相，其實不是，你愛豎刁，你愛易牙！啊，可憐的小白，堂堂的齊國國君，你是一個不自由的人。

**齊桓公**：蔡姬，我有許多女人，但是，你不知道，我所至愛的，只有你一個，只有你知道我有多麼壞，多麼可憐。蔡姬，蔡姬，我們還不太老，我們還可以等，也許，有一天，我們會有一個兒子的。

**蔡姬**：哈，哈，哈，哈，兒子，不要提兒子，我們永遠不會有兒子。

（忽然，她惡意地搖擺起船來，她向左倒，船就偏左，齊桓公也在驚懼中左倒，她向右倒，齊桓公也向右倒。可怕如閃電的燈光打在他們身上，這一段動作可以參考平劇）

**蔡姬**：哈，哈，哈，哈，我們一向都在殺自己，都在烹自己，可是眞的看到水，你還是怕了，哈，哈，你在怕，你在怕！

（她在瘋狂的傷害中，感到一種快樂，她是那種女人，她從傷害中得到快樂）

**齊桓公**：停了吧！停了吧！

**蔡姬**：（本來，她幾乎已經要停，但聽到齊桓公的叫聲，她忽然更瘋狂地搖起船來）啊，小白，小白，你知道我們眞正愛做的事是什麼嗎？我們最愛做的事第一是傷害自己，其次是傷害我們所愛的人。（忽然，她哭了，船也停了）這是可怕的，我們的一生就浪費在對自己以及對別人的傷害上。

**齊桓公**：豎刁！豎刁！（豎刁上）送蔡姬回蔡國去！

（攏岸，丟下槳，逕自離去）

**豎刁**：是。

**蔡姬**：不！沒有人能送我回蔡國去，我是自己願意回去的！不是你送我去蔡國——而是我把你丟在齊國了，（與豎刁下，走過齊桓公時，黯然地望著他）小白，小白，我們是多麼接近的陌生人！我們是多麼尊貴的可憐人！

**齊桓公**：啊，我是愛她的！我是愛她的！但是，送她走吧，可怕，我們彼此是太相像太了解了！

## 第九場

在管仲家裡，管仲已老，四十年過去，此刻的管仲正臥在病榻上，他當年的敵人，後來的朋友，齊桓公前來看他，他的知己之交叔牙亦隨行。他正睡著，不曾知覺兩者的走入。

**叔牙**：他病了，那麼強的人，也病了。

**齊桓公**：他吃得太壞，前兩天，我還叫易牙給他做了兩個菜拿來。

**叔牙**：他不吃易牙的菜，他恨易牙，他也恨豎刁。

**齊桓公**：我愛易牙，（走近床側）但其實我更愛仲父。如果可能，我願意不做齊國的國君，我寧可做仲父，他是一個眞正自由的人。

（管仲轉醒，見齊桓公與叔牙，急欲掙扎而起）

**叔牙**：不要拘禮了，夷吾，躺著吧！

（管仲不應，還是勉強坐起）

**管仲**：主上，叔牙，這是最後一次了，你們不必安慰我，我知道我的日子到了。

**叔牙**：夷吾（彼此執手無語）！

**齊桓公**：（感傷的）仲父，你不能慢點走嗎？你不能等我先走嗎？對齊國而言，你比我重要得多了！

**管仲**：（苦笑）主上，死來了，請原諒我君命有所不從啊！

**叔牙**：死眞專橫，他比齊國國君大，他比周天子大，死眞專橫。

**管仲**：時間是一把鋸子，很鈍，但從來沒停過。我們有一天都要被鋸斷，所以，我懇求你們，你們這些活著的人，不要再傷害自己。上天造我們是由於好生之德，祂要我們好好活過這一生，並且有一天，跨過死亡進入永生，但你們不是，你們連這一生都不要，你們連這一生都活得不耐煩，你們連這一生都在糟蹋……

**齊桓公**：仲父，如果……如果……

**管仲**：如果我死了？

**齊桓公**：你有什麼要教導寡人的。在羣臣之中，誰是能幫助寡人的？

**管仲**：我死，尚有鮑叔牙和公孫隰朋在——但是，但是，我活著，尚且不能使你遠小人，我死了，我死了恐怕你也不能悔悟吧！

**齊桓公**：仲父，我是尊敬你的，你說，寡人願意受教。

**管仲**：那麼，遠離豎刁！

**齊桓公**：豎刁（急於分辯），豎刁是愛我的，（忽然，豎刁出現在舞臺上，他看來非常可厭，非常醜陋卑鄙，像人妖一樣叫人噁心）他爲我閹了自己，不錯，他是個小人物，可是他多麼忠心。

**管仲**：主上，你錯了，做人的第一條道德是愛自己，爲了權勢不惜自閹的人，他當初用什麼刀子自閹，（豎刁忽然拔出刀來，走近齊桓公，在他身旁比畫著）將來他也要用同樣的刀子殺你！

**齊桓公**：寡人會聽命而行。（豎刁下）

**管仲**：還有，你要離開易牙！

**齊桓公**：易牙，易牙也是愛我的。他甚至爲我烹了自己的兒子！（易牙亦攜刀出現在舞臺上，這一次，他的臉曲

扭凶殘如劊子手）

**管仲**：不是的，主上，一個人如果忍心到可以舉刀殺自己的兒子，（易牙取刀，欲砍齊桓公頭）他將來也要用同樣的刀子殺你。

**齊桓公**：寡人會聽命而行。（易牙下）

**優兒**：（大哭而上，他永遠是一個荒謬的，不合節拍的人）哎呀，不好了，不好了。

**齊桓公**：優兒，你怎麼啦？

**優兒**：我聽盧醫秦先生說，主上病了。

**齊桓公**：你聽錯了——病的是宰相管夷吾。

**優兒**：是主上，是主上。

**齊桓公**：別胡鬧了，現在不是時候，也不是地方！

**叔牙**：這一次，不是他胡鬧——的確那醫生是這麼說的。

**齊桓公**：胡說，你們通通弄錯了——病的是管夷吾，病的不是我。

**管仲**：我的時候到了，我沒有時間了，我懇求你們。（走向觀眾）你們這些活著的人，不要再毀滅自己了！

## 第十場

仍然是齊宮，此刻的齊桓公已經七十三歲，他臥病在他所熟悉的寢宮裡，但寢宮中黯然的色調卻是陌生的，寢宮中隱約可感到外面新砌的三丈高牆，齊桓公便被拘鎖在這高牆的陰影裡！

優兒上，他是從高牆下的小洞爬進來的，他走進來，恭謹地站在床前，在這憂慘的時刻，他的可笑反成了另一種可笑。

**優兒**：齊桓公！

**齊桓公**：（驚醒）什麼？你叫我什麼？

**優兒**：桓公，齊桓公，他們大家商量好了，說要等主上「蹦」了以後，就用這個名字，主上，你什麼時候才病好，你什麼時候才起來蹦兩蹦啊！你不蹦，就不能用這個新名字啊！

**齊桓公**：傻優兒，我是永遠不會再蹦了。他們說的不是蹦，是崩。天子死了不叫死，叫崩，我不是天子，承蒙他們看得起，他們也想叫我崩。

**優兒**：易牙跟豎刁在外頭等我，他們叫我立刻就要出去。

**齊桓公**：你怎麼進來的？他們築了三丈高牆，你怎麼爬得進來呢？

**優兒**：不是從上面爬，是從下面鑽（模仿，依然以爲逗笑是他的責任）我是鑽進來的。

**齊桓公**：他們要你鑽進來幹什麼？

**優兒**：他們要我進來看看主上在裡面有沒有「蹦」啊蹦的！

**齊桓公**：不是蹦，是崩，去吧，去告訴他們，我還沒有崩。

**優兒**：是的，我這就去告訴他們，主上的病還沒有好，還沒有力氣蹦。對了，主上，我這兩天一直想編個好笑話給你聽，可是，人老了，腦子不好了，編不出來了，我下回一定編個笑話來，我下回來看主上蹦的時候，一定帶個笑得死人的好笑話來！（又復鑽出）

**齊桓公**：不，不用帶笑話，（其實他是自己對自己說話）我自己一生就是個笑得死人的好笑話。（獨立撐著，站起來）

仲父！仲父！我就要去見你了，你曾經告訴我的話，我一句也沒聽，我們如果見了面，我要跟你說什麼呢？——我要告訴你一個好笑話，一個眞的好笑話！哈，哈，哈，哈，天下再沒有比這更可笑的笑話了！眞是一個笑得死人的好笑話！

齊桓公？齊桓公？這名字還不錯啊！我曾是英氣勃發少年有爲的小白，我曾是九合諸侯一匡天下的齊侯，而現在，現在我是齊桓公。哈，哈，哈，哈，哈，好一個被囚在四面高牆裡的齊桓公。

（易牙妻上，和許多年前一樣，她看來仍是一個年輕的甜蜜的小母親，歲月不能在這種人的臉上留下什麼，她成了一個漠然於時間的人，她是既不青春艷射，也不垂垂衰老的人）

**易妻**：齊桓公，齊桓公。

**齊桓公**：誰，誰叫我？

**易妻**：是我啊，你看，我的小雍巫可愛不可愛。

**齊桓公**：（迷惑）雍巫？雍巫就是易牙啊！

**易妻**：不錯，其實這也就是小易牙啊！

**齊桓公**：易牙正在外面作亂啊！

**易妻**：（不屑）啊，那是另一個易牙，你看，你看，這是另外一個。

**齊桓公**：易牙的兒子？易牙的兒子已經殺了，烹了！

**易妻**：啊！（尖叫，然後以急切得有如氣喘的聲音向他解釋）沒有，沒有，他是我的，沒有人可以搶得去！（忽然，又平靜下來）啊，你看，你看，他笑得多美。

（忽然，她又唱起那首兒歌，在四壁的北風中她的歌聲如一朵微溫的燄火，美麗、淒涼、憂傷，而且令人擔心隨時都要熄滅）

啊，我的孩子

我的小小的雍巫

你的呼吸是新栽的粉荷花

你的小手是拳拳的白茉莉

你的爸爸到齊宮中去了

他在那裡會看到金子打的寶座玉做

的床
爸爸是全天下最偉大的烹調家
他可以把石頭煮成美味
爸爸就要回來抱小雍巫了
爸爸要給小雍巫蒸一碗小甜糕
小雍巫吃完了小小的甜糕
睡著了夢見東海的珍珠
啊，我的孩子
我的小小的雍巫

（此段歌不一定要唱完，可視需要隨時被打斷）

**齊桓公**：你怎麼進來的？

**易妻**：我爬高牆進來的。

**齊桓公**：三丈的高牆，你怎麼爬得進來？

**易妻**：我不知道，我就是爬進來了。

**齊桓公**：你能給我找點吃的來嗎？

**易妻**：沒有，這裡連一顆米也沒有了！

**齊桓公**：你能給我找點喝的來嗎？

**易妻**：沒有，這裡連一滴水也沒有了！

**齊桓公**：那麼你來幹什麼？

**易妻**：我來看你死，看你因飢渴而死。（這段話並不咬牙切齒，只是非常肯定，她坐下，很認眞很耐心地等待）

**齊桓公**：啊，天神啊，天神啊，這一切是多麼可怕！我曾經有許多妻妾，但如今我臨終的床前沒有一個人！我曾經有許多兒子，但如今他們都和易牙豎刁在外面等我死了搶王位。我曾經非常富有，但如今我貧窮得沒有一顆米，一滴水。我曾經在原野上追逐最凶狠的野獸，但如今我是被圈在三丈高牆底下的一名囚犯。我曾經南征北討擁有無數土地——但如今我恐怕沒有人肯給我七尺荒郊葬身！

（在淡然的白光裡，蔡姬出現，如易牙的妻子一樣，她們都不曾老去，但卻是某種悲哀的止留而造成的不

衰，許多年過去，她仍然是一個毫不在乎的玩水的女人）

**蔡姬**：來，小白，坐下，你伸頭看水，齊國的宮室，齊國的園囿，齊國的天空，還有齊國的國君全在裡頭了。（伸手攪水）可是，你再看，你再看，只要一根小手指頭，它們就全碎了！（恣意地將兩隻手都伸下去攪水，並且惡意地尖叫起來）哈，哈，哈，哈，全碎了，房子碎了，樹木花草碎了，天碎了，人碎了，哈，哈，哈，哈，全碎了！全碎了！

**齊桓公**：是的，全碎了！（鼓聲又起）全碎了。

（豎刁和易牙上，他們的動作輕忽飄蕩，是一種東方式的幽靈顯現，其實也大可模仿平劇在鬼魂身上黏紙條的做法，那使人在奔走時有一種紙紮人兒似的空洞和悲哀。他們掄著刀，繞著齊桓公跑）

**齊桓公**：住手！（鼓聲更大）你們不必來毀滅我——我在選擇你們的時候已經把自己毀滅了。你們不必築三丈的高牆來拘鎖我——我在選擇你們的時候已經使自己不自由了。（鼓聲更大，易牙豎刁下）仲父，仲父！管仲父，救我！（鼓聲大到不能再大，忽然，以擊裂鼓皮的程度，戛然而止）

（齊桓公倒在地上）

（優兒、易牙、豎刁上，在現實的世界裡，易牙和豎刁倒並不那麼醜了，他們以一種充滿自信的步伐走入，來驗收自己的戰利品）

**豎刁**：優兒，去把那塊楊木門板拿下來，他死了。

**優兒**：（卑順的、毫無表情的去取了門板來，他們合力把齊桓公安置在門板上）（向易牙豎刁）我們什麼時候葬齊桓公啊！

**易牙**：不要傻了，（生氣地）他的六個兒子都在搶著當齊侯，我們正忙著調度大軍，誰有工夫來葬他這把老骨頭！

（與豎刁匆匆走下，但忽然，他發現他的妻子站在那裡）

**易牙**：你怎麼進來的（不耐煩），快走！

**易妻**：我來看他死——有一天，我也要看你死。

（忽然，她不理會他們，又復沉入夢幻）

我的孩子，我的小小的雍巫，你看，齊宮多美，冬天的齊宮是水晶做的，冬天的齊宮開滿了珍珠。

（逕自抱著孩子走了）

**易牙**：走吧，走吧，再不走，外面要生事了！

**優兒**：（注視著齊桓公）我老了，我不行了，可是，我恍惚記得許多年前，有一次，好像我也曾把主上放在楊木門板上，他好像說過「我正在死，也正在活」——那時候我年輕，還不糊塗，可是那時候我已經就聽不懂他的話了——而現在我老了，我糊塗了，我更不懂了！但我知道這一次他是死了，不再活了。

（慢慢地，他深情地注視著這位老朋友，最後一次為自己的失職愧疚）

我一直想說個好笑話給你聽，但是我老了，我分不出什麼事好笑什麼事不好笑了——請問，有什麼悲劇比自烹的悲劇更悲哀，同時，又有什麼笑話比自烹的笑話更好笑。——啊，好像所有可笑的事都很可悲哀，而所有可悲哀的事又都很可笑！哦！天神啊，原諒我們吧，我們究竟在做什麼，我們自己也不知道。

——合唱隊上

啊，這故事還沒有完
齊桓公在楊木門板上躺了六十七天
他生前曾吃過許多美味
而後來，他成為蛆蟲的餐點
他生前曾穿過華麗的金線
而後來，他穿著小蟲萬千
噢，述說這故事使我們心疼
因為所有的故事都只是一個歷史的再版
所有的情節總是重了又重
永遠有些人在自閹
永遠有些人在自烹
我懇求你，你們這活著的人
不要再毀滅自己
不要再自閹不要再自烹

# 和氏璧

子貢問於孔子曰：「敢問君子貴玉而賤碈者何也？為玉之寡而碈之多與？」孔子曰：「非為碈之多故賤之也，玉之寡故貴之也。夫昔者，君子比德於玉焉。溫潤而澤，仁也。縝密以栗，知也。廉而不劌，義也。垂之如隊，禮也。叩之，其聲清越以長，其終詘然，樂也。瑕不揜瑜，瑜不揜瑕，忠也。孚尹旁達，信也。氣如白虹，天也。精神見於山川，地也。圭璋特達，德也。天下莫不貴者，道也。詩云：『言念君子，溫其如玉。』故君子貴之也。」

——《禮記．聘義篇》

# 人物表

**卞和** 他原是一個普通的玉人，生在公元前七百四十年左右，那時候「春秋」時代尚未開始，中國的歷史正停歇在一個窒悶而昏昧的時期——其實，這一切都和卞和無關，他只是一個治玉工人，也許經驗稍稍比別人老到，也許眼光稍稍比別人精確，但無論如何，他原來是可以安安分分地做一個玉人的——如果他沒有發現和氏璧；他一生的悲劇便在於他發現了和氏璧。

**卞和妻（玉娥）** 一個柔順的妻子，她的痛苦在於她一方面要保護那選擇了悲劇命運的丈夫，一方面又要保護那並未同意選擇悲劇命運的女兒，她知道這世上有一些東西比生命更可貴，但身爲一個女人，她也深深愛生命的本身。她的幸福便被這些悲酸剝蝕了。

**楚厲王、楚武王、楚文王** 在《韓非子》一書中，這是卞和一生所經歷的三個王——也許由於特別強的意志力，他竟能活得那麼長。事實上歷史中根本沒有楚厲王，據考據應該是楚武王、楚文王、楚成王，如果論名字，便是熊通、熊貲、熊惲，不過我們還是沿用韓非子的稱呼，在扮演上其實一個人也就夠了。第一次可用面具，最後一次可用眞面目，其實厲王和武王並不一定比文王暴虐，而文王也未必比厲王、武王仁厚，堯舜桀紂的選擇往往是在一念之間。

**咼氏** 這是一個虛構的人物，身分是卞和的師弟，「咼」即古「和」字，「和氏玉」有時也叫「咼氏玉」，他所代表的是卞和的另一面，亦即人類要求平平靜靜過日子的慾望，他甚至可以毫無原則的去造假玉。事實上他的行爲卞和原來都有可能參與的，但和氏璧整個改變了卞和，這兩個人便逐漸陌生了。

**卞和女（瓊兒）** 她是一個在卞和的悲劇裡受傷的人，而由於她的受傷，卞和的悲劇掘得更深了。

**咼氏子（咼瑜）** 本來，他是可以順理成章地娶瓊兒的，第一幕的鬧房原來是可以伸延到他們身上去的。但「和氏璧」所帶來的潦倒和貧窮使瓊兒早凋了。在精神上，他已成爲卞和的兒子，在事實上，他已成爲卞和的徒弟——令人驚訝的是，他從小就接受做假玉的訓練，但不知爲什麼，他不能自抑地渴望知道這世界上有沒有眞玉，他是第二代的悲劇英雄。

**宮中玉匠**

**族里中人若干、朝臣若干** 他們稍微有點像古希臘的合唱隊，他們的言語有的時候可以成爲半朗誦性的，而近乎音樂的情韻，他們的特色是可以改變身分，他們只是「人」，不自覺地活著，只要改變一個場合，他們也就可以改變一個身分。事實上，如果導演同意，朝臣也可以是族里中人。希臘演員可以換一副面具就是另一個人，電影中可用技巧使一個人分飾兩個角色，但在這裡，連面具都不用了，有些人天生就可以隨便扮演什麼角色的。

**卜者兩人** 一是西村的王卜者，一是東村的汪卜者。

## 第一場

幕啓時舞臺上是一片詫異的粉紅色，和整個故事的悲劇性相較，簡直有些令人吃驚。

臺上端坐著一對新人，雖然是盛妝，但仍然看得出來，只是寒儉之家的排場。忽然，從舞臺的四面八方，從甬道，從音樂池，乃至於從新人所坐的床底下，跳出大大小小的孩子或成人。其中丙有點傻氣，戊有點悲觀，其他的人倒也沒有什麼特色，他們異口同聲的喊著。

**衆聲**：來看新娘子啊，來鬧新房啊！

**甲**：卞和大哥娶媳婦啦，好漂亮的媳婦啊！

**乙**：幹麼坐得這麼規矩呀，跟上學堂似的！

（推卞和的頭使碰到一起）

**丙**：新娘子別害臊呀，新娘子低著頭是看誰的腳呀？

**丁**：哈哈——當然是看卞和大哥的腳啦！

（他們在歡樂中狂肆地笑著，卞和帶著幸福的笑意讓著他們，人在幸福中是很容易忍耐的——他們彼此都沒有發現這句話在未來卞和的生命歷程中有多麼不幸的暗示）

**甲**：哎，卞和哥，你怎麼也縮著頭不說話啊，娶了那麼漂亮的新娘子，也該告訴我們喝合巹酒是什麼滋味啊！

**乙**：算了，算了，結婚，結婚，不昏頭也不叫結婚，卞和哥頭都昏啦！

**丙**：噓，別吵，別吵，大家聽新郎官說話啊！（短暫的靜穆）

**丁**：啊，我們上當啦，我們不開口，他們也不開口了！去拿酒來，誰敢不說話，罰三大杯——嘿（轉頭自嘲）反正新房三日無大小。

**戊**：啊——唉——何必呢？鬧新房又有什麼

意思——我看我們還是早點散了吧！各人回各人家去吧！（大家瞪他，推他）

**和**：諸位大哥（自己也覺過意不去），謝謝你們的好意，要罰，罰我好了——總不能罰女人酒吧？

**丙**：喲，喲，你們看卞和大哥多護著新娘子啊，小心以後會怕老婆啊。

**甲**：酒來了，酒來了，要喝的都請。（大家一面喝酒，甲一面做神祕眼色）

（忽然間，爆竹大作，新娘嚇了一跳，眾人大笑）

**乙**：卞和大哥眞是好事成雙，去年剛出了師，今年又娶了媳婦，明年——嗯，一定要添娃娃，哈——（眾笑）

（不知爲什麼，古老的婚俗裡有一種遲緩的土味的幸福感，而那些笑鬧，似乎總離不了性的暗示，他們的快樂也就在此）

**丙**：喲，喲，你看，卞和嫂是個粉人兒，卞和哥是個玉人兒，將來一定會生出一個粉粧玉琢的小娃娃的！

**丁**：一個，誰說一個小娃娃，我說是十個。（眾拍手笑）

**戊**：我看我們該走了吧。

**眾人**：胡說，每次鬧新房說要走的總是你，你是怎麼回事？

**戊**：這倒怪了——難不成我不說走，你們就不走了嗎？鬧到天亮嗎？

**甲**：就是鬧到天亮，卞和大哥也不見得找棒子來趕我們呀！你急個什麼？

**乙**：我得看過他們拉手。

**丙**：我得聽卞和大哥叫一聲玉娥妹妹，聽卞和嫂叫一聲卞和哥哥！

**丁**：我得看過他們——（兩隻食指一點，表示親吻，大家又笑，不過已經有點煩了）

**戊**：算了，算了，諸位老哥請看在我的份上——我們還是走了吧！

（眾人中有一個打了哈欠，其他的人正在猶豫，舞臺上因而有短暫的歇息）

（以上一段在實際演出時已用一場現代舞代替，可參考）

（忽然，有一聲長長的鳳鳴劃空而至，那聲音清越而高拔，差不多無法形容。它是單純的，卻是華麗的，它是柔和的，卻又是剛勁的，它是人人可懂的，卻又是人人不懂的。也許它美麗得有些過分，超出了日常生活可以接受的範圍，大家忽然間都靜穆了、戰慄了，敏感的人甚至覺得有些不祥）

**卞和妻**：（驚恐的站起，她的驚恐和剛才聽到爆竹時的驚恐又大不相同，剛才只是單純的一驚，現在卻彷彿遭到一種內在的壓力，那壓力像夢魘似的，整個把她侵吞了）這是什麼聲音？

（忽然，那聲音又重複了一次，讓人驚訝的是一聲單純的鳥鳴裡似乎包容著極豐富的語言，那聲音似乎急切地要表示一些什麼，一些不爲人知的什麼）

（這是新娘今晚所說的第一句話，但不知爲什麼，眾人都沒有發現，對於受驚的新娘，眾人似乎正在竭力想法子安慰她。大家都開始感到整個屋子的氣氛全不對了，因而刻意製造一些吉祥的氣息，不過，不免顯得有些做作）

**卞和**：這沒有什麼——只不過是一聲鳥叫。

**甲**：我說卞和大哥，說你忙昏了頭，你真是昏了頭，這兩天，我們荊山地方飛來了兩隻鳳凰你竟然不知道啊！說什麼鳥叫，這是鳳凰叫啊！

**乙**：好啦，好啦，好話也不會說，這叫「鸞鳳和鳴」，哈哈，千年難得一見的啊，鸞鳳和鳴！

**丙**：喲，喲，你可知道鸞鳳和鳴啦，人家卞大哥早就懂得鸞鳳和鳴啦！

**丁**：咦，這倒怪了，咱們怎麼自己人吵起來啦！我們別忘了我們是要來見識見識卞大哥怎麼鸞鳳和鳴的呀！

**甲**：新娘子好福氣啊，你看卞大哥卞大嫂一說要成親，連鳳凰都飛來道喜啦。

**戊**：我們還是走了吧！

（鳳鳴又作，大家有些不安，那聲音裡有些什麼難以理解的昭示，無疑的，那聲音是美的，大家在瞿然色變之際都能了解這一點，但那種美太高，令人幾乎生出一種絕望）

（鳳鳴停止，大家都想回去了，他們已經很盡責地使新房有段短暫的熱鬧和歡樂。他們不敢把握再待下去將怎樣和那清越拔俗的鳳鳴奮鬥。所以，簡直有點像推卸責任似的，人人都站起來了）

**衆聲**：我們還是饒了卞和大哥、卞和大嫂吧！

**卞和**：急什麼，再坐一會吧！

**乙**：不坐了，不坐了——讓你們鸞鳳和鳴去吧！

（衆喧譁下，有的叫著「明天見！」有的叫著「別忘了明年要請吃紅蛋啊！」有的叮嚀著「那粉粧玉琢的娃娃別忘了認我作乾爹啊！」）

（卞和和卞和妻，相對地站在黑暗裡，紅燭的光很微弱）

**卞和**：客人都走了！

**卞和妻**：（她原來該說一句稍微溫存一點的話，但不知爲什麼，她卻似乎還沒有從那樣的夢魘中醒過來）我從來沒有見過鳳凰，我從來沒有聽過鳳鳴——我沒有想到牠的聲音是這樣的，我覺得不吉祥。

**卞和**：不要亂想了，吉祥和不吉祥跟我們有什麼關係。我們只不過守著祖宗的一點家產，靠著學到的一點手藝過日子罷了。我們不可能大富大貴，可是我們也不會抄家滅門——我們只管過我們的家常日子就是了。

**卞和妻**：是啊，（柔情地）我只想守著你過一生一世，沒災沒病的，生個一男半女，一家人和和樂樂地過日子。

**卞和**：（激動地）玉娥！

**卞和妻**：（她的臉在紅燭前低垂下去）

**卞和**：你放心，會的，我們楚國是一片蠻夷之地，我們荊山又是一片人跡罕至之處，我們沒有什麼功名富貴，所以我們也沒有殺身之禍。我們會平平安安地過一輩子的。

**卞和妻**：（微嘆了一口氣，輕微得幾乎不被察覺）哦！但願如此！

（鳳鳴又作，幕落）

## 第二場

幕啓，一羣人散坐在地上，一個長者坐在較高的地方，其他年輕的鄉民像剪影似的坐在四周。所有的年輕人都還是第一幕的衣著，但在這一幕裡，他們的聲音不太一樣了，他們都用緩慢的調子說些內心裡頭的話。

遠遠的有金鐵交鳴的聲音清清脆脆的傳來，有一種曖昧的、遠古的、催眠的意味。在短短的第一幕和第二幕之間，有一種奇異的不協調中的協調。

**長者**：你們都看到那一對鳳凰了嗎？

**衆聲**：是的，我們都看到了。

**長者**：它停留在我們這裡已經多久了？

**甲**：已經一百零八天了。

**長者**：你們都聽到鳳凰的鳴聲了嗎？

**衆聲**：是的，我們都聽到了。

**乙**：牠的聲音使我們不安。

**長者**：我聽說，你們中間曾有人試著要驅逐牠。

**丙**：是我，我試過，我爬到高高的山崖上，我對牠揮舞，我用石頭扔牠，可是牠昂著頭，一動也不動。

**長者**：天下有那麼多名山大川，牠爲什麼一定要棲停在我們楚國的荊山呢？我們不是應該覺得高興嗎？

**丁**：不，我一點也不喜歡——我甚至不喜歡做楚國人，我喜歡生在周天子的京城洛陽，我喜歡看到人肩擠著人肩，車軸碰著車軸——但是在楚國，只有那些莽撞的山，只有那些蠻橫的水，只有那一片綠得發賤的大地，我對這一切感到厭倦。

**戊**：而尤其是我們的荊山，這三面絕險不能攀登的荊山，這唯有東南一條小徑可以通人的荊山。所有的燕子飛到這裡都要哭泣，因爲這樣狹窄的山道連小燕子的翅膀都感覺困難。所有的名花開到山腳底下都要流淚，因爲他們的紅色無法伸展上這樣高拔的山岩。

**長者**：年輕人，請停止你的怨言吧！上天待我們是夠仁厚的了。如果小燕子的翅膀飛不上這高拔的山地，他已爲我們差遣來了自天而降的鳳凰。如果牡丹和芍藥沒辦法開入我們的庭園，請記得每一條山路上都有蘭蕙的芬芳。

**甲**：可是，這有什麼用，楚國的山川有什麼意義，荊山的鳳凰臺有什麼意義，上天把我們丟在這綠色的漩渦裡，我們是永遠跳不出去了，我們快要滅頂了，我們注定呼吸這片綠，吞吐這片綠，將來也要埋葬在這片綠裡。

**長者**：孩子們，故鄉的土地對你們而言，竟是這麼無意義嗎？

**乙**：很多時候都是的。

**丙**：荊山最合適於貶謫朝廷中的大臣，住在這裡，就是一種處罰。

**長者**：但是，你們怎麼解釋這一雙鳳凰呢？難道牠們也是被天庭所貶謫而來的嗎？

**丁**：是的，也許正是的。

**戊**：我們懷疑這是一件不吉祥的事。

**長者**：孩子們，讓我們來問問卜者，看他們怎麼說，好嗎？

**甲**：好的，但是我們該問住在西村用龜殼占卜的王先生呢？還是問住在東村用蓍草占卜的汪先生呢？

**乙**：問西村的王先生吧！

**丙**：問東村的汪先生吧！

**丁**：問問他們兩個人吧！

**戊**：我去請他們（下）

**長者**：孩子們，讓我們等待吧！其實，是凶是吉我們並不一定需要知道，占卜的人所能告訴我們的，絕不會比我們本來就知道的爲多。

**甲**：（遠望）牠們那樣美麗，有時候，讓人懷疑這是一件吉祥的事，難道牠那一身斑爛的羽毛是爲著報凶而來的嗎？看那些羽毛，我不知道那是磨碎的彩虹，潑翻的美酒，還是交疊燃燒的火焰。

**乙**：（站起）是啊，牠們還有那樣動聽的聲音，比初生嬰兒的啼哭還要動人的，比深山之中的風水相應更要動人的，比一切的花在春天早晨「崩」的一聲彈開的聲音還要動人的——難道那樣的聲音是爲報凶而來的嗎？

**丙**：牠們棲立在高高的山岩上，那樣英挺而昂然的，像是要做蒼天和大地之間唯一的繫聯——這樣的一雙鳳凰難道是爲報凶而來的嗎？

**丁**：但願不是。可是，請老實說吧！牠們站在那裡，那種過分的美麗不是令我們不安嗎？或在清晨，或在月夜，當牠們鳴叫的時候，爲什麼我們感到戰慄呢？爲什麼這一分的美好加起來令我們惴惴然呢？爲什麼我們老覺得有什麼事情就要發生了呢？

**戊**：（帶卜者上）西村的王先生已經來了。

**長者**：西村的占卜者啊，請告訴我們，我們的荊山會發生什麼事情嗎？這一雙鳳凰究竟是凶是吉。

**王卜者**：我的占卜用的龜殼已經裂了，我的雙眼也昏花了，我已經許久沒有占卜了，什麼叫凶，什麼又叫吉呢？生命只是一些瑣碎的歷程，我已經許久不占卜了。

**長者**：如果不用占卜，只用你那敏銳過人的一點靈竅來判斷，你覺得這是一件凶事還是一件吉事呢？

**王卜者**：我想——這是一件吉事，因爲，我從來沒有聽說鳳凰是一種凶鳥。

（以下有短暫的沉默）

**戊**：東村的汪先生也到了。（帶卜者上）

**長者**：聰明的卜者，請告訴我們一點我們所不知道的事，我活過很長的時間，他們只活過很短的時間，但對於神祕的生命，不可測的未來，我們同樣感到迷茫。只因爲這兩隻鳳凰，已經使我們慌亂了，你如果知道什麼我們不知道的，就請告訴我們吧！

**汪卜者**：我的蓍草已經朽斷了，我已經許久不作占卜了。楚國是一片蠻夷之地，荊山是一個小小的山村，我們發生不出什麼可以稱之爲凶或者可以稱之爲吉的事件。

**長者**：如果你的蓍草朽爛了，那麼請你用你卜者神祕的智慧告訴我們吧，你覺得這是一件凶事還是吉事呢？

**汪卜者**：這是一件凶事——如果是吉事，你們不會如此恐懼的。難道你們驚跳的眼睛不會告訴你們嗎？你們如此驚惶的一件事怎麼會是一件吉事呢？

**王卜者**：是喜事！

**汪卜者**：是凶事！

（他們反覆爭辯起來）

**長者**：（忽地站起）孩子們，我們再也不必問凶問吉了，沒有人會告訴我們比自己所知道的更多的東西。

（遠遠的，卞和走來，他靜穆地走著，一直走到長者面前，他似乎有些疲乏憂傷，但仍然昂錚錚地站著，眉宇間浮出一絲隱隱的憂愁。他在長者面前垂首致敬）

**長者**：卞和，你從哪裡來？

**卞和**：山上，我整天都在那一雙鳳凰的腳下工作。

**長者**：你在雕琢玉嗎？

**卞和**：不是，我只是一個挖掘玉發現玉的人。

**長者**：荊山——這荊棘遍地的荊山會有玉嗎？

**卞和**：是的。

**長者**：你覺得那一雙鳳凰怎麼樣？

**卞和**：啊，（一時之間彷彿被人擊中要害似的）牠們使我驚惶，老實說，牠們使我不知所措，（神情恍惚）在牠清亮的鳴聲裡，在牠燦爛羽毛上，有一種神祕的召喚，啊，不要問我這件事，我但願我從來沒有聽過牠的聲音，我但願我從來沒有接觸牠的美麗。

**汪卜者**：你看，我不是說是凶事嗎？

**王卜者**：不然，這一定是一件吉事。

**衆聲**：但是，什麼是凶，什麼又是吉呢？

**卞和**：我沒有卜者的智慧，我不能預知未來，我只是一個平凡的人，我只願守著不太豐富也不太寒儉的收入，無災無病的過一輩子——但這一雙鳳凰把一種神祕的召喚帶來了。

**衆聲**：神祕的召喚？

**卞和**：牠似乎固執地停留在那裡，想要挖深我們的生命，想要拓寬我們的生命，想要一寸一寸地提升我們的生命——但這一切都要付出極大的代價，因爲輝煌的生命絕不會是廉價的。啊，眞不幸，我但願我不曾聽到那神祕的召喚。

**甲**：那究竟是一種怎樣的召喚呢？

**乙**：召喚你去幹什麼呢？

**卞和**：我不知道，我只知道那是一個偉大神祕的召喚——我只知道那召喚會剝奪我。

**丙**：那麼，你是說，這是一件凶事？

**卞和**：我不知道，所有偉大的事應該都是吉事，但它的歷程卻是凶的。大禹治水，是一件吉事，但對他自己而言呢？對他三過家門而不入的生活而言呢——啊，但願我沒有聽到那偉大神祕的召喚——卜者啊，以你們超人的智慧告訴我，這是怎麼一回事！

**王卜者**：用君之心，行君之事。

**汪卜者**：龜策誠然不能知道什麼！

**卞和**：啊，蒼天啊，
荊山之外尙有廣闊浩莽的楚國
楚國之外還有周天子廣大無比的中國
中國之外尙有瀛海九州，
蒼天啊，但願你不曾找到我，
我只是一個小小的玉礦中的工人，
我只是一個不爲人知的卞和。

**衆聲**：蒼天，但願你能找到一個別人——

**卞和**：代替我，因爲
我還要保留一個平凡人的幸福的生活

（鳳鳴又作，幕徐落）

## 第三場

卞和與咼氏在玉礦前沉默地，一言不發地掘地，每一鋤下去都有一聲好聽的金石聲迸散開來，此起彼落地像一曲音樂。

許久許久，咼氏有了顯然的不耐。

咼氏：師兄——師兄，這玉礦開了有多少年了？

卞和：不知道，這是我祖父傳下來的。

咼氏：師兄，我們這樣挖下去又挖得出什麼來呢？可挖的大概早挖光了。

卞和：不，這礦很好，現在正是好的時候，你看，這一片林木多潤澤，這一帶蘭芷多麼芬芳，你看，這些從地下湧出來的泉水多麼清洌，而且，你看到那些繚繞上騰的綠煙嗎？這一切都證明這是一個好的玉礦。

咼氏：師兄，其實，嘿，我說我們太傻了，其實現在別人已經有辦法做玉了——他們不挖玉，他們做玉。

卞和：做玉？不可能的，他們永遠做不出玉來，玉是天地間一點靈氣之所鍾，哪裡是用石頭加染料就可以做出來的。

咼氏：可是，識貨的人少啊，所以買假玉的人比買眞玉的人可要多得多呢——賺錢哪，師兄，可眞賺錢啊！

卞和：兄弟！假玉當然是有的。但是，我們只能選擇眞的！

咼氏：（垂頭喪氣）可是眞玉難求啊，像我們這樣整天挖個不停，又挖得出幾塊玉來？

卞和：（偶然挖出粗糲的石頭，小心地諦視，咼氏搶過來，不經心地擲開）

咼氏：你看，就像這種石頭，我們一天會挖幾籮筐，但是，有玉嗎？有多大的玉——眞是白費力氣。

卞和：（撿起被擲的玉，以極大的興趣再檢視它，稍頃，整個人爲之震驚了）

咼氏：（渾然不覺地，還在獨自說著，這時的燈光追隨著卞和往高處行，顯得咼氏的話好像一些無意義的嗡嗡聲）師兄，其實做人何必那麼死板呢？我不是說我們不該挖玉，但是人生幾十年，苦待自己又落得什麼好處呢？譬如說，颳風下雨的時候，躲在家裡做玉不是很好嗎？冬天苦寒夏天苦熱的時候，我們都可以做玉啊，等到春天風和日麗的時候，我們再上山挖玉——這樣不是很好嗎？

**卞和**：（神色肅然，舞台有短暫的靜穆）啊，上蒼，上蒼，這是一塊怎樣的璞玉，啊，爲什麼我要得到這塊玉——這件事簡直不能相信！

**咼氏**：師兄，你——

**卞和**：（無言地把璞玉展示給咼氏看）你剛才丟掉的是一塊美玉——一塊曠古未有的美玉。

**咼氏**：哈！哈！哈！哈！我看，師兄，你是想玉想瘋了心了——這樣一塊石頭，也會是美玉嗎，如果這塊石頭也是美玉，整個荊山簡直沒有一塊石頭不是玉了。

**卞和**：兄弟，我們在一起這麼多年了，我一直相信你比我聰明，所以我一直驚奇這麼聰明的人怎麼始終不會相玉，兄弟，我現在明白了，你不是不聰明，而是太聰明了，你的聰明擠掉了你的一顆心，你再也不能相玉了。你的心裡既然不相信玉，你怎麼能相玉呢！

**咼氏**：這麼粗糙的外殼，裡頭怎麼會有玉呢？

**卞和**：兄弟，你不能感覺它的沉重嗎？

**咼氏**：沉重？哈，哪一塊石頭不沉重。

**卞和**：兄弟，你看這一條紋，沿著這裡切下去，你會找到稀世的美玉。

**咼氏**：你瘋了，你切下去，只能切出一塊石頭——整個荊山是一塊大石頭，石頭裡面還是石頭，石頭裡面還是石頭，石頭裡面還是石頭——只有石頭，你憑什麼說這裡面有玉？

**卞和**：我說有玉，是因爲那塊玉本來就在那裡。我可以憑我的眼，我可以憑我的手，我可以憑我的心，我可以憑我誠實無僞的靈魂，但最重要的是，那塊玉本來就在那裡。啊，我的言語不能形容——但我知道這裡頭有一塊美玉。太美好的東西也許大過我們的言語，大過我們的想像——但請相信，它是存在的。

**咼氏**：（避重就輕）天色不早了，今天早點休息吧！師兄你也不要固執了，等明天，我要找一本做玉的祕方來，我們兩個合作，收入要比現在好多了。

**卞和**：你要休息，你請便吧！

**咼氏**：再會了，師兄。（下）

**卞和**：兄弟（咼氏留步）——要怎麼樣，你才相信它是一塊璧玉呢？

**咼氏**：師兄，（垂首）請恕兄弟，我不能相信，我不願意去相信。信心、愛心和希望都是一件多麼容易令人受傷的事。不愛人的人永遠不會心碎，不信仰的人永遠不會受騙，根本不懷有希望的人誰能令他絕望。師兄！我不愛什麼！我不信什麼！我不企望什麼！師兄，請饒恕我——我只要做一點假玉，賺一點小錢。

**卞和**：兄弟！這是值得的嗎？——爲了怕受傷，我們就必須拒絕一切嗎？

**咼氏**：不是我，師兄，這是一個習慣於拒絕的世界。（走過去，拿起玉，作欲擲狀）即使這是一塊眞玉，師兄，我也勸你把它丟入腳下的萬丈深淵吧！讓它永世永劫躺在那裡吧，師兄，爲一種眞實，爲一種信仰，要付的代價太大——不是你我這種小民出得起的——丟掉它吧！

**卞和**：（猛然躍起，奪下玉）還我玉！你不知道你在做什麼！（他幾乎是在吼叫，叫完了自己也愕然了，一時之間幾乎不能適應如何跟師弟調整未來的關係——未來的一眞一假的關係，他們喘息著彼此對視，他們仍是師兄師弟，但他們卻必須從此背離，兩個人都黯然憂傷起來）——兄弟，「拒絕」，也許可以保護我們不受傷害。但是，「拒絕」使我們的生命癱瘓，使我們陷入局部的死亡。

**咼氏**：（不語，忽然，一咬牙）我去了，師兄。

**卞和**：師弟！要怎麼樣你才相信這裡有一塊美玉呢？

**咼氏**：不，我不相信什麼！（下）

**卞和**：師弟！師弟！

（西天在靜穆中燒紅了，卞和孤立如一塊岩石）（以下亦可用O‧S‧效果亦可用詠唱法）

蒼天啊，這是多麼神聖的一刻
因爲你已經賜下天下人間稀世的珍寶
極大的恩德我們無法說感謝
極大的幸福我們也不能僅僅報以笑容
現在我明白了爲什要谿谷中生出綠煙
現在我知道了爲什麼鳳凰來儀
在你偉大神聖的日出之前
晨曦曾預先鋪好多麼長多麼華美的一張紅毯

但是，蒼天啊，上帝啊，請你饒恕我
我不知道你爲什麼單單驗中了我
讓我來發現這塊美玉
千載之上已有人懂得治玉
千載之下懂得治玉的人會更多
從西域到東海，你可以把這塊璞石
安排在任何一座山裡
然而——你偏偏推給了我

太大的石頭沒有人能搬來作房子的基礎
太大的木料沒有人能切開作一雙木屐

自古材大難爲用，寂寞的聖賢只好寂寞以老
太美好的玉石讓人不知如何相信
太神聖的事物反而會招來懷疑
啊，如果我找到的是一塊小小的玉
我可以把它賣給別人作手鐲
如果我找到的是一塊更小的玉
我可以把它賣給別人作耳墜
但現在，我得到的是一塊曠古未有的美玉
——它是神聖的，它已經無法成爲一件標價的商品
我不能賣它——因爲它不屬於我
誰也不能買它——因爲它的價值不能計算
而且太完美的事物總是使人不能想像
沒有人敢接受超出我們想像力的理想
蒼天啊，上帝，連師弟都不肯相信的

叫我怎樣去告訴天下人，這是曠古以來
最無瑕無疵的一塊美玉
蒼天啊！蒼天啊！
爲什麼不讓別人來發現這塊美玉呢？
我不願意承受這塊玉
爲什麼我得承受這塊玉呢？
——我只願意做一個平凡的
爲自己和妻子謀個溫飽的人
——我感謝你賜給世人這塊玉
但是不平的是，爲什麼要讓它經過我的手
我知道我將注定要爲它受苦——直到別人
認識它
蒼天啊　蒼天啊
所有的花蕾得到過什麼好處呢
它們在花開花謝中獻出了芬芳
所有的豆子得到了什麼好處呢

它們在成長和壓榨後獻出了油
上蒼啊，天神啊
當別人認識這塊玉的時候
我也許只剩下一把骸骨（力竭疲軟）
（鳳鳴，鳳鳥振翅聲，鳳鳴漸遠）
（羣眾雜上）
**衆聲**：鳳凰飛走了！鳳凰飛走了！
**甲**：咦，卞和大哥，你在這裡，你看到鳳凰飛走了嗎？
**卞和**：是的，鳳凰飛走了！（一種虛脫的疲倦）
**乙**（眾和）：（鬆了一口氣）牠們走了，牠們終於走了——但是，牠們到底是怎麼走的？
**卞和**：（掙扎而起，舉起璞玉）因爲這個，原來半年以來，他們守護在這個地方，就是等待這塊玉出土，這塊玉一出土，牠們就飛遠了！
**丙**：什麼？（趨前）你說這是一塊玉？我看倒跟我家茅廁裡的石頭沒有什麼兩樣啊！
**丁**：這樣的石頭，倒貼我我還嫌它沒處放呢！
**甲**：（另抱了一塊更大的石頭）嘻，嘻，你們看，我這也是一塊美玉啊！
**乙**：（不屑的一指）那塊石頭如果也是玉的話，我家的犁耙也都是金子的啦！
**戊**：好了，好了，大家還是少說兩句早點回家吧！卞和大哥，你也走了吧！鳳凰飛了，大家也就安心啦，玉不玉的事，何必多管閒事呢？（觀眾也許注意到了，戊的哲學是「早點回家吧！」「各回各家吧！」在他看來，這世界上其實根本沒有一件事發生）
（眾雜沓下）
**卞和**：（漸暗的夜空下，他的身形顯得淒涼無助，但也因此而顯出一份驚人的強韌）

我的悲劇是在於我發現了一塊玉
我的痛苦在於我懷有一塊玉
這並不是我本來的選擇
而今而後我知道我將注定
生活在譏諷和嘲笑裡
但是，上蒼啊，我在這裡
我已接受了——我接受你所頒布給我的命運

（幕下）

## 第四場

卞和妻坐在燈前，正在縫一件小小的衣服，由於衣服極小，使她整個的動作有一種神話似的神祕和童話式的甜蜜，她的微笑，她的隆起的腹部，她的輕柔的動作，都呼應著這一點。

**卞和**：（很驚訝地走入，幾乎不能相信自己家中正進行著這些神祕的行爲）你在幹什麼？那麼早就起來了。

**卞和妻**：我正在縫一件衣服。

**卞和**：什麼衣服？

**卞和妻**：小娃娃的衣服。

**卞和**：（走近，拿起衣服和針線，驚訝那衣服的小，他試著用手去比嬰兒的長度，比了幾次都自覺不對，半晌，沒頭沒腦地問了一句）什麼時候？

**卞和妻**：什麼「什麼時候」？（半晌，她會意了，也沒頭沒腦地應了一句）唔，還有三個月。

**卞和**：動得厲害嗎？

**卞和妻**：（帶著奇異的微笑）厲害！我真不知道他究竟要幹什麼，我懷疑他也拿著小鋤頭小錘子在採玉呢！

**卞和**：（猶豫了半天，終於下了很大的決心）我要出一趟遠門！很遠很遠的遠門。

**卞和妻**：（忽地站起）什麼？母親老了，又趕著孩子正要出世，你要到哪裡去？

**卞和**：我要去見楚國的國君。

**卞和妻**：什麼——我知道，你從昨天晚上回來就有些事情，你不告訴我，可是我知道，你一定有了什麼事。

**卞和**：是的，一件極幸運也極不幸的事。我發現了一塊玉——曠古以來所沒有過的美玉。不知爲什麼，我感到我的一生都將因此而成爲一齣悲劇。可是，我不能推卸，上天要經由我的手傳下這塊寶貴的玉。

**卞和妻**：玉在哪裡？

**卞和**：（默默地遞上）

**卞和妻**：這裡面眞的有玉嗎？

**卞和**：（半晌）師弟也是這麼問的。

**卞和妻**：連師弟也不相信嗎？

**卞和**：別人不會相信，但我的責任在使人相信。

**卞和妻**：這塊玉跟我們有什麼關係呢？誰規定我們必須看顧這塊玉的？我們不是有我們美好的生活嗎？誰敢說我們這樣活著不可以呢？去把這塊玉丟掉吧！忘掉這塊玉吧！或者，整個地擺脫玉的行業吧！我們可以種田，我們可以做苦力——總之，離開這塊玉，我害怕！

**卞和**：我不能——

**卞和妻**：對於未來，你沒有預感嗎？你忘了那些鳳凰日夜的叫聲嗎？你不害怕嗎？

**卞和**：我害怕，我預感到不幸，但是我不能丟棄這塊玉。

**卞和妻**：（激動、愠怒而近乎尖叫）如果你見到楚王，如果楚王不相信，你知道後果會如何？

**卞和**：我知道——那是欺君之罪。

**卞和妻**：不，你不知道，你這一去，我們整個家就碎了——你不能不去嗎？誰也不知道這件事——你不能不去嗎？

**卞和**：我說過，我不能不去。

**卞和妻**：那麼，把璞石鑿開，讓國君無可懷疑。

**卞和**：不是，我只是一個相玉的人，我不應該經手鑿玉——尤其是這樣寶貴的玉。我只能把它獻給國君，獻給社稷，如果他能認識這塊玉，這塊玉才算眞正的讓人接受了。

**卞和妻**：你也能鑿玉的——你爲什麼不能鑿玉，大不了弄出一條瑕疵，那又有什麼關係。

**卞和**：不是這樣的，我必須把整個的玉，連著璞石，一起呈獻，這世界上所有美好的東西都必須經過個人自己的認知。

**卞和妻**：你看，我們的米缸就要空了，我們的柴也將燒完了，楚宮還在很遙遠的地方——玉算什麼呢？難道生活不是一切嗎？還有什麼比生活更眞實更辛酸的東西，玉究竟是什麼呢？

**卞和**：玉比一切都可貴。玉是一切美好事物的具體形象，玉幫助我們忽然之間了解我們自己內在一切對美德的飢渴的需要。世間所有的珠寶都各自炫耀著他們璀璨的光輝，只有玉，是與佩帶者合而爲一的。用它的清潔，用它的溫潤，用它的沉重，用它的緻密，隨時隨地提醒著佩帶者，喚起他內在的善良。

**卞和妻**：（憤然）人類是邪惡的，他們並不善良——我們只好各人保護自己，人類並不善良。（在她的憤怒裡有一種霸氣的母性，她想保護卞和）

**卞和**：是的，人類是邪惡的，但他們仍然是善良的，他們仍然是按著天神的形象而造的——人類在極大的邪惡中仍然渴望著善良，「渴望善良」的慾望就是一種善良。

**卞和妻**：那麼，把玉留給我們自己吧！

**卞和**：不，這樣的稀世珍寶，這樣的宗廟神器，並不是上蒼賜給我卞和的，它必須是天下人所共有的。——而今而後（扳著妻子的肩膀）請你看著我，請你饒恕我，請看這一張你所熟悉的、平靜的、幸福的、年輕的臉，因爲以後再也不會有了。

**卞和妻**：不，不要——

**卞和**：我曾答應你要和你共度一輩子柴米夫婦的生活，但現在不行了。請饒恕我，現在不行了，我已聽到那神聖的召喚，我必須爲這塊曠古未有的美玉而活了，而今而後，我活著（欲泣）只有一件事，讓人們相信世界上有一塊玉。在污穢的，充滿腐爛氣味的世界上，仍然有一塊冰清如水的玉，一塊清清潔潔的玉，一塊完美沒有瑕疵的玉。

**卞和妻**：（良久，哽咽，和卞和一樣，她終於也接受了自己的命運）那麼——去吧，但願有人能認識你的玉。

**卞和**：我到後面去辭別母親，你給我收拾一個小包吧。（入）

**卞和妻**：（抱起它，凝視它，倚偎它，忽然又放下它）我們做了什麼壞事，爲什麼要讓我們發現這塊玉呢？爲什麼要讓我們成爲一個有玉的人呢？（忽然，尖叫起來）啊——不要現在，不要現在，我受不了了——（以下可加入一段現代舞，玉娥掙扎糾結，有如服了牽機毒藥，舞台上如果可能可在後面圍上可映像的金屬片，以映照玉娥的痛苦形象）

**產婆**：玉娥！玉娥！（興匆匆地跑上）嗯，我一聽就猜個八九不離十，有我在，別急，這周圍十里地誰不知道我收生是出了名的！

**卞和妻**：把我撕裂吧！把我磨碎吧！一塊玉的產生是多麼可怕！

**產婆**：別怕！別怕！越痛才越好，越痛才越好。

**卞和妻**：卞和哥——你在哪裡。（疼得昏死過去，忽然抱住門框）你不要走！你不要走！（驚醒過來，但又轉而去抱另一根柱子）你留下來吧！你留下來看我們自己的玉吧！

**產婆**：你叫啊！怕什麼醜，想當年，我在東村生孩子，西村的都聽見了啦！

**卞和妻**：他在哪裡？他爲什麼不在我身邊——哦——爲什麼要讓我們成爲一個有玉的人——哦，他在哪裡——

**產婆**：他在哪裡？我收生可是不許男人在屋子裡礙手礙腳的——誰有孩子就誰生，誰疼就誰哭，誰牽腸扯肚就誰叫，別人管得了你什麼事。

**卞和妻**：（翻滾，喘息，汗流滿面，痛苦掙扎）大娘，如果我死了，給孩子起名叫瓊兒，跟他父親說，好好的上楚宮裡去，我先走了。

**產婆**：（向裡面）卞大娘，燒水！唉！你別愁，沒有那麼容易死！人活著，不該受的苦受完，是死不了的。卞大娘，水燒得怎麼樣了啊——你看，孩子是得自己生的，血是得自己流的，痛是得自己喊的，別人呀，幫得了什麼忙，大不了替你燒一壺開水。

（以下是一段驚心動魄的生產歷程，紅綢的飛舞，帶結的牽扯纏繞等等，促人驚訝生命的初步是如此一部受難曲，每一次的生，似乎都是由死裡面劈出來的。終於一切靜止，我們聽到美麗的音樂，孩子誕生了）

**卞和**：（入）玉娥！（俯在床前！幾乎是跪著，當然不是跪向他的妻子而是跪向生命巨大可敬畏的奧祕）聽說，你要給他起名叫瓊兒。（溫柔地抱起孩子）她是我們的玉，玉娥，你看，她的眼睛是一塊青玉，她的眼珠是一塊黑玉，白玉是她的小手，紅玉是她的小嘴。

**卞和妻**：（接過孩子）我願意爲她而死——（停了一會）我也願意爲她而活。

**卞和**：玉娥，我今年二十三歲——如果此去沒有人認識這塊玉，我可以再等二十三年。

**卞和妻**：再等二十三年？那時候你就四十六歲了。

**卞和**：四十六歲，如果到時候還沒有人認識這塊玉的話，我要再等四十六年，那時候，我將九十二歲，如果我死了，仍然沒有人認識這塊玉的話，讓我們的孩子等下去，千秋萬世，總有一天，總有一個人，會接受這稀世的珍寶。

**卞和妻**：（無言地抽泣起來）

**卞和**：玉娥，讓我們的名字和我們這容易衰殘的肉體都腐朽了吧！讓這神聖的美玉在人們的心上傳遞下去。好讓人們在這殘缺的世界裡認識什麼是「完整」。讓人們在這污染的世界裡認識什麼是「清潔」，讓人們在這醜陋的世界裡認識什麼是「美麗」，好讓人們熄滅他們仇恨的、不信任的眼睛，讓他們終於軟化下來，驚訝而嘆息說：「是的，我願意相信，相信上蒼曾經在人間賜下如此完整的神蹟。」

## 第五場

在楚宮中。楚國國君坐在上方，這裡不是正殿，只須稍具規模即可。

**楚君**：你叫什麼名字，什麼地方人。

**卞和**：小人卞和，楚國荊山人。

**楚君**：荊山，（問左右）荊山在何處？

**左右**：荊山是邊遠之地一個微不足道的小山，榛莽叢生，荊棘滿地，舉目荒涼。荊山三面絕險，惟東南一隅通人徑。

**楚君**：荊山出過人才嗎？

**左右**：微臣從來不曾聽說過，荊山向來無文物之盛，荊山不會出任何人才的。

**楚君**：那卞和，你家世代以什麼爲業？

**卞和**：小人世代以治玉爲業。

**楚君**：聽說你帶來一塊稀世的美玉，現今玉在何處？

**卞和**：玉在此。（卞和上前呈玉）（左右朝臣轉致）

**楚君**：哼，整天都是獻玉的人，整天都是獻玉的人，十個獻玉九個假，抱來的玉倒是一個比一個大了。

**卞和**：小人千里迢迢而來，並非爲獻假玉。

**楚君**：（視玉，顰眉，不語）宣玉人。

**左右**：是。（下宣玉人）（玉人上）

**楚君**：試爲寡人相玉。

**玉人**：是。（恭謹地捧住玉，忙碌地檢視著，動作之間有一種做作的不必要的緊張）啓稟主上，這塊石頭肌理粗糙，質樸無文，不似有玉。

**楚君**：卞和，你聽到了嗎？

**卞和**：肌理粗糙，質木無文，並非就是無玉，眞正的美玉常常隱藏在最簡陋的外表之內。

**玉人**：世間的美玉，有的盈分，有的盈寸，像這樣算起來其大盈尺的玉——小人以爲不可能。

**卞和**：失望慣了的人已不敢懷有希望，生慣了病的人不知有健康，上蒼眞正的恩賜，爲什麼你們反而視爲虛妄？

**玉人**：近來作假玉的人日漸猖狂，這裡是宮中，豈能不提防。

**楚君**：哼，我早就懷疑這是一套虛僞的把戲。

**玉人**：主上的聖鑒甚是高明。

**楚君**：來人哪！（兩人應聲上）把這卞和帶走，此人膽敢欺君，可刖去他的左足，以示警戒。

（忽然，整個劇場的燈都熄了，全劇場陷入一片昏暗，卞和刖足的呼痛聲以O．S．效果播出。漸漸地，有沉重的倒地聲，暗示卞和倒了下去）（但幾乎在同時，楚宮中你奔我走地大亂了起來）

**楚君**：這是什麼？爲什麼遍地都黑暗了？

**左右**：這是日蝕。

（由於劇場整個黑了，日蝕的效果可以很肖似的做出來，一時之間劇場四周打起嘈雜的銅鑼的聲音，觀眾如在十面埋伏中，混亂、模糊而又恐怖。人類在面臨巨大災變時的原始驚悸都暴露無遺。舞臺上的君臣在黑暗中遁走，燈光復明時只剩下卞和，以及他血跡斑斑的腳）

**卞和**：昨天，我來的時候，有兩隻完好的腳。而今天，我要回去的時候，卻只剩下一隻腳了。蒼涼的大地啊！我所深愛的楚國的山川啊！而今而後，我只能用一隻腳掌來踏住你了。但是，蒼天啊，我願指所有的日月星辰爲誓，只要我一息尚存，我仍要說，我發現了曠古未有的一塊美玉。

## 第六場

幕啓時的情形非常類似第二幕，他們的聲音平板蒼老，像在敘述一段不相干的遠古史。

長者：已經許多年過去，飛去的鳳凰再不曾飛回。

甲：我們終於知道了，鳳凰帶給我們的是災禍，我們這裡有了第一個受刑的人。

乙：那人是卞和大哥，他的左腳被刖了。

——（山上傳來丁丁的伐石之聲）

丙：但是他仍在最高的山上工作，他敲打石頭的聲音對我們而言，是一種悲哀的歌。

丁：他的師弟也已經離開他了，他的師弟眞是一個聰明的人，他現在自己擁有一個大玉場，他的玉賣到遙遠的異國。

戊：可笑的卞和仍堅持著說他有一塊玉——我忍不住爲他的右腳而憂愁——唉，他爲什麼不回家種田？

甲：他的老母親因悲傷而去世了。

乙：他的妻子因哭泣而蒼老了。

（山上傳來的伐石之聲似乎也因而淒涼起來）

丙：但他拒絕跟咼氏合作。

丁：咼氏懂得怎樣用紅色的茜草來煮石頭，他懂得怎樣仿造古老的舊玉——可是卞和寧可選擇挨飢。

戊：甚至他的妻子，甚至小小的美麗的瓊兒也都跟著挨餓。

長者：不幸的卞和，他什麼事也沒有做錯，他的悲劇在於他發現了一塊曠古未有的美玉。

甲：不幸的卞和，爲什麼你不能忘記你的那塊玉。

乙：你和我們是不一樣的人，對你的苦酒，我們無法分嚐。

長者：有一件事，我們不知該怎樣向他隱瞞，楚國的國君楚厲王去世了，現在又是新的國君——如果他聽到這音訊，我擔心他的右腳也要不保。

丙：可是他一定會知道，他比誰都敏銳。

丁：可憐的卞和，他所堅持的到底是什麼

呢？

眾聲：上蒼啊，天神啊，請告訴我們什麼是眞，什麼是假吧！

（伐石聲持續不斷）

（整個第六幕有如合唱隊的悲歌，用過場的方式演出亦可）

## 第七場

這是全劇唯一詩情畫意的地方，咼氏的兒子咼瑜和卞和的女兒瓊兒看來差不多是傳統故事中的金童玉女，這一段在一種古典的、甜蜜的、溫柔的、輕愁的氣氛下進行。他們一起上場，跳著輕柔的舞步——不是芭蕾式的，僅僅是鄉下孩子的歡愉。

咼瑜：（捧著一把青梅，興匆匆的幾乎有幾分笨拙的）

瓊兒妹妹！瓊兒妹妹——妳看，我給你帶了什麼來了！

瓊兒：啊！青梅！

（兩個人沒接好，忽然滾了一地，兩人爬在地上撿）

咼瑜：你猜這些梅子哪裡來的？

瓊兒：你爹買的——你爹很喜歡買東西。

咼瑜：錯啦，你猜不著呢！

瓊兒：猜不著？（站起）

咼瑜：你可別告訴別人。

瓊兒：好，我一定不告訴別人，你跟我說，到底哪兒來的？

咼瑜：偷來的！

瓊兒：偷來的？

咼瑜：哈哈——你想不到吧！（英雄式的）

瓊兒：偷的？沒給人逮著嗎？（充滿了英雄崇拜）

咼瑜：才逮不著呢！我拚命跑，看園的長工追著喊打，結果他跌了一跤，哈哈……不過我也跌了一跤，你看皮都刮破了。

瓊兒：啊！（愛憐地）疼不疼？

咼瑜：哼！才不疼呢！

瓊兒：（故意碰一下傷口）

咼瑜：哎喲！

瓊兒：你還說不疼呢！

咼瑜：不疼不疼！你接好我全部給你。

瓊兒：（取出羅帕包好，感激地望著咼瑜）都給我啊！

（忽然從幕內，傳出卞和呼叫瓊兒的聲音）

瓊兒：我得走了，爹叫我。

咼瑜：再說會兒話，好不好。

瓊兒：不成！

咼瑜：你看今天天氣多好，雲是白的，草是綠的，花是紅的，喏，這裡還有一隻蝴蝶，你一進去又半天不出來。

瓊兒：我娘叫我好生看顧著他，我從小就沒有看過他老人家的左腿——因爲連眼前的這條右腿說不準哪天也就——

咼瑜：唔——我可以把我的兩條腿給他。

瓊兒：別瞎說了——如果你少了一條腿偷起了梅子來就逃不了啦！

咼瑜：沒關係，你看，（說著提高左腿跳著……）

（內喚瓊兒）這不是一樣嗎？瓊兒，瓊兒（追逐出場）

（忽然，咼氏也叫起咼瑜的名字，一場孩子的歡樂便告結束，咼瑜順從地來到玉場，在咼氏的玉場中，他和他的兒子咼瑜正忙碌地工作著，瑜兒雖是一個半大不小的少年，但也剛剛學上些手藝）

咼瑜：爸爸，這塊紅玉的光澤怎麼不太好？

咼氏：紅玉應該先用虹光草的草汁醃一段時候，然後才用新鮮的竹枝燃火燒烤，紅色就能進到裡面去，你醃的時間不夠，看起來還是像石頭。

**咼瑜**：黑玉呢？爸爸，黑玉怎麼做？

**咼氏**：把石頭放在烏木屑裡煨久了就成了。

**咼瑜**：爸爸，翠玉怎麼做？

**咼氏**：（愛憐地）孩子，慢慢來，先學做紅玉就行了。

**咼瑜**：爸爸，玉，都是做出來的嗎？

**咼氏**：你說什麼？

**咼瑜**：世界上有沒有眞玉？

**咼氏**：（吃了一驚）眞玉？（他驚惶得有如聽到老情人的名字）

**咼瑜**：到底有沒有眞的玉？

**咼氏**：（痛苦徘徊，但遲疑良久，忽然決定面對現實）是的，世界上也有眞玉。

**咼瑜**：眞玉就不用做了，是不是？（快樂得想拍手）

**咼氏**：眞玉不用做。（這麼簡單的幾個字，已經差不多說得他汗水涔涔而下）

**咼瑜**：什麼地方才有眞玉？

**咼氏**：其實，眞玉完全是一件不必要的事——告訴我，告訴我，是誰跟你說眞玉的？

**咼瑜**：沒有人告訴我，我自己知道的。

**咼氏**：（以下熄燈，只留一燈給咼氏）爲什麼隔了這麼多年，奇怪的命運還是追蹤來了，爲什麼我老是失敗，爲什麼他還是知道了人間有眞玉！

**咼瑜**：瓊兒的爸爸是不是在挖眞玉？

**咼氏**：（幾乎用一種恐懼的眼神，看著那個倔強的孩子，下了很大的決心，終於迸口而出）是的。

**咼瑜**：爸爸，（渾然不覺地，快樂地叫了起來）我可不可以拜卞老伯爲師，跟他學怎樣看眞的玉——我喜歡眞的玉。（這句話本來並不高深，但出自一個小男孩的口中，自有一種直逼人心的質樸感，不免令人一驚）

**咼氏**：不，不要！（憂傷，仍然對卞和懷著手足之情）你卞老伯是一個不幸的

人，唔，你看我們的生意多好！（也許由於在孩子身上看見自己的少年，純潔而認真的少年，他總容讓著）

卣瑜：爸爸，可是他懂得眞的玉啊！我喜歡眞的玉啊！

卣氏：住嘴！你懂什麼？你看你卞老伯得到什麼好處，一隻腿都給人剁了，一家人拖拖拉拉地過窮日子，眞玉有什麼用！

卣瑜：爸爸！（哀求地）

（忽然，瓊兒奪門而入，哭得有些抽搐）

瓊兒：卣大叔，卣大叔，（剛才忍住的淚，又復流出）我的爸爸走了，他又到楚宮裡去了。媽媽急得病倒了——哦，卣大叔，爲什麼爸爸一定要去呢？媽媽擔心他的右腳。

卣氏：（撐不住地，他感到一震）唔，他又去了，他又去了，啊，師兄，你活著，對我們是一種處罰，是一種控告，你的沉默是對我們的咆哮，你的憂傷是對我們的處罰，啊，師兄，我願意傾我所有來跟你互換。但是，師兄啊，我們回不去了。（轉過身來）瓊兒，你的爸爸是一個偉大的玉人，我們所有的人加起來都不抵他那受了傷的半截腿。

卣瑜：爸爸，卞老伯想必走得不太遠，我去追他還來得及——爸爸，請求你，請准許孩子去拜他爲師吧！爸爸，楚國的京都千里迢迢，讓孩兒一路扶著他去吧！

卣氏：（他驚訝地望著自己的骨肉將棄他而去，並不十分難過，他才發現自己愛卞和有多深）去吧！孩子，多帶點口糧，（他悲哀地望著自己經營的玉場，不知是一種淒然的勝利還是一種慘然的失敗，他徘徊流連，東摸摸，西看看，忽然說）也多帶根拐杖——不過拐杖也許也沒有用了，卞老伯的右腳也要難保了。

**咼瑜**：再會了，爸爸，恕孩子不孝，你跟瓊兒妹妹好生看顧卞大媽，（忽然之間，成長了不少，男孩子氣十足地）我走了！

（咼瑜下，熄燈，咼氏與瓊兒亦相繼而下。卞和與咼瑜暗上）

（O．S．的聲音播出一種骨肉俱碎的刀斧聲，卞和呼痛的聲音，「啊，我的右腳，我的右……」聲音戛然而斷）

（漆黑的劇場裡，忽然流星雨急速地撲下）

（良久，陣雨似的星光裡，卞和仰臉而起）

**卞和**：這是什麼？（和多年前相比，他的聲容都有極大的改變，他老了）這是什麼？

**咼瑜**：卞老伯，群星都殞落了。

**卞和**：我的玉還在嗎？

**咼瑜**：還在。

**卞和**：我還活著嗎？

**咼瑜**：是的，你還活著——只是你連右腳也沒有了。

**卞和**：唔，是的，我記起來了，我連右腳也沒有了——但我還有一雙手，可以捧著這神聖的美玉，我還有兩隻沒有老去的眼睛，可以凝視這不曾經人認識的璞玉。

**咼瑜**：你還有我，老伯。

**卞和**：你是誰？

**咼瑜**：我是咼瑜，我常跟瓊兒玩。

**卞和**：哦——原來是故人之子，聽說你們發了財。

**咼瑜**：但是我聽到爸爸偷偷地嘆氣說，他情願是你。

**卞和**：你的父親是一個聰明的人。

**咼瑜**：但是，我只想學眞的玉。

**卞和**：眞的玉？——我爲眞的玉兩條腿都沒有了！

**咼瑜**：我知道，如果有一天他們還要腿——我還可以讓他們砍兩次。

**卞和**：你爲什麼要來跟隨我？

**咼瑜**：我愛玉，老伯，我愛眞的玉。（俯伏深拜）

**卞和**：你要跟我學什麼？我並不是一個懂得雕琢玉器賺大錢的人。

**咼瑜**：弟子想學如何認識玉的大智慧。

**卞和**：你有勇氣嗎？

**咼瑜**：（不解）勇氣？

**卞和**：因爲愛心、信仰和希望都是使人容易受傷的東西，敢於愛的人就是在從事最大的冒險。

**咼瑜**：是的，師父，愛人的人可能會心碎，有信仰的人可能會受騙，懷有希望的人可能會絕望。但是，如果害怕受傷，只有接受死亡。師父——請收留我——我愛眞的玉。（俯伏深拜）

## 第八場

幕啓時，甲至戊又出現在舞台上，唯一不同的是，長老不在了，所有當年曾在新房裡鬧房時生龍活虎的年輕人，都已垂垂老矣，他們分站在不同的角落，如同一些古代塵封的塑像。

**甲**：許多年過去了。

**乙**：許多許多人先我們而走了。

**丙**：生命好像一場鬧新房。

**丁**：熱鬧、喧囂、青春、慾望和模糊的快樂。

**戊**：但時候一到——我們都得回家——但時候一到我們都得回家。

**甲**：可是，我們並不是最不幸的人。

乙：因爲最不幸的人是卞和。

丙：第一次，他去獻玉的時候，他失去了左腳——而同時，憂愁奪去了他的母親。

丁：第二次，他去獻玉的時候，他失去了右腳——而同時，貧窮和疾病吞吃了他的女孩兒。

戊：那美麗的、小小的瓊兒，是卞和唯一的歡樂。

甲：一年一年，春花依然殘忍地開放。

乙：一年一年，春水依然殘忍地泛起綠波。

丙：我們不知道卞和怎樣了。

丁：只聽到在荊山最高的地方傳來一聲聲砍石頭的聲音。

（伐石聲傳來）

戊：不，不是一聲，而是兩聲——因爲那裡面還夾著另一個年輕的錘子——那是他的徒弟咼瑜。

甲：有一個錘聲越來越微弱。

乙：有一個錘聲越來越強大。

（效果亦呼應）

丙：但終於有一天，不知爲什麼，他的徒弟也離開他而去了。（效果亦呼應）

丁：我們不知道那徒弟到哪裡去了？

戊：我們從來沒有再聽過他的名字。

甲：聽說他去了楚國的宮廷。

乙：聽說他改了名換了姓。

丙：也許是因爲受不了瓊兒的死，也許他是受不了師父對玉的堅持。

丁：而今只剩下卞和的錘聲——他的錘聲像多年前的鳳凰，使我們不安。

戊：我們是一些平凡的人，我們只要求平凡的東西，我們不知道卞和的堅持到底有什麼意義。

甲：有時候，我們不能不相信那塊玉是眞的——他忍著老，忍著病，忍著死，要等著把那一塊玉給天下人認識。

乙：但即使是眞的，又何必那麼認眞——卞和的行爲使我們驚奇！

**丙**：沒有什麼哲學可以使我放棄冬天早晨熱呼呼的一碗稀飯。

**丁**：沒有什麼哲學可以使我放棄夏天夜晚清沁沁的一張涼蓆。

**戊**：而卞和卻傾其一生，把自己給了那塊玉。

**甲**：卞和使我們思索。

**乙**：卞和使我們驚奇。

**丙**：卞和使我們不安。

**丁**：卞和使我們迷惑。

**戊**：但是，無論如何，卞和使我們想到，也許世界上，或者我們心中，眞有那麼一塊美玉。

（所有的人魚貫而下，舞臺有短暫的沉默，接著，卞和妻扶著衰老的卞和出來，把他安頓坐好）

（卞和正如村民所形容的，是在「忍死」的階段，他的白髮蕭颯，身如枯枝，但可驚異的是，眉目之間尚未有服輸的跡象，一眼看上去便知道，他仍在堅持著）

（在舞臺的另一方位，瓊兒出現了，穿著輕俏的衣服，似乎在採花，又似乎在浣紗，像是一個與時間無關的花神，月魄，或者水精靈）

**卞和**：瓊兒這孩子，又出去摘蘭花了嗎？

（卞和妻驚惶起來）

**卞和**：唔，我老了，糊塗了，現在不是春天了，瓊兒這孩子是去摘桂花了。

**卞和妻**：（突然忍不住地啜泣了）

**卞和**：不要哭了，女孩子大了，總是要嫁人的，你去找找，在我們床頭的大櫃子裡，有我特意給瓊兒留下的一副翠玉耳墜子，你給她鑲好了，以後，跟瓊兒成親的時候，也算有點陪送。

**卞和妻**：（哭聲越大）瓊兒，她已經走了。瓊兒，聽說也到楚國的宮中去了——

**卞和**：（驚懼地回顧，似乎在忽然之間發現了一切的改變，瓊兒消失了）唔，是的，我忘了，瓊兒已經生病死了，瑜兒聽說已經到楚宮去了——瑜兒爲什麼要到楚宮中去呢？瑜兒……

**卞和妻**：蒼天啊，蒼天，你何其不平，爲什麼好人必須遭遇不幸，爲什麼我們要生爲楚國之人。

**卞和**：不，不要埋怨蒼天，蒼天如果認爲我應該顯達，他可以將我生在周天子的京畿洛陽。蒼天如果認爲我應該富裕，他可以將我生在有銅有鹽的齊國。但他生我在荊蠻的楚國，在楚國一個榛莽叢生的荊山，我就愛了荊山，以及在荊山深處曠古未有的美玉。曾經，每一天，我爬上荊山，讓我的腳掌在大地上留下膜拜的痕跡。曾經，每一刻，我挖掘荊山，讓我的雙手在岩石上留下敬禮的姿勢。任你攤開瀛海與九州的地圖，我的淚水仍固執地滴在我所選擇的這一點上，我的血，我的森森白骨仍爲它而燃燒，這浩浩的楚國，這楚國的荊山。

（在暗淡的燈光中，村民和咼氏一個一個走入，他們無言地跪下，一言不發）

**卞和妻**：什麼事？

（村民相覷，不發一言）

**卞和妻**：請告訴我們外面發生了什麼事？

**甲**：楚武王去世了，楚國又有了新的國君。

**卞和**：（扶牆，忽然站起）什麼？

**乙**：我們只是來告訴你，我們請求你不要再去了。

**丙**：你已經沒有腳可以被砍了，我們只希望你善養天年。

**咼氏**：他們不會相信你的，你爲什麼要再頂一次欺君的罪名？

**卞和**：是的，他們不相信我，他們也不相信世界上有眞正美好的璧玉——但是我相信他們，我還能相信人間有信任，他們可以刖去我的腳，但是他們不能斫斷我對他們的信任。

**戊**：可是，無論如何，讓故事停留在這裡吧，我們不忍看你受到更多的傷害。這一次，這一次說不定會罪及妻子——

（燈黑，魚貫而出）

（燈光復明）

**卞和**：你呢？你也要勸阻我嗎？

**卞和妻**：不，有些人是不會被勸阻的。我只願意說，如果你要去，你就去吧！

**卞和**：（垂首）我連累了你們。

**卞和妻**：這世界上再沒有什麼可讓我掛心的了，能爲你憂傷，爲你受罪，也不負我們夫妻一場——我去把你的東西收拾一下。

（卞和妻下）

**卞和**：（妻子走後，他獨自愣在舞台上，一生的辛酸漸漸回到眼底，忽然他爆發起來，揮拳長嘯，幾乎衝跌下舞台）我恨！我恨！！我恨！！！（又忽然冷靜下來）——但是恨誰呢？我恨蒼天嗎？不，我不恨蒼天；我恨荊山嗎？我不恨荊山。我不恨我的玉，我不恨楚王，我不恨我的命運……（仍舊發狂的大叫）我不知道我恨什麼！（又過了良久，他冷靜下來）上蒼啊！天神啊！我第一次走上往楚宮中的路是兩隻腳走去的，我第二次走上往楚宮中的路是一隻腳拐著去的，而今，我只能用我的手掌，一步一匍匐地去了。但是滔滔天下，什麼是眞，什麼是假，失去信心的人只能做自己生命的浪子。而祢卻呼召我走一條難走的路。祢要我做獨自清醒著的人，祢要我做獨自不眠的人，我竟逐漸忘記了我也有爲自己而活的權利。但是，前路漫漫，世上還有一條路比這條路更長嗎？蒼天啊，蒼天，我要走多長的路，才能使人相信，在這世界上，在我們心裡，有一塊沒有瑕疵的美玉——蒼天啊，還有多長的路？

（他抱著璞玉而哭了，三日三夜，泣盡而繼之以血）

（此處可有日昇月沉，晝夜交替的動人燈光，卞和抱璞而哭的形象幾乎因此而具有一種恆久的、穿越時間的力量）

——太陽升起，照見我的眼淚，月亮升起，照見我的淚眼，我的號咷來自我的愛，我的淚水來自我的憂急。這是一個有人吹笛卻沒有人跳舞的時代，這是一個有人舉哀卻沒有人哭泣的時代。這是一個沒有人有勇氣相信，世界上還會有一塊美玉存在的時代。

我的淚水已經流盡——我只能流下苦膽的汁液。我的膽汁已經流盡——我只能流下沉重的血。啊，願我的頭化爲水，願我的兩眼化爲憤怒的泉源，好讓我晝夜爲我的國我的民而哭號。

（不知過了多久，有兩位朝中的官員走上，他們也可以是多年前的左右朝臣）

**官甲**：請問先生就是卞和嗎？

**卞和**：（垂首不動）是的。

**官乙**：如今朝中新君始立，傳聞有人在荊山之下抱璞而哭，就是你嗎？

**卞和**：是的。

**官甲**：（很有興趣地打量他）你的兩腿是怎樣殘廢的？

**卞和**：當年厲王即位時，我抱璞獻玉，無人相信，以爲是欺君，因而刖去左足

（似乎在敘述一件身外之事，只有懍然正氣，而無傷悲）

**官乙**：那麼，你的右腿呢？

**卞和**：武王即位時，我又抱璞獻玉，無人相信，以爲又是欺君，因而刖去右足。

**官甲**：你就是爲你失去的兩腿而哭的嗎？

**官乙**：天下被刖足的人很多呀，你也不必太過悲慟。

**卞和**：不，我不是爲失去的雙腿而哭泣，我爲這至今尚未被認識的美玉而哭，我爲這失去了信心的時代而哭——我再沒有多餘的眼淚來爲自己而流了。

**官甲**：你還願意再去一次楚宮嗎？你願意帶著你的玉再去一次嗎？

**官乙**：（善意的提醒）可是，你已經再沒有腿可以刖了。

**卞和**：我知道，我已經沒有足可以刖了！但是，讓我去！我要用我剩下的半截生命，見證這塊玉的眞實。

**官甲乙**：（輕聲地驚呼了一聲）卞和！（一同扶架起他，燈忽熄）

## 第九場

這裡，他們又來到楚宮。

**楚君**：你就是三次來獻玉的卞和嗎？

**卞和**：是的——但小人眞正獻玉的次數比三次多。每一個夜晚，每一個清晨，我期望著能向天下之人獻出它。

**楚君**：既然兩次都被判爲假玉，這次恐怕也難以成眞。

**卞和**：不然，小人刖去兩足，而仍然膽敢前來，小人是以頭顱爲憑的。

**楚君**：左右。

**左右**：臣在。

**楚君**：爲寡人喚玉人理玉。

**左右**：是。（入內傳呼玉人理玉）（玉人上）

**楚君**：請即爲寡人理玉。

**玉人**：是。（上前，自卞和手中接璞石，燈光固定在瑜兒身上，他現在已是一個壯年人，但他對師父的愛，卻濃厚得可以在一眼中發現）——

**玉人**：啊，師父，你終於來了。原諒我當年不告而別，原諒我多年的隱姓埋名。我等的就是今天。啊，師父，多少次我夢見我在爲你剖玉，醒來的時候被剖的卻是我慘傷的心。啊，師父，這一刻終於來到，讓我們向世人證明人間尚有眞玉，在無人認識的璞石之中，以及在人們的深心之內。（舉起鑿子）

**楚君**：且慢，玉人請詳爲寡人相玉，此玉既經厲王武王先後判爲僞玉，寡人唯恐有詐，白白的辱沒了斧頭。

**玉人**：（悲激地）小人願以雙足爲憑，不，小人願以頭顱爲憑，刀斧下處，眞玉必現。

（舉起斧鑿，鑿開石頭，一塊瑩白燦爛的玉便告誕生）

（一言不發，穿過驚愕的人叢走向楚王）

啓稟主上，此玉乃曠古未有之美玉，請先行謝天，再奉之於宗廟，以爲國寶。

（楚國君臣在簡單的儀式中謝了天）

**楚君**：卞和。

**卞和**：小人在。（忽然之間，他蒼老得不能辨認）

**楚君**：如此至寶，你要寡人以何物爲賜？

**卞和**：這樣的璧玉是上天生成的，小人怎敢要求賞賜——能使天下之人得識眞玉，小人於願已足。

**楚君**：你兩次獻玉，刖去雙足，寡人至少也應給你一些補償。

**卞和**：啓稟主上，小人所失去的並不只是兩條腿——小人所失去的無可補償。小人所遭遇的是老母的血淚，幼女的死亡。蒼白的歲月，火辣的嘲笑，不能容身於天地間的孤絕，以及遭誤解的淒涼。美好的璧玉被視爲石頭，忠貞的愛被看作虛謊——但是，我不要求來自任何人的補償。

當初，我在荊山之上掘得這塊璞玉的時候，這一切的痛苦都在我的預知之中。我一生的悲劇在於我懷有一塊玉，一塊不可信的、曠古未有的美玉。因此，我一生只能去做一件事，去把上蒼從開天闢地以來所賜下的「神蹟」，源源本本的帶來給世人看。我曾經恐懼這樣的命運，但是，我要說，如果我仍年輕，如果我有權利回到當初的荊山，掘得這樣的寶玉，我會再一次承受這樣的命運，我會再一次用我柔弱的肩膀挑起這一生的苦難，我會甘心地站出來，在這慣於「否定」的時代裡，爲眞理作「致命式的肯定」。

**楚君**：寡人既得此國寶將欲昭告天下，奉於宗朝之上（下）

**玉人**：（前跪，小聲）師父。

**卞和**：（驚訝而又諒解地）不要說——我什麼都了解——你能有今天——上天待我已夠仁厚。

**玉人**：師父，弟子只是一個喜愛眞玉的人。

（泫然，幾十年過去了，他仍然只想起孩提時期跟師父說過的話）

（一時之間，楚國的宮室彷彿矮了下去，卞和與瑜兒彷彿升高了）

**卞和**：哦，讓我們的名字和我們這容易衰殘的肉體都腐朽了吧！讓這神聖的美玉在人們心上傳遞下去。好讓人們在這殘缺的世界裡認識什麼是「完整」，在這污染的世界裡認識什麼是「清潔」，讓人們在這醜陋的世界裡認識什麼是「美麗」，好讓人們熄滅他們仇恨的、不信任的眼睛，讓他們終於驚訝而嘆息說：「是的，我願意相信，相信上蒼曾在人間賜下如此完整的神蹟。」

（幕下）

# 附錄：一塊玉的故事

今年春天，過完了三十三歲的生日之後，我忽然感到，我從來不曾如此深切地體會生命和生命的受難，我能夠感覺在我的三十三歲與基督的三十三歲（他在這一年釘上十字架）之間有某種神聖的繫連，當我的手中握著小女兒信賴的小手，我想到祂的手中擁有的是一枝釘透骨肉的長釘。當我在享受一個中產階級的美好晚餐的時候，我想到同樣健旺的食欲，祂卻只能飢餓地站在一棵一無所有的無花果樹下。

思想祂，使我不可遏止地想到全人類，在我忙碌的、被羨慕的生活裡，我無法不去思想作為一個「活著的殉道者」的意義和沉重。

有很長的一段日子我不想寫作，或坐在蒼白的冬林裡，或懾服於山奔海立的氣勢，或在清晨四時去看批發市場，站坐滿地的魚血水中，我思想著奇異的人生。寫作是莊嚴的，但生命更莊嚴。我是一個教員、我是一個妻子、我是一個母親、我又被人稱為散文作家和劇作家，但我從來沒有這樣珍視我的另一個身分，我猛然地發現，我是蒼天和大地間的一個「人」。以前沒有人能代替我，以後也沒有，我只能匆匆地活一次，我只有這一度機會，我渴望經歷我自己的每一分每一秒。基督只活過三十三歲半，就那樣成功地展示了一個人之為人的高貴和尊嚴，我因而確知，在某一個坎坷荒涼的山路上也必然有我自己的十字架。

幾乎是第一次，我發現做一個人是多麼歡愉的事，在健康快樂的時候我可以享受我的生命，在痛苦悲哀中我可以忍受我的生命，兩者都同樣地神聖肅穆而令人激動。儘管生命有那麼多殘缺，但做「人」真是一件大得足以震動諸天的事，僅僅做為一個好孩子或好父母，一個好學生或好老師是不夠的，我們活著，最大的成就，最原始也是最終極的成就在於去做一個「人」。我開始了解，對於做「人」這件事，我是整個地上了癮。

我願意我死的時候，有人在我的墓石上刻下一行「她是一個人」。「人」——就是孔子所說他唯一願意與之同住的一種東西，也是耶穌基督在浩莽的宇宙裡唯一願意為之捨命的那種東西。

於是，我想到要寫〈和氏璧〉。如果作品的優劣是和創作期間受苦的程度成正比的話，〈和氏璧〉無疑地是我所有作品中最好的一部。跟我所有的創作品一樣，〈和氏璧〉也是一罎老酒，酒質的芬芳香醇雖不敢預期，但我知道我必須把它放在心中貯上幾年，讓故事被釀造，讓其中一個一個的人物都走出來跟我說話，並且成為我的朋友，我深知我如果不曾與劇中人一同哭過，我就不能寫他們。

我所以急於寫〈和氏璧〉主要因為我覺得人活著，就應該是那樣的。這世界有太多「負數」，所以僅僅成為一個於人無害的「零」是不夠的，我們必須把自己掏成一個「正數」。生命是可貴的，甚至是可敬畏的，但還有一些比生命，比我們一己的百年之身更可貴更可敬畏的，那便是一些支持生命使生命可以活下去的東西。

農人可以種植，日光、土壤和水分可以提供必要的發芽條件，但真正使植物發芽的卻是一種不可言說的神祕力量。人可以活著，可以繁衍，但使人類綿延不絕的卻不僅是簡單的生殖行為而已。

如果勉強用有限的字彙來解釋，我們所需要的是一種更完美的動力，來運轉整個人類。那便是對「無限」的渴望，對生命本身戰慄的驚喜，對於美善的承認和嚮往，對理想的熱度，對陌生人群的關注，簡單地說，就是信、望、愛。

我在〈和氏璧〉裡討論信心。

我把卞和殘忍地投擲在一個懷疑的時代，一個否定的時代，一個由於憂懼，人人疑畏而不敢去冒險相信什麼的時代。但每一重「不信任」是一層繭，重重的不信任遂使人窒息了。

其實，我要寫的並不止是公元前七世紀卞和的故事，我所寫的是一九七四年你我的故事。

我差不多把主角卞和寫成一個傳教士的典型，他原來只是一個普通的玉匠，可是一旦發現了一塊稀世的寶玉，他立刻撐起了一代悲劇英雄的角色。他第一次去獻玉的時候，是用健康的雙足踏著楚國的大地而去的。第二次獻玉的時候，是一隻腳拐步而行的。但第三次，他已經沒有腳了，他只能一步一匍匐的去呈獻他所懷有的美玉。

世界上的確是有一些非堅持不可的東西，「玉」在〈和氏璧〉裡是一切完美事物的象徵。卞和一生的努力便在於使這種美善被接受。可是，大家不敢相信，對我們這些習慣受騙的人而言，「拒絕」也是很自然的習慣性的反應。

「肯定」必須和「否定」爭戰，「信心」必須和「懷疑」爭戰，「奉獻」必須和「拒絕」爭戰，誰能堅持，誰就是勝利者。

其實，十八歲的時候，誰不會談理想，年輕的日子，誰不曾懷有熱情，但以一生之久堅持一項真理，以雙腿作代價，以一生的幸福作賭注，並且長期的被誤解、處寒微、誰能以堪呢？

但卞和不能放棄他的玉，正如傳道者不能放棄道一樣。「堅持的本身」就是對於所「堅持的內容」的一項解釋。這種角色也許最後會被剝奪得只剩一副枯骨（並且是沾了泥濘的枯骨），但是他們絕不可能失敗。

所有的堅持力量無疑地來自愛，但更富韌性的堅持力量卻來自「信仰」，來自受天之託的「使命感」，來自一位值得為之「堅持」下去的對象（例如說，永存不變的上帝）。

〈和氏璧〉並不只是一齣舞臺劇，也不只是一塊玉的故事，而是每一個人一旦開始思索「人之所以為人」以及「人之既已為人」之後必然面對的問題。

誰來傳下一塊玉？在這沙礫的世紀。

# 第三害

## 時代

三國至晉

## 地點

吳國陽羨

## 人物表

**周處**　他是一個壞人，在少年成長的歡樂和痛苦中他是懵懂的、無知的、矛盾的、不穩定的，或者如他自己所說，是一個「自己跟自己犯了沖的人」。他的壞是一種破壞性的張狂，一種莫名其妙的想證實什麼的衝動，一種精力過溢而不知所事的胡作非爲——這些壞，到中年以後也許會變成一種有計畫的詭詐，一種老謀深算的陰險，只是，很幸運的，他還沒有走到那一步，雖然似乎也已經開始了一點。

他自小死了父親，陰慘的童年使他常不自覺地陷入恐懼，他總是感覺自己被遺棄了。如果我們能用更深切的同情看他，似乎應該更多看到他的不幸——而不是他的壞。

他眞正不幸的一次，是他忽然發現自己被所有的人遺棄了，他不知道怎樣活下去——當別人已經在內心裡爲他掘好了墳墓，判了死刑的時候。

他是一個可惡的、可恨的、可同情的，乃至可愛的可尊敬的人。其實，他也許什麼都不是，只是不多不少，跟你我一樣的一個人。

**周處母** 跟所有的母親一樣，她只是一個平凡的母親，一個迷信兒子的人。她當然有其缺點，但她也不見得是錯的。她寵兒子，永不反悔的信任兒子，但事實證明她也是對的。

**蕙兒** 一個女孩，跟著哥嫂過日子，她沒有什麼特殊的本領，除了縫補衣服，她是一個不顯明的，不容易發現的女孩，卻也是一個甜美動人的女孩。

**游子脫** 周處的朋友。

**王開碑** 周處的朋友。

**李斷橋** 周處的朋友。

**白額虎、蒼蛟** 像平劇中的動物，他們可以由人扮演，他們已被賦與若干人的形象。

**貨郎** 一個卑微無害的鄉民，專賣些胭脂粉和針線零頭等東西，他是個奇妙的人物，例如替張大嫂找兒子，替孫大媽留意一羣失落的雞，有時也替人算個命，或是傳個信，他是一個因爲活久了而活得很有技巧的人，所以，似乎是很快樂的。

**媒婆** 這個行業雖然漸漸式微了，卻也曾經十分輝煌，她在村子裡是很得意很重要的一個人，她自己也感覺到這一點，所以活得很威風。

**孫大胖** 賣酒的。

**謝二娘** 賣瓜的。

**吳書呆子** 販賣舊書文具的。

**衆人** 他們都是一些鄉民，一羣過日子的人。

**陸清河**　一個隱居的，有點超然世外的人，在一個時代一個地方能有同樣一個人是幸福的。他是精神上無形的中心，他幫助周處找到了自己。陸清河和他的兄長陸平原都是由於正言忤旨而不容遇害的，他們是一對躲避權利而並不躲避義務的人。周處後來能在朝中不避寵戚的糾劾，並在弦絕矢盡的戰事中授命沙場，未始不是受陸夫子的影響。周處甚至寫過一本今已佚失，但在古書中間接可見的「風土記」，亦皆出於陸氏的陶冶。

此外本劇中還有些幻象，是由一角兼飾的。

**甲**　周處父親的幻象由陸清河兼飾。

**乙**　某女人的幻象由蒼蛟兼飾。

# 第一場

一開場，周處獨坐在舞臺高處的一塊突石上，他的頭深埋在腿胯間，像一隻孤立的兀鷹。又像一個堅挺的、巨大的、神奇的黑蕾，不知要炸裂出怎樣的生命。

在舞臺其他的層次上，一場現代舞開始了，起先出來的是周處的母親、蕙兒、謝二娘和媒婆，然後是貨郎、孫大胖子、吳書呆子、游子脫、王開碑、李斷橋，然後是白額虎和蒼蛟，整個舞臺幾乎回到太古，人類又被原始的恐懼攫住了。

虎和蛟追趕著人羣，大部分的人是自私的，有時候，他們也理所當然地把別人當作自己的遮蔽。他們恐懼虎蛟，也彼此恐懼。

白額虎和蒼蛟可模仿平劇，他們實際上是虎衣人和蛟衣人，把這種古老樸拙的民間藝術搬上現代的舞臺，事實上是一種美妙和諧的再生。

忽然，他們全體仆倒在地，虎和蛟在他們頭上大加肆虐，然後離去。

他們漸漸甦醒過來，一個一個坐了起來，彼此敘述剛才發生的事。他們敘述的時候用的是比較誇張的動作——許多人都有這種習慣，用誇張來引起別人注意他們所說的話。

他們的敘述可用啞劇的方式進行，啞劇的手勢是很蒼涼的，他們叫得聲嘶力竭，口沫橫飛，他們比手畫腳——可是我們不聞一絲聲息。「無聲」使他們看來可笑又可憫。

周處從高處走下來，他很驚訝地穿梭在人羣中，他很想聽聽他們說些什麼。可是，他一出現，人們的闊論變成了耳語，他們都用詭祕的眼神望著他，使他益增困惑。他終於還是站在一個極近而又極遠的地方——跟一羣極親密而又極疏遠的人一起。

## 第二場

燈光乍換，這是一個古老的、小小的市集，有著一種古代商場的小趣味，孫大胖子佔據了一個很重要的位置，當風揭開他的酒罎子，又張起好幾面酒旗，他不時把酒舀出來，倒進碗裡，又煞有介事地倒回去，忙得什麼似的，無非想激起四溢的酒香，他一會自己吱吱咂咂地抿一口，一會湊著鼻子去聞一下，誇張地、極戲劇性的表示酒好得不得了。

**孫大胖**：香酒咧——酒香咧！好酒咧——酒好咧！（雖然四顧無人，他仍然興致勃勃地順嘴唸下去）不香不好不要錢咧，香掉了舌頭不管賠咧——（緊接著賣瓜的謝二娘也上場了，她挑著一擔瓜，自顧著歇了下來，舞台上不妨有兩個小孩買了瓜坐著吃）咦，謝二娘，怎麼幾天不見，你的臉又拉長了一截！

**謝二娘**：哼，我把他恨得牙癢，他們一夥也不知道有多少人摸黑藏在我的瓜園裡，白吃還不算，光糟蹋就糟蹋了幾十個，我跟孩子的爹起早趕晚的就圖那幾個瓜錢，全讓他糟蹋了。

**孫大胖**：咦，你說誰呀！

**謝二娘**：誰，還有誰！

**孫大胖**：哼，你算走運的，聽說他娘後來還賣了戒指賠了錢。

**謝二娘**：賠，賠得了錢可賠不了我的心啊，我那些瓜都跟自家兒子似的帶大的，眼看著花骨朵變成大花，然後變成小瓜，我是一個個都認得，一個個看著它長大的啊！我不恨山上的老虎，我不恨長橋底下的大蛟，老虎跟蛟再狠也爬不上岸來糟蹋我的瓜。凡是糟蹋了我的瓜的，我都恨不得宰了他。

**貨郎**：（上）喲，你們準是在說周處。（他是一個看來比年齡還老的，滿面油光、有一臉卑屈笑容的人，他不是壞人，他的立場是人多的一邊總是對的）這周處，我從小看他就不順眼，三歲定老大，我早就知道他不是什麼好東西！

**孫大胖**：這就怪了，你又看過他幾眼？

**貨郎**：幾眼？咱們明眼人也只要看幾眼就夠啦！你看，他走路就不對，我家兒子是一步一步走的，這個周處唯恐短命似的，是二步併一步跑的，我家兒子喝水是一口一口喝的，這周處呢？是仰著脖子骨碌骨碌灌的。還有，別人家的孩子，衣服總能穿幾年，他呢，頂多穿一季——不學壞哪會把衣服穿爛？還有，最可恨的，他打過我的兒子，打在鼻子上，我兒子如今一到陰天就鼻子疼，哼，我一到陰天就恨他入骨。

**孫大胖**：哈，哈，我倒聽過他老娘說，你兒子也推倒過她兒子，周處胳臂上到現在還是一塊疤，老夫人說一到夏天捲起短袖子她就特別恨你的兒子。

**書呆子**：（匆匆忙忙地挾著一把傘，一個布包，布包裡是些舊書和文具）哼，說起周處，他的眞壞處大概還是數我最清楚，你們不知道，他起小就不愛讀書，你想這不愛唸書的還有好人嗎？他不單自己不唸，還糾合著什麼游子脫、王開碑、李斷橋他們，把書也扔了，筆也折了，哼，我們陽羨這一帶地方，全是因爲出了這個禍害，文風都敗壞了，害得我生意都清淡了。

**謝二娘**：算了，別說了，我還是賣瓜要緊，（扯高嗓門）賣瓜——賣瓜——的溜香甜的甜瓜——去火平肝——的溜香甜的甜瓜——（又接著，吳書呆子一言不發把東西放好，忽然側頭看見瓜，禁不住跑過去搖頭晃腦一番）

**書呆子**：子曰：吾豈瓠瓜也哉，焉可繫而不食。

**謝二娘**：吳書呆子，你少跟我掉文，你識得的字，也不見得比我筐裡的瓜多——告訴你，我這不是瓠瓜，是甜瓜。

**書呆子**：噫，雖曰甜瓜，其理同也，亦應及時而食，時候一過就不好啦，嗚呼，時乎？時乎？

**謝二娘**：嗐，什麼十啊九的，一早就碰到你這倒楣的書呆子！

**書呆子**：噫！吾十五而志於學，聖人也不過如此，而今聖人冠軍是給孔子佔去了，聖人亞軍又給孟子佔去了，聖人季軍可該是我啦，你怎麼光天化日的罵我是書呆子呢？

**孫大胖**：哼，你呀，你離聖人遠著呢，你連聖人大門朝哪兒也沒摸清楚哪，罵你書呆子還嫌輕了呢，依我啊，還有更難聽的呢！

**書呆子**：還有更難聽的？那是什麼？

**孫大胖**：那叫書蟲——書蟲還不算——還有更糟的。

**書呆子**、**謝二娘**：更糟的？

**孫大胖**：是啊，更糟的叫書驢。

**書呆子**：嗚呼，三代以來，聖人之書，吾未嘗有不觀者，尚未聞有「書驢」者焉。

**謝二娘**：這書驢又是什麼來著？

**孫大胖**：這簡單，書驢就是讀書讀驢啦！（忽然，游子脫、王開碑、李斷橋大模大樣地走了過來）

**游子脫**：說得好，說得好，咱們弟兄別的好處沒有，要說書驢，可沒一個是書驢！眞的，掌櫃的，咱們弟兄全是好種，什麼書驢、書臭蟲、書跳蚤、書呆子是一個也沒有啊！

**書呆子**：哼，束書不觀，游手好閒，飽食終日，無所用心，難矣哉！難矣哉！

**王開碑**：喲——打哪兒來的酸氣呀，誰家賣泡菜不成。

**李斷橋**：我瞧瞧，我瞧瞧，這是賣什麼的？咦，泡菜倒沒見你賣，二哥，（順手拿起一枝筆和一錠墨）是賣「文屁」的。

**書呆子**：你瞎了眼了，這是文具。

**李斷橋**：眞的，二哥，他賣「文屁」！

**書呆子**：噫，天之將喪斯文也乎！天之將喪斯文也乎！

**王開碑**：怎麼樣，還是你三哥鼻子靈吧？我早就聞出一股又酸又臭的味道了。

**游子脫**：好啦，閒話少講，我說，孫五爺。

**孫大胖**：誰是孫五爺，我是孫大胖子，我娘可沒把我生做老五。

**王開碑**：喲——叫你五爺是抬舉你呀，你可聽過咱們大哥周子隱吧，鼎鼎大名的周子隱！

**孫大胖**：什麼周子隱？

**游子脫**：就是周處啊！

**孫大胖**：哎，鬧了半天就是周處啊！

**游子脫**：是啊！就是周處，咱們這大哥論家世，他爹生前做過太守，論腦筋嘛，他聰明得跟水晶似的，論身體嘛，他拳頭比別人硬，胳臂比別人粗，力氣更是大得嚇人，我看他眞能一拳打一隻虎，一腳踢一條龍！

**孫大胖**：我管你那麼多，反正喝得下酒的，喝得起酒的才是英雄。

**王開碑**：別愁，是英雄，全是英雄，這位是二哥游子脫，在下我嘛，是三哥王開碑！我別的本事不敢說，這一掌下去，開得了一塊碑。

**書呆子**：哼，我看哪，大不了是打破了個茶杯。

**王開碑**：好啊，你這賣文屁的，三爺我今天就拿你當茶杯。

**謝二娘**：哎，哎，（攔架）君子動口不動手。

**王開碑**：你別擋，擋了我打你——

**貨郎**：哎，哎，這位英雄，你沒聽說過嗎？好男不同女鬥！

**王開碑**：哦？（盯視貨郎）你可是男的！（一把將貨郎推倒在地，並欲上前摔瓜）

**謝二娘**：哎，哎，好人不同瓜鬥！

**王開碑**：哼！

**李斷橋**：唉！三哥，你別氣，你這一氣，把兄弟我也忘了介紹啦！來，來，諸位，（他的嗓子很尖銳刺耳，有點女性化）在下李四爺李斷橋，諸位不聞當年有個英雄叫張飛，張翼德的，他大喝一聲，震斷了一座橋，在下區區李四爺嘛，也有那麼一點本事，就是高叫一聲就能斷它一座大橋。

**貨郎**：咦，這倒奇了，這周圍一百里地，我哪一處不走到，可沒聽說哪裡橋斷了。

**孫大胖**：是呀，人家這位老爹哪一處不走到。上次我老婆走掉了一窩小雞，也是他找到的，人家可沒見過什麼斷橋。

**王開碑**：唉——這——你就有所不知了，咱們這位兄弟家裡開著油坊，闊得很哪！他娘見他一叫就把橋叫斷了，眞是又高興又害怕，樂的是生了個會一叫叫斷橋的兒子，怕的是有人不知道會掉下水去，那就罪過了，所以哪，就連夜叫長工把橋修好啦！

**李斷橋**：是啊，我一見，這倒好，所以光那一夜，我一高興就連著叫斷了十二座橋哪！

**謝二娘**：咦，我上次聽你鬼扯的時候，還只說是九條哪！怎麼又多了三條。

**游子脫**：哼，你哪裡知道，我們兄弟現在說的是最近的一次哪！

**李斷橋**：哼，這還不算什麼呢，我的氣功最近又進步啦！前天晚上，我爹罵我，我，我憋著一口氣，跑到大門口，這麼「吁」的一吐氣啊，喝！活活地把一口井給颳到籬笆外頭去了。

**衆人**：什麼？井給颳跑了？

**王開碑**：（生氣瞪眼，嫌李斷橋的牛吹得太大，這一次，想替他遮攔都沒有辦法了）

**游子脫**：（顯然地，他是這一羣人裡的參謀人物）唉！唉，眾位搞清楚，我這兄弟不太會說話，其實是這樣的：那天晚上，我們這位兄弟是一口氣把籬笆給吹到井裡頭來了，猛一看嘛，倒像是井給吹到籬笆外頭去啦——嘿嘿，就是這麼回事。

**王開碑**：怎麼樣，就憑我們兄弟四人的本事，叫你一聲老五也不屈了你吧？

**孫大胖**：不屈，不屈，只是你買我的酒，哪怕你叫我七爺、八爺我都幹。我看哪，可也用不著什麼二爺、三爺、四爺、五爺的了，出錢的統統是大爺，好吧？出錢喝酒的全是大爺！

（忙不及斟酒）

**游子脫**：咦，慢著，咱們兄弟可不能一大早讓壞酒染了舌頭，（裝模作樣的）我先來嚐嚐，這酒怎麼樣。（誇張地大叫了一聲）喲，你們來，你們都來嚐嚐，這倒是酒還是醋呀！

**孫大胖**：混帳！我家三代賣酒，可沒聽過這種混話！

游子脫：哼，老五呀，幸虧大哥不在，要是我們周大哥一口嚐到這種壞酒，他不飛腿往你心窩上踢一腳才怪呢！（他索性順勢踢了孫大胖一腳）

王開碑：唉，我來，我來，我來，（搶了勺子試喝起來）五爺，我說，這到底是醋還是豬餿水呀！（作欲嘔狀）哦——哦——我看，（又「試」了一勺）我也說不準，（又「試」了一勺）我看是像豬餿水了，眞是豬餿水，唉，五爺，你也眞不該，一大早是什麼事勾了魂了，把你老婆餵豬的餿水當酒抬出來賣啦！

李斷橋：唉，我來，我來，試酒我最靈，什麼乾白呀，什麼興紹呀，什麼麯大呀，什麼青葉竹啊，哪一樣我不精通哪，來，來，我試試——呃！（這一聲又尖又長，可惜不但不能斷橋，反倒有些不男不女）哎，天哪，天哪，這到底是豬餿水還是尿啊？（又「試」了一大勺）像豬餿水，（又「試」了一勺）也像尿——

孫大胖：（憤怒）是尿！

書呆子：（在一旁乾著急，他一直想試一下，但總是輪不著他，好不容易，他從旁邊搶了一口餘瀝）讓我試試！讓我也試試！

李斷橋：你要？

書呆子：是啊，讓我試試！

李斷橋：好！（把大碗酒往吳書呆子臉上潑去，大夥樂不可支）

游子脫：哼，待我去找子隱大哥，來嚐嚐這酒評評理，哪有給人這種砒霜水喝的道理？

王開碑：喂，不好，不好，咱們兄弟一場，怎好讓大哥受這個苦？

李斷橋：不行不行，大哥寡母獨子的，喝壞

了，周大娘可怎麼得了。

**游子脫**：哎，我說孫老五，今天便宜了你，我們暫且不罰你。（狡獪地轉移注意目標）改天再到咱們大哥那兒去領教訓。（他是個聰明人，他很輕易地使孫大胖子恨起一滴酒也沒喝的周處，反而忘了他）

**王開碑**：（靈機一動）我說謝二娘，你這瓜是甜也不甜啊？

**謝二娘**：（忖度對方來意）我——唔——我這瓜又臭又苦，一點也不甜。

**王開碑**：喂，兄弟們，聽著，謝二娘的瓜又臭又苦，賣不掉了，我們兄弟幫幫忙，替她吃了吧！

**游子脫**：說的是，我們兄弟最喜歡幫人的忙了！（搶了一個瓜）咱們大哥一向叫我們要幫人忙。

**王開碑**：來，看我的「開碑掌」！（果然，掌下處，瓜裂開了，他得意地揚起手來，他是把開瓜當開碑來陶醉的）

**謝二娘**：你們這些該死的，豬狗不如的東西，（痛不欲生的）你們上次半夜裡由周處那東西帶著頭偷了我的瓜園，我逮不著把柄，你們就得意了！今天居然光天化日來搶我的瓜了！哼，我拚著這條老命不要，也不受你們這口氣！（掙扎上前，一把剛好逮住李斷橋，便下死勁捏他的脖子）

**李斷橋**：喲，放手，放手，我的嗓子不好捏，捏斷了就不能斷橋了！喲，二哥，救命——

**游子脫**：（一把扯開謝二娘）你這婆子太無禮，我們兄弟一口瓜也沒吃，你憑什麼捏他？捏死了，誰賠命？有本事，現在就跟我到官府裡去！

**謝二娘**：好，去就去。

**游子脫**：官府裡上上下下我們人頭都是熟

的，怕你不成，沒聽說爲一個瓜殺人的。你也去這周圍一百里地打聽打聽，周處的兄弟誰敢動，你這老骨頭是活得不耐煩了。

**謝二娘**：（她滿舞臺亂跑，瘋狂地想搶回她的那些瓜，卻被他們伸腿一絆而倒跤了）皇天老爺！（坐地大哭）你也睜睜眼啊！這羣東西留他們在世界上糟蹋糧食幹什麼啊！

**游子脫**：喂，婆子，你說話乾淨點啊！

**孫大胖**：（氣結良久，忽然也被引發起來）我這是作什麼孽呀，一大早碰到這些短命鬼！（忽然跳起）我早就知道你們不是好東西。

**王開碑**：（故意地亮出拳頭和臂膀）你倒說說，你三爺渾身上下哪一根毛不好？

**孫大胖**：（有點畏怯，但不得不接下去）哼，哪有好人穿這麼寬的褲管？

**王開碑**：好，這容易。（四個人一起拿下頭上紮髻的帶子，把褲腳綁得緊緊的）你倒說，咱們壞，壞在哪裡。

**孫大胖**：你，（一時想不出來）你們——你們——留著這麼長的鬢角，不是壞人是什麼？

**游子脫**：好，兄弟們，這也好辦，（四個人沾點口水，把鬢角擦掉了一大半）你再看看，我們頭上寫著「壞」字不成，你憑什麼說大爺不好？

**孫大胖**：你們——你們爲什麼繫著黃腰帶，我們好人不興這個。

**李斷橋**：這有什麼難？來，一、二、三。（四個人一起把他們的黃腰帶解下，翻了一面，反面是和他們衣服同系列的暗色腰帶）

**游子脫**：哼，這下你沒話說了吧。

**大柱子**：（忽然摔了碗，大聲說）你們是打心眼裡壞起的，你們寬褲腳也壞，窄褲腳也壞。你們長鬢角也壞，短鬢角也壞。你們黃腰帶也壞，不是黃腰帶也壞。你們就是壞，你們打心眼裡壞——

**游子脫**：好啊，兄弟們，上，咱們今天不打得這東西鼻青臉腫也不算好漢——姓孫的，你聽著，這可是你自找的！

（三人齊上，謝二娘和吳書呆子、貨郎皆來拉架，當時書散了、瓜滾了、酒流了，李斷橋大喝一聲，可是沒有什麼斷，連條凳都沒斷）

**周處**：（他很莽撞地「闖」上了舞臺，他是勃發英朗的，但不知爲什麼，總有一種潛在不安的氣質，他發現自己的兄弟，有點生氣）住手！（停止打鬥的眾人倏然散開，舞臺中間站著狼狽不堪的孫大胖子，他看到周處，似乎想說幾句什麼話）

**周處**：（厭惡的，其實他不是厭惡孫大胖子，而是厭惡他弟兄們這些重複沒意思的把戲）別跟我說話！別跟我說理，我不知道我的兄弟做了些什麼，反正他們做的已經做了——就是做了，你什麼也不必說了，周處的弟兄做的就是對的！

**孫大胖**：什麼？（失望而怨恨）

**謝二娘**：皇天老爺，你怎麼不讓我遇上土匪，我倒寧可遇上土匪！

**周處**：過來，我有話跟你們說！（他把他們帶向一邊，蕙兒經另一方向上場）

**謝二娘**：（她似乎是第一個意識到蕙兒出現的）咦，蕙兒，你什麼時候來的？

**蕙兒**：我剛來，謝二娘，我來買針線。

**貨郎**：針線，針線——嘻，有，有。（和所有年老的重聽者一樣，一聽到跟自己有關的事，立刻敏感起來）

**謝二娘**：我說，蕙兒，怎麼老是見你買針線。

蕙兒：謝二娘，（一直到現在，蕙兒似乎才自她的平凡的地位中脱穎而出，煥發出某種特質）因爲世上就是有那麼多破了的東西。

貨郎：（討好地）蕙姑娘，我特爲給你留下白玉指環，你的手巧，戴了一定好看，你買下吧，我給你看個八字。

蕙兒：（沒說什麼，只是搖搖頭）

（忽然，周處那一伙人也注意到蕙兒了，由於她不是那麼艷麗搶眼，所以隔了那麼久才發現她的存在也就不足爲奇了）

周處：那是誰家的？

游子脫：這倒奇了，這不就是你隔壁方家的嗎？（無所不知地）她從小死了爹娘，跟著哥哥嫂嫂過日子，家裡窮的什麼似的！這女孩命苦，從小就替人漿補衣服過日子。

周處：怎麼？方家的蕙兒，怎麼我幾天不見，她就長得我不認識了？

王開碑：喲，大哥，我說，你不認識的女人多著哩——女人這玩意兒就跟蟋蟀似的，隨你怎麼玩，你玩過的總不及你沒玩過的多。

周處：（微慍）我看，你是黃湯灌多了。

李斷橋：糟了，糟了，二哥，你瞧大哥分明沒喝酒，可是比我們全都醉得厲害。

游子脫：你要是看上這一個那太簡單啦，這小門小戶窮人家的女孩，一點嫁粧也沒有，向來只有替人家繡新嫁娘衣服的，哪輪得到他們自己出嫁！

（蕙兒和貨郎其實就在不遠的地方，但不知爲什麼，他們在周處的眼中似乎有千萬里之遙，隔著一層奇異的光，他感到一種永不企及的絕望，貨郎好像又在勸蕙兒買些什麼手釧耳墜之類的小玩意兒，但蕙兒

微笑著搖頭拒絕了）

**周處**：哼，豈有此理，那麼漂亮的手腕子戴不起玉鐲，我要是有錢，我給她挑兩籮筐來！

（突然，舞臺暗了下來，一片紅光劈空而下，一個蛟蛇形的女子閃電似的出現舞臺上，她囂張而發狂的笑了，她的笑聲是攻擊性的，淫佚的、惡意的）

**女聲**：周處！（以下可用錄音效果處理）送我一個戒指！

**周處**：別叫我——你不可以叫我的名字！

（蛟蛇形的女人又笑了一陣）

**女聲**：怎麼，嫌起我來了，你跟我不是一樣的嗎？一個包子裡又捏不出兩種餡來。

**周處**：我不認識你！

**女聲**：哈，哈，哈，哈，你不認識我，誰又認識你啦！這世上又有誰認識了誰呀，這世上又有誰認識了誰呀？

（燈光恢復時，每個人仍在自己的位置，時空停止了，只有蕙兒顯得很突出的站在那裡）

**周處**：奇怪，這女孩讓我想起了我自己，別的女人讓我想起許多別的事，可是這個女孩讓我想起我自己——

（蕙兒踱著輕柔的步子，安詳的回去了）

**游子脫**：走啊！大哥，我們喝酒去！（眾聲吆喝下）大哥，快來啊！

（周處忽然顯得很孤單，似乎可以看出他和他的朋友不完全是一種人，燈光全黑下來，以上一段所有的燈光等於是周處的眸光——他的眸光在蕙兒消失時也消失了）

## 第三場

**媒婆**：（站在門口，試探性地叫了一聲）老夫人——老夫人。（看看沒人，也就自顧自地走了進來，由於她的職業，她變成了一個極世故的人，她有一種眼光，只要對面一望，她立刻就把對方的綜合總評價正確地算出來了，而經她評價相當的人，也就是她做媒的好對象了。她是一個丑角式的人，雖然說的都是正經話。她又是人人需要的一個人，但也是別人忍不住有些討厭的人。現在她一面走進來，一面搖頭嘆氣）唉，眞是愈來愈像是「眞」窮了，天哪，上次來，還算有個應門的小傭人，這次呀，乾脆連傭人也不要了，眞正是窮得只剩四面牆，頂著個太守府的空名字了。我看，她這檔子家業，也禁不起周處幾糟蹋就沒了。

**老夫人**：（慢慢地從裡面走出來，她是一個乾淨俐落的老太太，其實並不老，因爲她才四十歲，但寡居的歲月爲她敷上一層嚴霜，她的太守夫人的身分使她不能忘記那一點矜持，兒子的急速成長又逼使她把自己縮到「老年」的圈子裡去）哎，是劉媒婆呀，我等了你大半天啦。

**媒婆**：周少爺出去了嗎？

**老夫人**：出去了，出去了，我一早就把他打發走了，我們兩個好說話——

**媒婆**：哎，他出去就好——不然，我這句話倒也不方便說。

**老夫人**：哎呀，你是說，說中誰家閨女了？

**媒婆**：喲，老夫人，咱們做媒婆的，說成了媒還有什麼不好意思開口的，我說不方便是因爲沒說成啊！

**老夫人**：（微失望）又是不成？

**媒婆**：老夫人，不是我說，我看你們少爺要想說媒可也難。

**老夫人**：難？我兒子不瞎不聾，除了他爹是一輩子清官，什麼也沒留下來，所以窮點，別的還有什麼不好。

**媒婆**：喲，不瞞你說，昨天，我上王家去說媒，你猜王大娘怎麼說？

**老夫人**：怎麼說？

**媒婆**：她說她女兒嫁給誰都無所謂，她只有三不嫁。

**老夫人**：三不嫁？

**媒婆**：是呀，第一不嫁南山上白額吊睛大老虎。

**老夫人**：唔——

**媒婆**：第二不嫁溪渚長橋底下吃人的黑蛟。

**老夫人**：第三呢？

**媒婆**：第三不嫁城西的！

**老夫人**：城西的——

**媒婆**：城西的周處！

**老夫人**：（勃然色變）這是什麼話！

**媒婆**：夫人，您請恕我放肆一句，我年紀也有一把了，向來做媒沒有不成的。李家姑娘說不成，說張家的，張家姑娘說不成，說何家的，頂多五、六次，總說得成的。從來沒看到像周少爺這樣的，說了十來家，腿都快跑斷了，也沒誰家肯把閨女嫁給他的！這個媒，我看是難做了！

**老夫人**：哼，他們太勢利了！（忽然傷感起來）要是他爹在，就好了。

**媒婆**：話也不是這麼說，老夫人，大家嫌的不是他沒錢沒勢。

**老夫人**：除了沒錢沒勢，我的兒子還有什麼不如人的？

**媒婆**：老夫人，老實說，這事情也是明明白白放著的，周少爺整天吃飽了就在街上晃，他那些朋友，哪一個是好東西，有誰敢把女兒嫁給一個壞得出了名的人。

**老夫人**：（口氣弱下來）都是那個游子脫，整天帶著他不學好——其實，處兒這孩子就是老實，容易吃別人的虧。

**媒婆**：嘿，嘿，這倒巧了，不瞞你老夫人說，（殘忍的）游子脫他娘也是這麼怪周少爺的！

**老夫人**：罷了，媒婆，我兒子自有人嫁的——這兩錢銀子你拿著去換個鞋面吧！也難為你跑了那麼多路。

**媒婆**：（接錢）不是我說，老夫人，經我跑過腿的，要是跑了十家還沒人答應，這人就根本別指望成婚了！

**老夫人**：改天我託人到鄰縣去找！

**媒婆**：鄰縣的人就沒嘴沒耳朵了嗎？他們就不會託人打聽了嗎？

**老夫人**：我就不懂處兒這孩子已經壞得沒人要了，他大不了是不愛唸書，喜歡打打架——可也沒打死什麼人啊！

**媒婆**：哼，誰不護著自己的兒子，你忘了，去年在王家酒館，他跟人爭風吃醋，把李家少爺的骨頭都打斷了兩根，後來敷了半年膏藥才好的！

**老夫人**：那也不能怪處兒，李家那兒子當眾調戲王掌櫃的女兒，處兒看不慣，才教訓他的。

**媒婆**：好，還有上個月，他忽然想去打獵，帶著一批人馬，把張員外的田踏壞了二十畝——唉，老天爺有眼，糟蹋糧食可是不得好死的啊！

**老夫人**：唉，我也問了他，他說那天太陽太好了，草太綠了，他騎著馬快跑，根本就沒有看見腳底下有稻田，他只當是草——後來我們還是賠了銀子。

**媒婆**：算了，他的一張嘴倒是會說，老夫人，你得空且盤問他一下，這村前村後酒館裡的姑娘，他哪一個不是跟人家混得爛熟的。

**老夫人**：那是那些女人下賤，喜歡找他——

**媒婆**：也看人啊，那些女人怎麼不找我。

**老夫人**：唉，這孩子命苦，從小死了爹，她奶奶寵得什麼似的，我也不敢大管，可是他總歸還是個好孩子，唉，我這話，說了也沒有人信——他總歸還是好的——像一只桃子，爛得了皮，爛得了肉，可爛不了核兒。

（忽然周處冒冒失失地走了進來，他站在近臺的地方，那是另一間屋子，他剛站穩，忽然打了一個噴嚏）

**老夫人**：啊，他回來了，我聽見他在房裡打噴嚏——他一定病了，我昨天還在罵他不該穿那麼少。

**媒婆**：哼，他這噴嚏才不是穿得少弄來的。

**老夫人**：那是怎麼來的？

**媒婆**：這些天村子東邊來了一個雜耍班子，班子裡有個姑娘長著一雙桃花眼，腰身靈巧得跟條水蛇似的，那姑娘這兩天感了風寒，周處這噴嚏準是從她那兒傳過來的。

**老夫人**：（對這複雜的推論一下還有些困惑）什麼？你怎麼知道的？

**媒婆**：唉，你不想想我是吃哪一行飯的，我哪件事不知道？

**老夫人**：（眞的有點不放心了）處兒，是你回來了嗎？（她隔著牆壁叫，聲音遼遠而空虛）

**周處**：是的，娘，是我回來了。

**老夫人**：你剛才在做什麼。

**周處**：沒做什麼，娘，我只是打了個噴嚏。

**老夫人**：我叫你多穿點，你看，可不是惹了風寒。（她還是堅持周處只是受涼，這樣她心裡好過點）

**周處**：我好好的，娘，我穿得夠多了。

**老夫人**：胡說，好好的怎麼打噴嚏。

**周處**：我不知道，好像是隔壁炒辣椒，我一嗆，就打了個噴嚏。

**媒婆**：你看吧，他心虛了，他在瞎扯，他不敢跟你說老實話。

**周處**：娘，你說什麼？

**老夫人**：我沒說什麼，家裡來了客人，也不是什麼外人，是劉媒婆，你出來見見吧！

**媒婆**：（忽然提高了嗓子）不麻煩了，我還有事，我先走了！（旋又壓低聲音）老夫人，你小心查查，那女孩子不是什麼好東西，日子久了，事情就麻煩了，那時候要斷就難了。趁現在，還只從那女人過了一個噴嚏——

**老夫人**：（也許由於恐懼，她忽然不耐煩起來）別說了，你好走，我不送了。

**周處**：（由於他服從了母親的話，想要出來見客，所以這段話全被他聽到了，他很生氣的一把扯住媒婆）你，你，你這臭婆娘，別人打一個噴嚏，你也能扯出一籮筐話來！

**媒婆**：（誇張地）老夫人，老夫人……

**周處**：（不屑地推了媒婆一把）滾！

**媒婆**：（打了一個踉蹌，當然周處事實上也沒眞用力，媒婆站穩了，很快找到了自我解嘲的話）唉，要是人人都像周處大少爺沒人要，我這碗飯也就別吃了。

**周處**：滾，滾，哼！大丈夫何患無妻。

**老夫人**：（送走了媒婆）唉，（幾乎哭了起來）孩子，你爹就你一條命根子——

**周處**：（他很悲哀地望著母親，他爲母親而難過。她一生就只靠那幾句話而活下去的。他也爲自己悲哀，爲這一切不能改變的形式悲哀）

**老夫人**：你別動，娘去給你熬薑湯，喝下去發點汗就好了。

**周處**：娘，我沒著涼，你看我剛才還熱得流了汗，娘，你不用費心煮薑湯了。

**老夫人**：流了汗，流了汗還說沒病，我看是發燒了——

**周處**：娘，我沒發燒，你看我額頭涼涼的。

**老夫人**：涼涼的，涼涼的更糟，燒不出來更麻煩。

**周處**：（憤然）爲什麼就沒有人可以相信我是好好的。

**老夫人**：孩子，（遲疑而暗昧的）身子可要好好愛惜。

**周處**：（忍耐）知道了，娘。

**老夫人**：別跟不正經的女人來往。

**周處**：娘，你放心吧。

**老夫人**：（忍不住試探性地問了一句）聽說村子東邊來了個雜耍班。

**周處**：到處都有雜耍班。

**老夫人**：雜耍班裡的女孩子都不是好東西。

**周處**：娘，（一種被挫辱的憤怒）爲什麼你聽她的，不聽我的！

**老夫人**：我去熬薑湯了。（下）

（舞臺有短暫的沉默和黑暗）

**周處**：娘，我要的不是薑湯，我的病也不是噴嚏——娘——（又過了一會，老夫人把薑湯送上來了）

**老夫人**：趁熱喝吧，孩子，喝了就好了——可憐你爹就你一條命根子。

**周處**：是的，娘。（無言地接過薑湯，看著母親離去，等母親走了，他突然跳身而起，把一碗薑湯全倒了）我從來不認識什麼鬼雜耍班的姑娘，但是，爲什麼他們根本不相信我。這眞是一個奇怪的世界，有的人愛你，有的人討厭你，但是不管人家愛你還是討厭你，總之，你連關上門自己打個噴嚏的自在都沒有。有人這樣解釋你，有人那樣解釋你——反正就沒有人肯讓你自己是你自己。

蕙兒：（氣急敗壞地闖入）周大娘，周大娘！（急促地喘著氣）

周母：什麼事？蕙兒，你怎麼了？

蕙兒：周大娘，（驚魂未定）我，我，我遇上了強盜……

周母：什麼？（拉過蕙兒加以撫慰）你沒吃什麼虧吧？

蕙兒：沒有，他只是搶了我的針線——我嚇死了，他蒙著個臉……（慢慢地才哭了出來）

周母：這年頭眞不像話，光天化日的，也會有強盜，還好，只搶了一點小針線。

蕙兒：周大娘，我對不起你……我不知道該怎麼辦才好……

周母：你哭什麼呀，你又怎麼對不住我了……

蕙兒：那強盜把我的鞋樣也搶去了，就是上次您借我的鞋樣，就是周老伯當年畫的那幅鞋樣，我怎麼辦呢？周大娘……（又忍不住哭起來）

周母：怎麼？該死的，他們搶那幅畫做什麼……（生氣，而又不便啓齒，不勝懊惱）

蕙兒：我那一雙鞋面本來就要繡好了，只是有幾針不知該怎麼繡，想拿來請教大娘，沒想到連針線帶畫都給強盜搶走了……

周母：唉，算了，想開點，只要人沒吃虧就算了……

游子脫：（此區燈滅，燈光打在周處的房間）喂，周大哥，（試探地，聲音壓得很低）周大哥在不在？

周處：子脫，幹什麼？（微嫌厭煩）

游子脫：你看，我給你弄了個好東西來了……

周處：（不感興趣）什麼好東西？

**游子脫**：哼，我這可是費盡心血弄到手的，要不是做兄弟的有這副腦筋，這副身手，你哪有這個現成的福氣好享啊。

**周處**：唔——

**游子脫**：你看，這是什麼？

**周處**：繡花綳子？你弄這個來幹什麼？

**游子脫**：嗐，這個綳子可不是尋常的綳子啊，這是我攔在路上做強盜從蕙兒姑娘手上搶下來的。

**周處**：（忽而變色）你把蕙兒怎麼了？

**游子脫**：哎——你放心，咱們兄弟一場，我怎麼敢動大哥的人哪，大哥的人，就是大嫂哪，我除了搶她這點東西，連她一根毫毛也不敢傷啊！

**周處**：你弄這包東西來做什麼？

**游子脫**：唉，我說大哥，你白長了一身膘肉，怎麼一點腦筋也沒有，你打今天起，整天拿著這雙鞋面，到處張揚，就說是蕙兒送你的，又說蕙兒對你多有情多有意的，弄到後來，一個傳兩個兩個傳四個全村的人都知道了，蕙兒她就非嫁你不可啦！

**周處**：（很為他的計謀吃了一驚，但他本能上厭惡起來）胡說，我周處還沒弄到那地步，女人只要不瞎眼，還是會嫁我的，我犯不著去搞這套把戲。

**游子脫**：我這真叫多管閒事，大哥要是看不上眼，我這就拿回去。

**周處**：（猶豫）你放著——花倒繡得好——

**游子脫**：不是我說你，大哥，憑你這兩手，可怎麼弄女人！

**周處**：你給我閉嘴！

**游子脫**：好，我閉嘴，可是蕙兒剛被退了親，你要不要聽啊？

**周處**：什麼？

**游子脫**：其實，只要你大哥吩咐一聲，那蕙兒哪怕訂了十個親，我們也能把她綁來，不過現在好了，男家嫌她窮，把婚給退了。

**周處**：你怎麼知道。

**游子脫**：你這才知道你兄弟的好處，（起身告退）我得走了，你要知道你這兄弟辦起事來可抵得一個諸葛亮哪！

**周處**：子脫！（他追出門去）

（由於他一時情急，喊得太大聲，驚動了母親和蕙兒他們也跑出來）

**周母**：你，你，你不躺著，你跑出來幹什麼，（可是她的憤怒一下就消失了，她又重拾那種溫軟的語調）快別吹風了，進來進來，我又給你熱一碗薑湯，你再喝一碗，馬上就好了。

**周處**：（一言不發地走進屋來，看母親去弄薑湯，母親走後，他和蕙兒相對站著，他猶豫了一下，把身後的小包遞給了蕙兒）

拿去，這是你的（他也自覺這種口吻不對，他發現自己的嘴似乎跟自己的意志作對，把一句話說得那麼乏味）——花倒是繡得好！

**蕙兒**：（忽然激怒）什麼？是你？好了，現在乾脆強盜也敢做了！

**周處**：閉嘴！誰說我是強盜，我只是把你的東西給你。

**蕙兒**：不是你搶的，你怎麼有的。

**周處**：你別管。

**蕙兒**：（氣呼呼地找到鞋樣，很慶幸東西都無恙，她憤怒地把鞋樣舉起）你知道這是誰的手筆？

**周處**：不知道。

**蕙兒**：這是令尊大人當年的手筆。

**周處**：（斂容）唔——

**蕙兒**：沒想到你搶的是自家爹爹的東西吧！

周處：告訴你不是我搶的。

蕙兒：不是你也是你一伙的人搶的。

周處：老實告訴你——要不是你生氣的樣子也這麼好看，我就要揍你了！

蕙兒：（哭起來）我沒想到你完全變了，你跟小時候不一樣了。

周處：你還記得小時候。

蕙兒：我記得，可是我越記得就越不認得今天的你……

周處：我也記得。

蕙兒：你不記得！

周處：我當然記得，我一輩子沒做過幾天好人，也沒做過幾天好事，所以小時候那幾件事記得牢牢的！

老夫人：（上）怎麼，不是好人還神氣是不是？快喝下去。

蕙兒：大娘我回去了，剛才有人撿到這包東西，送了來，大概嫌不值錢！

周處：（感激地望了她一眼，蕙兒避開了他的眼光）

老夫人：（高興地拿起）真的，沒想到掉了東西還能撿回來，真是謝天謝地！我可得要好好收著。（拿到一旁去收好）

周處：（送她到門口）聽說——馬家的人退了婚——

蕙兒：你管你自己的事。

周處：這就是「我自己」的事——我告訴你，幸虧馬家的退了婚，要不然我也有本事打得他退婚。

蕙兒：哼，多硬的拳頭啊！你要打得陽羨地方的女人一個個都嚇得嫁了你才好呢，我看就算你把自己劈成兩個，一半做男人一半做女人，你那半的女人，也不會肯嫁你這半的男人！（下）

周處：（一時愣在門口，回不上話來，又生氣，又驚愕）

**老夫人**：怎麼，已經是立了秋的天氣，站在門口吹風，你不要命啦——薑湯喝下去！

**周處**：哦！（掉了魂似的，一口氣喝了）

**老夫人**：（看他喝了，又有一番說辭）慢慢喝呀，可別嗆著——唉，我有一件事要跟你商量，現在立了秋了，等過兩天，你的小病好了，我想讓你再去唸書。

**周處**：我唸什麼書，我都二十三歲了，而且唸書又怎麼樣，唸出個吳書呆子又怎麼樣。

**老夫人**：話不是這麼說，你爹唸書可不就唸得好好的，而且，最近我聽說陸平原跟陸清河兩位先生到陽羨地方隱居，這兩兄弟都是大有道德學問的人，我要是持著你爹跟他們當年的交情去求他，說不定他肯收你做弟子，不過問題就在你肯不肯學了。

**周處**：我不學，我好好的，我要學什麼！我又不想去混官府的飯吃，我唸什麼書，你就不能讓我是我自己嗎？這乾坤之大就沒有人讓我可以是我自己嗎？

**老夫人**：好！好，不學，不學，你先躺著，等發完了汗再說。（以無限的耐心，找了藉詞匆匆下臺）（忽然間，燈光變幻了，觀眾進入周處內在的，連他自己也不甚明瞭的世界，一個模糊的形象，或僅僅是一個聲音出現了，這形象是他記憶中的父親，也是他未見面的陸清河）

**形或聲**：可是連你自己也是啊，連你自己也沒有讓你自己做你自己啊！

**周處**：（遽然一驚）誰？你是不是爹？你說什麼？

**形或聲**：我說，就連你自己也沒有讓你做你自己啊！

**周處**：其實，我不知道什麼是我自己。

**形或聲**：很少有人知道。

**周處**：我好像是快樂的，可是我又是悲苦的。我好像愛著每一個人，可是我又恨他們。我好像活得很熱鬧，可是我又是孤單的。我嘻嘻哈哈什麼都不在乎，可是我又是嚴肅的。我過得比誰都興致勃勃，可是我的生命又是最黯淡的——我不知道我自己是怎麼回事。

**形或聲**：你不快樂嗎？

**周處**：我是一個一直在尋找快樂，下決心快樂，賭著氣要快樂，可是始終還是沒有快樂起來的一個人。

**形或聲**：前不久你去打獵。

**周處**：是的，可是我一提起那血淋淋的東西，我就想起我不單是一個神氣的獵人，也是一個可憐的獵物。

**形或聲**：昨天你去喝酒。

**周處**：是的，但是我覺得我自己也像一罎酒，我的芬芳有一天要消失，我的分量有一天要揮散，有一天，有人要尋找我，卻只能找到一只空空的酒樽。

**形或聲**：你怕死？

**周處**：是的——但我也怕活，活是一件艱苦的事，死是一件殘忍的事——我不知道我更怕哪一個。

**形或聲**：你有很多朋友。

**周處**：我不知道我有沒有。

**形或聲**：你喜歡賭，你輸了不少錢。

**周處**：我眞正輸掉的還不止是錢，那是我自己。

**形或聲**：你喜歡破壞。

**周處**：我不知道爲什麼，我老想做點不該做的事——做不該做的事至少有一種短暫快樂。

**形或聲**：你跟很多女人要好。

**周處**：沒有，這世上沒有誰跟誰要好。（倏然一驚，覺得這話似乎從什麼人聽過）——奇怪，這句話是誰告訴我的，「這世界上沒有誰認識誰，也沒有誰跟誰好。」——你是誰？（形或聲在朦朧的光影中消失了）爹，是你嗎？

**形或聲**：不要問我是誰，問你自己是誰。

**周處**：（頹然坐下，良久，捧起薑湯的碗）娘，沒有什麼薑湯可以治我的病，娘，我不知道到哪裡去找一根針、一條線，把我重新縫起來。娘，我不知道世界上爲什麼有那麼多破了的東西，（其實他這句話也是受一個女孩子影響而說出來的，但也許影響太深，他反而不覺得有任何不自然了）娘，我也是破的，我是一個自己跟自己犯了沖的人，誰把我縫起來，我也是破的！我不知道是我把這個世界撕破了，還是這個世界把我撕破了——我只知道我需要一雙手把我縫起來，誰來把我縫起來，我也是破的！

## 第四場

這一場自混亂的耳語開始，耳語在這裡差不多是邪惡的，因為這種耳語是一種專斷的判辭，比一切的專制更專制，因為是一種祕密的判決。而這一天在熱鬧的市集上，他們把周處的評價議定了。

他們的動作扭曲而誇張，像上了發條的彈簧人，配音不妨用高速的錄音帶轉動，時停時作，看來滑稽突梯而簡直不像真正的人。

**周處**：（對自己的兄弟咆哮）他們到底在說些什麼？

**游子脫**：大哥，別急，我們正在打聽。

**李斷橋**：（繞著羣眾走，想竊聽一番，卻不幸僅僅迎上了劉媒婆的一個淋漓的噴嚏）

**周處**：老四，你聽到什麼？

**李斷橋**：我，我，我聽到劉媒婆打了一個噴嚏。

**周處**：什麼？你就聽見一個噴嚏嗎？

**李斷橋**：大哥，（囁嚅）我的喉嚨是遠近出了名的，可是，可是，耳朵並不怎麼樣。

**周處**：（自己走向前一把拖出書呆子）你說。

**書呆子**：說？說什麼？

**周處**：你們在說什麼就說什麼。

**書呆子**：我，我不敢說。

**周處**：你怕什麼？

**書呆子**：我，我，我怕——怕說。

**周處**：你怕說——你就不怕不說了嗎？（游子脫在一旁用扇子頂起吳書呆子的下巴）

**書呆子**：我，當然也是怕的……

**周處**：（其他三人也一起湊上）你到底說不說。

**書呆子**：我說，我說——

**周處**：放開他！

**書呆子**：他們說，陽羨地方最近出了三害。（羣眾爲這句話大吃一驚）

**周處**：三害，什麼三害？

**書呆子**：一個是南山頂上白額吊睛大老虎——那老虎最近吃了好多人。

**周處**：老虎算什麼！還有呢？

**書呆子**：還有溪渚長橋底下有一條蒼蛟——吃人也吃得個多。

**周處**：唔——還有呢？

**書呆子**：還有什麼？

**周處**：還有第三害啊！

**書呆子**：第三？我沒有說第三。

**周處**：你說的，你說陽羨地方上出了三害。

**書呆子**：（幾乎哭了出來）我想不起來了，我忘了，我不知道第三害是什麼。

**游子脫**：（打圓場）算了，大哥，饒了他吧！管他第三害是什麼，（他似乎有點明白了）只要不害到咱們頭上來就算了。

**貨郎**：是啊，（熱心地）我敢說那玩意兒是害不到你頭上來的。

**周處**：地方上出了禍害，爲什麼不來找我？

**書呆子**：因爲，因爲，老虎跟蛟太厲害了，大家根本沒想到有誰能殺虎斬蛟的。

**周處**：別人當然不能，但是我周處一身力氣，哪有什麼不能的？

**孫大胖**：可是，天啊！這不是打架，我們說的是山上的老虎，水裡的蛟龍啊！

**周處**：什麼？你的意思是說連我周處也不敢去？（勃然而怒）

**孫大胖**：我知道你敢去……可是……可是……

**周處**：可是，我雖然敢去也對付不了，是嗎？

（一把揪住發抖的吳書呆子）

**孫大胖**：我……我……饒命，周爺，饒命……

**周處**：（摔開孫大胖子，忿忿地走了）

**王開碑**：大哥，（追上去）你上哪兒去。

**周處**：我回去拿爹留下的寶劍！那把寶劍的鋒口好。（急忙下場，其實他決定之初，也無所謂動機，只是一種年輕男孩慣有的對具有挑戰性的事物的自然反應）

**貨郎**：他要做什麼？

**謝二娘**：他又要做什麼？

**孫大胖**：完了，完了，這東西又要不幹好事了！

**媒婆**：大家快去看看啊，不得了啦，周處嚷著要拿寶劍，不曉得要幹什麼啦！

（媒婆是那種無風也能興浪的人，偏偏羣眾都受她的影響，古老沉悶的鄉間唯一的娛樂就是找個非常的人來看看，也就顧不得殘忍的逼視裡有沒有不仁厚的成分了）

（在羣眾的亂嚷和詢問間，這一場戲結束了）

## 第五場

周處的母親和蕙兒正在研究一筆墨蘭該怎麼繡才好。屋子裡只有畫、繡線和繡花綳子，氣氛溫柔而祥和。

**蕙兒**：大娘，我想走了。

**老夫人**：怎麼？

**蕙兒**：我怕周處大哥就要回來了。

**老夫人**：你放心，他才不會回來呢，唉，還是生女兒好，哪會野得這樣成天不見人！

**蕙兒**：大娘，您也別發愁，我看他做壞人也做得不太快樂，眞的，他做壞人做得不快樂，說不定哪天做煩了就不做了。

**老夫人**：是啊！我也是看他做壞人做得不快樂！

（忽然周處氣喘吁吁地跑回家裡，一副唯恐跑慢了就來不及殺虎斬蛟的樣子）

**周處**：娘，爹的那把寶劍在哪裡？

**老夫人**：（被他沒頭沒腦的話嚇呆了）天哪！我是作了什麼孽，你要寶劍幹什麼？你說，你要幹什麼？

**蕙兒**：（本想走避的，但也不免被這緊張的場面怔住了）

**老夫人**：又是什麼人惹火了你了？

**周處**：唉，你們爲什麼礙我的事呢？（一把搶到寶劍，忙不迭地抽開，試試鋒口，滿意地點點頭）還好，還鋒利。

**老夫人**：你爹的寶劍是當年作戰用的，你不能拿著它平白傷人。

**周處**：娘，你放心，（故意走到蕙兒面前）你們知道，我這一去是幹什麼的？

**蕙兒**：（忍不住有幾分好奇——即使對一個她所討厭的人）

**周處**：哈、哈、哈、哈，我這一去要殺一頭老虎，你們聽說過嗎？南山上出了一條白額吊睛大老虎！

**老夫人**：處兒，你瘋了！

**周處**：等等，我還沒說完呢，這是第一害，殺完了老虎，我還要去殺蛟，那是第二害，你們知道嗎？就是溪渚長橋底下的黑蛟！

**蕙兒**：周處大哥，你……

**周處**：（一看女人們被他嚇倒，更為得意了）娘，蕙兒，你們繡得這個梅花、蘭花都不好，等我殺了虎斬了蛟回來，畫一幅周處殺虎斬蛟圖給你們繡，那才好看呢！

**老夫人**：傻孩子，那老虎又不是花貓，那大蛟又不是小蛇，你哪裡鬥得過他們，你這不是去送死嗎？

**周處**：哼！娘，你別愁，我殺了老虎，剝了虎皮送給您老人家，（斜視蕙兒一眼）要是殺了蛟，蛟皮就是你的——不過你可得給我做一雙鞋。

**蕙兒**：（負氣）我不要你的蛟皮，我也不給你做鞋。

**周處**：你非要那張蛟皮不可，你也非做那雙鞋不可，我要是活著回來，你的鞋也該做好了，要是死了，我這話也算數，你不給我穿雙新鞋，我可不閉眼睛，嘿！別怕，我這話是嚇你，我才死不了呢！娘，蕙兒，我走啦！

（他奪門而出，很快地消失了）

**老夫人**：完了，我守寡了這麼多年，就指望他成人，他簡直一點心肝也沒有！

**蕙兒**：大娘，您也別哭了，好在他也不是去做什麼壞事……

**老夫人**：唉！蕙兒，說來也不怕你笑，他成天不學好，我當然生氣，可是，可是，他眞的好過了頭我也不願意，他這一去，八成是送命的……

**蕙兒**：大娘，我們快去攔攔他，也許還來得及。

**老夫人**：說得也是（急忙趕去）。

## 第六場

大家擠在市集上談論未休，場面和第一場很類似，有大人，有小孩，孫大胖子在表演倒酒的技術，市場上一片熙攘，似乎大家都忘了地方上的三害，忽然媒婆興奮地跑上來，她善意地大聲叫著。

**媒婆**：大家快跑啊！我已經看見周處那東西回家拿了寶劍來啦！我還聽見他說那把劍的鋒口好啊！

（周處果眞來了，羣眾幾乎要跑，但他們又害怕又興奮，忍不住滿腔好奇，所以便採取折中的方式，退到一個角落裡去，迎著周處的只有他的三個兄弟，他們把他圍住）

**游子脫**：咦，大哥，我說你是發了什麼傻勁哪？咳，咳，（小聲）那大蟲大蛟礙著我們什麼呀！

**王開碑**：唉，唉，大哥，那山上的老虎，水裡的蛟，要吃也無非吃那種跑不快跳不遠的。像我們兄弟這副身手，那老虎哪怕餓得眼睛冒火，也不敢打我們兄弟的主意啊！

**李斷橋**：而且，老實說，我看這些人沒有一個順眼的。讓老虎吃掉幾個，大蛟勒死幾個也是活該的。我呀，我只恨這頭老虎跟那條大蛟的娘沒有一胞多生幾個老虎幾條蛟，要是有十隻大蟲十條蛟，讓牠們分批出動，把這批人吃個精光才好！

**周處**：（好像第一次，他了解他所交的是哪一種朋友）可是，我們當初結義的時候不是說好的嗎？我們不是說好「四個人一條心，專打抱不平，有害歸我斬，不要金與銀」嗎？

**游子脫**：是，是，這話不錯，（一種知識分子型的超然）可是也要看怎麼樣解釋——那老虎跟蛟說不定也在打抱不平，我們該幫牠們才是啊？

**王開碑**：哼，大哥，算了吧，這陽羨地方就沒有一個好東西，他們把我們兄弟看做眼中釘似的。不說別的，劉媒婆跑斷了腿，我們兄弟到現在也還沒有看到一個大嫂。我看哪，這一縣的人都給那二害吃光了，也不冤枉。

**李斷橋**：是的，大哥，咱們都是英雄，可不是呆子。

**周處**：（頹然被說中了要害似的）你們說的，也有道理！

**游子脫**：（趁機游說）喲，何止有道理，根本是大有道理啊！

**周處**：（以下是周處的獨白，但他的兄弟們間或也插入，但由於燈光，使觀眾了解那只是一種周處所見的幻象，而非眞實的人）奇怪，我怎麼就沒有想到，我爲什麼要去殺虎斬蛟？

**游子脫**：是啊，你爲什麼不想想，誰信任你，誰希罕你……

**周處**：我也不知道事情是從什麼時候變不對了的，我當初要做的並不是這樣的一個人啊！是我自己沒搞清楚我自己，還是別人沒搞清楚我呢？

**王開碑**：唉，唉，大哥，沒有什麼人搞清楚過什麼人啊，誰又有閒情逸致去搞清楚別人啊，連我們自己也沒功夫搞清楚我們自己啊！

**周處**：總之，這裡頭有什麼是不對的，我起初要做的不是這種人，沒有人希罕，沒有人信任的，我起初要做的不是這種人，我的爹要我做的也不是這種人，事情到底是從哪裡開始不對的呢？

**李斷橋**：對啦，你說你的爹，（故意挑撥）可憐你起小就沒有爹，人人都欺負你沒爹，連你娘都給人欺負，你們孤兒寡婦的，而今好容易出了頭了。做人就是得「橫」一點，給別人點顏色看看，反正你不欺負人，就是給人欺負——我寧可欺負人，不要給人欺負！

**周處**：兄弟們，我有時眞羨慕你們，我是一個自己跟自己犯了沖的人，我不單做不成一個好人，我連狠下心來做一個像樣的壞人也做不成。

**游子脫**：嗨！（登高一呼，頗含嘲諷意味）我們周大哥要去打老虎啦，你們這些好人誰一起來啊？（他熱心地一個一個地問過去）喂，搖博浪鼓的，你年歲也大了，死了也不屈了，你就一起去怎麼樣？

**貨郎**：呀，這可不行，我兒媳婦過幾天就要生了，我還沒有抱過孫子就死了，見了祖宗也沒臉哪！

**游子脫**：劉媒婆，你來一角吧？

**媒婆**：天哪，這怎麼成，我手上還有七、八件婚事正在撮合哪，我一死不要緊，把別人婚事耽擱了可是罪過。

**王開碑**：喂，孫五爺，我看還是你去吧？

**大柱子**：哎，別開玩笑了，我死了，我一家老小指望誰？我看還是讓唸書的人去。

**書呆子**：我？唔——不行，不行，那老虎不識字，根本不懂得禮賢下士。

**謝二娘**：（先發制人）也別打我的主意，哪有女人上山打虎的。

**周處**：怎麼樣，（看著他的兄弟們）你們怎麼樣？

**游子脫**：我嘛，讓我慢慢想想以智取之的好辦法。我可不打算以力取之。

**周處**：你們呢？

**王開碑**：我的掌風是專管開碑的，老虎又不是碑，不關我事。

**李斷橋**：（順水推舟地）對啦，我的嗓子也是專管斷橋的，老虎不是橋，也不關我的事。

**王開碑**：回頭吧，別去打什麼老虎殺什麼蛟啦！讓他們好人去打老虎去殺蛟吧！他們有本事，就自己推個英雄去吧！

**李斷橋**：你走了你就一個人掛單了，我不喜歡別人顯得比我好似的——

**三人**：跟我們來吧！跟我們來吧！（催眠似的）讓老虎在山上，讓大蛟在水裡，我們只安心吃肉喝酒——走啊，我們喝酒去！

**游子脫**：你想做英雄，可是誰信任你，誰希罕你啊？

**周處**：我知道，唔，也許我不知道，但是我相信，至少我相信，我的父母給了我骨肉，老天給了我一口氣，我總不該是沒有用的，我總該不是多了我不嫌多，少了我不嫌少的一個人。

**游子脫**：（狡獪的）可是，你還沒有回答我的問題——究竟除了你老娘，誰信任你，誰又希罕你啊！（下）

周處：（咬牙不答）

忽然，一位飄逸的長者陸夫子出現了，他站在舞台的高處。

陸夫子：（注視著周處）我信任你，我希罕你。

周處：（驀然轉身）先生是——

陸夫子：我認識你，周處，你是故去的太守周魴周子魚的兒子，子魚先生允文允武，公正廉明，敢言敢死——子魚先生必然有後。

周處：啊，陸清河先生，（深拜）先君爲人，光明仁厚，晚生不肖，不能爲繼。

陸夫子：胡說，人生在世，爲萬物之靈，受天之命，秉天之德，何不肖之有。

周處：天，天在何處？

陸夫子：天在你的一心之間！

周處：心？心又在哪裡啊？

陸清河：在一個你看不到的地方。

周處：那看不到的地方又在哪裡啊？

陸清河：在你願意看到的時候，你一低頭就可以看到。

周處：（愕然俯首看自己的心）

陸清河：這件事你不會信的，但是，這是眞的。就是在人類最邪惡的時候，他還是知道自己應該善良，在人類最骯髒的時候，他還是知道自己應該純潔。在他們最墮落的時候，他還是知道他應該向上。

周處：（憤然）可是，反過來說，你知道你應該善良的時候，你還是邪惡了，你知道你應該純潔的時候，你還是骯髒了，你知道你應該向上的時候，你還是墮落了。

陸清河：是的，我知道，有一個「壞」的力量比「我」大，但是我還是知道有一個「好」的力量比「壞」大。

周處：哼，知道算什麼，知道歸知道，做歸

做啊！

**陸清河**：是的，知道歸知道，做歸做——但是天地間總有那麼一個，我也無以名之的那一個——他還是在乎人的，他還是希罕人的，他終於還是會得到勝利的，問題是你自己，你在乎不在乎你自己呢？你要不要放棄你自己呢？

**周處**：我？（掙扎了一下）我不要放棄我自己！

**老夫人**：（上）處兒——處兒——你，真的要去嗎？你爹——你爹——（說不下去）

**周處**：娘，不要再攔我，我不是聖人，我經不了兩下一攔就會罷手了。娘，（猶疑了一下還是和蕙兒說了一句）蕙兒，吃人的東西是一定得除掉的——

**蕙兒**：不能邀幾個人一起去嗎？陽羨地方這麼大，人這麼多，就沒有一個人肯一起去除害嗎？

**周處**：爹的寶劍是留給我的，讓我一個人去，夠了。（無限悲涼）

**陸夫子**：周處，我跟你一起去！

**周處**：（在驚訝的一瞥中，他的兩眼閃起感激的淚光）不，先生年高了，鄉梓之間可以無周處，卻不可以一日無先生，殺虎斬蛟，只是小勇，先生請以大勇領導鄉里，晚生幸而承先生之教，已感激不盡。

**陸夫子**：周處，珍重了。

**周處**：待晚生殺虎斬蛟後，再來拜謁先生，（轉而向母親）娘。

**老夫人**：處兒——

**周處**：娘，蕙兒，我就回來——要不然我的寶劍也會回來，我不會辱沒這把劍的——

**陸夫子**：老夫人，讓他去了吧！

**老夫人**：是的，讓他去了吧！

（在急促中，周處離去，燈光委然暗了下來）

## 第七場

月光下，周處獨坐在寒林裡，寶劍閃耀著森森寒氣，羣山寂然，他赤膊，只著一件血紅的燈籠褲，腰間垂下帶子，盤髻披散下來，有如平劇中的武生，他跪在沉靜如死的夜裡。

風聲呼嘯而過，他什麼也看不見。

忽然，月光下，他恍恍惚惚又看見父親的影子。

臺上出現了走馬燈似的人影，隱然是一隊送殯的隊伍，周處手執哭喪棒，披麻帶孝，踉蹌地、匍匐地跟著隊伍前進，嗩吶的聲音高揚起來，小男孩的哭聲夾雜在其間，又有釘棺木的聲音，釘子的聲音持續著，小男孩叫了起來：「娘，娘，你快叫他們別拿釘子釘爹。釘死了，爹就出不來了！娘，娘，爹出不來了，娘（絕望地）！爹出不來了！」

周處繼續跟著隊伍跌跌爬爬地走，他痛苦地繞著舞臺毫無意義地兜圈子，對九歲的小男孩而言，父親的死亡顯然來得太早，嗩吶一路響著……

忽然，迎面跑出一個高大的人，俯身攙住周處。那人是周處的父親，鄱陽的太守周魴。他事實上也就是出現在戲中的陸夫子，是一個正直、智慧、可信賴的人物。

**周魴**：（此處亦可用錄音效果）處兒，處兒，爹先走了——你跟你娘好生過日子，好生做人。

（像奇蹟似的，人影的旋轉停了，嗩吶停了，夢魘停了。周處安靜下來，他握了一下父親的手，一言不

發地看父親離去，似乎知道挽回是多餘的）

**周處**：可是，爹，怎麼叫做人——我不會做人，我是人，可是爹，我就是不會做人。爹，向來歷世歷代的人都是像我這樣的嗎？每次我想做好的時候，惡就來了，每次我想往上升，就有東西把我往下沉，爹，每個人都是這樣的嗎？

（風掠過樹梢，沒有人回答他，忽然，草木簌簌作響，風乍起，一隻老虎猛地躍出）

（在鐵甲般森寒的月光下，周處霍地站起來，他和老虎彼此打量著）

**老虎**：你放下你的寶劍前來領死吧！

**周處**：我的寶劍是不見血不回頭的。

**老虎**：你殺不了我的！

**周處**：你過來試試。

**老虎**：我認識你，你跟我是一樣的，我的名字叫做虎，你的名字叫做處，讀起來差不多嘛！而且如果查字典，虎跟處還屬於同一個部首呢！所以說啦，我們沒有什麼大不了的差別。

**周處**：你是吃人的！

**老虎**：不錯，我是吃人的——可是你們也吃啊，你們也人吃人啊！只不過你們的牙齒不及我好，你們喜歡用別的方法吃罷了！

**周處**：總之，吃人是一件壞事。

**老虎**：我總共也沒有吃過太多。

**周處**：可是，你守在山口上，那隻蒼蛟又守在水道上，所有的商人跟旅客誰敢經過陽羨，如今弄得鬼都不上門，陽羨成了一座死城，眼見得人都要活不下去了！

**老虎**：別急，兄弟，咱們也說不上誰好誰壞。就拿你來殺我這件事來說吧，說是一件好事也是一件好事，因爲總算是除害。但說是壞事也是壞事，因爲你無非想逞能。你想滿足你那可憐的虛榮心。

周處：隨你怎麼說吧，我既然來了，我們兩個總有一個得死。

老虎：哈，哈，哈，哈，你殺不死我，我是不死的。我活在每一個人的心裡，我是最殘忍的心，我是最放蕩的行爲，你可以殺光山上的老虎，你殺不死你心裡的老虎……

（於是他們開始在山岩間跳躍奔逐，他們相撲相殘，有的時候，周處從岩石間滾下，但他們仍廝纏著，不分勝負）

（傳說人類最古老的戲劇便是扮演一則狩獵的故事，那種相撲是一種最遠古的爭鬥）

（老虎翻滾的動作可參考平劇的觔斗，音效可用現場的鼓點）

（忽然，當老虎再一次向周處撲襲的時候，老虎中了劍，倒下，周處又上前補了一劍）

老虎：（充滿了恨惡地咒詛）我是不死的，我是不死的，你可以殺光山上的老虎，你殺不死你心裡的老虎……

（周處幾乎爲之陷入一種恐懼中，他很不必要地猛刺著老虎，他的動作是瘋狂的，他勝利了，一種沒有歡呼的勝利）

燈亮時，周處掛著寶劍，肩著一張虎皮，站在水畔。

似乎是秋天，風雲蕭索，周處的衣服在長風中獵獵作響。

他把寶劍舉起，寒光閃耀中，他仰天祈禱。

周處：天地的主宰，萬物的神明，如果你存在，請低下頭來傾聽我吧。

這世界有多少山，多少山裡潛伏有

多少隻老虎。

這世界有多少江，多少江裡藏著有多少條大蛟。

這世界有多少人，多少人心裡埋著多少罪惡。

讓我遇見這隻大蛟吧！我知道我不是英雄豪傑，但是你給了我殺蛟的念頭，你給了我殺蛟的膀臂，你給了我殺蛟的寶劍，請你也給我殺蛟的機會吧！

（笛聲四起，水波拍岸）

（忽然之間風雲變色，天陰地慘）

**周處**：神啊！如果我死，你讓我到你哪裡去嗎？我究竟是好的？還是壞的呢？

如果我死，但願有人能把虎皮交給我的老娘，但願有人能把寶劍掛回父親的墳上，至於我自己，留下給世人的是沒有講完的，沒有定論的半截故事。

（蒼蛟現身，水霧四濺）

**周處**：神明啊，我看見了，它在那裡等我，它真漂亮，多麼陰險的水，多麼存心不良的大浪，我必須下去了，我不一定再起來，神明啊，天地這麼大，我的路卻不知道有多長。如果你在，你就是唯一的證人了，如果你不在，宇宙間再沒有一個人看見我了……

（蒼蛟在水中噴氣，一種命運的呼喚，周處從高處跳下，舞臺捲入奇異的煙水蒼茫的波光中。當然，我們甚至不妨借用歌仔戲舞臺稚拙的翻浪方法）

**蒼蛟**：（大聲拍手，水聲激越）周處啊！（周處甫一回頭，它又調到另一頭去拍手）周處啊？（它用這種方法把周處圍在四面回聲中）來吧！周處！你回不去了！來吧！周處，你自己說，你喜歡先死頭還是先死腳。

周處：（沒有說什麼，似乎寶劍就是他唯一的答覆）

蒼蛟——（纏鬥了好一會兒，他很悲涼地喊了一聲）我來向你索命了，你吃過那麼多人，你還不了債，你用自己的命抵吧！

蒼蛟：哈，哈，哈，哈。你說這話眞好笑，你憑什麼替人索命，你平時愛過他們嗎？你連自己都不愛，你還愛什麼人？你糟踏自己，把自己快糟踏死了，你還替別人索命嗎？你怎麼不爲自己索命？周處啊，你去向周處要周處的生命吧！叫周處把周處的生命賠出來吧！

（他們滾來滾去，周處的劍似乎永不能觸及那狡猾的東西，他絕望的追索著，躲避著，有時跑，有時滾，有時跳上躍下，有時甚至像平劇一樣，下場而復上場，兩下都累得筋疲力竭）

蒼蛟：你回去吧，你回到人間去吧，我們兩個有什麼相干呢？我們都乏了，你走吧！

周處：如果我死了，潮水自會送我回去。如果我活著，我不殺死你就不回去。

蒼蛟：回去吧！回去吧！我們已鬥了三天兩夜了，你也在冷水裡泡了這麼久了。你看，黃昏已經近了，你的老母親已經到門口張望好幾遍了。你回去人間吧！回去人間吧！用乾布擦乾你的肌膚，用火烤烤你的四肢，你爲什麼要逗留在我的地方，回去吧！回去吧！（牠的聲音有一種奇特的催眠性，在瑟瑟的晚風中，有一種感人泣下的特質）

周處：（忍不住以袖拭淚）

**蒼蛟**：你想家了，你回去吧，蕙兒姑娘在燈下做你的一雙鞋子，你再不回去，你就再也不能穿它了！

**周處**：我不會回去的，我知道和你在水裡決鬥我佔下風，但是我不會回去的。我已經三天兩夜沒有睡覺了，我已經三天兩夜沒有吃東西了，我所有的力氣都渙散了，可是我還是知道一件事——我不要回去。明天天亮的時候，總有屍體會出現，或者是你的，或者是我的，或者是我們的。

**蒼蛟**：我死了，你以為他們會感謝你嗎？你眞傻啊！你的村民是一羣自私自利的傢伙，他們平常罵你壞，等你眞要做好的時候，怎麼沒有一個「好人」跟你一起來啊！那些「好人」都各自去「好」他們的「好」去了，怎麼你一個人來啊？你值得為他們這樣拚死拚活嗎？

**周處**：不要問我這麼多，我不懂得這麼多，我只知道一件事，不管在我多壞的時候，我內心總還有一個微弱美好的聲音——我常常不服從那個聲音，可是我還是愛那個聲音的，我還是渴望服從它的。我現在才明白，我不是為了爭取名譽才做的，我是為了服從那個我還不認識的，要我離惡歸善的聲音才這樣做的。

**蒼蛟**：殺掉我有什麼好處呢？人間有多少汪洋大澤，處處都潛藏著吃人的蛟龍。但是最凶惡的一條大毒蛟是住在你們心裡的，不去殺那一條，光來殺我有什麼英雄呢？

**周處**：是的，問得好，也許有一天我會去殺牠——但是現在，我要先殺你！

（由於疲倦、由於是水底、由於是夜、搏鬥進行得更慘烈了）

（忽然，蛟龍咬住了周處的腿，他慘

叫了一聲，抽開，紅色的燈光當頭罩下，搏鬥仍持續）

（終於，寶劍刺入蒼蛟，整個河水都紅了，周處拖著蒼蛟躺在岸上，人事不省）

（蒼蛟臨死的時候，仍然不甘心地叫了一句：「不去殺你們心裡的毒蛟而來殺我，算什麼英雄……」）

## 第八場

這是一個鄉間的狂歡會，全村的人，除了陸夫子老夫人及蕙兒，都高高興興地聚在一起，原始的鼓聲擊出一種野性的、暗昧的節奏。鄉民有些化了粧，塗抹得怪異而恐怖。酒似乎是免費的，人人都喝醉了，有些年老的婦女如劉媒婆之類的，還簪了滿頭的野花。大家都東倒西歪的，比過年還多了些沒有長幼之分，男女之別的狂歡。

鼓聲自始至終都是持續的，鼓聲是一種說明，說明那種狂歡會的陰鬱的一面，那是一種殘忍的狂歡。而最殘忍的是游子脫、王開碑、李斷橋也在內。

周處自外而來，他的頭髮散亂，面目黧黑，他的衣服破了，鞋掉了，他只得赤足而行。他的寶劍仍在他手中，但僅僅也只像根叫化子的打狗棍罷了，他完全沒有一個英雄該有的形象。而最糟的是，他的腿因為被蒼蛟咬過，還有點跛，他一蹭一蹭的往前挪。如果可能，讓他穿過長長的觀眾席，讓每個人清楚地看見一個真的搏鬥者所付出的是什麼。

他慢慢地，沒有反應地走到近臺處，故鄉人的歡樂對他而言是遙遠的，陌生不可企及的。他伏在臺前看他們歡樂，他一時還弄不清楚那是怎麼一回事。終於，他一拐一拐地上了臺，疲倦地靠在一個陰暗的角落。

**媒婆**：喂！孫大胖子，那邊來了個叫化子，我看就賞他一碗酒吧。

**貨郎**：（走過來，不經意地踢他一腳）喂，要吃東西自家拿吧，今天全是不要錢的。

（周處點了一下頭，但他太疲倦，一時站不起來）

**孫大胖**：喂！那邊坐著的，來啊！來喝酒吃肉啊！不要錢的，三害都除了，今天是我們縣裡大喜的日子。

**周處**：（忽然醒了似的）三害？不是才除了兩害嗎？

**游子脫**：（稍露醉態，其他諸人亦然）哈，哈，哈，哈，你大概是外鄉來的，不太清楚，我們這地方從前有三害。

**王開碑**：是啊，第一害是南山上的白額吊睛的大老虎。

**李斷橋**：第二害是溪渚長橋底下的大蒼蛟。

**書呆子**：嘿嘿，還有更厲害的第三害呢！

**周處**：那是什麼？

**書呆子**：那是住在城西的凶霸周處！

**周處**：誰？

**眾人齊聲**：周處！

**周處**：（在猝不及防的聲嘲裡轟然倒下，他把十指像鬼爪一樣地插入自己的頭髮，似乎要嚎哭，卻又悲慘地仰天大笑起來，忽然，他挺起身來，厲聲喝道）那周處呢？你們說那周處呢？

**謝二娘**：那周處，謝天謝地，他死啦。

**周處**：他死了？唔，也許是的，他死了。

**游子脫**：那周處，他殺了南山的老虎，斬了長橋底下的大蛟，然後，他自己也讓大蛟給勒死了。

**齊聲**：三害都除啦！三害都除啦！

**周處**：（注視著他四天前的兄弟）你們，不是他的朋友嗎？

**三兄弟**：去他一邊兒吧，誰是他兄弟呀！誰又是誰的兄弟呀。

**周處**：你們跟他不是一伙的嗎？

**游子脫**：胡說，誰是跟他一伙的？現在好了，他死了，我們兄弟三個一條心了。

**王開碑**：哼，我最看他不上眼，又想走夜路又怕鬼，又想喝血又怕腥，有了他礙手礙腳的。

**李斷橋**：他呀，哪有個大哥樣子，人家大哥都是大碗酒大塊肉的賞做兄弟的，哪像我們跟著他，窮得跟風乾橘子皮似的——一點油水也沒有。

**周處**：那周處，（掙扎著想站起）他到底也替你們除過害啊！

**貨郎**：那老虎和大蛟倒還是小事，那周處死了倒是大快人心！

**周處**：他，他，那周處，到底有什麼壞處呢？

**齊聲**：我們恨他！我們討厭他！

（他們在狂歡和忘形中起舞，他們的動作充滿詭異的野性，那舞像一種原始部落的舞，在狂歡中有一種恐怖，古老的故事中一直強調「縱情肆慾」「凶彊俠氣」的周處，但其實將別人摒斥於社會之外的無情的決定不也是殘忍的嗎？那一個想起「陽羨三害」的「判決書」的人，不也是可怕的嗎？使別人站在危崖上而不得不下跳的人應該是最凶殘的人）

（忽然，周處狂嘯一聲，有如地裂山崩，舞蹈頓然在驚恐中停止了）

**齊聲**：瘋子來啦！瘋子來啦！（一霎時，他們全部跑光了）

（周處一個人被遺棄在空無的舞臺上，正如他被遺棄在人生的舞臺上一樣）

（在他與老虎搏鬥以及蒼蛟搏鬥時，他都不曾這樣絕望）

**周處**：我恨他們！我恨他們！我恨他們——我要去砸掉堤防，讓大水把這些忘恩負義的人淹死，我要去放火，把這沒有心肝的村子燒光！不，我要親手殺他們，一個一個的宰！我……

（他絕望地仆倒在地上，但忽然之間，他又看見那個似乎是父親似乎是陸夫子的形象，他安靜下來，同時陷入一種更痛苦的自省）

**周處**：蒼天啊！你爲什麼要讓我活著回來呢？——讓我活著回來看別人把我怎樣判死刑嗎？

白額的老虎抓得我遍體鱗傷，黑色的大蛟勒得我不能透氣，我在冰冷無情的水中泡了三天三夜——可是，最痛苦的還是今天，我從來不知道別人這樣恨我！第三害！哈，哈，第三害，我還不知道我原來就是那個第三害。

趁著寶劍還在，趁著蛟血和虎血未乾，讓我連第三害一起除了吧！哈，哈哈，讓周處自己來除第三害吧！（欲自盡）

蒼天啊蒼天啊！讓我先回去那小小的窗口，再看一次母親的慈顏，讓我遠遠的拜別她蕭蕭的白髮，然後我就自盡了吧！把除了三害的寶劍還給爹，把虎皮送給娘，把蛟皮給蕙兒，把這被人世遺棄的身體還給大地。蒼天啊！蒼天，人世間還有比周處更不幸的人嗎？請你俯下你慈愛的眼，聽我的血從泥土深處向你揚起的祈禱吧！

（周處下，周處的母親和蕙兒上，她們就著一盞燈，相對做著針線，蕙兒正在做一雙鞋，她們身著縞素，

面色肅然彼此不發一言，她們的影子靜靜地、巨大地投在壁上）

（周處上，在黑暗的一角，他踮腳看這一幅溫暖光明的畫面，他的眼溼了，遠處狂歡的鼓聲若有若無的持續著）

**老夫人**：（忽然扔下針線，按住蕙兒的手）蕙兒，你說，處兒，他，他眞的死了嗎？

**蕙兒**：沒有，他還活著，大娘，我覺得他好像正站在離我們不遠的地方。

**老夫人**：南山的老虎眞的死了嗎？

**蕙兒**：眞的死了，前幾天我哥哥還去看了，老虎已經死了，被人剝了皮，扔在那裡。

**老夫人**：我想一定是處兒殺的，他一向力氣大。

**蕙兒**：當然是他。

**老夫人**：長橋底下的大蛟也死了嗎？

**蕙兒**：是的，今天一大早，河水都變紅了，水流幾里都是那個顏色。

**老夫人**：他們說處兒也一起死了。

**蕙兒**：他們恨他——

**老夫人**：蕙兒，說起來也不怕你笑，這陽羨地方不恨周處的人，恐怕也就是你我兩個了。

**蕙兒**：大娘，我恨過他，可是，現在不恨了，（先把玩著剛做好的一雙鞋，然後又舉起衣服）周處大哥像這件破衣服，他破了，需要的是縫補，可是，大家只想扯他，越扯越爛，他們喜歡分出好人壞人來——有了壞人，他們自己就是好人了。

**老夫人**：蕙兒，也眞難爲你——蕙兒，要是處兒還活著，你願意嫁給他嗎？

**蕙兒**：（低首）大娘——

（在一種難言的了解裡她們繼續做著針線，有如母女）

（周處愣在窗外良久，那美麗的景象使他深深動容）

周處：蒼天，你是多麼仁慈，有這樣一幅畫，夠了，如果我從來沒有像今晚這樣發現別人恨我，我也沒有像今晚這樣發現別人愛我。蒼天啊！夠了，夠好了。讓生命在這樣美麗的燈光前熄掉吧，把除了害的寶劍還給父親，把虎皮給母親，把蛟皮給蕙兒，把沒有憾恨的身體還給大地！（舉劍自盡）

形或瞽：（在微茫的光線中出現）孩子，把劍還給我。

（老夫人和蕙兒的燈光熄滅）

周處：爹，我是要還給您，只請您等一下，等我除掉第三害！

形或瞽：住手，你知道你現在在殺誰嗎？

周處：我在殺一個禍害，一個眾人唾棄的人——

形或瞽：胡說，你敢殺人嗎？你敢殺「人」嗎？你知道什麼是「人」？「人」是上天本體的形象，是上天一切美好的總成，你敢殺「人」嗎？

周處：我知道，那是指一些好人，而我所要殺的是一個禍害——一個壞人。

形或瞽：如果那是一個「壞」「人」，那麼，只要殺掉那個「壞」，那個「人」還是應該留下來的！

周處：人有那麼可貴嗎？

形或瞽：人遠比我們想像的可貴。

周處：我的「壞」能殺得死嗎？

形或瞽：你能的。（忽然，正如他來時一樣，他迅速地失去了蹤跡）

周處：爹！（父親一下子似乎退入遙不可及的地方，周處發現他開始有一段極遠的路要走）

（母親的燈復燃起，她們仍在安靜地

做針線）

**周處**：娘，蕙兒，別了，我知道這一條路很長，但是，我會回來的。

（放下寶劍和袋中的虎皮、蛟皮，揚長而去）

**蕙兒**：大娘，我，我眞的覺得周處大哥就在門口。

（她們很快地挽手而起，並在門口發現了周處留下的東西，她們相顧悵然）

**老夫人**：他還活著——可是，他到哪裡去了呢？處兒，他到哪裡去了呢？

**蕙兒**：大娘，他在哪裡，不要緊，世上有他這個人在，就夠好了。世上有他這個人在，就夠好了。

## 第九場

陸夫子穿一件淡色的長袍，執著竹帚在掃落葉。他是神清氣閒的，不像一個讀書人，倒像一個老農。

遠遠地，周處來了，這一次的周處和以往不一樣，不是飛揚跋扈的，不是衝突痛苦的，也不是搏暴之餘的，他似乎在經歷他的第二個嬰兒期，在經歷過太多的問題之後，反而好像純明得一事不經的樣子了。在思索過太多的問題之後，他反而似乎懵懂而一無所知了，他像朝聖者一樣，執著地走向山上，他想試試讓事情重新開始。

**周處**：（他走到階前，虔誠的跪下）晚生小子周處，叩見清河先生。

**陸夫子**：唔，周子隱，（執著竹帚還禮，態度親切自然，但並不是熱烈的歡迎，整個陸夫子給人感覺是「父親」）你既來了，想是虎蛟已除，可喜可賀。

**周處**：區區小事，不足言勇，清河先生，灑掃之事可否由晚輩服勞。

**陸夫子**：唔——各人方寸之地，最好是還由各人自己經營吧！（說話之間，他正掃好落葉，取茶奉上）

**周處**：清河先生也曾聽過「鄉里三害」嗎？

**陸夫子**：略有所聞。

**周處**：一二害已為晚生所除，晚生今日帶著第三害來見先生，請先生為地方除害！

**陸夫子**：唔——（沉默）

**周處**：先生為何不言？

**陸夫子**：你殺那老虎費時多久？

**周處**：一天。

**陸夫子**：你殺那大蛟費時多久？

**周處**：三天三夜。

**陸夫子**：你要用多少時間來除第三害？

**周處**：第三害一日不除，我一日不下山。

**陸夫子**：如果第三害終生不除呢？

**周處**：（稍吃一驚）終生不下山。

**陸夫子**：或者如果下山以後發現其害死而復生呢？

**周處**：（略為遲疑）

**陸夫子**：是不是再回山除害呢？

**周處**：（忽然有了一點自卑感）晚生不敏，不能回答先生的問題——晚生一向不好讀書，所以也就未能明理。

**陸夫子**：你錯了，讀書不見得就能明理，明理也不見得要靠讀書。上天早把道理放在我們心中，書中的道理也無非是從心中抄出來的。

**周處**：可是，我心中也沒有道理。

**陸夫子**：你心中有的，只是沒有彰明罷了——你的心是六經的註腳，六經是你的心的註腳。

**周處**：晚生幼時不喜讀書，現在想讀書以求聞道明理，行年又已二十三歲，爲時已經太晚了！

**陸夫子**：你到底是想讀書立名，還是想聞道明理？

**周處**：我（一驚，對自己的動機再思了一番），我還是想聞道明理。

**陸夫子**：既想聞道明理，何在乎行年幾歲？子曰：「朝聞道，夕死可矣。」果眞朝聞道而夕死，哪有機會成名？可見聞道貴在求心安，不在立名。

**周處**：晚生可以從先生讀書嗎？

**陸夫子**：可以——但讀書與除害是兩回事，有時候越讀書，越足以養害——你是想來除害的是嗎？

**周處**：是的。

**陸夫子**：然而陽羨地方這麼大，人這麼多，竟只有你這一害嗎？

**周處**：別人是這樣說的，至於別人是害不是害，晚生不得而知。

**陸夫子**：你在哪些方面壞？

**周處**：（遲疑一下）眾口喧騰，皆以我爲壞，其實我跟他們說的有所不同。

**陸夫子**：你不像他們所說的那麼壞嗎？

**周處**：不，我比他們所說的更壞。

**陸夫子**：你——

**周處**：他們發現了一個壞人，我也發現了一個，可是，清河先生，我們所發現的不是同一個。

**陸夫子**：他們發現的是誰？

**周處**：他們發現的是地方上的第三害周處。

**陸夫子**：你發現的呢？

**周處**：我發現的也是地方上的第三害周處。

**陸夫子**：兩者有何不同？

**周處**：他們所發現的是那個早年喪父，無人管束，吃喝嫖賭無賴無行的周處——而我，我發現的更壞，我發現的是那個在內心深處潛藏著驕傲、自私、嫉妒、貪慾、恨毒的周處。

**陸夫子**：（無言地，了解地走近他，按手在他的肩上，像一個慈愛的父親，他鼓勵的眼神，使周處有勇氣說下去）

**周處**：我以前不清楚，我以爲做壞事的是壞人。做好事的是好人。我以前傷心的是我不想做的壞事我做了，我想做的好事我沒做。而這一次，我拚著死去殺了虎、斬了蛟，我心裡想，我總算做了好事了——不然，我知道我仍是壞的，我回來的時候，幾乎一怒之下殺掉全村。後來我又想自盡，我終於知道人「做什麼」是一回事，「是什麼」又是一回事，我知道我內心邪惡一日不除，我就仍是禍害。譬如落葉（指陸夫子剛才掃地之處）才掃又落，其實滿樹皆黃葉，人人卻只見地上的落葉，不見樹上的黃葉。

**陸夫子**：子隱，即此一言，你已可以下山。

**周處**：（一愣）先生亦棄我不教？

**陸夫子**：子隱，我已無物可以相授，你在我處，我無非教你讀書，教你句讀，教你談吐之所當，行止之所宜，將一個急躁的人化爲溫和，將一個粗魯的人點爲文雅——但這世上多的是知書達禮、溫文爾雅的害物，爲人之道，並不以讀書爲先。

**周處**：先生以爲何者當先？

**陸夫子**：爲人之道在於善以己心去比擬天心——天下之道總共就只這麼多。

**周處**：善以己心比擬天心？可是，天心難求！

**陸夫子**：天心難求還須自求。天心似乎離你很遠，其實離你很近，似乎非常難，其實非常容易。

**周處**：多謝先生指點——我還有一事要就教先生。

**陸夫子**：什麼事。

**周處**：這第三害，哪一日才能連根剷除？

**陸夫子**：這第三害，（悲憫地看著他）他又頑強，又長，長得跟你的生命一樣長。我所能指示你的是勝利的把握，而不是勝利的保證。

**周處**：那麼，先生是說，未來漫長生命的每一天，我都有失敗的可能？

**陸夫子**：——可是，你所說的可能失敗的每一天，也都是你可能勝利的每一天。

**周處**：多謝先生教我（叩首）——弟子就此拜別。

**陸夫子**：且慢，我有一物相贈（命小童取給周處一把寶劍）。

**周處**：（一時之間，彷彿又看到了自己的生父，眼眶立刻忍不住地溼了，他低低地叫了一聲「先生！」）（然後諦視寶劍，拭淚）這劍與先君所遺的寶劍何其相似。

**陸夫子**：是的，這本是一對，我這把也是令尊大人當年見贈的，這寶劍有個名字，叫「天心劍」，取君子善於體會上天之心的意思。所有的鐘漏靠太陽來校正，所有的人心靠天心來校正。

**周處**：善體天心？（珍視地摩挲寶劍）先生！大恩不言謝，弟子就此告別，唯願天心劍能善除第三害，不負先生厚望。

**陸夫子**：去吧，此番除害，不是一天，也不是三天三夜，而是一生之久，（把周處帶到一個較高的地方，指著觀眾席）你看那山下，你看那滾滾黃塵之中，有多少人在掙扎，也有的已經不掙扎了，他們很多人已經放棄自己了，你去吧！你到他們中間去吧！

周處：（充滿了孺慕之情）弟子眞想不下山了，弟子想常侍先生之左右。

陸夫子：去吧！孩子，我們登最高的山，爲的是下最深的谷。我們走向最遠的天涯，爲的是可以回到最近的故鄉。子隱，每一座山裡有老虎，每一條江裡有蒼蛟，但人類眞正的禍患，在於每一個人在深心裡貽養著第三害。

周處：我會回去的，我會給他們看我的傷痕，我會給他們看我的劍。我會告訴他們，他們所不認識的第三害，我會告訴他們我們應該有承認第三害的誠實，我們應該有面對第三害的勇氣，我們更應該有對付第三害的把握——我們終於還是會勝利的！

陸夫子：孩子，珍重了。（握手言別，其情已在師友之間，風聲蕭颯，似乎是開拔赴戰場的號角）

周處：（大踏步地從高處往下走，一直走到近臺口處，莊嚴地舉起天心劍）蒼天，我無以名之的蒼天，不言不語而又最明顯不過的蒼天，讓我一生在你面前是一場光榮的戰爭。允許我跟你站在一方，制伏我心深處的第三害，願陽羨地方的三害除盡，願天下的三害除盡。（刷的一聲，寶劍出鞘，森厲的寒芒閃耀著，一場更重要的戰爭已揭起序幕——悠揚的磬聲交疊地響起）

附錄：

# 第三害後記

一個人活在土地上真正能看到的是什麼呢？身為一個人無論向東走，無論向西走，他所能看到的無非是「人」。

我喜歡人。

我喜歡看人，喜歡聽人，喜歡思索人，但是行年愈長，我愈知道我無法了解人。

如果有一天整個世界被毀於一炬，我深信那最先醒來的一個人仍會站起來，梳梳頭、洗洗臉，找點可吃的，並且出發去看看有沒有倖活的另一個人。他一路走著的時候，如果看到一朵劫餘的小黃菊，我相信他仍會俯首摘起它來。

這就是人。

人活得並不快樂，人世並不美滿。那災劫之餘的生者如果真的遇見另一個生者，他們仍會起衝突、會爭執，甚至打得皮破血流——人是如此奇異不可解。但人仍是我們唯一可以去付出並且可以收納的對象。

孔子在晚年曾驚懼於歲月的飛逝，他遺憾自己不再有時間去讀《周易》了。而我著急的是我從來不能徹底地了解人，即使再給我一百年，我仍然不能了解。不是因為時間，而是根本上就太困難——但是也正因為它是困難的，所以每一涓滴的心得都顯得極為可貴。

畢竟，人是按著天神的形象造的。畢竟，上帝也曾把自己投入人世，並以人類的腳掌走完三十三年的世路。任何企圖用三言兩語解釋人和人性的話都多少有些狂妄——當然，那狂妄裡也有一份孩子式的幼稚，所以倒也不失為一種可愛的錯誤。

我寫「第三害」是源於內心一點對人的興趣，我喜歡周處，他在我心中並不是一個模糊的古人，許多年來他生活在我周圍，在臺灣、在香港、在東京、在美國——他一直在那裡，我覺得他比我公寓中的鄰居離我更近。

我喜歡他，我完全了解蕙兒對他莫名其妙的愛情。記得有一夜，我獨坐在亞利桑那吐桑城的沙磧上看荒寒的月光，在那廣漠的巨大的安靜裡，我驚訝周處和蕙兒似乎就站在異國的月色下，非常的貼近我。

周處是一個「壞人」，對所有擇婿的母親而言，他是一個不被考慮的對象，但對一個女孩子如蕙兒而言，他則剛剛壞到可以被一個女人去愛的程度。對於好人，我們多半只尊敬他，但對於有弱點的人，我們卻會愛他，因為我們在他裡面找到了我們自己。我們常常花多麼大的力氣說服我們自己去愛一個「好人」，而拒絕一個「壞人」，但是，往往我們還是做不到。

誠如周處所說，他是一個自己跟自己犯了沖的人，他的內心總在衝突，他常是一個受苦的角色——我們怎能忍得住不愛一個受苦者呢？我們自己不就常為種種生命的現象所苦嗎？

我脫初稿的那個晚上，曾把整個劇本當晚間故事講給臨睡前的孩子聽，七歲的兒子聽完了立刻說：「媽媽，我覺得還有一個第四害！」「什麼第四害？」我覺得很訝異。「就是那些說周處是第三害的人，他們偷說別人的壞話，他們以為他們自己有多好，他們自己也是壞人！」

我很為他的智慧而震驚，究竟誰是更壞的？是凶彊俠氣的周處？還是高高在上用手指指著別人，一生一世只想保留住自己的好人籍貫的人呢？鄉里有害的時候，他們在哪裡？國家有難的時候，他們在哪裡？周處以五千人對抗七萬叛軍，弦絕矢盡，授命沙場的時候，他們又在哪裡？

做一個專家是容易的，將一個年輕人的荒謬行徑納入一個鄭重的學名也是容易的，用無情的排斥來毀滅一個人是更容易的——但世上有誰肯用一針一線去補綴一個破碎的人生呢？

我喜歡人，我喜歡周處，我寫了他，我也認真地寫了他的弱點，我希望我寫了人人的一部分。我希望，我寫了一個「人」。

# 嚴子與妻

文士和法利賽人，帶著一個行淫時被拿的婦人來，叫他站在當中。就對耶穌說：夫子，這婦人是正行淫之時被拿的。摩西在律法上吩咐我們，把這樣的婦人用石頭打死，你說該把他怎麼樣呢。他們說這話，乃是要試探耶穌，要得著告他的把柄。耶穌卻彎著腰用指頭在地上畫字。他們還是不住的問他，耶穌就直起腰來，對他們說，你們中間誰是沒有罪的，誰就可以先拿石頭打他，於是又彎著腰用指頭在地上畫字。他們聽見這話，就從老到少一個一個的都出去了，只剩下耶穌一人，還有那婦人仍然站在當中。耶穌就直起腰來，對他說，婦人，那些人在哪裡呢，沒有人定你的罪麼。他說：主啊，沒有。耶穌說：「我也不定你的罪，去罷，從此不要再犯罪了。」

——《新約聖經．約翰福音八：3–11》

# 人物表

**嚴周** 他是一個讀書人，人家尊他爲嚴子，字子休，和大多數的知識分子一樣，他是一個理性的、冷靜的、善於分析事理，善於解剖自己和別人的人，但是，他幾乎從來不具有任何溫和的哀矜之心，任何與別人同站在一個水平上的衣履相親的仁慈，或是在惡人悲哀的絕望的號啕中同滴下一行淚水的溫情。

他試探自己的妻子，很有計畫地證實了她是邪蕩的，他勝利了——也失敗了。

**田氏** 嚴子的妻，本來，她也是一個小型的、淺型的嚴周，她的世界孤立在極高、極美之處，她在別人的醜陋中自賞著本身的美麗，她在別人的卑劣中滿足於其本身的超然，她自信是貞烈的、道德的。她對於自己所認識的自我十分滿意，她陶醉而耽溺在自我的幻象中。

可是，有一天，她忽然了解了更眞實的，她所不認識的自己，她吃驚了……

**楚國王孫** 這是嚴周所扮的，一個少年倜儻、集財富、權位、智慧、容貌於一身而簡直完美得近乎不眞實的人物。他也是一個極端自我中心的人物，無論在做學問，在談戀愛，在一切事情上，他都全力以赴，但他的本身仍是孤立在一片光霧中，他並不愛知識，也不能感到愛情的可貴，使他欣悅的是在知識和愛情方面他證實了本身的優越性。

**老僕** 這是一個小人物，沒有顯著的特色，由於老了，深諳人世的艱辛，所以越發卑微了——而由於卑微，就越發顯老了。

**丫鬟小棠**　她一直跟隨著田氏，一個機伶的，善於把握機會的女孩，她並不特別好，也不特別壞，不是聰明的，也不是笨的，生命對她而言是不値得爲之生，卻也不見得壞到要去死的程度。而且，大多數的時候，她都能找到一些可以快樂的理由。

**搧墳婦人**　她是一個單純的女人，對於社會道德，對於禮教的世界很茫然，她是一個被人指控的女人。但和某些指控她的人相比，她反而顯出其可貴的單純。

**更夫**　一個垂老的、哈著腰，和一面鑼，一縷蒼涼的叫聲一起存在的人。每夜，他摸索著走在那些智者和愚者的夢沿、他的鑼、他的叫聲是眾人的醒與寐之間的一帶流水，悠然意遠地流過千古的長夜。

**骷髏**　與其說他是某一個死者的鬼魂，不如說，那是嚴子在幻想中所面對的神祕世界的聲音。

**書僮**

**弔喪的鄉人若干**（或用或不用）

# 第一場

幕啓時，臺上是一片蟒黑。

從極遙遠的地方，傳來模糊的鑼聲，以及比鑼聲更模糊的人聲：

「四更天了，謹防盜賊，匡—匡—匡—匡—，四更天了，小心火燭。四更天了，匡—匡—匡—匡—」（更夫上場或不上場，如果上場，也只製造了一個小光點，舞臺仍是蟒黑的。瑩綠的鬼火，以平劇的手法在臺上飄忽著，極寂靜，極虛無。）

舞臺漸漸明亮，在朦朧的光圈中，觀眾看到一位全身縞素背臺而跪坐的女子，她面對著天幕外一座新墳。早晨的森林是青綠的，溼冷的，觀眾看不到她的臉，但仍然能感到她那固執倔強的架式，她保持著一慣的姿勢，慢慢地，耐心地搧著面前的那座墳。一些樹葉在她腳旁飛旋，她不為所動，繼續搧著。

林間的晨曦漸行明亮，她毫無所知，繼續搧著。

更夫走入劇場，他或由邊場上，或由觀眾席直穿而過，漸漸走向那搧墳的婦人。

「匡—匡—匡—匡—匡，五更天了—小心火燭呀—五更天了。」

他一直走到婦人身旁，悲憫地望著她。

**更夫**：天就大亮了，你也好回家去了，待會兒讓別人看見，就有得說了。

**搧墳婦人**：（仍然兀坐，繼續搧著）

**更夫**：我也是爲你好，我眼看你長大的，就是說你兩句，也沒什麼說不得的，你這就回去吧，天就大亮了，待會兒人來人往的，給人看見就不好了。

**搧墳婦人**：（仍然面墳而搧）

**更夫**：老實說，（下了極大的決心）已經有人在說長道短了。

**掮墳婦人**：（霍地站起）說？有什麼好說的！（她的臉有一種稚氣的，悍然的美）

**更夫**：要說好說也沒有什麼好說的，世間的事也跟打更差不多，無非是打了一更等二更，打了二更等三更，我打了一輩子更——我知道這個世界出不了什麼新鮮事，反正夜夜都是五更。

**掮墳婦人**：所以他們就把我當新鮮事來說。

**更夫**：唉，也難怪他們，村子裡天長日久的，什麼大事小事都出不了，叫他們不找個人罵罵說說，他們的牙齒都會閒得長出青苔來啦！

**掮墳婦人**：我死了丈夫！他們誰來幫我難受，看他們的眼色，倒像希望我一起死掉似的。我不想死，我還年輕……

**更夫**：別哭了，年輕的寡婦不作興夜哭的，哭了，又招人說。

**掮墳婦人**：我不想死，我還年輕，可是我也沒辦法活，家裡沒有男人，柴房沒有柴，米缸沒有米……

**更夫**：你知道鄰村有位嚴周，嚴子休先生，這一帶就是他道德學問最高了，可惜也出去求道了，要是他肯爲你說一句話，大家也就沒話說了。

**掮墳婦人**：老伯，你說說看，你自己前年死了老伴，你難道就不想再娶嗎？

**更夫**：想，只是沒法子想，所以就沒有娶了。

**掮墳婦人**：你是沒法子想，我是沒法子守，所以就打算不守了。

**更夫**：唉，不守也罷，但是無論如何，現在已是五更了，天就大亮了，你還是快回去吧，犯不著落在別人眼裡，落在別人嘴裡——我走了。（他的身影漸遠，但仍然遙遙可聞；「匡—匡—匡—匡，五更天了，小心火燭呀，五更天了……」）

**掮墳婦人**：（走近墳，毫無愧疚地，臉上有一種無晴無雨的坦然）你，爲什麼不說話？你看得見我嗎？你還存在嗎？你還記不記得人間的事了，你說等墳土乾了，才好改嫁——可是，原來，墳土是這麼難乾的，如果你活轉過來，我會在眾生之中再嫁給你，可是，現在我得掮你的墳，你，看見了嗎？……（背過臉去，兀自跪下，繼續掮墳）

## 第二場

燈亮時婦人仍在掮墳，這或者只是上一場的幾秒鐘之後，或許隔了好幾天，但那婦人卻保持著同一姿態，始終未變。

嚴子和他的從僕很疲倦地踏入樹林，嚴子跨下了想像中的馬，將韁繩繫在樹上，主僕二人開始休息，吃點乾糧。

**嚴子**：到望鄉亭了。

**老僕**：唉，總算快到家了。

**嚴子**：把我的簫取出來。

**老僕**：是。（他取出了一管簫）

**嚴子**：（接簫而吹）

**老僕**：（聽了一段，不耐煩起來）先生，我看還是讀書最好。

**嚴子**：這也不一定，沒有知識也很好。

**老僕**：先生是有知識的，我是沒知識的，這趟先生出遊，遍訪名山大川，天下豪俊，先生所得到的東西都藏在腦子裡，落在心竅裡，一點不加重，我呢，又是行李又是書，胳臂跟肩膀都快鬧分家了。

**嚴子**：哈，王忠，看不出你倒是很能說笑話。

**老僕**：唉，大人別抬舉我了，我也是悶得慌，閒扯幾句解悶。

**老僕**：奇怪，好像那邊有人似的。

**老僕**：（向前打探）哎，眞是有人哪。

**嚴子**：什麼樣的人。

**老僕**：是個女人，對著一座墳——（忽然興奮起來）哎呀，我想起來了，這女人我知道。

**嚴子**：你又知道什麼了？

**老僕**：昨天我在渡船上的時候，擺渡的艄公不就提到這個女人嗎？她成天對著一座新墳搧扇子，眞是個怪女人，想不到今天就讓我們遇上了。

**嚴子**：搧墳？搧墳做什麼？（繼續吹簫）

**老僕**：喂，這位小娘子，我們是鄰村的，路過此地，我們老爺是唸書人，是嚴子休先生，他有幾句話問你。

**搧墳婦人**：嚴子休先生，聽說是大有道德學問的，他在哪裡，讓我拜見一番。

**老僕**：嚴先生，這位小娘子來了。

**嚴子**：（放下簫）喔，你姓甚名誰？聽說你多日以來皆在此地搧墳。

**搧墳婦人**：是的，我在此搧墳已經三十天了，妾身姓田，先生姓莊。

**老僕**：唉——這女人，倒是跟我們夫人同姓。（嚴子不悅地瞄了他一眼）

**嚴子**：那新墳就是你丈夫的嗎？

**搧墳婦人**：是的。

**嚴子**：那麼，你搧墳又是何意？

**搧墳婦人**：不瞞先生，先夫在世與妾身十分恩愛，臨終時約定必須等墳土全乾才得出嫁——我想如今已立了冬，雨雪霏霏，墳土要乾，實在不易，所以……

**老僕**：哈，哈，哈，哈，所以你連搧三十天墳，想把新墳變舊墳，是嗎？

**嚴子**：（不齒）你剛才還說是恩愛夫妻——

要是不恩愛，恐怕……

**搧墳婦人**：先生，妾身應命答話，是以先生爲有德有行之人。

**老僕**：自古道忠臣不事二主，烈女不事二夫，對你這種女人，也不必講究禮數了！

**搧墳婦人**：可是，改朝換代的事少，幾百年才一次，輪到男人做忠臣的事總是少的，但女人死丈夫的事太多了——事非經過不知難，恕我說句放肆的話，先生如果死了，你的妻子未必等到墳乾而後嫁人吧！

**嚴子**：（旁白）什麼？我的妻子！

**老僕**：先生，我們走，遇到這種無恥的人，還有什麼可說的！

**嚴子**：我看不下這種傷風敗俗的事！來，讓我來幫你搧吧，要嫁，就趁早吧！

（憤怒地舉扇大搧，老僕也幫忙搧，舞臺上有一陣小型的狂飆）

**搧墳婦人**：先生，你爲什麼這麼生氣，聽說你是有道德學問的人，你沒聽說過嗎？

「未歸三尺土，難保百年身，已歸三尺土，難保百年墳。」

先生，你罵我，但是你沒有餓過，你沒有淒涼過，我守不下去，我要一個男人，我就是壞人嗎？……

**老僕**：我們走吧，這種女人，不值得……

**搧墳婦人**：先生，我知道你們瞧不起我，但我還是謝謝你們幫我搧乾了墳，請收下這把扇子——

**嚴子**：算了，這把扇子，萬一你後夫死了，還能再用一次！（轉過頭）哼！我平生閱人，不算不多，像這樣寡廉鮮恥的人，今天總算見識了。女人，女人，蓋破十床被，也不識女人心。

**搧墳婦人**：（遲疑）可是，你們是比我更好的人嗎？先生的妻子是比我更好的女人嗎？

**嚴子**：（旁白）什麼？我的妻子！

**老僕**：走吧！（主僕牽馬而去，老僕走到臺上面對觀眾，努嘴作態，跟觀眾說）怎麼，我們當然是比她更好更像樣的人，難不成誰還跟「她」一樣嗎？

**搧墳婦人**：（茫然地被遺棄在臺上）你們是比我好的人嗎？

（仰問蒼天）老天爺啊！他們是比我更好的人嗎？

要好，誰不會好呢？

天天吃飽的人誇說自己不怕餓，坐在高高的車子裡笑別人跌倒了忍不住疼，要好，誰不會好呢？誰不想好呢？

啊，你們是比我更好的人嗎？老天爺啊，他們是比我更好的人嗎？

## 第三場

燈光綿柔地照在兩個女人身上，她們似乎是午寐方醒，屋子裡有一種長晝無事的感覺，春秋戰國爭霸的慘烈在她們身上什麼痕跡也看不出來，前後的妝鏡裡永遠是花面相映的幸福遲永的歲月。

田夫人正在整粧，丫鬟小棠在背後幫忙梳髮，一隻琴放在几上，風過處，讓人幻覺似地聽到了琴弦之音。

**小棠**：夫人。

**田氏**：嗯？

**小棠**：嚴大人離家已經三個月了吧。

**田氏**：三個月零五天了。

**小棠**：哎，夫人，您眞算得準，三個月五天零三個時辰，是吧？

**田氏**：（笑起來）沒有你這小東西刁鑽，連時辰都算得出來。

**小棠**：說眞的，夫人，什麼叫訪道求友？什麼叫遊學萬里？一年總共不過十二個月，他這一去，就去掉了三個多月，菊花把籬笆都照成金子的早晨他不在，月亮把後院都映成了銀子的晚上他也不在……

**田氏**：好啦，我還沒抱怨哪……

**小棠**：哎，我也不過是替夫人打抱不平——還有我們大人究竟什麼時候才做官？

**田氏**：小棠，我要跟你說幾遍你才記得？大人不做官，大人要做官，早就做了，當初楚王慕名來厚聘他，他拔腳就逃。大人不做官！

**小棠**：我知道，可是，我有一個姐姐，在王大人家裡侍候，王大人起先也是說不做官不做官，可是後來還是做了，做官眞好，又是車，又是馬，又是銀子大把花……

**田氏**：小棠，大人是大有道德學問的人——

**小棠**：夫人，放心，我不會忘記的——嚴大人是大有道德學問的人！（忽然，馬蹄聲清晰地傳來，兩個女人同時驚起）

**田氏**：大人回來了！

**小棠**：他們回來了！你看，正說著他就回來了！（她畢竟只是一個小女孩，大人回家使她騰躍歡悅，雖然大人未做官，但男主人回來意味著一種熱鬧興旺的局面，她差不多立刻跳起來去烹茶）

（嚴子走入，他沒有離家乍歸的喜悅，相反地，這一對主僕都有顯然的憤怒，以及一些悲傷）

**田氏**：先生顏色憔悴，想係旅程勞頓所致。

**嚴子**：是的，世路艱難，人心險惡……

**小棠**：大人鬚眉都結了霜，請飲一杯熱水……

嚴子：（接過水，熟視之）世態炎涼，又豈是一盞熱水所能化解的……

田氏：先生是否遇見什麼不平常的事情，什麼不合理的人物，否則爲什麼言語如此奇特。

嚴子：是的，離家三月，還會不遇見事情不遇見人嗎？

田氏：離家三月，當然會遇見些事情，但以先生表情來看，又顯然只是方才遇見的事情……

嚴子：（忽地站起）夫人——難得你如此冰雪聰明，可惜——

田氏：可惜什麼？

嚴子：（望著她，幾乎是陌生的表情）可惜是個女流，沒有志氣。

田氏：先生今日言語也太古怪了，我是女流，但也沒有什麼不好，正因爲我是女流，所以才能爲先生之婦，親炙先生的道德學問，我雖不敏，也總算是齊王之妹，金枝玉葉，知禮自重，還不至於沒有志氣。

嚴子：道德學問？哈，哈，哈，天下之大，有道德學問的人不少，想我子休一旦物化而去，以夫人的顏色，還怕沒有別人來以道德學問求婚。

田氏：（微慍）先生離家三月，就只爲這一句話而回來嗎？

老僕：（忍不住）大人，大人，噢，請恕小人多嘴，大人是大有道德學問的，小人什麼都沒有，只有話多。夫人，唉，事情是這樣的，我們今天早上碰到一件古怪事，把大人氣得什麼似的，說的話就不免難聽些了。

小棠：（興奮）什麼，什麼古怪事？

老僕：唉，我們今天一大早趕路，在東村遇見一件奇怪的事，那時候是五更天

——

小棠：五更天，是碰見鬼了？

老僕：唔，不，比鬼可怕多了，我們遇見了一個人。

田氏：一個人？

老僕：簡單說吧：一個人，一個女人，年輕、漂亮，剛死了丈夫，你猜她在幹什麼，她在搧墳。

小棠：搧墳，她怕死人熱嗎？現在已經立了冬啦！

老僕：不，她有她的道理，這女人太不要臉了，她剛死了男人，就想改嫁——據說生前還很恩愛呢！她男人臨死曾說過，要改嫁，得等墳土乾，她等不及，只好自己來搧墳土。

田氏：有這樣的事？有這樣無恥的女人！

老僕：是啊！就有這樣的事，把我們大人氣得不得了！

小棠：可是，也看人啊，要是大人死了，我們夫人就不會做這種事！

田氏：小棠！（雖然那句話分明正是她自己想說的，可是小棠說了，她仍認爲是越禮的）

嚴子：死？那也不過是早晚的事，女人跟女人也差不到哪裡去！

田氏：原來先生今天是生天下女人的氣（轉身支使小棠），小棠，你去看看，外面曬的衣服該收了。

老僕：（世故地）大人，我去刷馬，這畜生一路也累了！（忽然，舞臺上只剩下嚴子和田氏，他們站得很遠，益發顯得彼此間的關係空蕩虛無）

嚴子：世風是越來越敗壞了！

田氏：人心是越來越不古了！

嚴子：我當時很生氣，搶過那女人的扇子替她搧了幾把墳，那女人眞可笑，居然說要把那把齊紈扇送我，我當面就摔在她臉上，我說，你留著吧，說不定下回還有用！

田氏：（至此，似乎才忽然開朗了一些）那還是便宜了她，要是我，（不但開朗，此刻她簡直是興奮）我一定撕破她的扇子，啐她兩口口水，女人中竟然有這樣的敗類。

嚴子：夫人既然如此激憤，想必夫人自己是三貞九烈的女人。

田氏：（走近，嚴正的）我與先生，生則同衾，死則同穴，如有二心，天崩地絕。

嚴子：夫人言重了，我們臨走時，你猜那女人說什麼，她跟在我們後面一面跑一面叫。

田氏：叫什麼？

嚴子：她說：（以下用O．S．錄音效果播放女聲）

「你們是比我好的人嗎？

你們是比我好的人嗎？

你們是比我好的人嗎？

你們……你們……是，比我，更好的人嗎？」（聲音漸小，終而變爲一種無告的喃喃聲）

田氏：這無恥的婆娘，她把天下人都看成什麼了！

嚴子：好了，我們不再談這個女人了。

田氏：（忽然溫存起來）你看，回來大半天了，只顧說話，水都沒喝一口——水都涼了，我去給你換上熱的。

嚴子：不，不要水，你過來，（執起田氏的手）俗話說「穿破才是衣，到老才是妻。」（似乎認眞，又似乎在開玩笑）你知道嗎，像你這樣年輕美麗的女人，一旦成爲寡婦，要想守節，四鄉的輕薄年少絕不同意，恐怕連這四面牆壁也不會同意吧！

田氏：我們結縭七年，先生果眞連這一點也信不過嗎？

嚴子：唉，夫妻本是同林鳥，大限來時各自飛。

田氏：（提高聲音）什麼？

嚴子：（淡然）什麼什麼？

田氏：（憤然）先生今天眞奇怪。

嚴子：不，我今天不奇怪，我從前才奇怪——對了，我忘了說，那搧墳女人也姓田。

田氏：姓田？

嚴子：嗯，姓田。倒是和夫人同姓。

田氏：先生！當初家父是慕先生的道德學問，將妾身嫁與先生，賤妾總是知書達禮，婦德婦言婦容婦功，不敢有違，今日倘若由於一個路邊搧墳的野女人，而搖動了夫妻大信，不如一死以明此心！（取繩索欲自盡）

嚴子：夫人！夫人請息怒，是我一時氣急沖胸，說話造次，夫人乃大姓之女，道德學問，不在男子之下，剛才的事，不過是夫妻鬥口，夫人千萬不要放在心上。

小棠：（不知什麼時候小棠又機伶地跑了進來，也很可能她一直都在偷聽）哎呀，夫妻夫妻，咕嘰咕嘰，不咕嘰也就不是夫妻了！

田氏：小棠，你懂什麼！

小棠：哎呀，我是什麼也不懂的——不過，黃粱已經炊熟了，雞也已經蒸好了，酒也燙熱了，大人也乏了，還是先用飯吧！

田氏：你先下去。（是黃昏了，霞光艷魅而又詭異，田氏向外眺望，嚴子也跟過來眺望）

嚴子：晚霞眞美！所有的鳥都成雙成對地飛回去了！

田氏：你不在家的時候，我總是在織布，織累了，就呆看西天的晚霞，有時候，我會搞混了，以爲我看的是一匹一匹的彩練，而我織的是，一抹一抹的晚霞。

**嚴子**：其實，你比晚霞更美麗，（一起往門的方向走去，忽然又看見了琴，愛惜地摸了摸）待會兒吃了飯，彈一曲琴給我聽，我好久沒聽你彈琴了。

## 第四場

似乎從千里萬里之外，從所有的聽覺和視覺最遙遠的觸覺之外，傳來了遙遠的更夫的鑼聲。是一場低調，昏暗的戲，每個角色從未溝通過，每個人都在獨白——匡，匡，匡，三更天了，小心火燭，三更天了，匡，匡，匡，謹防盜賊，三更天了——

**掮墳婦人**：奇怪，我好像從來沒有聽過這麼清楚的打更的聲音，它也許一直在那裡，也許幾千幾萬年都在那裡，一直模模糊糊地在那裡，可是，可是最近，它簡直清晰得有點殘忍，夜晚被它敲得不再是一團完整的敦厚的柔軟的黑繭殼了，夜晚分成五塊，硬生生的五塊——我覺得害怕，我不知道我怕什麼，反正就是害怕。

那些人都睡著了，那些人現在都不能指指點點的罵我了，現在我可以罵他們全村的人了，可是，我沒有力氣，我沒有力氣罵他們了。

**更夫**：匡—匡—匡，三更天了—

**掮墳婦人**：他的聲音好像在跟誰哭喪，他跟誰哭喪？他也哭喪？啊？是的，他跟時間哭喪，他打了一更又打一更的，時間就這樣一更一更地死了，時間就這樣一更一更地死了，時間又留下什麼人做寡婦——哼，所有的

人都是死去的時間的寡婦……（更夫消失，這一區的燈光隨即消失）

（更夫走過嚴子的窗前，一點小小的火焰，一片茫然的聲音，嚴子似乎沒有睡著，他摸索著爬起）

**嚴子**：三更天了，（他好奇地望著窗外，更夫雖然近在咫尺，但他們彼此不見，也未通一言，更夫的鬚眉皆霜，佝僂卑微，述盡人世的蒼涼）那更夫是一個奇怪的人，他大概一輩子都在打更，可是，爲什麼，你覺得他打了幾千幾萬年了，幾千幾萬年了……

**更夫**：（固定在窗外的某一點上，不像眞人，倒像一幅畫，忽然，他停止了打更的動作，開始喃喃自語）是的，三更天了，夜夜都有三更，這又黑又沉的三更，我已經叫了一輩子了，一輩子踩在別人夢和醒的邊沿上，（忽然，他又執行起任務）匡，匡，匡，三更天了，小心火燭，匡，匡，匡，謹防盜賊，三更天了（然後，他又回復了自己的呢喃），火燭，盜賊，其實，我倒是沒有看過火燭和盜賊，火燭和盜賊，要有，恐怕也是在人心裡頭的爲多！

**田氏**：（她已醒過來了，這三個人，加上更夫，各自在孤單的黑夜裡想著他們自己的事，像大海中的三個孤島，在煙水迷茫中互不相見）是三更天了——他睡得多麼熟——三更天了，男人總是這樣的，有飯，有枕頭，他們就很快活——而女人，女人是什麼，我也不知道女人是什麼——可是我知道我自己是好女人，世界上當然有壞女人——可是我是好女人。

**嚴子**：三更天——她睡得多麼熟——三更天

了，女人總是這樣的，有飯，有枕頭，她們就很快活——而男人，男人是什麼，我不知道男人是什麼，我不知道我是什麼，可是，爲什麼那個念頭那麼強烈，（喘息）我起先還當是一個一閃即逝的念頭，可是現在，我卻不能罷休了。

**更夫**：（漸行漸遠）匡，匡，匡，三更天了，小心火燭，匡匡匡，三更天了，謹防盜賊，匡匡匡，……

**嚴子**：這件事眞可怕，可是我一定要去試試，她睡得多麼熟，她下垂的眼睛看起來又純潔又貞烈——可是誰知道呢！也許她比那個搧墳的女人更淫蕩無恥！（忽然，搧墳婦人又出現在舞臺上，她背臺跪坐，以一種固執的姿態緩緩地持續地搧著墳，她的話也以遲緩的節拍，以O．S．錄音效果播出）

「未歸三尺土，難保百年身，
已歸三尺土，難保百年墳，
如果先生死了，先生的妻子恐怕未必等到墳乾而後嫁人吧？」

**嚴子**：我一定要知道，我死了，我的妻子會怎麼樣。

**聲音**：你爲什麼要知道，你死了你的妻子怎麼樣。

**嚴子**：也許是我的驕傲，我要知道我死了，我的妻子會怎麼樣？

**聲音**：除非是你死了，否則你不能知道。

**嚴子**：我可以！我可以！（面目忽然邪惡起來）我要裝死，我要假裝出了殯，埋了，然後我要化身爲一個年輕的公子，我要來誘惑試探自己的妻子！

**聲音**：不，沒有人可以試探別人，你的妻子是讓你關切愛護的，是與你相互扶持的，她不是讓你拿來試探的，沒有人有資格去試驗別人，也沒有人應該被人試驗，人是脆弱的，人應該互相扶持以防跌倒！

**嚴子**：是的，或許，她是脆弱的，可是她不可以是脆弱的！

**聲音**：並不是只有她是脆弱的，我們都是脆弱的！

**嚴子**：我一定要知道，我一定要知道她是不是貞潔的……

**聲音**：可憐的人，你又能證明什麼，如果你證明了她是不貞潔的，你就勝利了嗎？

**嚴子**：可是，除非我能證明她始終都是我的，否則我簡直不能忍受和她在一起，我不能原諒一個現在不貞潔的女人，我也不能原諒一個過去不貞潔的女人，我甚至不能原諒一個未來不貞潔的女人……

**聲音**：你知道什麼是未來？你什麼都不知道！你以爲你是神明嗎？你只是一個凡人。

**嚴子**：是的，我是一個凡人，我也許不該這麼做，我不知道！

**聲音**：你不該做！沒有人可以試探人，也沒有人可以試探自己！

**嚴子**：可是，我想做！我非得做不可！

**聲音**：等等吧，等天亮吧！等天亮你就清醒了！

**嚴子**：不！我不要清醒！我非得現在做不可！否則天一亮，心一軟，也許我就永遠不會做了！

**聲音**：那就不要做，你爲什麼一定要做？

**嚴子**：不（焦躁而不可理喻），我非做不可，我現在就開始，我非做不可！我非做不可！

（忽然，像地裂山崩似地，他「啊」的一聲狂嘯了起來，整個舞臺在一霎時亮了，揭墳婦人消失了，田氏

驚躍而起，惶恐而無助，可怕的聲音和可怕的景象令她吃驚得不知所措）

**田氏**：你怎麼啦，你醒醒，你怎麼啦？

**嚴子**：（如果僅僅是由於演戲，嚴子的病看起來絕不會那麼酷似，事實上，我們必須承認，嚴子是眞的在病著，他是眞的有幾分瘋狂了）哦——哦——我夢見我死了，我的心疼，我全身發冷，我夢見我死了。

**老僕**：（他也聞聲而至）大人，您寬寬心，您寬寬心，夢是反的，夢見死是大吉大利的。

**田氏**：我先去煎些藥來，你照顧一下。（下）

**嚴子**：（霍然而起，眼中露出凶光）你聽著，我沒有病，你懂嗎？我沒有病，我現在在裝病，下一步，我要裝死，再下一步，我要化裝成楚國的王孫來勾引夫人，你懂了吧，不管戲演到哪一步，你聽我的，你順著我，你非聽我的不可——

**老僕**：大人——你是眞的病了——你不知道自己在做什麼——大人——大人這件事不能這樣做——我沒有唸過書，可是這件事不能這麼做。

**嚴子**：不要勸我，「對不對」是我的事——不是你的事。

**老僕**：大人，還來得及罷手，大人——

（遙遠的，鑼聲又響起，匡，匡，匡，四更天了，小心火燭，四更天了，匡，匡，匡，匡，謹防盜賊——）

**嚴子**：我一定要，我一定要！

**老僕**：大人，你是眞的病了——

**田氏**：（上）先喝點安神的藥，大人是眞的病了。

**嚴子**：沒有用的，我自己知道，我不會再好了，我的心疼，我的全身發冷，

（顫抖）啊，好冷，我好像掉在冰窖裡——

**田氏**：也許是發寒熱，我給你焐著。

**嚴子**：哈哈哈哈哈……

**田氏**：你笑什麼？

**嚴子**：唉！可惜那女人的齊紈扇我沒收下，否則你倒有點用場。

**田氏**：什麼時候了，你還說這樣的話，先生向來以道德學問自重，現在說這樣的話，不嫌輕薄嗎？

**嚴子**：我知道你是三貞九烈的女人，可是，我全身發冷，我的心快要凍僵了，你摸我的手……

**老僕**：大人，你凡事放寬心，就免了這一場了——

**嚴子**：我死了，你能守三年就守，不然，一年半載也就罷了。

**田氏**：先生看差了，我豈是那樣的女人，我哪怕餓死了，也一生一世不嫁第二個男人。可是，你還是寬寬心，晚飯桌上還好好的，哪裡說死就死了。

**嚴子**：（抓住老僕）王忠，你一向忠心，我要死了，留下的事，你務必要好好料理！夫人年輕，都累你了！

**老僕**：大人——

**嚴子**：（撒手，昏厥，他的死，在眞與假之間，事實上，他也是被焦慮，猜疑，恐懼和興奮折磨而眞的昏死過去）

**老僕**：（垂手而立）夫人——大人死了——老僕不知道他爲什麼死——這個世界瘋了。

**田氏**：（尖叫起來，小棠也來了）啊，不，不，不，不是眞的，不是眞的，（欲衝向前，小棠抱住她）把他還給我，他沒有死，他不會死！

**老僕**：人死爲大，老僕不知道別的，既然大人死了，我們也只好辦起後事，夫人還是換上孝服爲是。

**小棠**：是的，夫人（自己也哭了）這是沒有辦法的事（遠處傳來五更的鑼聲）——天就亮了，弔喪的人就來了，我們還有好多該做的事。

（晨光迷朦中田氏任小棠爲她披上孝服，弔喪的隊伍魚貫而行，悲哀，黯淡，而且有幾分罪惡感的曖昧）

## 第五場

幕啓時，嚴子已作了楚國王孫的打扮，他看來年輕而英挺，不再有「道德學問」的擔子成為他的壓力，他的扮相，打個譬喻說，已整個由平劇中的鬚生而變為小生了，四下是荒墳斷碑，他剛從墓穴出發，預備實行他試妻計畫中的第二個步驟，此刻他正留戀地望著偽死的墓穴。

**嚴子**：這是一個多麼奇怪的洞穴！又深，又黑，又暖和。而我，一個活著的死人，等著演一場奇怪的戲。從此再沒有嚴子休，從此只有楚國王孫——奇怪，我在等待我的僕人給我一個體面的書僮和一輛華麗的駟馬高車，可是他還不來，他還不來，（不安地踱步，忽然，他踢到一塊東西，便順手撿了起來，不料是一個骷髏頭，他大吃一驚，把它丟得老遠，焦急地抬頭看天色）他怎麼還沒有來，他怎麼還沒有來（地上剛好有根馬鞭，他很無聊地撿起來，東打一鞭，西敲一下，忽然，他又想起那骷髏，便跑過去鞭了他兩下）——喂，你是怎麼死的？是犯了罪被人砍頭，還是過荒年三餐不繼？還是酒色過度？還是憂思愁苦——總之，你是死了。是聖賢，是小人，反正，你已經只剩下一個骷髏（由於無聊，只好持續這種單方面的聊天），喏，這個額頭，恐怕想過最高深的問題吧。這雙眼（手指挾進兩個洞）恐怕看過最美麗的春天吧？蘭花桂花曾經不斷地向這雙鼻孔進貢最華麗的香氣吧？還有這兒，這張嘴，最快活的嘴，消受過香醇的烈酒和美人的紅唇，現在只剩下一個骷髏頭了。

（老僕人仍未來，嚴子丟掉骷髏，疲倦地靠在一塊斷碑或是石頭上垂頭而睡了，睡夢中，骷髏化身爲人形出現了）

**髑髏**：在下乃一骷髏，勞先生如此殷殷垂問，在下謹前來致意。

**嚴子**：你是誰？

**髑髏**：在下與先生一樣，是個曾經活過的人。

**嚴子**：現在呢？

**髑髏**：現在也與先生一樣，是個已經死去的人。

**嚴子**：不，我還沒有死，我是裝死，爲了要試試自己的妻子。

**髑髏**：先生希望試出妻子不貞嗎？先生何必如此自苦？先生豈不是試驗一告成功，結果便證實自己慘敗嗎？

**嚴子**：我顧不了這麼多！

**髑髏**：先生想得太多了，大丈夫生前尚難保妻賢子孝，死後又怎麼敢奢望妻子三貞九烈？

**嚴子**：我不能跟一個我死了她就改嫁的女人過日子，我做了鬼也不能看著別人用我的手巾洗臉，挑我的油燈看書，並且帶著我的女人過活！

**髑髏**：可是，如果你的妻子死了呢？你會再娶，會再有別的女人用你妻子的篦子梳頭，會有別的女人用你妻子的鏡子照臉……

**嚴子**：不，那不一樣。

**髑髏**：那又有什麼不一樣。

**嚴子**：敢問先生死後，先生的妻子又如何呢？

**髑髏**：不，人間的事，我已經忘記了。

**嚴子**：（吃驚）唔！

（老僕上，帶著一個伶俐的書僮，他走上前去，推動主人）

**老僕**：大人，大人，你醒醒，（髑髏下）天寒地凍的，大人怎麼睡著了，再睡下去，眞要凍死在這荒郊野嶺了。

**老僕**：大人——大人要的書僮，已經找到了。

**書僮**：大人。

**嚴子**：（半醒）叫我公子。

**嚴子**：（醒來，仍有矇矓的驚懼，一把抓住老僕，他的雙目深陷，嫉妒，不信任已把他變得半瘋狂）夫人，她怎麼樣了？

**老僕**：夫人粒米不進，悲慟逾恆。

**嚴子**：啊！

**老僕**：大人，罷手吧，還來得及，讓你所僞裝的楚國王孫永遠不要出現，大人。

**嚴子**：不！

**老僕**：大人——

**嚴子**：不要叫我大人，我是楚國的王孫公子！

**老僕**、**書僮**：公子！

（燈熄了，車轔馬蕭，奔向未可知的不幸）

## 第六場

哀樂聲中田氏身著喪服背著舞臺在望西天的晚霞。顯然的，她看來純潔貞烈——正如她自己所自信的，小棠呆立在一旁。

**老僕**：夫人。

**田氏**：（仍然背臺不應）

**小棠**：什麼事？

**老僕**：有楚國的王孫公子前來弔喪，想要拜見師母。

**田氏**：你回覆說亡夫不滿百日，不好相見外客。

**老僕**：是（下，過了一會，他出而復入），夫人，公子說古誼通家好友，妻妾尚且不避，何況公子與先生有師徒之稱，是相見得的。

**田氏**：也罷，請稍候。（小棠小心地將她攙扶下來，離開眺望晚霞的窗口）

**田氏**：小棠。

**小棠**：夫人。

**田氏**：去花園裡給我摘一朵花來。

**小棠**：夫人，沒有了，現在是冬天，花園裡一片蒼灰。

**田氏**：（忽然嚶嚶地哭了，變得稚氣而不可理喻）我想要一朵花，水紅色的，或者鵝黃色的，喔，連白色的都好，我想要一朵花……

**小棠**：夫人……

**田氏**：我從來沒有一朵花，爲什麼我從來沒有花，日子一直就是灰丫丫的乾枯的森林，我要一朵小小的花。

**小棠**：夫人，楚國的王孫公子到了！

**老僕**：（上，將公子引進）

**楚國王孫**：（深深地拜揖，田氏木然坐受，但當楚國王孫拜完抬起頭來，他灼然的逼視使田氏震動了）

**田氏**：（忽然，燈熄了，田氏的臉浮在黑暗裡）這人是誰？他牽動了我心裡的一些什麼東西，我也說不出來的什麼東西，他使我害怕，使我好奇，他是誰？（忽然，燈亮了，田氏又恢復爲嚴正莊穆的樣子）公子不遠千里而來，不知有何事見諭。

**楚國王孫**：弟子來自荊南草莽，久慕嚴先生道德學問，欲拜爲師，不料先生已過世。

**田氏**：（傷感地拭淚）先夫不幸過世，有負公子雅意，然而公子厚祭之誠，未亡人感同身受。

**楚國王孫**：弟子有不情之請，望師母俯允。

**田氏**：公子但請直言。

**楚國王孫**：弟子福薄祚淺，不能爲嚴先生親執弟子之禮，今欲留此爲嚴先生守百日之喪——

**田氏**：這個——

**楚國王孫**：弟子自有書僮侍候，不敢攪擾師母，百日之間，一則守喪，二則爲先生整理劄記，使先生金經玉篆不致流散。

**田氏**：（注視著陌生人的請求的目光，不覺搖動了，這來自異國的王孫自有其莽撞、生澀而英發的年輕男孩的特質，他差不多是蠻橫不講理的，但也正因此，他也是讓人難以拒絕的）好吧？（回顧老僕）長忠，把西邊廂房收拾出來，大人的書簡，但凡公子用得著的都讓公子隨意拿去。

**老僕**：是。（下）

**楚國王孫**：叩謝師母。

**田氏**：不必拘禮。

**楚國王孫**：弟子來自楚國荊蠻之鄉，謹攜來家傳玉蘭一株，此物價值千金，以象君子之德，原欲持贈先生，今不幸不能呈獻亡師，願轉爲師母上壽。

**田氏**：多謝公子厚意。（由小棠手上接過花，目送楚國王孫離去）

（忽然，舞臺陷入黑，只有田氏的臉異常清晰地和蘭花相倚偎著）這人是誰？他怎麼知道我要一朵小花，啊，我從來沒有一朵花，可是，我現在竟然就要有一朵花了！

（燈亮了，夫人正襟危坐，臉上有經過壓抑的平靜）

小棠：（冒失地）啊！夫人，他的眼睛好亮啊！

田氏：（驀然驚醒）什麼，你說誰？

小棠：誰，我不知道他是誰，就是楚國王孫的那個書僮嘛！

田氏：（鬆了一口氣）唔——我沒留意。

小棠：夫人，你准他們在這兒住一百天嗎？

田氏：嗯。

小棠：太短了！

田氏：什麼？（有點心虛）

小棠：公子走了，他的書僮也就不能留了。

田氏：小棠，不要再來煩我，去，把這株玉蘭拿去放在南邊的走廊下。

小棠：好。

田氏：小心碰壞了根。（小棠匆匆欲下）有點規矩，別人書僮眼睛亮不亮不關你的事，記得大家都穿著孝！

（舞臺上有短暫的屏息，田氏不安地走著，天色漸漸暗下來，忽然那搧墳的婦人又出現了，在那裡安穩如山地執扇搧墳）

搧墳婦人：（過了一會，那婦人幽幽然地走到田氏身邊）你是比我更好的人嗎？你叫小棠不要看那書僮的眼睛，你叫小棠記得自己穿著孝，你忘了，你自己也穿著孝，你才看過楚國王孫一眼，可是你已經喜歡他了！

田氏：不可能的，不可能的——我並不喜歡他，我一點也不喜歡他，我不是那種無恥的女人，（遙望了搧墳婦人一眼，似乎想藉著惡毒的咒詛而保衛自己）那種女人太下流太卑鄙了！而我，我是知書達禮的，我是貞節自重的。（走過去，撫弄著琴弦，又毫無心緒地放開）可是，奇怪，他的眼睛真特別，那樣逼著人看，卻又不惹人討厭。從小，我就是寂寞的，沒想到結了婚，竟然更寂寞了。後來，嚴子休死了，我就更更寂寞了，但是最寂寞的時刻莫過於現在。自從楚國的王孫來了，夜忽然變得又長又淒涼（百無聊賴中，她又去撥幾下琴，這差不多變成一種固定的程式了，無聊—弄琴—無意緒—停止，然後再重複），爲什麼我第一次覺得委屈——這是不可能的，這是不可能的！他只是一個年輕的弟子，他叫我師母，他太年少，他什麼都不懂。

**搧墳婦人**：這是可能的，這是可能的，爲什麼不可能，一個男人跟一個女人——他們什麼都可能。

**田氏**：（於是，她又去弄琴，而這一次，使她大吃一驚的是，從西邊廂房裡傳來回應的聲音，那樣有意地呼應著她的旋律，她因急惶而停止了。她的生活背景太單純，對於這樣明顯的挑逗，她的反應只是失措，她不敢再彈下去，她把臉俯下，熱淚不禁滴在琴上）我剛才究竟彈了些什麼？只是些不成曲調的斷譜。

**搧墳婦人**：可是，他聽見了，他回應了，你就覺得你彈的是人間的仙樂——

**田氏**：只是，這事是不可能的，這事是不可能的！我是一個貞潔的女人，一個貞潔的不嫁二夫的女人。

**搧墳婦人**：不，你跟我一樣，你也並不是什麼貞烈的女人。

**田氏**：（忽然，她下定決心，取了刀子將琴弦一刀割斷，她哭了，同時她又看見那搧墳女人）——啊，那種女人是太下流太卑鄙了，而我，我是知書達禮的，我是貞潔自重的！

（雖然在疲倦的掙扎中她顯得軟弱可笑，但是，她的確在認眞的掙扎沉浮，她的失敗是極其人性的失敗，她的可憐自衛的架式雖然擺得很像眞的，但卻只是無用的自我欺騙）

**搧墳婦人**：（木然無表情地離開她的位置，轉身向田氏，以下的話，或現場說，或用錄音效果）先生，你罵我，但是你沒有餓過，你沒有淒涼過，我守不下去，我要一個男人，我就是壞人了嗎？（轉身）而你，田夫人，你把琴弦割斷了，你就貞潔了嗎？

**田氏**：不，不要問我，我不知道，（西廂的琴聲又響起，她歇斯底里地把斷了弦的琴摔在地上，隨後又珍惜地抱住琴，哀哀地哭了，西廂房的琴聲持續）我不知道！

## 第七場

這是一場春夢，鬆弛的，不自設防的，豔魅而又神祕的夢，輕柔如水的音樂若有若無地繞著初春的宅院宛轉低徊。田氏夫人的白衣因罩在粉紅色的花光下，幾乎成了一件粉紅色的衣服。

雖然不是在山中，舞臺上也似乎氤氳著迷茫的春煙，也許，設計上可以讓演員隔著一層軟紗演戲。

**田氏**：（她正在自己整髮，並企圖簪上一朵豔色的花朵，可是總弄不稱心，不禁微慍起來）小棠！小棠！跑到哪裡去了？唉，自己一個人眞不好簪這朵花，小棠……

（忽然，小棠跑上來了，她肆無忌憚地笑著，和書僮追逐嬉戲，渾然不覺田氏的呼喚，田氏呆愣在舞臺上，看他們奔逐）

書僮：還給我！還給我！

小棠：不還，就是不還，我撿到了就是我的！

書僮：我給你磕三個響頭。

小棠：不要。

書僮：你再不還我，公子追問起來，會打我的——

小棠：到真要打的時候，我再來拉——

書僮：公子打我事小，公子會打發我回家——

小棠：（果然，那句話對她發生了作用）回家？回哪裡？

書僮：他趕我回家，我就再看不見姐姐了。

小棠：啊！（忽然正色起來）不可以！

書僮：真的，我回家事小，可是，就看不見姐姐了。

小棠：（憐惜地，取出藏在懷中的東西）拿去！

書僮：（接過）多謝啦！

小棠：（好奇地湊頭去看）到底是什麼？

書僮：公子的扇子。

小棠：扇子有什麼希罕？

書僮：希罕倒沒什麼希罕，只是公子用慣了，喜歡它。

小棠：你們公子怎麼不娶親，他喜不喜歡我們夫人？

書僮：我不知道——

小棠：你這笨蛋，你什麼都不知道！

書僮：我也知道不少事啊！

小棠：你什麼都不知道！你什麼都不知道！

書僮：我知道姐姐喜歡我，我知道我喜歡姐姐。

田氏：（忽然無端地氣憤了）小棠！（小棠聽不見，她叫得更大聲）小棠！

**小棠**：好像夫人在叫我。

**書僮**：沒有人叫你，我們來玩桃花。

**小棠**：怎麼玩法？

**書僮**：我們都在這桃花樹下坐好，等桃花落在扇子上，我們不要動，看誰扇上的桃花瓣多——我們是來輸贏的！

**小棠**：啊，好，我有兩片了！

**書僮**：不要動，不要笑，你看，你一笑就掉了，你輸了我是要罰你的……

**小棠**：不行，這樣玩我準輸！桃花仙是女人，（跳起來）當然喜歡往你身上掉！（書僮亦躍起奔逐）

**田氏**：小棠！（她很生氣，走近，看到公子的扇子，忍不住拿起來把玩著，燈暗了，小棠和書僮潛下）做一隻扇子多好！（愛惜地撫摸），這上面還有他手握的痕跡——我眞願意我是一隻扇子！

**公子**：（潛上）夫人——

**田氏**：誰？

**公子**：夫人，這裡的春天，年年都是這麼好嗎？

**田氏**：春天？不，我不記得你來之前這園子裡有春天。

**公子**：嚴子休先生是大有道德學問的——

**田氏**：不，我不記得他了，我想不起他是怎樣的人……

**公子**：他志行清高，棄官不做。

**田氏**：（在夢中，她忘記當日對嚴子的讚美，她冷然地譏諷起來）他哪裡是棄官不做，他是自知才學疏淺，不敢接受罷了！

**公子**：他爲人方正，與夫人互敬互愛。

**田氏**：不，他爲人冷漠，寡恩少愛，我不記得他了，我想不起他是怎樣的人……

**公子**：他與夫人結縭七載，甘苦與共。

**田氏**：不，我甚至不記得我出嫁了，我好像還是十五歲，從來沒有遇見男人，春天來的時候只有桑樹一口氣把周圍都綠透了，新抽的桑葉嫩得叫人心疼。不，我眞的想不起我出嫁了。

公子：夫人（親切地執起田氏的手），你的手好冷，這個，夫人，你披著（將自己的外衣披在夫人肩頭），夫人，你看著我，我是愛慕夫人的……但是，我的道德學問俱不如嚴子休先生，我怕夫人看不起我，我不敢妄想……

田氏：公子！

公子：夫人乃齊王之妹，金枝玉葉，不足比擬，難道夫人要將花蕊一般的顏色，琴韻一般的氣質就這樣委棄在這窮鄉僻壤嗎？

田氏：（無聲哭泣）

公子：那是什麼？

田氏：如蒙公子不棄，願爲公子捧箕執帚——

公子：你說什麼？夫人，再說一遍，世上有比這更好的聲音嗎？（忽然，觸到夫人手中的扇子），這是什麼，我不喜歡握著你手的時候，你手裡還有別的東西！（拋扇子）

田氏：啊，那是公子最喜歡的扇子！（急急撿回）

公子：不，夫人，我不喜歡什麼，除了……不，我不喜歡什麼！（將扇子折了，丟開）

田氏：公子！（焦急痛惜）可惜折損了那麼好的扇子。

公子：不，沒有什麼是可惜的，千金不足惜，最寵愛的東西也不足惜，除了夫人，什麼都不可惜！

田氏：（忽然，在她幸福的頂端，她敏感地體會到這一切可能是空的，虛幻的）公子！你和我，這不是夢吧？

**公子**：夫人，不是夢！

（但忽然，燈熄了，公子在微光中浮沉，漸漸地，像騰雲般的不眞實了，掮墳女人出現了，她瘋狂地笑著，她們各拿著自己的扇子，瘋狂地繞著舞臺而跑。夫人披髮奔號，整個劇場變成聲浪的漩渦）

**夫人**：這是不是夢？這是不是夢？這是不是夢？這是不是夢？

（公子消失了，燈光恢復，夫人扯斷紗幕，瘋狂、枯槁而蒼白地呈現在觀眾之前。她是慌亂的，恐懼的，她搜索的目光似乎仍在追隨著楚國王孫）

（忽然，她又聽到更夫的聲音，她轉過背去，發現更夫正緩緩地走過來）

**更夫**：四更天了，匡，匡，匡，匡。小心火燭，四更天了……

**夫人**：是夢，沒有扇子，沒有外衣，沒有公子……什麼都沒有……公子……（由於心力交瘁，她昏倒下來，凋萎在地）

## 第八場

許多時日過去了，田氏已由一個自信的高傲的婦人變為憂愁的怨婦，但是她跟掮墳的婦人不同，她所需要的不僅是一把扇子，她所需要的是成熟的時機，可是她沒有，她眼前只剩一個小棠，但由於小棠的無知，由於小棠和書僮簡單的相好，使她益形寂寞。

**小棠**：夫人——

**田氏**：什麼事？

**小棠**：大人死的時候是冬天。

**田氏**：我知道。

**小棠**：現在，已經快要暮春了！

**田氏**：我曉得。

小棠：爲什麼春天總是惹人傷心。

田氏：不要煩我，我不知道。

小棠：春天讓人著急——讓人覺得好東西都要消失了。

田氏：小棠，是不是因爲喜歡上了那個書僮，你最近變得嘴很碎。

小棠：夫人！不要提愛，不要提書僮——明天就是百日了，楚國的王孫就要回去了，什麼都結束了，不是嗎？

田氏：是的，明天就是百日了。

小棠：那楚國王孫眞是奇怪。

田氏：他並不奇怪。

小棠：他和他的書僮說——他終身都不要娶妻，除非遇見和夫人一模一樣的人。

田氏：什麼？你是在作夢嗎？（慌亂，旋又生氣）你來和我說這個幹什麼？

老僕：（入）夫人，楚國王孫公子求見。

田氏：（矜持，疾言厲色）做什麼？

老僕：公子明日即將除服返楚國，今日特來辭行。

田氏：讓他進來。

老僕：是。

楚國王孫：（沉默地走入，俯在地上，深深地叩拜）弟子蒙不棄，百日之內將先生典籍箚記整理一過，今將正冊呈師母，明日凌晨即返楚國，今日特來辭別。

田氏：（木然）小棠，把大人的典冊送到書房，公子，你去吧！

楚國王孫：（起身，放下典冊，轉身而行，遇老僕、書僮和小棠）你們都退下，我還有話跟夫人說。

老僕：大人——公子，（悲愴欲嚎哭）罷手了吧，事情做到這裡，還能算是玩笑，再做下去，就要出事了。

楚國王孫：你下去！

（忽然大廳上只剩下他們兩人）

楚國王孫：夫人，弟子明日即將返回楚國了，可否一聆夫人的琴聲。

田氏：不，我不像公子，雅善彈琴。

楚國王孫：夫人，原來你的琴弦斷了，我來叫書僮拿到書房裡，為夫人重新安弦。

田氏：不，亡夫未過百日，這不是彈琴的時候。

楚國王孫：夫人你上無公婆，下無子女，中間又無產業，夫人你為誰而守節呢？

田氏：我是嚴子休的妻子，我為先夫守節。

楚國王孫：先師雖然道德學問出眾，可是他已經死了，死了的人即使是聖賢其實也還不如一隻活著的牲口，可以吃，可以笑，可以生孩子，可以感覺春來秋去。

田氏：你走吧！

楚國王孫：是的夫人，我明天就要回到楚宮中去了，楚宮距此有千里之遙，弟子一旦到了那裡，就永遠不能再見夫人了！在那裡我是父王的兒臣，是諸兄的幼弟，又是諸弟的兄長，是未來某些乏味的妻妾的丈夫，是一群孩子的父親。夫人，今日若此為別，永世不能再見，歲月不居，行年漸長，以後就再沒有這個遨遊天下，訪師求友的楚國王孫了！

田氏：我會善待你的玉蘭花！

楚國王孫：夫人！雖然這玉蘭價值千金，是稀世名花，但夫人，你就不能看我一眼，顧惜我一下嗎？

田氏：你，你要我怎麼樣呢？

楚國王孫：夫人！跟我回去，把老僕和小棠一起帶走到楚國去，楚國沒有人認識你，沒有人在背後指點你，在楚國你只有未來，沒有過去，現在是暮春三月，我們的車子會一路行過蘭蕙的芬芳，像一枝箭，射過桃花，射過柳樹，射過郊野上燦爛照眼的油菜花，射過綠得讓人不敢相信的禾田，然後直射到楚宮，那撥開花才能走路的地方，那一早起來小河和鳥語相互和鳴的地方——夫人。

**田氏**：（沉吟不語）

**楚國王孫**：夫人，有一個祕密。我應該告訴你，我是有病的，我隨時會病發而死的。倘蒙夫人不棄，也許我們可以和和樂樂過著一世神仙生活，但如果讓我悒鬱地回去，也許，我在中途就因痛苦而病歿了。我的病曾發過二次，據太醫說，如果第三次熬得過便終身無礙，如果熬不過，夫人，當你想起我時，我已化爲蔓草荒煙。

**田氏**：（搖動）你身爲楚國王孫，不告而娶，可以嗎？

**楚國王孫**：我去國之時，已稟告過父王，如有合意之女子，可攜回成婚——而且父王對我甚是寵愛，夫人將來的富貴是可以預期的。

**田氏**：我——

**楚國王孫**：我會敬重夫人。

**田氏**：我們尙有師徒名分。

**楚國王孫**：我並非入門弟子，不過心儀罷了，況且聽小棠之言，我還癡長夫人一歲。

**田氏**：明天就成行嗎？

**楚國王孫**：明天做完百日，把這老宅一把火燒了，就可以上路了。

**田氏**：（沉吟不語）

**楚國王孫**：（忽然，他的臉色蒼白，汗涔涔而下）

**田氏**：公子，你怎麼了？

**楚國王孫**：夫人，我，啊，我沒有想到我的病竟然現在就發作了——上天嫉妒我，啊，爲什麼讓我現在發病！（尖叫起來，抱頭翻滾）啊！——啊，啊，啊，啊……（書僮、老僕、小棠都跑來）

**田氏**：（一把抓住書僮）公子從前發這病的時候，太醫下的什麼藥。

**書僮**：太醫用人腦和酒沖服！

**田氏**：什麼？

**書僮**：用人腦，從前公子病發，楚王總是從監獄中提出一名死刑犯，將其人腦供做藥用。

**田氏**：人腦？

**楚國王孫**：不，夫人，不要再談人腦了，沒有用的，夫人，只要你再看我一眼，只要……

**田氏**：人腦？（忽然，「人腦」的聲浪四面襲來，將田氏包圍住，田氏驚懼如一隻亂撲的禿鷹）我去哪裡找人腦？我去哪裡找人腦？啊，（但漸漸地，她莊嚴起來，有如殉節者）啊，小棠，你去燙酒來，（轉向老僕）把斧頭拿來。

**老僕**：（他恐懼起來，感到不尋常）夫人，要斧頭何用？

**田氏**：（厲聲）你去拿來！（僕下）

**楚國王孫**：夫人，握著我的手，我……

**田氏**：公子稍候……

**老僕**：夫人，斧頭在此！

**小棠**：夫人，熱酒在此！

**田氏**：公子，謹將賤妾腦髓，奉爲公子藥用。（舉斧欲自劈）

（大家一時驚動，齊來抱住夫人，驚呼叫嚷混成一片）

**楚國王孫**：夫人，夫人，萬萬不可，太醫雖然傳下此方，可是太醫嚴嚴囑咐除了服藥之外，不可悲苦鬱悶，否則服藥亦無效用，夫人就算自獻腦髓，小人服之亦不免悲傷哭泣，白白辜負了夫人的生命！

**田氏**：那麼——

**楚國王孫**：若得死人之腦，而未過百日者，亦仍有藥效。

**老僕**：死人腦髓？未過百日？大人——公子，（他是知道整個事件的，他了解這句話，而且他知道事到如今，公子的詭計是什麼，田氏夫人必然的舉動又是什麼，他哭了）公子，爲什麼要這樣？這世界瘋了，公子——

**小棠**：死人腦髓？未過百日？

**田氏**：死人腦髓？未過百日？

**老僕**：夫人——

**小棠**：（亦有所悟）夫人——

**田氏**：死人？腦髓？未過百日——小棠，你們好好看顧公子（翻身拾起斧頭）我去去就來。

**老僕、小棠**：夫人——

## 第九場

在墳場上，那搧墳的女人仍在，她簡直就像鬼魅似的無所不在，像一條法律，即使在不明寫出來的時候仍在那裡，她不疾不徐地搧著墳。

田氏夫人急奔而來，她喪服未除，手執利斧，披頭散髮，急欲尋找嚴子休的墳。如果和第三場在菱花鏡中梳髮的田氏相比，她自己也會驚駭。

田氏夫人來到的時候，忽然搧墳婦人轉過身來，而同時觀眾才發現除了搧墳婦人以外，那具髑髏也在，他們聯手擋住了田氏的去路，這一場掙扎——情感與道德的掙扎，活人與死人的掙扎也可用現代舞來表現。

**田氏**：讓我過去！

**髑髏**：你拿著斧頭，你來做什麼，這裡沒有你的路！

**掮墳婦人**：你回去，你這貞潔的女人，你這高高在上譏笑別人的女人，你來做什麼？

**田氏**：讓開路，我要取腦髓，我來不及了，讓開路。

**髑髏**：死亡也是神聖的，沒有人可以迫害一具可憐的屍體。

**掮墳婦人**：沒有人有權利要別人的腦髓！

**田氏**：讓我過去！讓我過去！

（掮墳婦人用大扇子搧她，她的衣服和長髮散亂飄揚，駭目蕩神。終於，她衝過他們，髑髏和掮墳婦人消失了，她找到了嚴子休的墳，她急速地刨開土，高高地舉起巨斧，砍了下去）

（忽然，整個墳地被巨大而邪惡的笑聲震得搖湯起來，笑聲經四面八方壓下，恐怖如鬼域）

**嚴子**：你要找嚴子休嗎？（他勝利了，他穿著寬大的黑袍站在高處笑得又得意又悲慘，他完成了設計精密的一道試驗，最後用以證明自己的慘敗）嚴子休在這裡，你要他的腦髓嗎？他的腦髓很新鮮，也在這裡，來吧，過來拿吧——拿去給你那細皮嫩肉的楚國王孫公子飲用吧！

**田氏**：（不勝驚愕，俯視墳，發現是空的）——嚴子休不在？你是誰？你沒有死？

**嚴子**：是的，很遺憾，我沒有死，（走下臺階，滿眼凶邪，一把抓住田氏，然後撕開外袍，露出他華麗的楚國王孫的衣服）不但沒有死，我還住在自己的家裡，送花給自己的妻子，彈琴挑逗自己的妻子，夜夜守在月光底下欣賞自己妻子癡情的嘆息！

**田氏**：你——

**嚴子**：好個知書達禮、貞潔自重的妻子，你曾經唾棄那搧墳的女人，可是那女人究竟還是因為衣食不周才想到改嫁，而你呢？你不缺衣食，卻拿著斧頭來尋亡夫的腦髓。

**田氏**：（俯首不語）

**嚴子**：夫人博學多聞，容我唸兩句詩給你聽聽好嗎？

「昔日笑人搧墳婦，今日自為劈棺妻。」

**田氏**：（在極大的震動和驚駭之後，她已重歸平靜，她已完全了解整個事件，而且在羞愧之餘仍然接受自己。她慢慢地，帶著覺察不出的笑容走近嚴子）

（老僕和小棠趕到）

**老僕**：（也許由於年紀，也許由於其他器官都退化了，他反而有一種敏銳的直覺，他驚惶地俯首）夫人——

**田氏**：自始至終你都知道的，是嗎？

**老僕**：夫人恕罪，起先，也不過是鬧著玩的——

**田氏**：哈，哈，哈，哈，我們玩了多麼精采的遊戲——先生的道德學問果為常人不及，先生設計的遊戲果然精密準確，既然是遊戲，就讓我們來把這一盤好好地玩到底吧！（忽然她逼近嚴子，親切而溫柔）別了，公子，我曾以為我愛上的是一個人，我不知道，原來你只是一個不存在的幻象，我太愚蠢，我不知道什麼是人，什麼是愛情，我也不知道什麼是幻象，我只知道，我愛過你，我——

**小棠**：（哭起來）夫人，你病了！

**田氏**：剛才，我還答應你去找腦髓，可是，為什麼，忽然之間，遊戲就結束了？我，我不要故事在這裡結束，來，嚴子休不肯給你腦髓，公子，不管你是眞的，假的，我愛過你，我答應過你，那麼，現在，不管你還需不需要——讓我把我的腦髓給你，把我的腦髓拿去！（瘋狂地舉斧自劈，在乍亮的紅光中倒下）哈哈哈哈，嚴子休，嚴子休，我們總算夫妻一場，這場遊戲，總算是我們合作完成的！我們到底是夫妻，是嗎？

（她伸手去拉嚴子，然後倒下死了，悲風低徊，墓場一片肅殺）

**嚴子**：（像一個節目主持人，原來，故事每一天都照他的計畫進行著情節，但最後這一段卻是他始料不及的，過了好一會，才哭出來）夫人，我，我爲什麼會做出這樣的事呢？

**搧墳婦人**：（仍然帶著她那把惹眼的大扇子，緩緩的像一抹不祥的暗影，將她巨大的身影壓住整個舞臺，她用扇子輕搧地上的田氏）你這高貴的夫人，安息吧！你這自以爲節烈過人的夫人，你這高高在上的夫人，安息吧！

**嚴子**：搧墳的婦人，把你的扇子給我！

**搧墳婦人**：不，先生是有道德的君子，而我，只是一個卑賤，急著改嫁的淫婦，先生怎能拿著我的扇子！

**嚴子**：不，你並不卑賤，我比你卑賤，把你的扇子給我，在所有的人中，我是最可恥的！（搧墳婦人把大扇給了他，一個象徵著恥辱的記號）

**老僕**、**小棠**：大人，你是太悲痛了。

**嚴子**：不，回去，把我所有的箚記燒了，把我自以爲道德的道德埋掉，把我自以爲智慧的智慧廢棄——你們先回去，我要親手掩埋夫人。

（舞臺上由於走掉三個人而益發淒涼了，由於田氏的血（一種多昂貴的索價）他才開始面對眞正的赤裸的自己）

**嚴子**：（一面掘土埋妻，一面喃喃）我曾經以爲那搧墳婦人是世間最邪惡最淫蕩的人。接著，我又千方百計地想證明自己的妻子跟她不相上下——我成功了，天上的神明，你看見的，我成功了！可是我卻發現其實搧墳的婦人只是抗拒不了衣食的需要，而我的妻子，曾經自以爲是聖人節婦的，也只是無法勝過內心的情慾。但是，我，我自以爲比她們都高，我像一個殘忍的耍猴戲的人，我捉弄我的妻子有如一頭猴子，一直捉弄到她死（俯身看那不語的亡妻）。是誰給我權利站在最高的守望臺上欣賞別人的錯誤呢！是我的殘忍和冷靜把我的妻子弄死的，神明啊！我終於知道在我們三個人之中誰是最邪惡的——可是，我付的代價又是多麼大啊！——神明啊！給我一條路走，當一個邪惡的人認識了他自己的邪惡，請你給他一條路走。

**更夫**：（彷彿走了幾億萬年都沒停過，他簡直已成爲夜和大地的一部分）匡，匡，匡，……三更天了，小心盜賊，三更天了！——匡，匡，匡，小心火燭！

**嚴子**：打更的，夜深了嗎？

**更夫**：是的，夜深了。

**嚴子**：幾更天了？

**更夫**：不要問幾更天了——所有的夜都是夜，一更也是夜，二更也是夜，而我所要做的是守候天亮。（漸行漸遠）匡，匡，匡，小心火燭，謹防盜賊……

**嚴子**：打更的！

**更夫**：唔！（回頭）

**嚴子**：你夜夜這樣叫，告訴我哪裡有火燭？哪裡有盜賊？

**更夫**：不，我沒有看見——我是瞎了的，可是大人——有一件事我卻看得見，火燭盜賊要有，恐怕也是在人心裡頭的爲多！

**嚴子**：是的，神明！我不知道別人的心，但我知道我的心，我曾經以爲那是人世間最神聖的心，最高貴的不同凡俗的心，但現在一刀劈開，才發現裡面有最猛烈的野火，最凶悍的盜賊，幫助我殲滅它吧！我們都需要再生！（安靜地撒土埋妻，面容哀戚而深沉）

**更夫**：（一路繼續敲著）三更天了，匡，匡，匡，小心火燭，三更天了，匡，匡，匡，匡，謹防盜賊，匡，匡，匡……

（聲音漸遠漸微弱，燈漸暗，幕落）

# 位子

# 人物表

**說唱人**　簡稱叟，他是一個古老社會裡的人物，這種人幾乎是從初民時代一直存在到今天的人物，「古道斜陽趙家莊，盲翁負鼓正作場」，他們啞著一副沙喉老嗓，敲著一把破板殘弦，就那樣把千古是非一夕唱遍。他們唱的故事也許是虛構的，但他們所唱的「理」是歷史的良知。

**小童**　他是說唱人的徒弟，一個好奇的，瞪著眼睛打量世界的人，也許他的世界裡有太多師父給他的才子、佳人、帝王、將相、煙粉、靈怪、撥刀、趕棒，遂使他看來又老又小的有幾分不協調。但無論如何，他已注定是一個生活在別人視線裡，注定以說唱爲生活的人，顯然地，他也熱愛這份生涯。

**鄧安**　本來，他是一個前來聽人說唱的人，結果，他自己也上了台。本來他抱怨自己沒有位子看戲，但在台上，他仍然覺得沒有屬於他自己的劇情。

他是一個鄉間的讀書人，比別人多的是一點點知識，以及大量的不快樂。

他年輕，渴於嘗試，急於在每一種情節裡去尋找自己的位子。

**村人甲、村人乙、村人丙、村人丁、村婦戊、村人己、村人庚、村婦辛**　以上八人在後來的情節裡和下面的人物是重疊的。

**西施**　可由村婦戊兼扮演。

**郝隆、嵇康、劉伶、王戎、王衍、阮籍、衛玠**　衛玠亦可由村婦戊或辛反串。

**鄧方**　故事中人，由鄧安兼扮演。鄧方正確的名字應該是鄧綏，此處沿用平劇中「桑園寄子」一戲用「鄧方」，鄧方和他的伯父鄧攸以及鄧攸的親子鄧元在戰爭的災劫中奔逃，終於，在極端危困之下，鄧元被捨棄，鄧方獲得了安全——他和我們每個人一樣，是在別人的犧牲和割捨中生存的人。

**鄧攸**、**鄧攸妻及幼年的鄧元**、**鄧方**　在戲中，他們只是一個剪影，可用小童等人扮演。總之西施以下的人物扮演的是「戲中戲」的角色，這些角色，不求其產生令人「身歷其境」的幻覺，相反地，他們的表演很疏離，令觀眾強烈地感到自己是在看戲。

幕啓時，是一片由夕陽而入薄暮時分

的，猶疑不分明的廝纏。

場上或有些稻垜，或者沒有。天幕上或

有雁陣，或者沒有——但無論如何，觀眾隱

隱約約地感到這是秋天，莊稼收後天地忽然

空虛得可怕，番薯在地窖裡，穀子在倉庫

裡，牛在牛欄裡，豬在豬圈裡，連一些曾經

熱鬧過的濃紅烈綠也都紛紛引退了。所謂

「難以為懷」，就是這樣一種心情吧。

然後，隱隱地，走上來一老一少兩個

人。他們簡直不是走上來的，而是像隱形的

圖案在浸泡過某種化學物品後慢慢顯泌出來

的，他們就這樣慢慢地泌在舞台上了。

他們兩人每人背一個大竹簍，老人背的

比較大，孩子背的比較小，他們疲乏不堪地

坐在路邊，並且分別把重負卸下。但顯然

地，兩個人的疲倦並不一樣，老叟的疲乏，

使他坐下後久久凝寂不動，但那孩子卻不

然，他喘了兩口氣，忽然便有了東張西望的

力氣，晨曦或夕陽其實也是他沿路慣見的美

景，但他仍然興奮好奇，快樂的眼光像四面

射出的箭。

**童**：師父！

**叟**：唔！

**童**：師父！這來到什麼地方了？

**叟**：這裡是趙家莊。

**童**：噢，趙家莊，昨天在王家莊，今天在趙

家莊，師父，明天又在什麼家莊？

**叟**：明天再管明天的事，反正，路前面還是

路，莊子前頭還是莊子。

**童**：師父，（忽然有點不耐煩）師父您餓了

吧，這兒帶的有餅。

**叟**：我不餓，你小孩子家容易餓，你先吃，

我等唱完了再吃。（說著，逕去撥弄手

中的弦索，淒淒然的單調的幾個音，不

像在演奏，倒像不經意地滑掉下來的音

符，跌在地下，沒人理會）

**童**：師父，（一面吃著餅）咱們今天唱一段

什麼呀？

**叟**：唱什麼，由不得咱們，客官要選什麼，我們就唱什麼。

**童**：師父，好開場了吧！

**叟**：好開場了。（坐著調好弦，坐得更正了，雖然還沒有觀眾，但似乎在心情上他已開始面對即將前來的觀眾，他的疲倦，似乎突然減輕了，你甚至忘記他沒有吃晚餐，他幾乎已是神采奕奕了）

**童**：（取出帳幔，在師父背後懸起，看起來有點像平劇舞台的帳幔，但沒有那些精美的繡工，而且布色黯敗，似乎是一面下垂的旗，上面寫著風霜雨露。但孩子渾然不覺，他很興頭地掛好，由於很有重要感，所以臉都興奮得發紅了）師父，我出去吆喝吆喝！

**叟**：唔——（繼續調他的弦）

**童**：（從竹簍中取出鑼，一路敲打著）

來哦——來哦——

（一面走一面叫，不是唱歌，但在空曠孤寂的秋郊中，顯出奇異的音樂性的蒼涼）

落下了大圓太陽

還不見樹頭月亮

師徒們來到這趙家莊

來哦——來哦——

來聽這才子佳人帝王將相

來聽這煙粉靈怪撥刀趕棒

來聽這說說講講彈彈唱唱

趁著這大好秋涼

來哦——來哦——

有錢幫個錢

沒錢幫個場

師徒們來到這趙家莊

來哦——來哦——

（漸漸地，從四面八方，男女老少慢慢走攏來，慢慢地圍著老人，有的人隨便找到一塊石頭坐下）

**村人甲**：哎，這不是劉老頭嗎？

**童**：我師父不姓劉，他姓柳。

**村人乙**：我看著就不像，姓劉的是前天那個！

**村人丙**：唉，不管是姓劉，是姓柳，你先唱一段不要錢的來聽聽吧！

**叟**：要是客官喜歡，小老兒多唱幾段何妨，且待我調好弦——

（這時候，又零零星星來了些人）

**童**：（看有人來，更熱心了）

落下了大圓太陽
還不見樹頭月亮
師徒們來到這趙家莊
來哦——來哦——
來聽這才子佳人帝王將相
來聽這煙粉靈怪撥刀趕棒
來聽這說說講講彈彈唱唱
趁著這大好秋涼
來哦——來哦——
有錢幫個錢
沒錢幫個場
師徒們來到這趙家莊
來哦——來哦——

（村人陸續來了，而且各人都很快地各安其位，其中也有女人，退縮地坐在一旁）

**叟**：（他已完全調好弦，正待要唱，忽然，幾乎是直覺地，他感到有一個新來的人加入，那人站在舞台極邊遠的一角，藉著黑暗，他把自己隱蔽起來）站在那邊樹底下的小官人——要是不嫌棄小老兒的話，就過來這邊聽獻醜吧！

**村人丁**：哎呀，你說那位小哥呀，老頭，我勸你別管他的事，他呀，是個難纏的！

**叟**：我看他年紀輕輕的，（遠遠地打量）要壞，也壞不到哪裡去。

**村婦戊**：他不是壞，壞倒好辦，抓去送官就得了，他不殺人不打架，也不偷雞摸狗，他就是討人厭就是了。

**叟**：我看他落落寡歡的，到底是你們惹他討厭還是他惹你們討厭！

**村人己**：嘿，嘿，老頭，到底你見多識廣，讓你給說中了，他是眞的看咱們大夥不順眼，咱們大夥兒也是爹娘養的，咱們誰不是二個眼睛夾一個鼻子，咱們憑什麼要讓他看著不順眼，所以咱們有個法子，咱們也來個看他不順眼。

**叟**：他又爲什麼看你們不順眼？

**村人庚**：誰知道？我看都是念書念壞的。

**村婦辛**：哎，都說書香書香，聞慣了書的味道就討厭人的味道啦。

**叟**：要說念書，我小老兒也略識得幾個字，可沒聽說念書會念得看著人不順眼。

**村人甲**：哎呀，書跟人不一樣的呀，書上全是字，一行一行的。字嘛，又是一直一橫一撇一捺的。咱們人哪能長得跟字跟書一樣。哼，要是我臉上也有個子曰詩云的，他大概就不敢這樣看我了。

**叟**：哎——他不過是個半大孩子，你們就擔待他點兒吧！

**村人乙**：哼，他不過是祖上比咱們多攢了幾個錢，多藏了三五本書，他不過比我們多識得幾個字，就看咱們不順眼啦。

**村人丙**：多看書，頂多腦子裡比我多生一根筋，心眼裡比我多開一個竅，可不見得腸子比我多生一條，眼珠子比我多安兩個吧——憑什麼倒像誰人欠了他似的。

**叟**：他說了嗎？他說了他覺得大夥兒都欠著他的嗎？

**村人丁**：說是沒說，可是這種事根本用不著說，你看他那副神氣，比直言直語說得還清楚。

**叟**：（轉過身去提高嗓門）那邊樹底下的小官人——要是不嫌棄小老兒這兩句粗腔劣調的話，就請過這邊聽小老兒獻醜吧！

**鄧安**：（冷漠，但不得不保持相當的禮貌，所以他客氣地回答了，客氣中仍保持他矜持自高的身分）那邊沒有位子，我站在這裡也就算了。

**村人丁**：哼，不是我說，我早就告訴你他是個難纏的。

**叟**：哎——小官人，地下一根草，天上一滴露，是一個蘿蔔就有一個坑，哪裡有一個人找不到位子的事呢，小官人，你還是站過來點吧！

**鄧**：（稍向前挪）你唱你的不用管我。

**童**：（這時候他已經完成了他的工作，很靈巧地隱到帳幔後面去了）

**村婦戊**：哎，別管閒事了。快唱啊——

**叟**：獻醜了！（以下是一段念白）

日月雙飛箭
乾坤一轉丸
百年身何須苦慮千年
勸客官
且將衫扣兒鬆，心意兒寬
罷了那重重的聰明機關
且喜這秋收後大好田園
且喜這古道斜陽秋滿眼
呀，猛聽得塞雁過天
啞啞一片
恰似助我鑼鼓點
（內呼）喂，我說，徒兒——

**童**：（內應）喂——

**叟**：我說咱們今天伺候客官一段什麼哪——

**童**：（內應）我說師父呀，咱們唱一段「楊氏女殺狗勸夫」吧。

**村人丁**：「殺狗記」？不要，不要，殺得血漓漓的，晚上睡不著覺。

**叟**：徒弟呀，客官不中意，咱們換一段唱吧！

**童**：師父呀，唱一段「魯大夫秋胡戲妻」吧！

**村婦戊**：我才不要聽欺負女人的玩意兒！

**村人丁**：我也不要聽，前天才有個柳老頭剛唱過。

**衆村人**：（七嘴八舌地糾正他）你說錯啦，姓柳的是這個，前天那個姓劉。

**叟**：哎，客官，咱們師徒服侍您一段新編的「倩女離魂」如何？

**村人己**：不要，我們不要新編的，聽不懂唱些什麼！

**童**：師父啊，咱們來一段「劉晨阮肇誤入天台」吧！

**村人庚**：哎，誰要這麼又老又舊的戲！

**叟**：哎，新的不要，舊的不好，客官還是儘著自己歡喜的說吧！

**村婦辛**：什麼故事我不管，只要最後是大團圓就行！

**村人甲**：我喜歡趙子龍。

**村人乙**：我想聽個「崔鶯鶯待月西廂記」。

**村人丙**：我記得前年有個人唱「張生煮海」，喝！煮得可熱鬧啊！

**村人丁**：我說不上來，反正我喜歡那個隋煬帝的那個什麼，什麼一大座迷樓的什麼……

**村婦戊**：我記得有個什麼白——白什麼記。

**村人己**：「白兔記」？

**村人庚**：對，對，「白兔記」，哎——又像是「黑兔記」。不是「黑兔記」，是「黑狗記」……

**村婦辛**：哎，哎，鬧了半天怎麼又回到「黑狗記」來了，「黑狗記」不就是「楊氏女殺狗勸夫」嗎？

**村人甲**：算了，老頭，你要唱什麼，就唱什麼得了，省得讓我們挑，太累了。

**叟**：是，是，待我看看，（滿箱子亂翻）唉，唉，我的半隻好眼也快不中用了，小徒弟啊，你也來幫著找個本子哪。

**童**：（自後台跑出，雖然他已經伸過幾次頭，可是，等他眞的跑上台的時候，仍然令村人驚奇，他看來又小又大，又猷氣又懂事，又調皮又正經，也不知道他有沒有爹娘，也不知道他挨不挨打，他埋頭亂翻）哎，師父，沒有啦，其實也不用翻了，有幾本我全清楚啊，——咦，師父，這一本我倒沒見過。

**叟**：一本什麼？

**童**：一本「嵇大夫服食求神仙」——師父，這一本是什麼呀，怎麼我沒見過？

**村人乙**：這本好，反正挑上的不如撞上的，這本新鮮。

**村人丙**：就唱這個吧，我倒也想當個神仙。

**叟**：啊，這本，是了，我想起來了，這本不是我的，這是我那師兄的……

**村人丁**：你師兄的本子怎麼跑到你的簍子裡去了，你師兄還唱個什麼呀？

**村婦戊**：他怎麼不唱啦？

**叟**：我師兄——他，不唱了……

**叟**：他死了——

（沉寂了一會，老人仍然笑了起來，彷佛抱著幾分歉意似的）唉，蒙客官抬舉，小老兒就唱這一段，「嵇大夫服食求神仙」，這雖是師兄的本子，小老兒也還熟的，徒兒呀——

**童**：（應）喂——

**叟**：打起板來。

**童**：是——

**叟**：腔兒雖不雅，曲兒雖不甜
憑一條沙喉老嗓
憑一把破板殘弦
衝州撞府
露飲風餐
將桑田滄海，滄海桑田轉眼唱遍
憑一條沙喉老嗓
憑一把破板殘弦
衝州撞府
露飲風餐
將桑田滄海，滄海桑田轉眼唱遍

**叟**：（以下係說白）且說嵇叔夜，身處亂

世，恬靜寡欲，濁酒一杯，彈琴一曲，日服五石散，以求神仙之道——（調弦，正待接唱下去）

**鄧安**：（忽然，他向前走了兩步）柳師父，這樣唱，有什麼意思呢？

（大家剛集中精神，不免抱怨他打岔，紛紛不高興地看著他）

**叟**：這位小官人，做神仙都沒意思，什麼才有意思呢？

**村人甲**：你別理他，他吃飽了撐的。

**鄧安**：有什麼意思？所有的風雲際會，千古是非到了你們嘴裡，還不是只剩下一席閒話，當時的刻骨相思，摧肝斷腸，給你們一說，也無非只是不疼不癢的一唱三嘆……

**村人乙**：說唱說唱，也不過大家聽個新鮮解解悶，依你說，天下說唱的都該死絕了？

**鄧安**：說唱沒有意思，要嘛就到場子上去一刀一槍，一舉手一投足地活脫脫地演出來！

**叟**：啊，這位小官人，小老兒班子小，就只帶著一個頑劣的小徒弟混飯吃，要演戲，得要大班子，生旦淨丑，個個當行，我師兄也說唱，也扮演，只可惜，他死了，班子也散了，剩下一籮筐家當，我捨不得丟，還千山萬水地給他擔著……

**鄧安**：我不是說要你們師徒二人扮戲，我是說，聽人說唱沒有意思，看人扮演也沒有意思。

**眾村人**：（忍無可忍）那要什麼才有意思？

**鄧安**：要有意思就得自己粉墨登場，說別人聽別人有什麼意思？

**村人丙**：粉墨登場？誰要粉墨登場？哈，哈，你要粉墨登場啊？

**眾村人**：什麼？（嘻嘻嘿嘿地笑了）要我們看他演戲嗎？

**鄧安**：不是我一個人演戲，要演，咱們一起上台演戲。

**衆村人**：什麼？什麼？要我們誰演戲啊，我們有誰會演戲啊？

**童**：（興奮萬分）師父，師父，我們要演戲了嗎？我正想學趙子龍啊！師父，讓我也演一個好不好？（也不等老人回答，便逕自跑到籮筐前面，打開蓋子）師父，這裡面好多家當啊，（亂翻起來）師父，好漂亮啊，這是什麼——

**叟**：（也許他應該斥責小徒弟的無禮，但他太傷感了，滿筐的熱鬧熙攘，使他睹物思人，眼熱心酸）那是一把麈尾，古人說話時拿在手上的。

**村人丁**：古人拿著，麈尾要幹什麼的呀？

**叟**：麈尾本來是用來撣灰的。

**村婦辛**：古人哪來那麼多灰呀。

**叟**：古人其實不拿它撣灰，古人就是拿著就是了。

**村人乙**：咦，這古人就是跟今人不一樣啊？

**童**：（忽地抖出一件衣服）哎呀，這衣服怎麼這麼大啊，叫我怎麼穿哪！（村人倒也被這一件奇異的事所吸引，瞪著眼睛看箱子裡的祕密，一時倒忘了該唱的歌沒有唱下去）

**叟**：魏晉時候的人喜歡穿這種寬袍大袖的衣服。

**童**：師父，這衣服多著哪，肯演的都可以分到一件——咦，師父，這是一件什麼東西呀，怎麼白白緊緊的，向來沒見過這種衣服啊！

**叟**：這種衣裳穿起來就是表示沒有穿衣服——

**童**：師父，你說是光屁股啊？

（衆村人轟然大笑起來）

**童**：（不理會，仍然認眞地研究）光屁股的戲誰肯演啊。

**叟**：別吵了，古人有些人是不高興穿衣服的。

**村人庚**：本來古人就是不一樣嘛……

**村人甲**：嘻，小兄弟，這件衣服給我比比，（接過來比劃著），倒是滿合我身架的，嘻，我先拿著，回頭戲裡眞要有不穿衣服的，別忘了叫我。

（衆人又大笑）

**叟**：這位小官人，你說要串戲，可是眞的？

**鄧安**：這有什麼好假的——要嘛就回家睡覺——要嘛就自己粉墨登場，叫我聽別人的故事我是聽不下去的！

**叟**：列位客官，要是有意，串一場戲倒也有趣。

**村人乙**：哼，有趣？我可不去，俗語說——「你要受氣，就演一台戲」——我可不去。

**村人丙**：管他的，受氣就受氣，大不了受一晚上氣，我早受了半輩子的氣了，也不多這一晚上。

**村婦戊**：要是衣服好看，我就去。

**村人丁**：喂，那件衣服是演什麼的，我也想要。

**村人己**：管他的，隨便穿，只要小心別穿上女人的就成。

**村人庚**：好了，好了，咱們也來過個戲子癮。（說著，紛紛各自挑了衣服）

**村婦辛**：不曉得這是件什麼衣服……

**衆村人**：走，走，咱們把這衣服換來試試。

（不一會，人都走光了，連小童也跟著湊熱鬧去了，舞台上只剩下老叟和鄧安）

**叟**：小客官，尊姓大名。

**鄧安**：不敢，我姓鄧名安。

**叟**：小客官，你要哪一件衣服？

**鄧安**：我——（猶疑，趨前翻找，忽然，一罐藥從箱底滾出，滾了好一路才被截住）

這是什麼？這是什麼？（撿起來，仔細

地看它，很高興有東西可以岔開逼到眼前來的問題）

叟：（淡淡地望了一眼）唔——那是一罐五石散。

鄧安：什麼？什麼？五石散，你是說，就是魏晉文人愛吃的五石散——

叟：嗯（漠然地），就是嵇康、何晏、衛玠、王羲之，都在吃的五石散，——它還有個名字叫寒食散——

鄧安：眞的？聽說吃了以後，肌膚透明，神采奮揚，身子飄飄然行動如飛！——聽說吃久了可以變神仙！

叟：神仙？（譏刺，冷漠而又微有幾分不屑）你小哥兒想當神仙？

鄧安：我（被窺破了什麼，略有幾分不自在，不過，他很快又給自己找到理由）爲什麼不想當神仙，人世這麼苦悶，你想要的東西要不到，你不想要的東西推也推不開，你想跟他在一起的人總跟你分開，你不想跟他在一起的人整天纏磨著你……誰不想當神仙……

叟：依你小哥說當神仙就什麼苦都沒有了？

鄧安：當神仙，要什麼有什麼——還有什麼不好？

叟：要什麼——有什麼，就快樂了嗎？

鄧安：這——

叟：好比說，你小哥說要演戲，小老兒也就順著你的意思演戲——這樣，你就快樂了嗎？

鄧安：（稍微有點猶疑，但還是下定決心堅持下去）總比想演戲沒演成要好些。

叟：好吧，既然如此，你小哥想要演什麼，你就說吧，何必老在那兒畏畏縮縮連件衣服都選不定。

鄧安：誰說我選不定衣服，（稍有些生氣）糊裡糊塗地選衣服，誰不會——但是選了衣服就是選了戲角，我對我自己該演什麼戲是很在乎的。

叟：小哥兒，不是我說，像你這樣挨挨蹭蹭的，天一會兒就晚了，不單你的戲上不成，別人的戲也上不成。

鄧安：要是我隨便拿了一件衣服，要我演我不愛演的戲……

叟：恕我小老兒大膽，小哥兒十幾年來穿著鄧安的衣服演鄧安，可演得如意？

鄧安：那是我的事，不勞操心。

叟：人一輩子要扮演什麼，自己哪裡知道，還不是從娘胎裡爬出來撿著一段什麼戲就扮演什麼戲嗎？倒是今天晚上，只不過是一個時辰的事。就是戲角挑得不對，戲完了，你還是你自己，有什麼拿不定主意的呢？

鄧安：好吧，譬如說，我拿了這一件。

叟：我看看，這是一件什麼？

鄧安：（遞過去是一件玄色的大氅）

叟：這是一個修煉的人穿的。

鄧安：他修煉什麼？

叟：他燒丹煉汞。

鄧安：啊！（有幾分興奮起來）他是不是有點鐵成金的本事？

叟：嗯，照戲本子看，是的。

鄧安：如果我穿上這一件——

叟：你就站在那邊演戲（指舞台的一個角落）

鄧安：會有一個煉丹爐嗎？（舞台上那一區的燈光明亮起來，趨向於金紅色，並且逐漸擴大）

叟：對的，會有一個煉丹爐。（在想像中，指給他看）你就跪在那裡專心一意地煉丹。

鄧安：是的，（一邊想像，一邊眞的跪了下來）我專心一意地，對著日夜的熊熊的火，我學會把硃砂煉成水銀，又把水銀鍊成硃砂——然後，有一天，（舞台有短暫的黑暗）我打開爐門——

（靜止，兩人的呼吸都似乎神聖促迫了起來）

（忽然，金紅色的燈光大亮！）

**叟、鄧安**：（歡呼）鐵眞的變成了金子！

**叟**：那以後——你一直很快樂！

**鄧安**：什麼？我？（茫然）你說我很快樂？

**叟**：是的，你很快樂，你穿著你的道袍，爐子日夜點著，你很忙，世上再沒有人能跟你比富，所以，你很快樂。

**鄧安**：我整天都在煉金子——，我很有錢？——我很快樂？——不！

（金紅色的燈光萎然暗了下來，鄧安將衣服扔在地上）許多金子？等我把所有的鐵都鍊成金子，我就恨起金子來了，我會走遍天下去找一種方子來鍊金成鐵。

**叟**：（無限蒼老，似乎已經經歷了整個過程）那麼，（撿起那件術士的衣服）你不要演這個角色了！

**鄧安**：不要。

**叟**：好吧，我們把這一段刪掉——不過，小哥，不是我說，你這人的毛病就是太聰明了，演戲的人總要有三分瘋，看戲的，總得有七分傻——像你這樣，戲還沒有開鑼就什麼情節都知道得一清二白的，唉，怎麼能演戲呢！

**鄧安**：好，（把心一橫，由於賭氣，幾乎有些慷慨的意味，伸手到簍子裡一陣亂找）這一件，我喜歡這一件，我就穿這一件演戲！

**叟**：哦，小哥看上哪一件？

**鄧安**：（不經意地翻著）領子上寫著鄧方，鄧方又是誰？

**叟**：啊，（驚惶地跑過來，奪下衣服，幾乎有點責備）

你，你什麼不好拿，你爲什麼偏偏拿這件？

**鄧安**：這一件怎麼了？我姓鄧，穿這件姓鄧的人的衣服不是剛好嗎？

**叟**：（頹傷）我師兄年輕的時候就扮鄧方。

**鄧安**：啊——他一定扮得好。

**叟**：那鄧方的戲是一段傷心的戲。

**鄧安**：把他的故事告訴我。

**叟**：告訴你，（熟視著年輕人，又愛又憐）你就不肯演了。

**鄧安**：我已經挑了這件衣裳，我喜歡這件衣服，我不會再換的。

**叟**：你要演，就演下去，別人都不問，你爲什麼要問這麼多？

**鄧安**：別人是別人，我是我（固執地），我要知道這鄧方是誰。

**叟**：（推託地）這鄧方是個夾在許多聰明人裡面既不快樂又不襯戲的一個人。

**鄧安**：他怎麼會跑到那堆聰明人裡面去的！

**叟**：他只是湊巧跟他們生在一個朝代裡。

**鄧安**：柳師父，你不要敷衍我，你把整個故事告訴我，哪怕在戲裡要砍頭要剁腳，我都會演下去！

**叟**：我說過，鄧方的戲是一段傷心的戲。

**鄧安**：（冷笑）我倒不知道世上有哪段戲是不傷心的！

**叟**：小哥兒，你是聰明人，聰明人容易反悔。

**鄧安**：我告訴你我不反悔（固執而生氣）不管傷心不傷心，我要知道我是誰，我從哪裡來，我要演一個怎麼樣的戲，我後來怎麼樣了？演戲的想知道自己的戲，這不過分吧！

**叟**：你，——（爲了敘述一個傷心的故事，他的聲調忽然艱難起來）你叫鄧方。

**鄧安**：我知道，可是鄧方是誰？

**叟**：鄧方是鄧元的堂弟——

**鄧安**：那鄧元又是誰？

**叟**：鄧元是鄧攸的兒子——

**鄧安**：鄧攸是哪一朝哪一代的人？

**叟**：鄧攸是晉人，字伯道——

**鄧安**：把他的故事告訴我！

**叟**：那是建興年間，石勒起兵……

（在他敘述的時候，舞台上出現剪影似的人物，一對夫婦和兩個年齡相近的小男孩，大的約十來歲，小的約八、九歲，他們在倉皇中提攜而逃，以下的進行，幾乎有點像皮影戲，老叟一邊敘述，剪貼似的人物一面進行，他們的動作幾乎是傀儡戲）

鄧攸和他的妻子帶著他們的兒子鄧元、姪子鄧方一起跑，漸漸地，賊人追近了，他沒有辦法抱負兩個孩子跑，所以他把自己的兒子丟下，那孩子不肯，他便把他綁在一棵桑樹上，他用他最後的力氣抱著姪子鄧方跑，把他帶到安全的地方。

（其他人影退下，舞台上只剩下一個小孩淒涼的側影，綁在一棵樹上）

（久久的沉默）

**鄧安**：後來呢，那鄧元怎麼樣了——

**叟**：我想他是死了——（桑樹上鄧元的頭無力地垂下）

**鄧安**：那鄧方呢？

**叟**：他哥哥的死換了他的命：他活了，鄧攸把他看作自己的兒子——（天幕的燈熄，鄧元下）

**鄧安**：你如果早告訴我，我就不要選這件衣服。

**叟**：我知道。

**鄧安**：太沉重了，我受不了，一個人的命如果是別人的命換來的，這種債眞還不清。

**叟**：其實我們人人都欠著債——欠老天的債，欠父母的債，欠百行百業的債——只是自己不覺得就是了。

**鄧安**：可是命債太大了，一條拿別人的命換來的命，眞不知道要怎麼活法才對得起那條命！

**叟**：（不理他，仍然說著自己的話）人年輕的時候，覺得事情都是該的，都是人家欠著我的——越活才越覺得是自己欠了人的，欠了天的，要是心裡常懷三分歉疚，也就算沒把鄧方這戲演砸了。

**鄧安**：我不是要賴不演，我真的不知道該怎麼演。

**叟**：所以你才得好好演，不演，欠的債就更大了。

**鄧安**：你就安置好了嗎？

**叟**：你先下去，我就請你上來（鄧下）徒兒呀！你這大半天跑到哪裡去了。

**童**：師父，我在這裡邊忙著哪！

**叟**：你快來幫個忙——隨便插幾根竹子，就當是竹林就是了。

**童**：我早就準備好啦，師父，（一面插，一面自得其樂）插成這樣像不像竹林子？

**叟**：行啦，行啦，有個樣子就行啦，看戲看戲，哪能當眞呢？

**童**：師父，（亂翻亂找）這塊白布這麼長，是做什麼用的啊！

**叟**：這是一條河。

**童**：什麼河啊？

**叟**：這是洛水。

**童**：現在要不要扯起來？

**叟**：不急，「洛水之濱」的戲在後頭，現在先把竹林子弄好要緊！（說著，又把插竹用的墩子前移後挪一番）

**童**：師父，那姓鄧的究竟要演個什麼角色？

**叟**：他，他是一個想在場子上找到自己的位子的人。

**童**：他找不找得到？

**叟**：不要問我，你自己會看。

**童**：師父，該叫他們上場了吧！

**叟**：可以啦。

**童**：喂，上場啦，上場啦！

（導演如果喜歡，此處可以當作一個段落，事實上，這齣戲也可以悠悠然地一路演到底，像古老的，綿邈的，渾然不自覺的歲月）

（眾演員忽然一下湧到門口，七嘴八舌地亂嚷）

**童**：別急（一本正經地照單宣名，覺得自己極有權威）我唱到誰的名字，誰就上場，喂，不穿衣服的有兩個，是不是，你們總該準備得比別人快點。

（兩位演員應聲而出，走在前面的一個有幾分惱慍）

**郝隆**：我叫郝隆——

**童**：你呢？

**劉伶**：我叫劉伶。

**叟**：來，來，我告訴你們該站的地方！

（他們一路走過去的時候，郝隆咕咕噥噥地抱怨著）

**郝隆**：費了半天事，原來就只有一句詞，倒楣，原來就只有一句詞——而且，穿了半天衣服，原來是穿了件「沒有衣服」的衣服！

**童**：別吵，別吵，已經夠亂的了，嵇康，嵇叔夜在哪裡？

**嵇康**：在這裡，我等了好久了。

**叟**：到那邊，那邊有棵樹，你就在樹底下打鐵——對了，爐子點了沒，鐵砧、鐵槌準備好了沒有？還有，你有沒有琴，還有，五石散在哪裡？

**嵇康**：（一疊聲地應著，點著頭）是，是，是，都在，都在。

**叟**：不要一直說是，你是嵇康，是個曠達自放的人，你身高七尺八寸，蕭蕭爽爽，好像松樹下的一陣清風。

**嵇康**：噢——（幾乎吃了一驚，他本能地想說「是」，不過又忍住了）

**童**：下面，下面是誰？哦，王濬沖，王濬沖。

**王戎**：是不是我，我記得我叫王戎。

**童**：就是你，你也叫阿戎，也叫王濬沖，你的李子在不在？

**王戎**：在，在……

叟：跟我來……

（忽然後台衝出了一個白面書生，手裡拿著一柄白玉麈尾）

王衍：我姓王，我是王衍，該我了吧？

童：不，不是，現在是另外一個姓王的，你最後一個上，先上姓阮的，阮籍，阮嗣宗。

阮籍：啊，我在這裡。

童：你什麼都不帶嗎？

阮籍：有，單子上叫我帶著我的眼睛……

叟：好了，快過來，眼睛帶了就好了！

王衍：（不請自出）總算該我了，我站在哪裡？

叟：（將他帶到一邊，忽然想起來）哎，徒兒呀，怎麼只有他一個人手上有白玉麈尾呀！別人的都忘啦？

童：真是忘了，我去拿，我去拿。（往後台跑）

叟：你要記好，人人是要一柄的呀，那時候的人興這個，你不讓他們拿好麈尾，看戲的考據起來（指台下觀眾）是要罵人的呀。

童：（很快地，他跳上跳下，把大家的麈尾都發齊了）

叟：啊呀！還有，這裡沒有一個人不好喝酒的，你怎麼沒有準備好酒罈子？

童：唉！師父，一人一個酒罈，哪裡去弄那麼多酒罈啊！

叟：啊！啊！那就弄個大酒缸放在中間吧，反正意思到了就成了！

童：（又跑到後台去搬酒缸）

叟：注意啊，自己沒有酒罈的要喝酒都從這裡舀。

童：師父，可以帶那個姓鄧的上來了嗎？

叟：可以了——你自己也要準備上場。

童：知道，知道，我只要拿一把鋤頭就得了。（下）

叟：大家的戲都熟了吧？

**眾聲**：都熟了——

**叟**：（對著台下觀眾）列位客官包涵了。（下）

**童**：（荷鋤而出，帶著鄧安）該你上了。

**鄧安**：大家都站好了位子了嗎？

**童**：別人都站好了，就等你了——

**鄧安**：我總是沒有位子！

**童**：師父說，你的位子讓你自己去選，這還不好？

**鄧安**：不算我，你們自己演，好不好——我的心情不好。

**童**：不行，當初要演的也是你自己，你自己挑的衣服，你又想賴。

**鄧安**：不是賴，眞的，是因爲我原來不知道自己的角色有那樣的身世，我不知道怎麼演才對得起我自己。

**童**：我不能管那麼多——失陪了，我還得演一個小書童呢！

（說著他逕自走到劉伶旁邊，很自然地，鄧安也跟著他，於是走到了郝隆面前，郝隆正躺在地上，直而白的光線當頭壓下，至少在郝隆這個區，現在是三伏天）

**鄧安**：這位是——

**郝隆**：（不高興地）郝隆！

**鄧安**：你光著身子躺在大太陽底下幹什麼？

**郝隆**：三伏天，人家都曬書——我沒書曬，我的書都在肚子裡，所以我曬肚子！

**鄧安**：（蹲下來，拍拍他的肚子，覺得新鮮有趣，漸漸地忘了自己的哀愁）還得曬多久？

**郝隆**：早著哪，這一肚子的書一頁頁地翻著曬，還得好幾天哩！

**鄧安**：（微笑地繞過去，看到劉伶，有點驚訝）怎麼？這裡的人全是光著身子的呀？

**劉伶**：（他是一個瘦小得有幾分滑稽的人，有點唐吉訶德的造型，但他和唐吉訶德

不同，他是隨時願意用一個笑話來和解一切的，這時他忽地坐了起來）

誰不穿衣服？這倒怪了，你說誰不穿衣服？我告訴你，天地是我的廳堂，房子呢，房子是我的褲子，是你自己人鑽到我褲子裡來的，怎麼還怪我不穿衣服呢？

**鄧安**：啊！（驚訝而喜悅）他們說的話多麼與眾不同，這眞是一個奇特的地方——怎麼，那柳老頭沒說清楚，你們是魏晉時候的竹林七賢嗎？

**童**：竹林我倒是知道的，什麼七鹹八甜的事我可就不知道了。

**鄧安**：（忽然，他聽到好聽的打鐵聲，他回過頭去，看到嵇康在打鐵，此處如果眞爐子，眞火，眞烙鐵來打固無不可，但事實上只用一塊塗了紅漆的鐵和一圈看來假假的用硬紙板做成的舌形火焰也行）

你是誰，你也打鐵嗎？

**嵇康**：我是嵇康。

**鄧安**：你爲什麼喜歡打鐵呢？

**嵇康**：因爲我喜歡。

**鄧安**：如果有達官貴人前來，不是有點不雅觀嗎？

**嵇康**：曾經有一位叫鍾會的來，（稍顯自得）我不理他，他要走的時候，我說「何所聞而來，何所見而去？」

**鄧安**：啊，這一段我讀過，他回答說：「聞所聞而來，見所見而去！」對不對？——我眞羨慕你們，你們眞了不起，你們的應對眞風雅，你們說一句話，做一件事，都記在書上，你們眞是一世賢達！

**嵇康**：賢達嗎？後來，（漠然不動情，彷彿是說，那已是千年前的事了）後來殺死我的就是鍾會。

**鄧安**：對了，聽說你臨刑神色不變，是嗎？

**嵇康**：是的，我一輩子從來沒有透露過欣喜或悲哀的表情。

**鄧安**：爲什麼？

**嵇康**：不爲什麼，這世上本來就沒有眞正值得高興或悲傷的事情。

**鄧安**：聽說你臨刑的時候援琴而鼓，那曲子是「廣陵散」。

**嵇康**：「廣陵散」，（雖然隔著歷史，仍有掩不住的悲傷）「廣陵散」已成絕響。

**鄧安**：你的琴還在嗎？

**嵇康**：在，但音樂已經死了，（他拎起琴，像拎著一具木乃伊，然後又放下）

**鄧安**：你當初爲什麼不把它教給人呢？

**嵇康**：當初有個袁孝尼，跟我學「廣陵散」，我捨不得全教給他，後來，我就死了，來不及了，「廣陵散」已成絕響！

**鄧安**：你常吃五石散嗎？你看起來神采奕揚。

**嵇康**：吃的，（百無聊賴地用麈尾去撣並不存在的灰塵）我的《養生論》裡還提到服藥——可是，我現在不知道，我有好些朋友吃得病了，死了。

**鄧安**：不吃藥的世界大概是不能忍受的，我在這麼小這麼小的世界裡找不到我的位子。

**嵇康**：吃了藥你就有很多很多海闊天空的位子——可是藥過了，你跌回來，你還是沒有位子。（說著，又重拾他的烙鐵，繼續打著）

**鄧安**：（意識到自己被排拒，於是掉過頭去，看到一個人悶著頭，拿一個鑽子一勁地在鑽李子，這個動作他從一上台就一直做，看來很沒趣。但在鄧安走過去，一照面之下，才發現原來他有著那麼瑩秀燦爛的一雙眼睛）

啊！你是王戎嗎？我記得書上說，你有一對光燦燦的眼睛。

**王戎**：是的，裴楷說，我的眼睛是山巖下乍亮的閃電——我可以直瞪瞪地看著太陽也不發昏。

**鄧安**：我聽說你智勇兼全，官做到尚書僕射——可是（低頭看他手中的李子）你這是在幹什麼呢？

**王戎**：這是我家的李子，是一種特別的好種，結得又甜又大又多，吃不完，只好拿去賣——可是我又怕別人買了李子偷了種子，所以我要在每個李子核上鑽一個洞。

**鄧安**：啊！（幾乎在一剎那之間，他還適應不過來，那種名士的清淡和手鑽李子核的行徑簡直沒有辦法統一起來）

**王戎**：（他倒也不以爲意，只是很滑稽地時而拿起白玉麈尾去揮李子）

（鄧安仍呆楞在原地，小童從背後來扯他的衣服）

**童**：對不起，對不起，我剛才搞錯了，我們這邊還該有一段戲的（尷尬的笑著），剛才忘了演了。

**鄧安**：哦——（跟著小童又走回到劉伶的表演區）

**童**：剛才忘了表演喝酒的這一段了。

**鄧安**：什麼叫喝酒的這一段？

**劉伶**：（站起來，往前走，攜著大型的酒爵，一路走，一路喝）

**童**：（荷著一把鋤頭，亦步亦趨地跟著走，很仔細地觀望著形勢）

**鄧安**：這是什麼意思！

**劉伶**：這裡我還有一段詞哪，我回頭對他說：「喂！要是我喝酒喝死了，你就地就把我埋了！」

（說著他們繞場一周，劉伶幾度要倒，又扶回來了，他們漸漸返回本位）

（忽然，在他們尚未坐定之際，王衍又快半拍地跳了起來，拿著他的白玉麈尾）

**童**：咦，本來不該你先吧？

**王衍**：讓我先一步也礙不了什麼事，反正你自己漏了，不也就漏了嗎。而且，我連一句詞兒都沒有，一上場，就下來了，有跟你蘑菇的時間，我早都該下場了。

**童**：好，好，你要演什麼。

**王衍**：（端坐好，一言不發，只舉起白玉麈尾，輕輕地揮著）

**鄧安**：天哪，這又算什麼情節？

**王衍**：（依然一言不發，只前後左右地揮著並不存在的灰塵）

**童**：對不起，你的戲就是這樣嗎？

**王衍**：是啊，我的戲完了。

**鄧安**：你到底演些什麼啊？

**王衍**：我什麼都不演，我只在表示我的手指頭白得跟這白玉把手都分不出來。

**鄧安**：天啊，你是誰，你怎麼會搞得那麼白的一雙手！

**王衍**：我還不算白的哪，還有一個叫衛玠的，大家都以爲他是玉做的，還有一個叫何晏的一個叫裴楷的也都白得要命！（說著，一副責任已了的樣子，逕自走開了）好了，我的戲完了事了。

**童**：咦，你不提我倒忘了，我們本子上不是還有一段衛玠的戲嗎？衛玠呢？誰演衛玠？演衛玠的跑到哪裡去了？

**王衍**：哎呀，你忘啦，剛才找了一個，你嫌他黑，不像衛玠，他生了氣，說黑又不是他自己管得了的，所以剛才賭氣躲在後台不肯出來。

**童**：唉，唉，要湊一台戲可眞難哪，衛玠，衛玠，出來啊！少了你少了一大段戲哪！（也許是第一次負責，他簡直是一個煞有介事的舞台監督）

（衛玠慢騰騰的上來，無精打采，他的臉其實已經被白粉弄得很白了）

**童**：師父！糟了，師父，我忘了安排推車的人啦，師父你來幫著推車好不好？

（老叟匆匆忙忙從後台跑下來，雙手各

拿著一面方旗，旗上畫著車輪，他把車旗左右夾住衛玠，表示衛玠正坐在一輛車子裡）

（衛玠似乎還在生氣，神色顯然還是不悅）

**童**：你別生氣啊！（他急得不得不鼓勵他兩句）其實你的臉現在倒是很白啦！來，我再給你加一點！（從口袋裡掏出個隨身備用的粉撲，在衛玠臉上、手上又補撲了一些粉）你看，眞的當得起「玉人」兩個字啦，你看，師父還親自給你駕車呢！

**衛玠**：（衛玠的神色顯然和緩些）好啦！開車吧！

（老叟於是推著他慢慢往前走，他一路什麼也不做，只負責收點那些崇仰的羨慕的目光）

**鄧安**：這算什麼戲啊！一句話也沒有！

**衛玠**：（顯然，他的脾氣並不好）哼！一句話也沒有。你以爲就好演！你試試看，一個人從小到大讓人看了一輩子，你試試看（說著，眞的跑下車來拉鄧上車）

**鄧安**：好啦，好啦，是我說錯話了，對不住，你還是往下演吧！

**衛玠**：（矜持地坐著，雖然似乎並不看著群眾，但很顯然地，他每一秒鐘都在意識著自己的被看——對他來說，「被人看」簡直演變成了理所當然的一件事）

（車子繼續推著，其實也可以走入觀眾席，去接收更廣大的目光）

（可是漸漸地，衛玠開始凋萎而不勝了，忽然，他從車上跌落下來，伏在地上）

**眾人**：（驚恐地聚攏來）怎麼啦！怎麼啦？

**叟**：（漠然）他死了！

**眾人**：他怎麼會死？

**叟**：他累死了！

**眾人**：他連一步也沒走，他一直坐著車子，怎麼會累的？

**叟**：一直被人看，一直要演出一張臉來給人看，是很累的。

**鄧安**：他眞的一輩子什麼都沒做，就只管「被人看」嗎？

**叟**：這件事也不知道是怎麼開的頭，也不知道是他自己覺得自己好看，所以只顧讓人看他，還是別人發現他長得跟玉似的，就死盯著他看。總之，我只知道故事的結果——「他死了」——書上說「看殺衛玠」，他不管走到哪裡，外面都圍著幾層人牆盯著他看，他是給人看死了的。

（大家一時都手足無措地默立著）

**叟**：好了，人也死了，誰幫著我把他扛下去？（鄧安走過來，一人抬頭，一人抬腳地往後台去）喂！徒兒呀！這一段是完了，戲還得往下演啊！

**童**：是的，師父，你放心，喂！喂！大家別看了，各人站回各人的位子上來，快，快，快！

**鄧安**：（很快地便回來了，踽踽而行，仍然是一副找不到位子的樣子）

**童**：下面什麼戲？下面什麼戲？要連戲呀，快！

（燈光打在阮籍的表演區裡，鄧安猛一回頭，只見阮籍枯坐在那裡，目光凝止，體態修美，但當他漸漸走近之際，阮籍的眼睛忽然轉爲白眼）

**鄧安**：（吃了一驚）哎呀，你怎麼翻白眼！

**阮籍**：劇情是這樣的呀——反正我只有兩個辦法看人，高興的，我拿黑眼珠看他，叫青眼，不高興的，我拿大白眼翻給他，叫白眼。

**鄧安**：你倒是簡單，人家王衍還多少手捉著白玉麈尾，揮了那麼幾下，你呢？你乾脆只翻一下眼睛，就算演戲了？

**阮籍**：誰說的，我下面還有戲——很重的戲！

（說著他站起來，燈光暗下去，他一手拿著酒杯一手拿著麈尾，一路喝一路往前走，但在他途經之處，劉伶等一個一個地站起來，大家尾隨著他，像一列黑色的剪影）

（漸漸地，繞著極長的路，他來到一個類似絕壁的地方，忽然他悲從中來，不禁仰天而哭）

喝酒，爲什麼總會喝到頭

花開，爲什麼總會開到頭

夕陽落下渡頭

秋風吹上樹頭

雁子被南方要去

野草被寒霜收走

輝煌高大的廳堂被野草霸占

零落就這樣開始了

斷崖絕壁路徑到此再無路

我不知道我等待什麼，在路的盡頭

我不知道我等待什麼，在路的盡頭

我不知道我等待什麼，在路的盡頭

（昏暗中舞台一片唏噓聲，眾人都被感染而哭，——這裡的哭可隨意被處理爲悲愴的或荒誕可笑的）

（忽然，老叟急忙奔出舞台，燈光漸亮，他焦急地望著哭成一片的人群）

**叟**：老天啦，本子上沒有這一段啊，我說你們外行，不會串戲，你們不信，你看，你看，這一段全演砸了，起來，起來，不准哭了，這一段原來是阮嗣宗窮途而哭，關你們大夥兒什麼事，你們也跟著哭什麼？——（一把拉出鄧安）連你也在這裡哭！

**鄧安**：我知道我們不是好戲子——可是，怎麼辦呢，你看他喝著酒，一路走，走到水窮路盡的地方，誰能忍得住不哭呢，不管這是不是我們的戲，誰能忍得住不哭呢？

**叟**：好了，好了，天晚了，下面還有一場戲呢！

**衆人**：什麼戲？

**叟**：你看，你們全忘了，最後一場戲叫「洛水之濱」，是一場輕鬆的好戲！

**童**：沒忘，沒忘，師父，你看，這不是洛水嗎？（像變戲法似的，他把揣在懷中的白布條抖出來，終於越扯越長，貫穿了一個舞台）

**衆人**：（七嘴八舌地）誰說我們忘了，我還記得，就是那條（指著白布帶），那條就是洛水。

**童**：哎呀，師父，糟了！

**叟**：什麼事？

**童**：師父交代說戲台上的人都愛吃五石散，結果，他們都忘了跟我要，我也忘了給了。

**叟**：五石散在哪裡？

**童**：在這裡。

**叟**：好吧，那就現在給他們吃就是了——要不然，他們弄得這一臉眼淚鼻涕，哪裡還能演「洛水之濱」？

**衆人**：吃了以後呢？

**叟**：吃了以後，可以身輕氣爽恍若神仙，至少可以暫且忘憂。

**童**：（取出五石散，給了一人一包）

**鄧安**：喂，柳師父，你說說，這五石散究竟是眞的呢？還是擺在戲裡裝個樣子用的？

**叟**：小哥兒，你要問我呢，我也不知道，不過吃了五石散會如何？你懂不懂？

**鄧安**：我知道，我在書上看過，五石散就是寒食散，吃了以後全身發熱，只能吃涼的東西，不過，聽說酒倒是可以喝溫的，弄得不好會全身痠痛，數九寒天也得光著身子吃冰，剛吃了藥可能皮膚會燒脹，最好穿上寬袍大袖的衣服，走到外面去「散發」，然後可以忘其禮教，忘其身家，恍若可以往返古今，縱橫四海，可以挾泰山以超北海，可以左西施而右毛嬙，可以飄然高舉，有若神仙……

**叟**：小哥兒都知道了，就不必我嘮叨了——小哥兒可知道古人中也有服食了五石散而縮舌頭，爛肌肉而死的嗎？

**鄧安**：知道。

（說著逕自將五石散放進嘴裡，眾人也都吃了，舞台上的人物登時一一像運行中的發光的粒子，各自旋轉著，彼此碰撞著，然後一一消失，舞台上只剩下鄧安一人，我們似乎感到他在膨脹，在受苦，在焦灼，舞台的燈光忽然一下凌亂起來，一切的形狀在剎那間可幻成光影，一切的光影可以變幻爲聲音，滿舞台都是聲音和光色，並且顯然地以鄧安爲中心，形成一片奇異的並且近乎險惡的漩渦，或者鄧安像一只陀螺，被光和聲音的蛇形鞭抽打得千迴百轉。忽然，彷彿鞭子乍斷，陀螺漸漸凝寂不動，一切重陷入漠然寂冷的黑暗，鄧安有如昏死般地貼在大地上）

（燈光恢復正常時，鄧安漸漸地坐起，老人在距他很遠的一個角落）

**鄧安**：我在哪裡？

**叟**：這裡是苧蘿村，若耶溪。（聲音空洞遼遠，彷彿從歷史的迴廊外傳來）

**鄧安**：啊，我記得我們的戲應該是在洛水之濱。

**叟**：你忘了，身服五石散的人可以神遊四極，身投八荒，凡意之所欲，情之所鍾，都可一一如願。

**鄧安**：一一如願？我其實一直也弄不清楚我眞正的願望是什麼。

**叟**：你就會看到。

**鄧安**：我好像聽到什麼歌聲。

**叟**：那是若耶溪畔的浣紗女子所唱的。

**鄧安**：那些女子在哪裡？

**叟**：她們都在溪水的下游，但有一個，她正帶著她的紗向上游走來——她的名字叫西施。

**鄧安**：西施？她就是我的願望嗎？

（這時，一個女子挽著一籃紗，輕盈地走向溪畔，她似乎完全沒有發覺別人的存在，似乎她自己是一個完美的宇宙。她是實在的，又是虛幻的，是歷史中的美人，也是少年綺想中的影子，她把紗放下伸手試了試溪水，無端地快樂起來，然後她在水淺處注視著自己的倒影，一會又伸手打散自己的影子，然後，她取出想像中的長紗，浣洗起來）

**叟**：我不知道她是不是你的願望，但是你在想她，她就算是你的願望，你看見了你的願望，你走近了你的願望。

**鄧安**：（像被催眠似的，移向在溪畔浣著碧紗的西施）

**叟**：然後你就帶著西施，乘了大船，你們一起去遊海外的仙山。

**鄧安**：（走下去，拉起西施的手，一同登上船）

在船上，我們做什麼呢？

**叟**：什麼也不做，你們吃的是仙棗，仙棗大得跟瓜似的，你們還吃仙米，吃一顆可以整年不餓。

**鄧安**：你坐在這船頭——我坐在那船尾，瀛海九州，海外仙山，都會照我們所要的樣子一路好下去。

**西施**：你坐在那船尾——我坐在這船頭，九州瀛海，仙山海外，都會照我們所要的樣子一路好下去。

（他們對坐在船中，日升月沉、星斗轉移，他們就那樣一直對坐著，他們的身體像平劇演員似的微微地隨著水波而搖晃。但看久了，幾乎令人恐懼，令人疲倦，令人昏眩，因爲看來他們大有可能一直那樣微晃著，晃到地老天荒，永不停止……）

（燈終於全黑了，黑暗中我們看不見他們是不是仍在晃著，但至少從聲音聽起來，很像是的，他們的聲音並不見得是蒼老，但平泛空洞得令人難受）

**鄧安**：你在哪裡？

**西施**：我在船頭，你呢？

**鄧安**：我在船尾，你覺得怎麼樣？

**西施**：很好，你呢？

**鄧安**：也很好。

**西施**：我們這樣有多久了。

**鄧安**：不知道，仙山一日，世上千年，我們也不知走了幾億幾萬年了。

**西施**：我們過得非常快活！

**鄧安**：快活得跟神仙一樣。

**西施**：任何人都不來打擾我們……

**鄧安**：我們也不打擾任何人。

**西施**：仙樂一路飄。

**鄧安**：仙果處處香。

**西施**：（悲愴空虛）我們快活得跟神仙一樣，

**鄧安**：（機械似地回應）我們快活得跟神仙一樣。

（一束慘白的光特寫在鄧安身上，他霍地站了起來，身體不再搖晃，鬚髮戟張，目光狂亂，滿腹鬱積）這是什麼荒唐的情節，我眞的有過這樣的願望嗎？我不要演這一段戲，我一定不要演這段戲，太可怕了，像釘子一樣地釘死在船上，一路喝仙泉，吃仙果，聽仙樂，我不能忍受了！（忽然，燈光乍熄，西施潛下，一切忽然像斷了線似的接不上來，他有點驚惶起來）

柳師父，柳師父，這到底在鬧些什麼事？我不要演這個角，就沒有一個位子是留給我演戲的嗎？

**叟**：什麼事都沒有，剛才只不過是你偶然的願望，你不想演的戲就不要演，接下去的正戲叫「洛水之濱」。

（忽然之間，那些發光粒子一般的人物又運轉回到台上，使人懷疑剛才的情節只不過是半秒鐘之間的幻覺，而若耶溪和洛水之間又簡直是可以互爲代換的。燈光穩定時，他們又開始恢復爲洛水之濱的神仙式的人物，他們的衣履依舊，只是看起來更虛幻些）

（他們走到水邊，看見浮在淺水中的酒杯，不禁快樂起來）

**衆人**：這裡有酒！

（他們俯下身去，銜杯而飲，閒散地在水邊或寫字或賦詩，或彈琴或歌嘯，這一段戲音樂乍停，呈現動作，卻無人聲，恍若一齣啞劇）

（然後，燈光忽變，眾人又復拉手繞成一圈，繞著舞台而旋轉，旋轉數圈後，環節斷了，演員一一沒入後台）

（燈光再亮時，舞台上只剩下鄧安一人）

（他站了起來，兀然地面對著空無的禾田）

**叟**：（走上來，帶著孩子，拎著簍子，孩子不斷地把戲服往簍子裡塞，一面點點有不足數的就到後台去找出來，簍子一下就收拾得差不多了）

**童**：師父，打點得差不多了，咱們好走了吧？

**鄧安**：（掩面輕泣了起來）

**叟**：天晚了，小客官，你也好回去歇息了。

**鄧安**：就這麼散了嗎？

**叟**：不散，難道一直演下去嗎？

**鄧安**：可是，我一直還沒有演我自己的那一段戲。

**童**：哎呀，客官，您也忒麻煩了，一晚上，你自己點著戲演，你要鍊金術我們就伺候您鍊金術。您要西施，我們就給您安排下大船跟西施去海上仙山。您要聰明賢達，我們就給您安排竹林之下，洛水之濱。您還有什麼好抱怨的！

**鄧安**：是的，我把想演的都演了，——可是我還是沒有演過我自己，（急切而悲哀）我還沒有演過我自己！

**叟**：（同情地）你倒說說，怎麼樣才叫演了你自己？

**鄧安**：我不知道，可是，我總記得，我活著，是別人拿命抵的，我記得，鄧元哥哥，被綁在樹樁上，他那麼好，他也不想死，可是他爲我死了，然後，我安全了，這條拿別人的命抵來的命總該做點什麼。

**童**：你要做什麼？你到底要做什麼？你從頭到尾都在這場子上，你還嫌沒演戲，你到底要什麼，你說吧！

**鄧安**：我要什麼？我也說不上來，但是至少我知道我不要跟著別人吃五石散，我也不能跟著別人醉酒。我知道我心裡到底還有一股溫溫熱熱的東西，我要好好地抱一抱這個人世，好好地愛一愛這個人世。

**叟**：我師兄說，（不知爲什麼，那不曾出場的師兄彷彿一直跟這場戲同在，他是上一次演這場戲的鄧方）鄧方在台上注定是個不入戲的，他黏不到別人那些尋歡作樂的堆裡去，我師兄還說別人的戲下了台就演完了，只有鄧方的戲下了台還要演一輩子。

**鄧安**：一輩子！

**叟**：人一旦發現自己欠了債，你就會去還，一直還，一直還，一直還……

**鄧安**：我怎麼還法——我老是覺得自己是個沒有位子的人，要看戲，沒有看戲的位子，要演戲，又沒有演戲的位子。

**叟**：誰說的，我不是講了嗎？地下一棵草，天上一滴露，是一個蘿蔔就有一個坑，上天不會生下一個沒有位子的人。

**鄧安**：可是，我的位子在哪裡？

**叟**：你的兩腳站定的地方就是你的位子，你還要找什麼位子？

**鄧安**：可是，我到底要演一段什麼戲？

**叟**：（走近鄧安，拍拍他的肩膀，把滿天燦然的明星指給他看）

你還要什麼情節？鍊金術？（鄧搖頭）帶著美人遊仙山？（鄧搖頭）手捉白玉麈尾談玄說奧？（鄧搖頭）唯有崇敬上蒼，悲憫人世，爲人如此，也就大體不差了。

**鄧安**：就是這樣嗎？

**叟**：有人爲你死所以你活了，你又去爲別人死，天下事不死不生，方死方生。

**童**：師父，我們走了吧！

**叟**：唔，走了吧！

**童**：不管這位客官了嗎？

**叟**：客官自會管他自己的。

（鄧安猶自兀立著，孩子牽著老人，在夜色裡蹭蹬著，音樂又重複著）

憑一條沙喉老嗓
憑一把破板殘弦
衝州撞府
露飲風餐
將桑田滄海
滄海桑田轉眼唱遍

（幕漸落）

# 一匹馬的故事

慶祝中華民國建國七十年紀念
中國文化大學第十二屆華岡藝展
藝術學院戲劇學系影劇組畢業公演
一匹馬的故事
時●5月8日—11日（每晚7時30分）
地●南海路國立藝術館

# 人物表

**塞翁** 似乎已經沒有人知道他姓什麼了，大家只知道他住在塞上，所以他成了順理成章的「塞翁」。當然，「翁」字也是順理成章得來的——人只要活到那年紀就可以成翁。對他而言，生命一直是如此的順理成章。

**塞婆** 塞翁的妻子，她是一個更不需要名字的人，也許她曾有過名字，在許多年前，但我們看見她的時候，她只是一個母親，一個徹頭徹尾的母親。

**大旺** 塞翁的兒子，不知爲什麼，二千年來，故事裡的主角總是塞翁，大家竟忘了大旺，但其實大旺才該是主角，他的父親超然乎禍福之上，但大旺卻是在痛苦與狂歡間受盡煎熬的人。

**張順** 老管家

**翠鳳** 鄰家的女孩——幾乎在每個村子裡都有那麼一位女孩，專爲讓全村少年神魂不安的女孩。

**小瑣子** 大旺的朋友

**大軸子** 大旺的朋友

**乞丐五人** 其中一個是叫花子頭（他是個歪嘴、斜眼，並且缺了一隻胳臂的人）、一個是口吃的（丙）、還有一個是女的（丁）

他們打著蓮花落，一路說著唱著，報凶，報喜。

## 第一場

開場時，上來的是一羣叫花子，其實他們的人數並不多，但也許因為亂，看起來有一鬨人。

他們走著，打著蓮花落，這是春暖花開的季節，這季節對衣裳單薄的窮人特別相宜，所以他們看起來並不可憐，倒反而有一種執業的正經。在古老的社會裡，他們也是要受過訓練正式出師的，他們是一種有工會有會館有組織的奇異行業。他們走在響晴的藍空下，渥綠的草原上，幾乎有一種瀟灑。

他們一面走，一面念誦著：

**齊**：嗨！

抬頭瞧，仔細看

塞上的楊柳勝牡丹，梁上嘰喳著去年燕，兄弟們一行往前走

前面來到個人家好行善——好行善（他們面向觀眾，把觀眾當作深宅大院的主人）

大老爺肯捨錢，

大奶奶肯捨飯，

好名兒四鄉誰不傳，好名兒四鄉誰不傳？

**花子頭**：嗨！兄弟們——

這行善可有什麼好處哪——

**花子丁**：這行善的人家四季保平安，這行善的人家金珠寶貝用不完

**花子頭**：這行善還有什麼妙處哪——

**花子丙**：這這這—行—行—善—善—善—的—人—人家—養—養—養—養（急嚥口水）

**花子頭**：養什麼？

**花子丙**：養—養—養—養—個—大—大—胖—胖—兒—兒—子—趁—趁—人—人—人—願—願

**花子頭**：這少爺怎麼趁人願哪

花子甲：這少爺大頭大耳面團團。（用手比）
花子乙：這少爺脣紅齒白好容顏。（模仿）
花子丁：這少爺聰明過人讀書不難。
花子丙：這—這—少—少—爺—爺爺—聲—聲—若—洪—洪—鐘—鐘—能—能—能—能—做—做—官。
花子頭：哼！（敲丙頭一下）是做大官！
花子丙：是—是—是—是—能—能—能—做—做—大—大—官。
花子頭：呀，兄弟們—說著—說著—今天是什麼日子哪—
花子丁：今天是少爺十八歲的好日子啊。
花子甲：噫—少爺他穿新襖，戴新冠
花子丙：他—他—他—他—騎—騎—大—大—馬—
他—他—跨—跨—新—新—鞍。
花子乙：他喝壽酒吃壽麵。
花子丁：他來年娶個媳婦賽天仙。
花子甲：他生個孫子惹人憐。
齊：大老爺五代同堂誰不羨？
一家子福祿壽齊全。
花子頭：噫，我說行善的大老爺大奶奶哪！
管家：（急跑出，有一種大户人家的世故，看不出誠懇還是不誠懇）呀，各位腿也走乏了，嘴也說乾了，隨我小老兒到灶下去吃點喝點，今天是小少爺的好日子，各位務必賞個臉。
花子頭：唉——我說管家的大爺呀！咱們兄弟窮得帽子沒蓋兒，鞋子沒底兒的。大夥兒說小少爺生日咱們可送個什麼好呢？
花子甲：所以咱就湊合著他一把麵，我一把高粱的做了對小壽桃來啦！
花子乙：這壽桃呢，擱在案子上怕您老眼還找不著呢！
花子丁：要塞在嘴裡呢，怕不掉到那個牙縫

裡了呢！

花子甲：只給少爺當個玩意兒瞧瞧就是了。

花子丙：好—好—歹—歹—也—也—也—是—是—咱—咱—們—窮—人—人—的—一—一—點—點—點—點—意—意—思……

塞翁：張順，什麼事啊？外頭來了什麼人哪？（說著，也走了出來）

塞婆：好像是花子頭來了。

管家：是啊，花子大爺給少爺送壽桃來了。

塞婆：唉啊，難爲你們還想著他，小孩子家，難爲各位費心了。

花子頭：大娘，說敬意是不成敬意的，不過嘛，大戶人家的公子哥兒，沾咱們一點窮叫花子的貧賤氣也好帶哪。

塞翁：說什麼大戶人家，誰家都是鐵打的門檻，銅澆的家業？你說說這世間哪有個千年萬世的富貴？還不是有一口水喝一口水，有一碗飯吃一碗飯，大家都是一樣的。

花子頭：唉唉，大老爺說的什麼話，咱們都是些窮要飯的。

塞翁：要飯的？誰不是要飯的？難道誰還打娘胎裡自己帶著口糧來做人不成？誰不是跟天要飯跟地要糧，好兄弟，到灶下去看有好吃的就吃，有好喝的就喝，人生在世，大家都只不過是個要飯的。

塞婆：張順，別虧待了人家，難得人家一片心。

衆叫花：多謝大老爺大奶奶！（千恩萬謝打躬作揖各種表情都有）

叫花頭：少爺人呢？

塞婆：（一提到少爺，她彷彿立刻覺得自己變成了主角似的，馬上迫不及待地接嘴）這孩子，他跟幾個朋友上集上去了，他爺許了他一匹馬，他等不及一早就去了，喜得跟什麼似的，到這會兒還不見回來。

**叫花頭**：這不難，待會兒咱們弟兄找到集上去給少爺道喜，順便捎個口信，讓他快點回來就是。

**管家**：來，來，大夥這邊跟我來，好的不敢說，總夠各位飽的就是了……（眾叫花下）

**塞婆**：（舉目向路的盡頭望去，語氣充滿恣縱的愛寵）這孩子——也不知給他看上一匹什麼樣的馬了？

**塞翁**：反正這小子也不是伯樂，相上的也不會是什麼千里馬，反正無非給你弄來個兩個眼睛四條腿的馬就是了。

**塞婆**：這孩子——想馬想得跟什麼似的。

**塞翁**：（像大多數的年老夫婦，各人只顧著說自己的，似乎他們也知道對方在說什麼，只是卻又能涇渭分明合而不同地一路說下去）馬跟馬其實又能有什麼不一樣，無非是跑得快或跑得慢的，反正到頭來跑得快的也到了，跑得慢的也到了，所以，還不是一樣的？還不是一樣的？

**塞婆**：這孩子也可憐，他從前騎的馬哪是馬，簡直像小草驢似的。

**塞翁**：馬標致馬難看還不是一樣的，馬標致橫豎也是一匹馬。馬難看呢，也沒人敢把你拉下馬來不讓你騎，到頭來也還不是一樣的？

**塞婆**：這孩子——滿腦子滿腸子都想著馬，連娶媳婦的事都耽擱了，我看翠鳳姑娘就挺好——

**塞翁**：性子好的馬跟性子壞的馬也還不是一樣的？性子壞的馬老把人往地下攧，性子好的馬很少把人往地下攧，也不過多摔兩次跟少摔兩次罷了，所以，還不是一樣的——

**塞婆**：（在緊要關頭忽然聽懂了，忍不住生了氣）什麼？你說咱們孩子多摔兩次少摔兩次是一樣的，我辛辛苦苦十月懷胎養下個兒子，可不是給你摔的——（正待發作，忽然遠處傳來熱鬧的歡呼，是年輕人誇張喧囂的那種歡呼，那種足以掩蓋一切打斷一切的歡呼，那種未見其人先聞其聲的歡呼）

**大旺**：（老遠地，便叫起來）爹，娘，我回來啦！我買中一匹馬啦！

**小瑣子**：大娘，（也跟著叫，說得意滿氣壯，彷佛全是他一人的功勞似的）全集上就數這匹馬最好了！

**大軸子**：（不厭其詳的）全集上最好的馬讓咱們給挑上啦！

**大旺**：爹娘您讓開，我騎過來給您瞧瞧。

（人吼馬嘶，一片雜沓，忽然間，觀眾只見入口處摔下一條人影，大旺爬起來半惱半笑地揉著屁股）

這廝——偏在這會兒出醜。

**小瑣子**、**大軸子**：（兩人合力拉一條馬，馬看不見，但從動作上望去彷佛是一條高大、倔強不十分好對付的馬，他們雖然用力拉，但動作仍充滿愛憐，一會摸摸馬耳朵，一會拍拍馬屁股）

**塞婆**：沒跌著吧——唉，這孩子！

**大旺**：沒有，（故作無事狀）爹，你看這馬一身膘！

**翠鳳**：（也不知道她是不是藏在什麼地方偷看了半天，她很適時地出現了）呀，在哪兒買的好馬呀？雪白雪白的，眞好看啊！

**小瑣子**：（小瑣子個子瘦小，看起來有幾分滑稽相）哎呀，翠鳳姑娘，咱們把個集子，前頭轉到後頭，後頭轉到前頭，就找不到一匹馬中意的。

**大軸子**：後來啊，忽然看到有個漢子——

**小瑣子**：滿臉的鬍子，聽說是從口外來的——

**大軸子**：他帶著好多匹馬，我們大旺哥一眼就看上這一匹。

**小瑣子**：那漢子還不肯賣哪，他說這一匹他留著自己用。

**大旺**：我就說不賣怎麼成哪，我連名字都給牠取好了——

**翠鳳**：名字？（好奇地）牠叫什麼名字？

**小瑣子**、**大軸子**：「風尾巴」，大旺哥給牠取的名字叫風尾巴！

**塞婆**：這孩子——這是什麼怪名字啊？

**小瑣子**：是啊，那漢子也問，說，這是什麼怪名字啊？

**大軸子**：咱們大旺哥就說啦，風尾巴嘛，就是說這是一匹快馬，跑得跟風一樣快，比風也就只差那麼一尺，所以叫風的尾巴！

**小瑣子**：那漢子哈哈大笑，說，好名字，好名字，不愧了，不愧了，不過，你小哥兒怎麼知道牠是一匹快馬呢？

**大旺**：嘿，我說，要是連這麼匹好馬都看不出來，還敢來買馬嗎？

**大軸子**：那漢子一聽可樂了，說，咱這不是賣馬，咱交個朋友吧，所以三言兩語的，就把馬賣給咱們了。（三人你搶我奪地把故事說完了，不知怎地，好像有幾分意猶未足的樣子，對於他們生命中的第一場交易，第一匹馬，他們都有著探險歸來的興奮）

**小瑣子**：好馬啊，別說騎，摸著都舒服——（他幾乎一直不停地摸著）

**大軸子**：哎，眞是好，不遲不早，剛讓我們給碰上了。

**翠鳳**：（走過去又愛又怕地摸著牠）眞漂亮！

**大旺**：（志得意滿地）趕明兒等我把牠騎馴了，也讓你試試。

**翠鳳**：啊！

**塞婆**：唉，這孩子，我看大夥兒也乏了，先進來吃點麵，別盡是馬啊馬的。

**大旺**：娘，你們先進去，咱們溜溜馬，就來。

**塞婆**：唉，這孩子（與塞翁、翠鳳下）

**大旺**：（看見人都走光了，正色地壓小了聲音）

噓，剛才集上人多，不好說話，回來了，人還是多，還是不好說話，我一直有句話不好出口。

**小瑣子**：（一副鬼靈精相）

呀，大旺哥，咱們好兄弟一場，你那點心思，不開口我也知道。

**大旺**：（稍微有點不好意思）

不要胡扯，我是有正經話要問。

**大軸子**：算了，不但他知道，連我也猜得個八九不離十——你想起隔壁王家集的大轂轆來了，你想知道你這頭雪白的「一溜煙兒」跟他家的那頭青花的「風尾巴」哪頭起眼，對嗎？

**小瑣子**：「一溜煙兒」差遠啦，要是世間沒有「風尾巴」啊，那「一溜煙兒」還能讓人瞧上兩眼，但如今有了「風尾巴」啊，那「一溜煙兒」早都給踹到腳底下去了。你不信，要是把「一溜煙兒」放在「風尾巴」邊上，簡直襯得「一溜煙兒」一副生癟像。

**大旺**：（不放心地）沒法子把兩匹馬拉在一起比比，你們眞覺得「風尾巴」眞比「一溜煙兒」要好得多了嗎？

**大軸子**、**小瑣子**：（誇張地）哎呀，好得不知好到哪裡去了，只要不是瞎子都知道。

**大旺**：這麼巧，我——從來也沒見過大轂轆——（他有點希望勾出他們的話，對馬背上的「人」也略作比較，不過剛才他們沒聽懂）

**大軸子**：見他幹什麼，他們王家集的大轂轆怎麼比得上咱們馬家莊的大旺！

**小瑣子**：我猜大轂轆成天打翠鳳姑娘的主意，他呀，是白作夢。

**大軸子**：翠鳳姑娘一看見「風尾巴」就迷上了。

**大旺**：以後他大轂轆就少神氣了。

**小瑣子**：哼，以後呀，大轂轆要是在街上遇見了我們連大氣也不敢出啊！

**大軸子**：「風尾巴」啊，連皇帝也未必有這麼好的馬騎！

**大旺**：（暗自竊喜著，走到「風尾巴」旁邊撫摸著）實在是匹好馬，從頭到腳，沒有一個地方不挺括漂亮的！

## 第二場

舞台上一片漆黑

夢魘，囈語。馬嘶，馬蹄雜沓聲。

人在患得患失的心境下，連夢境也不得清明。可是，當然，這分少年的患得患失，也自有其執著可愛處。

**大旺**：風尾巴！——

風尾巴跑了！（燈光漸亮，但他的聲音彷彿仍被什麼東西壓著似的叫不出來，悶悶的，彷彿將要窒息的人的聲音）風尾巴跑了，風尾巴跑了——（忽然燈光全亮，大旺睜開眼，絕望地叫出聲來）

風尾巴跑了——

「啊！還好，只是作夢——」（喘息）

「如果是眞的，那我的命也就給牠帶跑了——」

（忽然，夢中的馬嘶和馬蹄聲又出現了）

**大旺**：（焦急地躍起）

風尾巴，牠——

**管家**：（氣急敗壞地跑入）風尾巴，牠——

**大軸子**：（驚懼得彷彿世界末日）風尾巴，

風尾巴，牠——

**大旺**：牠跑了，牠跑了，（發狂地去搖每一個人的肩以求證）牠跑了，你們說啊——

——牠在哪裡，牠在哪裡？

**管家**：我剛才看牠還在馬房裡，我一轉身，只聽啪一聲，繩子斷了，我回頭一看，風尾巴一跳八尺，早跳出欄柵外頭去了，我追到路口，風尾巴只剩下一個小黑點了。

**大軸子**：我剛聽得一聲馬嘶，就跳上一匹馬帶著一根繩子去追，追著追著，就不見影子了。小瑣子還在追哪。

**大旺**：我要去，我要去，哪怕牠跑到天邊，我也要把牠拽回來。（說著就去牽一匹放在門口的馬）

**塞翁**：（不知什麼時候出現的）不用去了——去不去都是一樣的。

**大旺**：爹。

**塞翁**：跑了都有大半天了，要是現在去追還追得上的話，這種馬，不追也罷——

**大旺**：爹，說不定牠在哪裡吃草。

**塞翁**：追不追都是一樣的，是你的，跑不了，不是你的，追也追不著。

**大旺**：我一定得去，我非去不可。（一面說著，一面迫不及待地往外跑）

（一時一室寂然，大家都不知說什麼好）

**塞婆**：唉，這孩子——

**小瑣子**：（垂頭喪氣地走了進來）說牠風尾巴，眞是風尾巴，跑得跟風一樣快，一轉眼呢，又跟風一樣地沒了——咦，大旺哥呢？

**翠鳳**：（氣吁吁地跑進來）大娘！聽說風尾巴跑了。

**塞婆**：唉，這孩子傷心得跟什麼似的——他去追了。

**小瑣子**：哪裡追得上，要追得上我們早追上了。

**大軸子**：唉，我看牠不是風尾巴，簡直就是風腦袋，牠根本跑得比風還快——唉，可惜了。

（大家又一陣沉寂）

**塞婆**：唉，這孩子——

（沒有人回答她，大家難受地乾坐著）

（忽然，打蓮花落的聲音由遠而近，這一次的節奏顯然不像上次那麼乾淨俐落）

（大旺回來，一聲不響地走進來，坐下）

（叫花子們湊頭湊腦地站在門口張望）

（似乎本來他們是想開口問些什麼的，但現在，顯然什麼也不必問，一切都清清楚楚地擺明了）

**叫花頭**：聽說風尾巴沒啦——

**衆叫花**：大夥兒全都傻啦——

**叫花甲**：可惜咱不會變戲法。

**叫花丙**：不—不—不—然，咱—咱—情—情—情—願—變—變—一—一—一—一—匹—匹—馬。（學樣）

**叫花頭**：任少爺騎呀，任少爺跨。

**叫花乙**：少爺你穿新袍著新褂。

**叫花丁**：少爺你頂烏紗戴紅花。

**叫花甲**：少爺你做大官進大衙。

**叫花乙**：少爺你掌大印執大法。

**叫花丁**：四鄉裡少年誰不誇？

**叫花丙**：四—四—四—鄉—鄉—裡—姑—姑—娘—誰—誰—誰—誰—不—不—想—想—想—嫁？

**叫花頭**：少爺少爺咱不過逗個趣兒打哈哈。

**衆叫花**：您還是放寬了心聽咱閒嗑牙，您還是放寬了心聽咱閒嗑牙！

**管家**：馬是好馬，可是跑既然都跑啦，咱們兩條腿的哪追得回四條腿的？少爺，難爲花子哥的一番心，你就看開些吧！

**叫花丁**：（多嘴地）我早就說了——我早就看那根拴馬的繩子不穩當，你看，果真就斷了——

**大旺**：（更生氣，萬分不情願地站起來，他知道自己是大人了，在這種場合裡必須學會應酬）多謝花子哥，大熱天，累各位老遠跑來，眞過意不去。

**叫花頭**：少爺，你別急，你只要放寬心，活個長命百歲的，將來早晚總能讓你碰上個雷尾巴、電尾巴什麼的比這個什麼風尾巴強多啦！

**叫花甲**：是呀，人只要活得長，什麼好事都趕得上的呀！

**叫花乙**：我聽人說這兩天集上有匹好馬，叫「不見蹄」——

**叫花丙**：什—什—什—麼—麼—不—「不—見—見—蹄」哪—

**叫花乙**：那匹馬跑得快，一放開腿跑，簡直就是看不見蹄子哪！

**叫花頭**：世上好馬多的是。

**叫花丙**：少—少—爺，您—您—就—就—放—放—寬—寬—寬—寬—寬……

**叫花甲**：唉，你得了吧，你到底要少爺放多寬哪？

**叫花丙**：（不服氣）少—少—爺，就—就—是—是—不—不—不—寬—寬—心，所—所—以—我—我—我—才—才—要—要—少—少—爺—爺—放—放—寬—寬—寬—寬—寬……（幾乎憋不過氣來）—寬—心的—的—的—呀！

**管家**：我要少爺放寬心就是，大夥兒跟我到灶下來喝口水吧！

（眾花子跟他下去）

**大旺**：翠鳳姑娘，對不住了，本來許了要讓你騎騎試試的，沒想到馬跑了。

**翠鳳**：算了，沒能騎倒好，要是騎上去，控不住，讓馬馱著跑了，那才糟呢！

（大夥第一次忍不住笑出來）

**塞婆**：是呀，你娘找我賠閨女，叫我拿什麼賠她？

**小瑣子**：嘻嘻，大娘就拿大旺哥賠上就是了。

**翠鳳**：（驚覺）你說什麼？

**小瑣子**：嘻嘻，沒說什麼？沒說什麼——

**塞翁**：唉，你們大夥也別愁眉苦臉的了，不過是跑掉一匹馬，世上比掉了馬更倒楣的事多著哪，你們要多碰到幾件也就看開啦，何況萬事都沒個定準，跑了馬也不見得就不是好事哪——

**大旺**：爹！（幾乎是憤怒的，但他忽然發現自己的冒犯，立刻煞住口）

**塞翁**：什麼？

**大旺**：（垂頭懊喪）沒什麼。

**塞翁**：你們都說風尾巴掉了，風尾巴其實沒掉，牠只是不在咱們家院子裡了就是了，像風尾巴那麼好的馬，你們還怕牠找不到新主人嗎？

**大旺**：可是——

**塞翁**：去，去，做點正事。日子還得過，飯還得吃，覺還得睡，別掉了馬就掉了魂似的。

**大旺**：爹老了，他什麼都看開了，可是，風尾巴是我的命根子，我怎麼不恨哪。再說，世上有比掉了馬更倒楣的事嗎，哼，我就不信，我就不信，掉別的馬我不知道，但世上再沒有比掉了風尾巴更倒楣的事了。再沒有了！

（大聲嘶叫把他弄得很累，他不甘休地小聲嘀咕）「放寬心」——「放寬心」，全是些胡說八道，人心又不是麥芽糖做的，怎麼叫拉，怎麼叫放，全是說說好聽罷了。

**大軸子**：大爺，說什麼「跑掉一匹馬，也不見得不是好事哪——」眞怪了，有聽說跑了馬還能有好事的？

**小瑣子**：還說什麼風尾巴其實沒掉，只不過換了新主人就是了，話雖不錯，可是，新主人不是咱們了，當然不一樣，當然不一樣！這燒餅落在我嘴裡，跟落在他嘴裡怎麼會是一樣的呢？

**大旺**：我們怎麼辦呢？

**翠鳳**：唉，大爺也眞是的，他還說你們「去做點正事，別掉了馬就掉了魂似的」（學老人口氣），可是沒有了風尾巴，哪來什麼正事啊！

**小瑣子**：哼，這下大轂轆可就神了，「風尾巴」跑了，就數他那匹「一溜煙兒」了！

**大軸子**：哼，大轂轆最會來個事後的「先見之明」了，他會說，我早就看那匹馬不穩，養不住的，哼。

（不知爲什麼，他們爲想像中的事件憤怒著）

**大旺**：不要說了！

（久久的沉默中他們仍然感到屈辱憤怒，彷彿大轂轆眞的正在向他們誇示「一溜煙兒」）

**大軸子**：風尾巴現在不知道在哪裡？

**小瑣子**：牠也許在什麼山頂上吃草——

**大旺**：牠也許跑渴了在水邊喝水——

**大軸子**：唉，牠爲什麼要跑呢？我們待牠夠好了。

**小瑣子**：有時候，牠兩個耳朵一聳一聳的，（學樣）那樣子說多漂亮就有多漂亮。

**大旺**：別說了——說了也是白說——

**大軸子**：那咱們怎麼辦呢？難不成就這麼一直坐著嗎？

**小瑣子**：不這麼坐著又怎麼樣呢？

**大旺**：唉，風尾巴跑了。（燈漸暗，三人像橛子似的死據一方悶坐著）

（燈漸亮，三人還是上一場的位置）

（錯覺上感到他們好像已經坐了那麼長的一個季節了）

（長夏凋盡，現在已是仲秋，塞上的秋天來得早，空氣裡浮漾著乾香和冷肅，秋雁橫空，一些什麼很傷感的東西在啃食著天地）

**大旺**：天涼了！

**小瑣子**：老是聽見大雁叫——叫得人心神不寧的。

**大軸子**：草長得老高——

**大旺**：天是愈來愈涼了——

（他們都竭力避開話題，不談「風尾巴」，但看得出來，他們仍然還在想著牠）

**小瑣子**：（終於忍不住）秋天裡，馬都長得肥些。

**大軸子**：（忍不住附和）秋郊試馬最好！

**大旺**：（抵死不肯加入）今年秋天涼得早。

**小瑣子**：（試探地）我昨天碰到大轂轆，他正在溜馬，見到我，還問我要不要騎騎他的一溜煙兒，哼，少裝模作樣，我一輩子沒騎過馬不成，誰希罕他的一溜煙兒……

**大軸子**：你少理他，他「一溜煙兒」送我我都不要。

**大旺**：（根本不理會，執意只肯談天氣）說不定今年秋天也會下雪。

**小瑣子**：（有點耐不住，站了起來）我娘要我今天早點回去。

**大軸子**：（也跟著站起來）這兩天我家要割草存起來過冬，我也得回去幫忙了。

**大旺**：（不說話，默默地站起來）

（忽然，馬嗚聲破空而來，蹄聲成陣，聽來有如戰鼓的聲音）

**大旺**：（一時之間，他又陷入舊日的幻覺，想起那惡夢的早晨，忍不住用十指箍住頭，悲嘯起來）「風尾巴」跑了！哦哦，這聲音我聽了一千遍了，風尾巴跑了——風尾巴跑了——

（小瑣子和大軸子停住，向遠方張望）

（聲音開始明顯地不一樣，這一次是由遠而近的聲音）

（大旺警覺地站起來，大家忽然驚醒過來）

**大旺**、**小瑣子**：風尾巴回來了！（歡聲動地）是風尾巴回來了！

**大軸子**：不止啊，不止啊，你們看清楚沒有，有一大羣啊！

**大旺**：（似乎多出的一羣對他毫無吸引力，

他只發瘋似地叫著）

是風尾巴回來了！

**小瑣子**：哎呀，眞是帶回來一大羣哪，天啊，怕不有二十幾隻啊！

**大旺**：（狂喜得快要流淚了）是風尾巴回來了！是風尾巴回來了！

（三人衝出去迎馬）

（塞翁和塞婆上）

**塞翁**：唉，唉，什麼事啊，什麼事啊，我眞弄不明白，現在的孩子個個都不會說話——只會叫話，都不會走路——只會跑路，唉，什麼大不了的事啊？

**塞婆**：唉，這孩子——

**翠鳳**：大娘，大娘，天大的好消息，風尾巴回來啦，風尾巴回來啦，風尾巴還帶了一羣野馬一起回來啦！

**塞婆**：（張望）喲，眞是風尾巴回來了，這孩子這兩個月來不吃不睡的，這可好了，風尾巴回來了——唉，你瞧瞧，這孩子。

**管家**：大老爺，大奶奶，少爺眞是福氣大，馬跑了還能回來不說，居然還帶上一窩子野馬回來。

**塞翁**：（冷靜得幾乎不近人情）馬是回來了，可不見得是福氣。

（大家興奮得昏了頭，也沒人理會他）

**大旺**：（發狂忘形地衝過來）娘，娘，風尾巴回來了，風尾巴跑回來了，（拉母親的手）你摸你摸，還添了滿身的膘肉。

**管家**：這可好，馬無野草不肥，風尾巴吃夠了草自己回來了，還給你撈上了一大把利息。

**大旺**：爹，你看，這些野馬個個都是好馬！

**小瑣子**：大爺，你看，大旺哥一見面就連名字也都給取好了——大爺，這一條毛色發紅，大旺哥叫牠紅叱撥。（叱音重，撥音輕，讀如「扠八」）

**大軸子**：這一隻帶粉紅色點子——大旺哥叫

牠芙蓉箭——牠眞的跟箭一樣快哪。還有，這一隻全身發黑，叫他黑梭子。

**小瑣子**：還有這一隻，大娘，您別看牠小，跑起來可快哪！我們叫牠「飛得低」——牠不是跑，牠簡直是飛——就是飛得太低了，飛到地上來了。

**塞婆**：怎麼盡取些希奇古怪的名字——這孩子，簡直就是個孩子。

**大旺**：還有一隻，這隻脾氣不好，愛踢人，可是跑起來眞快，我們叫牠撒蹦子。

**翠鳳**：芙蓉箭眞漂亮！

（小瑣子示意，大軸子會意走到一旁）

**小瑣子**：嘻，大轂轆要是知道了啊——把他氣個半死。

（不知爲什麼，他們在極幸福的時候，仍不忘記他們的假想敵人，似乎必須一起談論這個假想敵人，他們之間才能更親密似的）

**大旺**：哼，這些馬，個個都比一溜煙強！

**大軸子**：大轂轆啊，他氣也白氣，他哪來這種運氣！

**管家**：你們說什麼轂轆啊？

**大旺**：（注意著翠鳳有沒有反應，她似乎抬了一下眼皮，不過很快地又集中精神撫摸著芙蓉箭）沒有，沒有，哪來的什麼轂轆啊！

（蓮花落的節奏漸漸由遠而近）

**小瑣子**：哎呀，這些人眞煩哪，他們怎麼什麼都知道，你生下來，你結婚，你生兒子，你搬家，你做了官，你的馬跑了！你的跑掉的馬又回來了，他們沒有一樣不知道的……

**大旺**：（央著管家），大叔，您好歹把他們打發走吧，我不想見他們，他們要吃就吃，要喝就喝，可千萬別讓我再聽他們的蓮花落了！我太高興了，我只要風尾巴，我不要見別人。

**大軸子**：你看，大爺，大旺哥買風尾巴他們來賀一次，風尾巴丟了呢，他們來弔一次，現在風尾巴回來了呢，他們又來賀一次。

**塞翁**：還沒完呢——俗話說，人沒有十全的，瓜沒有十圓的，要是下次這匹馬又惹了什麼禍呢，他們又會來的。

**塞婆**：你，（稍微有些氣了）你怎麼說這種話呢？——又不是小孩子童言無忌，也不怕犯不吉利。

**塞翁**：難說啊——做人本來就是禍禍福福、福福禍禍的，哪有一個定準啊！

**大旺**：（幾乎有點一語成讖）只要風尾巴不跑，天大的禍事我也不怕！

**塞翁**：難說啊——人沒有十全的，瓜沒有十圓的。

（蓮花落的聲音隱隱地在後台成爲一種襯托，在單調熟稔中漸漸透出一種地老天荒的蒼涼，彷彿到宇宙毀滅之日，那規律的節奏仍將一路不疾不徐地打下去似的）

**塞婆**：沒有見過這種老頭子——（別過頭不理他）——旺兒，你們都出去，你們都到外頭去。

**大旺**：（稍稍驚奇）出去做什麼——

**塞婆**：這孩子——出去溜馬啊——隨你們做什麼，風尾巴回來了你還怕沒事做啊？

**大旺**：（疑惑）娘，你到底要做什麼啊？

**塞婆**：（藏不住祕密，終於笑起來）出去，出去——這孩子——我跟你爹還有張順大叔要談今年冬天辦喜事的事——

**大軸子**：（立刻會意）呀，大旺哥要辦喜事啦！

**管家**：早該辦的，早該辦的，就是前一陣少爺掉了馬，失魂落魄的。現在哪，秋也涼了，馬也回來了，反正有錢沒錢嘛，娶個媳婦好過年。

**翠鳳**：（害起羞來）我要回去了——

**小瑣子**：咦，咦，別走啊，一走就是作賊心虛了——

**翠鳳**：（假裝生氣）誰作賊？

**小瑣子**：不，不，不是作賊，小瑣子該死，不是作賊，是作嫂子，是作嫂子。

**大旺**：走，走，出去溜馬——

**塞婆**：（忽然想起來）旺兒，你們大夥兒一齊玩大的，也算好兄弟了，你得了這麼羣馬，可別小氣，儘著他們心愛的，各人牽一匹回去，（很權威的）大軸子，小瑣子，他要是不給，趁明兒迎親那天，你們別跟他做儐相。

**大旺**：哎呀，娘，這還用您吩咐。

**大軸子**、**小瑣子**：謝謝大娘，謝謝大娘。

**小瑣子**：我人矮——就要「飛得低」吧——

**大軸子**：「黑梭子」好！

**翠鳳**：（興奮中忘了剛才的尷尬）我喜歡「芙蓉箭」——

**小瑣子**：哎呀，還什麼你喜歡芙蓉箭，嫂子，這些馬，以後全是你的啦！

**大旺**：（假裝生氣）小瑣子！

**塞婆**：哎——（正待要開口）

**塞翁**：我知道你要說什麼了——

**塞翁**、**塞婆**：哎——這孩子！

## 第三場

台上是一片奇異的靜。

一種幾乎是不祥的死寂。

漸漸地遠處有滾雷一般的鼓聲——鼓聲久久持續。

單調沉悶的鼓聲漸強，殺伐之氣漸明顯

**管家**：老爺，老爺（喘息未定）禍事來了！禍事來了！

**塞翁**：什麼事啊？什麼事啊？（鼓聲更強，塞翁也警覺了）

**管家**：胡人來了，胡人前兩天把王家集的牛羊全搶光了，胡人正對著咱們莊子來了。

**大軸子、小瑣子**：（一起趕到，猶豫地互問）你聽說了？你也聽說了？

**大軸子**：眞的是胡人來了！

**小瑣子**：眞的是胡人來了！

**大旺**：（出）眞的是胡人來了？

**塞婆**：眞的是胡人來了？

**管家**：那些兔崽子，他們把王家集的牛羊全搶光了。

**大旺**：大叔，備上馬！（忽然之間，他顯出潛在的領導能力）去！（對大軸子和小瑣子）全村的人有馬的馬都拉出來，有人的人都站出來，有刀有箭的統統擺出來，咱們拚了，就不信熬不過他們。

**大軸子**：對，咱們餵的牛羊一條也不准別人搶！

**小瑣子**：對，一個蹄子都不給胡人！

（三個男丁一起急著下去，管家也急著去備馬）

**翠鳳**：眞要打仗了。

**塞翁**：要來的躲不了，這一仗還是要打的。

**塞婆**：（搖頭，擔心）這孩子——

（三個坐著，各懷心事）

**塞婆**：你進屋裡歇著吧，免得動了胎氣。

**翠鳳**：（仍然坐著）娘，我不要緊。

（三個男丁像旋風一樣地回來，大旺的臉色在激恨中有顯然的興奮，「要打仗了」在他們來說多少是件痛快的事）

**大旺**：爹，我們找到一百四十匹馬了，加上我們一家就有三十匹，一共一百七十匹。

**小瑣子**：大爺，長刀有二十三把，纓槍十八支，箭家家都有。

**大軸子**：咱們還得多造箭！

**大旺**：村子北邊，小環河上頭那幾家，大軸子，歸你召集，村子西邊，大水塘以西的地方，小瑣子，歸你吆喚，剩下的我來勸，只要不瘸腿少胳臂的，都得上陣。

**大軸子**：快了，快了，來不及了，誰管造箭？

**大旺**：蔡家兄弟手藝好！

**小瑣子**：誰造飯？

**大旺**：造飯的事交給花子頭辦，他手下有人——說不定一頓飯還沒吃完，仗就打完了。

**翠鳳**：（跑上前，欲言又止，良久，才咕噥一句）你小心點好，別逞能——

**大旺**：知道了，知道了，（跟一切幸福的人一樣慣於抱怨，也許是故意用這種語氣來掩飾離情別緒）怎麼女人全是一樣的，從前是娘在旁邊一天說小心，小心。後來呢，就是老婆，成天說小心，小心。

**塞翁**：有媳婦說你算你福氣——

**大旺**：好了，好了，誰也沒說不是福氣，只是福也罷，禍也罷，我得走了——大叔，馬都餵飽了吧？

**管家**：餵飽了，餵飽了，我還烙了幾張餅，少爺，你路上當點心。

**塞翁**：張順，你也跟著去，反正家裡沒事——那羣毛頭孩子，有個老成人跟著好些。

**管家**：是，是，您別看我，我年輕的時候也打過仗。

**大旺**：爹，我走了，（門外報聲漸急，人馬雜沓）娘，（故作瀟灑）看好我媳婦別跟人跑了——跑了不合算，（走過去看翠鳳的肚子）跑了一個少二個。

**翠鳳**：這麼大的人了，你少沒正經。

**大旺**：娘，什麼時候啊？

**塞婆**：快了！快了！要是孩子性急些，說不定你回來就有娃娃抱了！你放心走你的吧——你這孩子！

（一片告別聲中，那三個男子終於走了）

（人聲、馬聲、鼓聲）

## 第四場

馬聲鼓聲不斷中很快地換場。

**小瑣子**：（老遠就聽得他淒厲的叫喊）大爺、大娘，出事啦，出了天大的禍事啦！

**翠鳳**：（跑出）他死了！（敏感地仰天悲號）我就知道——嗚——他死了。

**塞翁、塞婆**：（跑出）什麼事啊？

**花子頭**：老爺，（和小瑣子合背著大旺回來）沒想到的事。（把昏迷的大旺放在地下，大家把他扶在榻上躺好）少奶奶，別哭了，他一口氣還在身上，我看他只是跌斷腿。

**塞婆**：「只是」跌斷腿——跌斷腿你還說只是跌斷腿——

**翠鳳**：他沒有死——（摸摸他的胸口）謝天謝地——他沒有死。

**塞翁**：怎麼跌成這個樣子？

**小瑣子**：怎麼知道，我們這一百多人剛出村子，就看見胡人迎著我們來了，大旺哥騎著風尾巴一馬當先，沒想到，鼓聲喧天，風尾巴受了驚，猛地一跳老高，從半空裡把大旺哥掀了下來！

**花子頭**：虧得小瑣子哥眼明手快，要不然，別說跌，光是馬踩也把他踩死——

**小瑣子**：花子哥，這裡的事，全麻煩你了，前頭打得正吃緊——我還得趕回去。

**花子頭**：你走，你走，有我在，你走你的，反正草藥早已經敷上了（摸摸他的大腿）

**大旺**：（輾轉反側，呻吟）唔——唔！（含糊不清不知說些什麼）

（翠鳳和塞婆一人執住他的一隻手，本來即將離開的小瑣子也停住腳）

**小瑣子**：大旺哥，大旺哥，你醒醒啊！

**大旺**：（猛地撐起半邊身）風尾巴呢？風尾巴呢？（忽然支撐不住）噢——我的腿——

**塞翁**：你還是躺著——

**大旺**：我怎麼會在這裡，我們不是一起去打胡人的嗎？——風尾巴呢？風尾巴呢風尾巴千萬不能給胡人搶去——天，我得去打仗啊，我不能躺在這裡啊，求求你，小瑣子，你去把風尾巴牽來，好不好——

**花子頭**：少爺——（欲言又止，轉向小瑣子）還是你說吧——

**小瑣子**：大旺哥，（欲言又止，轉向花子頭）我說不下去，你說——

**大旺**：怎麼站了一屋子的人就沒有一個肯牽過風尾巴來？（輪流以乞求的眼光注視每一個人）爹？娘？翠鳳？小瑣子？花子頭？好——我自己去——（大家制止不及，他猛地撐起自己，又猛地摔下去，他瘋狂地大叫起來，一半由於痛，一半由於恐懼）我的腿——

（大家都注視著他，想施以援手，卻又無能爲力，他們彼此承受著一分孤單的痛苦）

我想起來了，我想起來了，風尾巴一跳半天高，把我摔了出去，（下面的話有點精神恍惚）鼓聲忽然變得好遠好遠，我整個人飛起來，飛起來，好像飛到雲裡去，然後，我什麼都來不及想，我就掉下來，往下掉，往下掉，一直掉，好像要掉到什麼最深最深的黑坑裡，好可怕，簡直是萬丈深淵，（忽然恐懼得毛髮直豎）啊，我想起來了，我想起來了，就在那當頭，我聽到咔嚓一聲，我知道了，我什麼都斷了，我什麼都斷了，我什麼都斷了！

**花子頭**：少爺——託老爹的福，你斷的不是脖子——只是大腿。

**大旺**：（憤怒狂嘯）只是大腿，你還說只是大腿，天殺的，怎麼不扭斷我的脖子，我倒情願斷脖子——風尾巴呢？

**小瑣子**：你也不必問風尾巴了，靜心養你的腿傷吧，反正——（說不下去，橫了心）我得走了！

**大旺**：反正什麼——？（怒目看周圍的人，大家仍然緘默）反正我以後也不能騎馬了——是不是？是不是？是不是？（越叫越大聲）

**翠鳳**：（終於忍不住大哭起來）

**小瑣子**：我非得走不可了，前面打得正緊。（像逃避什麼，他匆匆地走了）

**塞翁**：你也別鬧了，也是快做爹的人了，碰上這時候，有條命活，算你不錯了，缺個腿、斷個胳臂、瞎個眼、聾個耳朵的又算什麼？天還往西北斜，地還往東南陷呢。

**大旺**：什麼不好斷，偏是斷了腿，——我再也不能騎馬了！（憤恨捶地）我再也不能騎馬了！我再也不能騎馬了！（忽然，他又想起一直纏在他心上的痼疾）大轂轆這下有的誇口了。

**花子頭**：大轂轆死了！

**大旺**：什麼？

**塞翁**、**塞婆**、**翠鳳**：誰死了？

**花子頭**：王家集的大轂轆。

**大旺**：他怎麼死的？

**花子頭**：胡人來搶他家的羊，他不甘心，帶著幾個家丁，騎著一溜煙兒，一路廝打下去，越打越遠，直打到胡人的地界上去了，胡人有埋伏，亂箭把他射死了。

**塞翁**：你聽聽——跟他比——你算是福氣的。

**大旺**：（像是沒聽見，陷入沉思，以下可用O·S·效果）大轂轆，你眞狠，你居然死了，我再也沒辦法跟你比了。你是誰，我連你是什麼樣子都沒見過，可是，你一直纏磨著我，不管做什麼大家都拿你跟我比，現在，我再也不能跟你比了，馬家莊的大旺一輩子都贏不了王家集的大轂轆了，你死得像條漢子，我活得像條蟲子，我不甘心，我一輩子贏不了你了！

**翠鳳**：你靜靜心吧，（雖然大旺的話並沒有說出口，只是盤旋在他心底的吶喊，但她似乎很直覺地感到他的心）別想東想西的，是好是歹，人有一口氣就得活下去。

**大旺**：你說得好聽，（略嫌粗暴）你懂什麼，我一輩子再也直不起來了，你知道嗎？我再也直不起來了！

你們走，你們走，讓我一個人，我誰都不要見，我誰都不要見——我誰都不要見。

**塞婆**：唉，這孩子——這罪也夠他受的。

（勸大家一起下場）

**大旺**：（忽然發狂地叫著）我誰都不要見，我誰都不要見——（人都走空了，他的聲音轉爲飲泣），我誰都不要見——我——我連我自己也不要見，不要見，我連自己也不要見——我連我自己也不要見——

（光線黯淡愁慘，大旺的悲切自語有如投入一片曠野，顯得無限荒涼）（漸漸地，徐緩的蓮花落又打起，淒厲怪異的聲音破空而來）

**叫花丁**：（尖銳）是兒不死——是財不散——

**叫花甲**：是胳臂不折——是腿不斷——

**叫花乙**：要是死了兒子財又散，

要是折了胳臂腿又斷，

**叫花頭**：那是命該如此莫怨嘆。

**叫花丙**：那—那—那—是—是—命—命—命—命—該—該—該—如—如—此—莫—莫—莫—莫—怨—怨—嘆—嘆。

**叫花頭**：有人直著出家門。

**叫花甲**：有人橫著抬回家院。

**叫花乙**：有人整個出家門。

**叫花丁**：有人回來截得只剩一半。

**叫花丙**：娘—娘—哭，爺—爺—爺—喚。

**叫花甲**：亂世裡人命不值錢。

**叫花乙**：沙場上人頭似草賤。

**叫花丙**：黃—黃—黃—沙，蓋—蓋—蓋—臉。

**叫花丁**：頭手分家屍不全。

**叫花頭**：家家如此，戶戶這般。

**叫花乙**：你就是哭斷了腸子，揉碎了肝。

**叫花丁**：閉上的眼也叫不成睜開的眼。

**叫花頭**：倒不如經商的經商——種田的種田，做上些饃饃等過年。

**叫花丙**：做—做—上—上—些—些—饃—饃—饃—饃—好—好—過—過—過—年。

**衆叫花**：家家如此，戶戶這般。你就是哭斷了腸子揉碎了肝。閉上的眼也叫不成睜開的眼。倒不如經商的經商，種田的種田。做上些饃饃好過年。做上些……

（他們停佇在離大旺不遠的地方，在幽暗的光線中和大旺對峙著，彷彿在宇宙蒼茫的兩極，互不粘黏）

**大旺**：你們不去造飯，在這兒打什麼蓮花落。

**叫花甲**：造的飯吃不完。

**叫花乙**：能吃飯的人剩不下一半。

**叫花丁**：抽個身回到莊子上打打蓮花落。

**叫花頭**：也是可憐之人把人來憐——

**衆叫花**：也是可憐之人把人來憐——

**叫花丁**：少爺啊，我說您也看開些，誰說歪樹長不出好梨，誰說彎鉤子釣不上大魚，誰說瘸腿的男兒沒出息？

**叫花乙**：少爺啊！酒做好了是酒—酒不好還能變醋哪——好醋總比壞酒強哪！

**大旺**：你們走吧，別來跟我說道理——道理誰不會說，只要有誰肯換成我斷了腿躺在這裡，讓我換成他腿全胳臂全地站在那裡，我也可以一直跟他說道理，一直說，一直說，說著說不完的道理。

**叫花甲**：少爺——話不是這麼說——斷了腿當然不好，可是，可是，斷了腿就不用打仗了，不用打仗就死不了，誰說不是福氣——

**大旺**：無恥——無恥的福氣。胡人來了，人人都上陣了，你一個人躺在屋裡，誰要這種福氣（越說越氣）誰要這種福氣！

（花子們訕訕地走了，舞台有良久的空寂，遠方的鼓聲隱約，然後花子在舞台後方兩人一組，一前一後地抬著一塊板，板上蒙著白布，同樣的動作走馬燈似的反覆重複著，沒有嚎啕淒惻的場面，一切動作只機械化的冷靜地重複著）

（大旺木然地望著死亡的行列）

（忽然，他注意到老管家和大軸子也抬著一塊板走近了）

**大旺**：（他預感到什麼不祥，不覺驚叫了起來）

張大叔、大軸子，你們抬的什麼人？

（大軸子一言不發，兩人合力把板抬到大旺前面，管家木然地掀起了白布）

小瑣子！（雖然早有預感，但不免震驚悲慟）小瑣子！

（其他兩人麻木地站著）

他，他，什麼時候的事——

**叫花丁**：死了幾個時辰了——

**管家**：剛才打得緊，人不夠，這會兒天黑了，胡人也歇下來了，我們連夜趕回來，天亮以前再回去。

**叫花丁**：你再看一眼吧，我就送給他娘去了——

**大旺**：（掩下白布，不忍再看）他臨死沒說什麼嗎？

**叫花丁**：說了，他說，可惜啦，帶著兩個好腿死，要是能把好腿換給大旺哥再死就合算了。

**大旺**：（俯身重看了一次小瑣子的臉，轉臉掩泣）怎麼他臨死還扮了一個鬼臉？

**管家**：是啊，臨死還扮了個鬼臉，他說「大叔大叔，你看我這個鬼臉扮得如何？」我說：「全村第一。」他說：「算你有眼力——」就這麼死了。

**大旺**：小瑣子！

**大軸子**：我送了他再來。

**大旺**：仗打得怎麼樣了？

**大軸子**：誰都沒有贏，誰也沒有輸，打仗這種事，一開了頭就不能縮手不管，反正得打下去，打到他們服了才算。（兩人抬起木板而去）

**大旺**：（獨自悲傷兀坐）小瑣子——

老天爺啊！

你有眼嗎？你有耳朵嗎？

好人爲什麼要受苦呢？

這世上怎麼有這麼多眼淚呢？

看別人流淚，我們總是要罵他爲什麼不擦掉？

但輪到自己流淚，

只想哭瞎眼睛不再看這個世界。

只想把全身的血化成淚一起哭乾。

我的爹做的好事還不夠多嗎？

憑什麼我要受這樣的報應。

憑什麼我該斷了腿。

一輩子不能騎馬？（匍匐而起，仰臉問天）爲什麼？你自己回答我，爲什麼？

你自己回答我，憑什麼小瑣子要給胡人打死——你回答我！（天緘默著不答一言，四下一片靜穆）你說，你告訴我，在這個像磨子一樣亂轉的世界之上，有沒有一個不轉的天？有沒有一個不轉的天？

**大軸子**：（安靜地進入坐下，戰爭已把他逐漸地改變了，他沉穩了，他深厚了，他看來比大旺成熟多了）

你還記得那天嗎？我們到集上去的那天——（他的語調柔和，充滿同情）

**大旺**：怎麼忘得了呢，我十八歲生日那天！

**大軸子**：你買了一匹好馬——

**大旺**：牠的名字叫風尾巴——

**大軸子**：你騎著牠回來的時候，滿街的人聲讚歎，熱鬧得跟燒滾水似的——

**大旺**：成羣的叫花子在門口打蓮花落，說吉祥話——

**大軸子**：後來風尾巴就跑了——

**大旺**：那時我覺得什麼都完了——

**大軸子**：大夥兒看你的時候簡直拿你當生瘟的——

**大旺**：那時，我爹說，這世上比掉了馬更倒楣的事多著哪，我死都想不通——

**大軸子**：那批叫花子又來了，來勸你寬心——

**大旺**：後來風尾巴又回來了——

**大軸子**：還帶著二十幾頭野馬——

**大旺**：賀客盈門，把門檻都快踩平了——

**大軸子**：叫花子又來打秋風——

**大旺**：大家都說好事做多了，福氣就有了——

**大軸子**：可是你爹卻說，馬是回來了，可不見得是福氣——

**大旺**：我們全沒理我爹說什麼——

**大軸子**：然後你又娶了翠鳳姑娘——

**大旺**：一年過去了，許多馬生了小駒子，我自己也眼看要抱兒子——

**大軸子**：什麼事全好到頂拔尖上去了——

**大旺**：忽然一下折下來，我變成一個斷腿的人——

**大軸子**：有人還嫉妒你可以不去打仗——

**大旺**：（忽然從冷靜的回憶裡，暴跳出來，臉紅氣粗）我最恨的就是這個！——我不能去打仗已經夠窩囊了，還要被人數落，我最恨的就是這個！

**大軸子**：大旺哥，我就要趕回去，今生今世，也不知道是不是最後一次見面了。（朦朧中若有若無的鼓聲傳來）現在，陣上剩下的人已經不多了，要是我打死了，屍首恐怕一時未必抬得回來，大旺哥——到時候，你要是聽見三聲戍角，三通鼓，那就是說，我已經死了。

**大旺**：大軸子！（幾乎生氣了，氣得稍微有點不講理）你不可以死，你們都死了，叫我做什麼，你不可以死！

**大軸子**：我不跟你爭，時辰不早了，有幾句話，我得快點說了——

**大旺**：你說吧！自從我折了腿，別人就一直有話對我說！

**大軸子**：你折了腿，當然夠受的。

**大旺**：（不說話，偷偷地拿袖子抹眼淚）

**大軸子**：我要是你，也一樣受不了。

**大旺**：（繼續沉默）

**大軸子**：要是一棵樹折了上頭，它就想法子往旁邊發芽，要是一頭牛受了傷，牠就低著頭好好舐牠的傷口，只有人，人倒了楣老是想知道「爲什麼」，「爲什麼」我要倒這種楣，「爲什麼」？

**大旺**：人就是人，不是樹，不是牛，人當然要問「爲什麼」？

**大軸子**：大旺哥，我沒你的這塊牆角這塊臥榻可以靠在上頭想「爲什麼」，胡人打來了，我不能問「爲什麼」，我來不及問「爲什麼」，我得跳起來跟他對打；

我的鄉親打死了，我哪來得及問「爲什麼」？連小瑣子死了，我也來不及問「爲什麼」？死了一個人，剩下的活人就得抵兩個用，死了兩個，剩下的人就得抵三個用，我不能問「爲什麼？」我只能問「怎麼辦？」

**大旺**：可是你說我怎麼辦，我又死不了，要受別人指指戳戳一輩子。以後再不會有人叫我大旺了，他們背地裡都會叫我瘸子，要是有人問我怎麼跌的，一定有人就會說：「都是他祖上不積德，都是報應啊！」（幾乎想哭）我折了腿不說，還得被人羞辱一輩子——

**大軸子**：我不敢說人家不這麼說，可是，你可以不理啊，你折了腿，夠倒楣的了，加上聽人家說這說那，自己折磨自己，那不是倒楣加倒楣？腿疼，疼幾個月就能生肌長肉，拄個枴杖過日子了，但心疼可以疼一輩子，你要咬定牙不折磨你自己，別人就折磨不了你——

**大旺**：我一向好強好風光，你也知道——如今弄成這個樣子——

**大軸子**：大旺哥！（也許因太急切地想表達什麼，他大喊了一聲後忽然噎住，說不下去）

**大旺**：（一時也愣住了）

**大軸子**：大旺哥，別說好強了（忍不住地流下淚來）那日子是過去了——再也回不來了，春暖草薰，在荒郊試馬，在酒肆裡沽酒，沿著石板路引吭高歌，從莊子東頭直跑到莊子西頭，眼前只見十里春花像一道血紅鞭子，舉起來，落下，刷的一聲，半空裡紅成一片——過去了，大旺哥，那日子是永遠過去了，胡人來了，胡人逼得我們忘了那日子，胡人要搶我們的牛羊，我們的牛羊是不給他們的，一匹都不給，半匹都不給，一個蹄子都不給，我們再也不是春風裡馬背上的少年了，我們得打，我們得流血，我們得死——我們死不要緊——我們得讓那批兔崽子知道，咱們莊子不是給人欺負的。大旺哥，誰不好強，誰不愛風光，可是那日子過去了。

**大旺**：現在，我總覺自己是給踹在塵埃裡的人——

**大軸子**：從前你騎在馬背上，現在你坐在塵埃裡，等你從塵埃裡抬起頭來，才會看到原來滿塵埃裡的都是人，馬背上的人不能跟塵埃裡的人同聲一哭，塵埃裡的人才能跟塵埃裡的人同聲一哭——大旺哥，我得走了，這莊子，十個壯丁剩下不到二個，大旺哥，往後的日子，這個莊子，不靠你還靠誰？（站起來）

**大旺**：（瞿然而驚意識到這是生離死別之際）我怎麼辦？

**大軸子**：怎麼辦，撐根棍，站起來。

**大旺**：站起來，又怎麼辦？

**大軸子**：天道好還，上天不會扔下我們村子不管的，玉蜀黍還是會長的，小牛小羊還是會出生的，小孩子還是會呱呱墜地的，（他的臉忽然有了不自覺的光華）你教給他們春耕夏耘吧，你教給他們父慈子孝兄友弟恭吧，你告訴他們在人間的禍禍福福，福福禍禍之上，老天總有個常理，人間總有其至情至性吧——

（他們的手在無言中交握著）

（忽然，傳來了一陣美麗柔弱的嬰啼，啼聲逐漸強起來，中氣十足，簡直是一種理直氣壯的宣告，讓人直覺是一個霸氣的男孩的聲音）

**大軸子**：（楞了一下，忽然把一個大男人的魯直崩潰爲荏弱的原始的人的柔情）是嫂子生了！

（鼓聲響起，戍角悲吟，大軸子倏而變了臉色）

我得走了，要是我回得來，我會給大姪子一份見面禮；要是你聽到鼓聲三通，角聲三響，大旺哥，你就替我緊緊地抱抱大姪子說，對不起了，見面禮沒了，你大軸子大叔走了。

（回頭急走）

**大旺**：大軸子！

**大軸子**：（回頭）我忘了，你記住，要是你聽到戍角長吹，一直吹，一直吹，那就是仗打贏了。

（天漸亮，朝霞初焚）

**翠鳳**：（怯怯地抱著孩子上來，試探地叫了一聲）

大旺哥——

**大旺**：（警覺）翠鳳！

**翠鳳**：（安靜喜悅地抱著孩子走近）

**塞翁**：謝天謝地，母子平安。

（似乎有輕微的鼓聲傳來）

**大旺**：（驚叫起來）啊——

**塞翁**：怎麼了，什麼事嚇成這樣——

**大旺**：哦，是我聽錯，我以爲是三通鼓聲……

……

**翠鳳**：三通鼓聲又怎麼樣？

**大旺**：大軸子剛走，他說如果聽到鼓聲三通，角聲三響，那就是說，他死了。要是戍角長吹不停，那就是，仗打贏了。

**塞翁**、**塞婆**、**翠鳳**：啊——

**塞婆**：是個小子——（走到大旺面前）長得跟你一模一樣。

**翠鳳**：（急著點頭同意，並且遞過孩子）你看，眞的一模一樣。

**大旺**：（笨拙地抱著孩子，第一次有了揶揄自己的勇氣）誰說像，我兒子的腿可不瘸啊！

**塞婆**：這孩子——

**塞翁**：你娘給他娶了個名字叫——

**塞婆**：叫大柱子——

**翠鳳**：（低頭看大旺手中的大柱子，忽然大叫了一聲）哎呀——

（大家都楞了一下）

**塞婆**：怎麼啦？

**翠鳳**：你瞧，這孩子——

**塞婆**：這孩子？你說誰？哪一個「這孩子」？

**翠鳳**：我說大柱子（渾然不覺，口氣一如她的婆婆），你瞧，這孩子，他把整個拳頭都塞到嘴裡去吃了，（搖頭，受寵的）哎，哎——這孩子。

**塞翁**、**塞婆**：（會心地笑了起來）

**大旺**：（俯下頭手，用面頰貼住小嬰孩的面頰）

大柱子！大柱子！（抬起頭來用半戲謔的口氣望著翠鳳）大柱子的娘！

**翠鳳**：你——

（忽然，鼓聲三通，戍角三響，接下去又重複幾次，聲音並不悲慘淒厲，卻有一種虔誠，一種莊嚴，是一種完成的宣告）

**塞翁**、**塞婆**、**翠鳳**：（驚呼）大軸子！

**大旺**：（低下頭去，緊緊偎住孩子）

你大軸子叔叔走了，他走了，他要我告訴你，兒子，他要我告訴你，他不能給你見面禮了——因爲，他把自己給了這個莊子，所以他不能回來給你見面禮了。兒子，現在，我替大軸子叔叔緊緊地摟抱你，等你長大，你要替大軸子叔叔緊緊地摟抱住這個莊子。（分不出自己在摟抱兒子，大軸子，還是這個莊子，他只死命地摟住）他說，他說不管人間的禍禍福福，福福禍禍，在這一切之上，老天總有個常理，人間總有其至情至性……

（忽然長吟的戍角出現了，長而美麗，如一曲牧笛，和平終於來了）

**塞翁**、**塞婆**：啊！（他們似乎有很多話要

說，一時卻也說不出）

**翠鳳、大旺**：（猶自喃喃）等你長大了，你要替大軸子叔叔好好摟抱這莊子，我們要好好摟抱住這受傷的莊子，我們要好好摟緊這受傷的莊子……

（全劇終）

# 猩猩的故事

# 人物表

嚴格地說，這裡大部分的角色不是「人」，但是，由於沒有「獸物表」這個名目，我們只好很委屈地將他們列為人了。

**猩猩甲** 這是特別體面的猩猩，高瘦，有智慧，而且，似乎很適於做領袖，總之，他是一隻容易令人肅然起敬的傢伙——如果演員湊巧是近視眼，那倒很好，讓他戴著眼鏡上場就是了。

**猩猩乙** 她是女性猩猩，當然，就人類而言，我們實在弄不清楚她有什麼美色，不過根據猩猩的審美觀，她倒是國色天香，相當於我們的王嬙西施。她有一朵花，有時候簪在頭上，有時候插在耳邊，有時候咬在嘴裡，有時候在左右手中不安地互遞，有時候掛在腰上，有時候繫在尾巴上……

**猩猩丙、丁** 他們是一對胖猩猩，由於胖，看起來倒有一種羞怯的面團團的娃娃相。

**猩猩戊** 這是年老的猩猩，半瞎，半聾，總之，他的一切都只剩下一半或一小半，鼻子、舌頭當然都在，但都不十分管用了，有一隻手常鬧關節炎，一隻腿瘸了……

**猩猩己庚辛** 這是一羣年輕的猩猩，由於年輕健康，身高體重都完全標準，好像找不出什麼特色來，反正，他們只是一些猩猩。

**土人** 一個，或者兩個，是傳說中的西南夷人——捉猩猩的好手。導演不妨找個高大軒昂的人來演——權力機詐本來就是用這個姿態出現的。

導演也不妨找個細瘦矮小的人來演——正如古老的法老王之夢，那棵殘弱羸病的麥子吞食了肥美壯碩的麥子，凶年就是以這種步調走來的，最大的凶險總是藏在卑陋低微的面目中。

一開始，滿場就亂成一片，所有的猩猩在場上沒命地亂跑，一面亂嚷。

**衆猩猩**：不得了啦，不得了啦，不得了啦……

他們繼續跑，繼續嚷，並且互相碰撞，跌跤，爬起，發狂地奔跑，跳踉，跌跤。

鼓聲，撞擊聲，或者任何可以想見的鬧嚷之聲都齊聲大作，但，當然，其中最喧譁的還是那些嚷叫。

**衆猩猩**：不得了啦，不得了啦……

（忽然，所有的聲音停了，衆猩猩突然跌坐在地上）

**猩猩甲**：完了，完了，他們給逮走了……

**猩猩乙**：（哭）好可憐，他們讓人逮走了……（忽然，她停止哭泣，在地下拾起花來）啊，我差點掉了我的花。（把它簪在頭上）

**衆猩猩**：（一起哭起來）啊，可憐，他們給人逮走了……

**猩猩甲**：（哭）那些捉他們的人是會把他們關在籠子裡的啊！

**猩猩乙**：（哭）如果那些人看他們不順眼，是會打他們的啊！（把花拿下，小心地放在耳後，繼續再哭）

**猩猩丙**：（哭）籠子裡不知道有沒有栗子吃啊！

**猩猩丁**：（哭）籠子裡大概沒有新鮮水果吃了！

**猩猩戊**：（哭）什麼？（他永遠是慢半拍的）誰沒有新鮮水果吃了？

**猩猩己庚辛**：（一面哭，一面七嘴八舌的）我們隔壁叢林裡的那些猩猩，他們給人逮走了（看他似乎不曾會意，便格外大聲地說），就是「我們」「隔壁」「叢林」……

**猩猩戊**：（哭）什麼？什麼，我們，我們叢

林是什麼意思，我們給人逮到了，我早就知道有這一天，我們給人逮了！（大哭起來）

**猩猩甲**：不是的，老先生，我們好好的，被逮走的是住在隔壁叢林裡的猩猩……

**猩猩戊**：唔，是的，我們沒有被逮，是的，是的，我們沒有被逮……

**猩猩甲**：可憐的猩猩，那些人不但關著他們，那些人還要吃他們的啊！

**猩猩乙**：（哭），啊，我想起他們中間那隻不知叫什麼的母猩猩來了，她的嘴雖然大了一點，可是她實在是一隻長得不錯的母猩猩——啊，天啊，那麼漂亮的母猩猩也會被拿去殺了吃啊！（忽然，激動地拿下花，咬在嘴裡，不妥，放入左手，又不妥，又放入右手）

**猩猩丙**：（哭，大有物傷其類之態）聽說他們是先吃肥的啊，可憐，他們是先揀肥的吃啊！

**猩猩丁**：是啊，我也聽說他們是先揀肥的吃啊！（自傷地哭了）

**猩猩戊**：什麼，什麼？你是在哭嗎？有肥的可吃你還哭什麼啊？

**猩猩己**：（小心請教）有沒有人聽說是先吃年老的還是先吃年輕的啊？

**猩猩庚**：當然應該先吃老的——否則萬一老的死了就不好吃了。

**猩猩辛**：當然，當然，要吃年輕的以後有的是時間……

**猩猩戊**：什麼？什麼？年輕的和我們年老的爭什麼吃的，唉，（轉爲叨叨自語，顯然的，他誤會了。）你們年輕的要吃什麼？以後有的是時間啊，有的是時間啊……

**猩猩甲**：不要吵了，猩猩們，我這裡有一件特別的消息要報告給你們，我手下不是養著二十隻猩猩嗎？經過半年的打聽，我們終於弄清楚了一件事情……

**猩猩乙**：你們就不能安靜嗎？（無限崇仰地）很重要的事啊，大家不能做做好事表示我們跟別的動物不一樣嗎？（憤怒地將花在空中招展，旋又愛惜地插在腰上）

**衆猩猩**：我們都在聽著啊，我們不是在聽著嗎？

**猩猩甲**：據說，人類抓我們去不單留著吃，還有更可怕的事……

**衆猩猩**：什麼？什麼？

**猩猩甲**：大家聽著，他們還抽我們的血，他們要活猩猩的血……

**衆猩猩**：爲什麼抽我們的血？

**猩猩甲**：他們要拿我們的血去染毛毯……

**衆猩猩**：什麼？他們要拿我們的血去染毛毯？

**猩猩戊**：你是在說毯子嗎？我很喜歡毯子啊，我喜歡抱著毯子啊！

**猩猩甲**：聽我說，我們的血被他們叫做猩紅，染在毯子上不褪色的，他們最喜歡我們的血，他們喜歡猩紅色的毯子啊！

**猩猩乙**：噢，可怕，可怕極了，眞有這種事啊？……

**猩猩丙**：如果他們抓到猩猩，會先抽誰的血啊？

**猩猩丁**：（緊張起來）總不會抽血也是從我們胖的先下手吧？——對了（寬慰地）還好，一定不是從胖子先抽血，胖子反正已經先吃掉啦……

**猩猩乙**：啊！（崇拜地望著猩猩甲）你眞是偉大，我眞的不知道世界上還有什麼事是你不知道的……（賣弄風情地把花兒綁在自己的尾巴上）

**猩猩己**：哎呀，（由於年輕，由於耳聰目明，他們首先發現了）我好像聽到腳步聲……

**猩猩庚**：我聞到的不是酒香嗎？

**猩猩辛**：沒錯，沒錯，有腳步聲，也有酒香！

**猩猩戊**：酒？什麼酒，我可沒有看到酒，聞到酒啊！

**猩猩甲**：啊，大家聽我的，是真的像是有人來了，關於猩猩血的事，我們下次再談，我還知道一件猩猩毛的事情——聽說他們人類喜歡拿我們的毛做毛筆，不過今天也來不及細談這件事了。現在，我們先躲起來。

（忽然，所有的猩猩都藏了起來，他們躲在樹叢後面，眼睛骨碌碌地望著發生的事）

（這時候，土人走上來了）

**土人**：（他的眼睛斜瞄了一下，立刻會意地微笑了，他知道那些猩猩的眼睛都在看他）

（他放下手中抱著的以及頭上頂著的酒罈子，又把搭在肩上的一串用繩索編連在一起的木屐鞋子也放在地上，大大地舒了一口氣）

（他用極和善的眼光對眾猩猩藏身的地方望了一下）

（他自己很愜意地喝了一盅酒。那酒本來就香，被他的姿態一誇張，簡直勝似瓊漿玉液）

（他穿上木屐，誇張地，像跳踢躂舞一般地有節奏地來回走動，木屐橐然有聲，而且，這人愉快的姿勢已經把木屐強調成「腳上的翅膀」了）

（然後他靠著一棵樹假寐了）

（漸漸地，他好像睡得更沉了）

**猩猩己**：（很高興地一躍而出，跟他一樣年輕的猩猩庚、猩猩辛都跳出來）他睡著了！

猩猩甲：（厲聲）回來，大家都不許動。

猩猩己：（有點頹喪地走了回來，庚、辛隨著）

眾猩猩：（安靜，噤不出聲，顯得很不自然，忽然，有一隻猩猩咳嗽了一聲，其他猩猩也忍不住地作大規模或小規模的喉嚨清理，然後，接著又是一段靜默）

猩猩甲：我平常教你們的話都聽到哪裡去了？你們懂什麼？成天不是公的找母的，就是母的找公的，你們就只配搞那點樂子！

猩猩己：眞冤枉，我……（本想申辯，但自己也被四周的安靜給嚇住了，不敢再說下去）

猩猩乙：（仗著自己的美麗，一半撒嬌地）我可沒有找過什麼公的啊……

猩猩甲：（不領情，反而不耐煩）你們是全忘了嗎？全忘了嗎？我告訴過你們一百遍，那種東西（指土人）叫什麼？

眾猩猩：叫「人」。

猩猩甲：他現在來做什麼？

猩猩乙：（得意自己美麗之外的智慧）他來抓我們猩猩。

猩猩甲：他帶來的是什麼？

猩猩丙：是酒！

猩猩丁：還有木屐鞋子，啊（興奮起來）有一雙特別大的，好像是特別要讓我可以穿的呢！

猩猩甲：酒是做什麼用的？

猩猩己：酒是讓我們喝醉了好抓我們的。

猩猩甲：那木屐呢？

猩猩庚：那也是用來抓我們的。

猩猩乙：他們研究過我們猩猩的心理，知道我們愛跟人學，所以就利用木屐來抓我們，（轉向甲，表功、討好，加上自炫）上次，你是這樣告訴大家的，我記得很清楚。

**猩猩辛**：但是聰明的猩猩不會上那種當。

**衆猩猩**：（激動起來振臂而呼）我們不會上當，還拿這種老把戲來騙我們，我們不會上當！我們絕不會上當！（由於太激動，以致彼此推撞，把猩猩戊推得倒在酒罈旁邊，酒潑灑了出來）

**猩猩戊**：啊呀，（後知後覺地）剛才好像是誰在說什麼酒香，我好像聞到一點酒香了……

**猩猩甲**：（生氣地）把他拉來！

**衆猩猩**：（順從地把他拖了回來）

**土人**：（迅速地瞄了一眼，繼續假裝睡覺）

**猩猩甲**：我曾經告訴你們，碰到這個來騙我們逮我們的人該怎麼辦？

**猩猩丙丁**：罵他！

**猩猩乙**：不對，你叫我們要罵他的祖宗。

**猩猩甲**：他的祖宗是誰？

**猩猩戊**：（嗅自己的爪子）你們都說酒香，這一次，我告訴你們我也聞到了（委屈地）你們偏不信。

**猩猩己**：他的祖先叫瘍四卜。

**衆猩猩**：對對，你告訴過我們，我們現在想起來了，這個人的祖先叫瘍四卜！

**猩猩甲**：所以我們現在該怎麼辦？

**衆猩猩**：我們去把他叫起來，吐他口水，當著他的面罵瘍四卜。

**猩猩乙**：（興奮得不知如何是好）對，對，（跳起來，把花兒抛上抛下）去把他揪醒，去罵他的祖宗。（高興地領著頭往前跑）

**衆猩猩**：（一起跑過去）

**猩猩甲**：呸，瘍四卜的孫子，瘍四卜的孫子！

**猩猩乙**：你算什麼東西！

**猩猩丙**：瘍四卜是最臭的爛泥巴！

**猩猩丁**：我們連腳丫都不屑碰瘍四卜的鼻

子。

**猩猩己**：你居然想來騙我們。

**猩猩庚**：你想吃我們的肉嗎？

**猩猩辛**：我們的口水你倒是可以拿去舔舔。

**眾猩猩**：（齊吐口水）

**猩猩甲**：喏，我們夠大方了吧，這麼多的口水足夠你游泳回去了。

**猩猩乙**：夠你們癟四卜的家族從祖宗十八代喝到重孫十九代了。

**猩猩丙**：（拾起木屐用力擲過去）你自己穿吧，你穿了下地獄去吧！

**猩猩丁**：也不撒泡尿當鏡子自己照照，居然想來騙我們！

**猩猩戊**：（照例地，他是最後一個發現「人」的，對於這樣一種動物，他不勝訝異）唉，我最近眼睛是愈來愈壞了，天哪，這是什麼動物，怎麼生得一根毛也沒有啊？

**猩猩己**：這樣的老奴才居然也想來騙我們！

**猩猩庚**：這樣的老奴才居然也想來騙我們！

**猩猩辛**：打死他，這樣的老奴才居然也想來騙我們！

**眾猩猩**：（一起擁上）

**土人**：（不知道是不是這種把戲看多了，他那不在乎的神色裡透露著一種平靜的定力，他知道自己最後會勝的，他的兀然不動中有一種可怕的殘忍。他一直躺著，直到眾猩猩一起擁上，他才本能地跳起來，拔腳而逃）

**猩猩甲**：哈，哈，哈，沒種的東西！

**猩猩乙**：連尾巴都沒有的東西！

**猩猩丙**：連毛都不長的東西！

**猩猩丁**：讓你瞧瞧我們的厲害！

**猩猩戊**：他怎麼跑了——他幹什麼呀！

**猩猩己**：想騙別的猩猩，可以，想騙我們，門都沒有。

**猩猩庚**：我們才不會上當！

**猩猩辛**：別人會上當，我們不可能上當。

**猩猩甲**：我們贏了！

**衆猩猩**：（歡呼）我們贏了！我們贏了！

（忽然，在不知不覺間，他們的地位轉移了，逃逸的土人躲了起來，藏在方才衆猩猩藏身的地方，而猩猩卻走向剛才那人的位置）

**猩猩甲**：我們贏了！（因爲沒話說，所以只好把這句話又重複了一遍，但不知爲什麼勝利的歡樂消失得太快，當他木然地重複這句話的時候，他自己都驚訝自己的慘淡的心情）我們可以回家去了。（他站起來趦趦趄趄地走了幾步）

**衆猩猩**：是啊，我們贏了，（本來，他們想很盡職地弄點高潮，但不知爲什麼，大家都提不起勁來）我們可以回家去了。（大家站起來，走了幾步，又忍不住還是回來了）

**猩猩甲**：（努力掙扎著想再試一次）我們贏了。

**衆猩猩**：眞的，我們贏了。（這一次更慘，大家說得簡直近乎哭腔哭調了。一時愕然相坐，不知該怎麼才好）

**猩猩戊**：你們說話總是溫溫吞吞的，你們老嫌我耳朵不好，其實都是因爲你們這一代年輕人發音退步了，說話不清不楚，連ㄓㄔㄕ也分不清楚，叫我怎麼聽！我們贏了？我們到底贏了些什麼啊？

（大家一逕沉默，沒有人理他）

**猩猩戊**：（忽然生氣起來）哼，我老了，惹人嫌了是嗎？你們這些目無尊長的東西，你們說贏了，我問你們到底贏了什麼，你們怎麼不說？（嗚嗚地哭了起來，大家仍然不理他）

（過了很久，猩猩乙決然地站起來）

**猩猩乙**：我想要去看看那酒的顏色。

猩猩丙：我想要去聞聞那酒的味道。

猩猩丁：我想要去摸摸那木屐是什麼材料做的？

猩猩己：反正那個人已經走了。

猩猩庚：反正我們並不喝酒。

猩猩辛：反正我們並不穿上他的木屐。

猩猩甲：（比起其他的人，他的理性稍多一點，很可憐的「一點」）可是，那人可能還沒有走遠。

猩猩乙：我猜那酒是粉紅色的。

猩猩丙：我敢打賭那酒是桃子酒。

猩猩丁：那木屐好像是杉木做的。

猩猩己：的確像杉木做的，我猜走起來一定踢踢橐橐很好聽，我敢打賭說，是的，（轉對猩猩戊求證，因爲知道此人最容易同意）那個沒有毛的傢伙已經走遠了，對不對？

猩猩戊：（發現有人和他說話，受寵若驚）那個沒有毛的傢伙？是啊，我好半天沒有看見他啦，那隻可憐的猩猩，他一定跑遠了，我猜，他是一隻因爲沒有毛，所以自卑感很重的猩猩。

猩猩庚：有誰聞到人的味道嗎？

土人：（從樹叢上偷看了一眼，旋又隱身）

猩猩辛：沒有，沒有，我完全聞不到什麼人的味道。

衆猩猩：（大家努力地四下湊著鼻子聞）眞的，什麼人的味道都沒有。（然後，大家眼巴巴地圍著猩猩甲）

猩猩甲：好吧，這樣吧，大家坐好，不要動，我帶這位小姐過去看看那酒是什麼顏色，我們就回來。

猩猩乙：（快樂地捉住他的手，往前走去，也算一番小小的「假公濟私」）

猩猩甲乙：（一起走近酒罎，仔細地探視了一番）。

猩猩乙：啊，眞好，眞漂亮，眞的是粉紅色

的欸！

猩猩甲：好了，你先回去。

猩猩乙：（正在不勝陶醉之際，但不得已，也只好慢吞吞很不甘願地踅回來）

猩猩甲：還有你（他指猩猩丙），你過來，你要聞酒味道的。

猩猩丙：（欣然跑了過來）啊呀，眞的，眞的是桃子酒，我說得沒錯，好聞得要命的桃子酒……

猩猩甲：回去，回去，你已經聞完了。

猩猩丙：（悵然地眨了眨眼，搖頭。嘆氣，咂嘴，嚥口水而去）

猩猩甲：該你了（他指著猩猩丁）是你要看木屐的嗎？

猩猩丁：（一躍而至，撫摸，不勝愛惜）哎，多好看的木屐啊，穿起來一定有趣得很哪，……腳上套著東西走多麼好玩啊！

猩猩甲：好了，好了，有話回去再說。（他拖著丁回到眾猩猩裡面坐下）

猩猩己：其實，何必那麼緊張，根本什麼事都沒有，那人是去遠了……

猩猩庚：他現在早嚇得一路跑回家去了……

土人：（優閒地探頭一看，毫不焦急，他顯然很有耐性）

猩猩辛：他一定渾身發抖地躺在床上了……

猩猩乙：我想，我想，（猶疑著，把一朵花在兩手中交互遞來遞去）我想那人反正走了，我們一個只喝一口，大概也不會有問題。

猩猩丙：是呀，每人喝一小杯，怕他什麼？

猩猩丁：哎呀，眞巧，我身上剛好就有杯子。（取出來，不過不敢貿然去斟酒，只好反覆把玩自己手上的杯子）唉，身爲猩猩而有這麼漂亮的杯子，也算難得了。

猩猩戊：你們要喝什麼？我也要喝啊，我年紀大了，嚼是嚼不動了，喝卻是喝得下的啊！

**猩猩乙**：我們不喝太可惜了。

**猩猩庚**：那木屐做得好，我眞想穿一穿啊！

**猩猩辛**：唉！讓我們喝一小杯吧，一小杯還不到一口哪！不然還不是便宜了別的猩猩。

**衆猩猩**：讓我們喝一小杯吧！

**猩猩甲**：（猶疑地，但顯然，他也被蠱惑了）我想想，不要吵，讓我想想我們舉手表示一下，想喝一口的，請舉起手來！

（所有的手，忽然一下都舉起來了）

**猩猩甲**：哎，我想多數總是有道理的。

**衆猩猩**：當然，只喝一杯怕什麼？

**猩猩甲**：好了，好了，快喝吧，喝完了大家快回去。

**衆猩猩**：（七嘴八舌）「好啊，好啊，我們輪流喝啊。」

「不行啊，我的這杯不滿啊。」

「你把我這杯撞翻啦！」

「味道眞香啊！」

「我還沒有弄清楚味道啊！」

「嘖，嘖，嘖，嘖，好酒啊！」

**猩猩甲**：停了、停了，大家都喝過了，還是一起回家去吧！

**猩猩乙**：回家去，可是，難道我們就要把這麼漂亮的粉紅色的酒丟在這裡餵山貓嗎？

**猩猩丙**：除了猩猩誰配喝這麼美味的桃子酒啊！

**猩猩丁**：哎呀，我覺得中間那一雙木屐就是爲我的腳而做的啊！

**猩猩戊**：我還想喝一杯酒啊！

**猩猩乙**：反正那個人走遠了。

**猩猩庚**：我眞的聞不到人的味道，我只聞到酒香啊！

**猩猩辛**：我們都同意那個人走遠了，對不對？

衆猩猩：對啊，對啊，（他們高興地跳躍起來，把兩手舉在頭上，表示同意）完全對啊！

（漸漸地，開場時的那種鼓鈸之聲——那種殺機隱隱，有如來自太古洪荒的音樂，像遠雷一樣地隱隱響起來了）

（衆猩猩繼續跳躍，並且漸漸圍近酒罈，他們的圈子越來越縮小，鼓聲中透露出一種彷彿食人族要獻祭時的悲涼）

猩猩乙：（第一次，她的聲音充滿邪魅和狂熱，以致高拔上去，顫然不已）我們要把這麼漂亮的酒留著餵山貓嗎？

衆猩猩：（大聲，有如詛咒）不要！

猩猩丙：我們要把這麼好喝的桃子酒留給冷血的蛇嗎？

衆猩猩：不要！

猩猩丁：如果我們不穿這些木屐，難道要讓尖嘴巴的烏鴉來穿嗎？要讓沒有腦筋的烏龜來穿嗎？

衆猩猩：不要！不要！

猩猩戊：（與人脫了節似的）給我一杯酒啊——

猩猩己：現在我們要回家嗎？

衆猩猩：不要！不要！不要！

猩猩庚：（進逼許久沒說話的猩猩甲）你說話啊——

猩猩甲：唔（懦弱起來）——我不知道。

猩猩辛：如果我們再來一杯，你來不來？

猩猩甲：我，我，（他痛苦地望著酒罈）我想那人是走了——是走遠了——如果你來一杯，我就來半杯。

衆猩猩：（高興地大笑起來）。

猩猩乙：啊，給我半杯酒。

猩猩丙：那人早已走了。

猩猩丁：啊——（拉長調子吟誦起來）眼前

富貴身後名。

**猩猩己**：（搖頭晃腦儼然才思敏捷的詩人）

不及手上半杯酒。

**猩猩丙**：對，對，好句子，眼前富貴身後名

——

**猩猩庚**：不及手上半杯酒。

**猩猩辛**：眼前富貴身後名，不及手上半杯

酒。

**猩猩戊**：——給我一杯酒啊——

**猩猩庚**：誰知道今日還有幾寸白晝？

**猩猩辛**：誰知道明天誰成了骷髏？

**猩猩甲**：我只要半杯酒——

**衆猩猩**：誰知道今天還有幾寸白晝？

誰知道明天誰成了骷髏？

我只要它半杯酒！

我只要它半杯酒！

（忽然，在一聲爆開的歡呼中，他們

傳飲起酒來——當然不是半杯，不一

會他們已喝完了酒，手舞足蹈起來）

**土人**：（站起來，冷靜沒有表情地看著那些

飲者，然後蹲下）

**猩猩乙**：那木屐做得好精緻啊！

**猩猩丙**：我從來沒有看過比這個更漂亮的木

屐了。

**猩猩丁**：我敢說，那一雙木屐我如果穿一定

剛剛好，不大也不小。

**猩猩戊**：（咿唔不清）哦——哦——

**猩猩己**：我們爲什麼一直說呢？我們爲什麼

一直白說呢？

**猩猩庚**：木屐是給我們穿在腳上的，不是給

我們掛在嘴上的，好兄弟，你們

說，對不對？

**猩猩辛**：讓我們來穿木屐！

**衆猩猩**：讓我們來穿木屐！

**猩猩甲**：既然是大家都同意。

**猩猩乙**：這事實必然有道理。

**猩猩丙**：世界上再也沒有東西。

**猩猩丁**：像木屐一樣令人著迷。

猩猩戊：哦——哦——

猩猩己：世界上再也沒有東西，

猩猩庚：像木屐一樣神氣，

猩猩辛：我喜歡這種能把人墊高的東西。

（眾猩猩一擁而上，各自把木屐，放到腳上，說也奇怪，正好像訂做的一樣，竟然每個人的都很合適）

土人：（這一次，他又站起來，以他慣見的冷淡表情久久凝視眾猩猩）

猩猩甲：啊，我覺得我像皇帝。

猩猩乙：啊，我覺得我從來沒有這樣美麗（忽然想起來，又挑逗地加上一句）——像皇后一樣美麗。

猩猩丙：啊，再沒有事情這麼刺激。

猩猩丁：啊，再沒有事情這麼得意。

猩猩戊：哦——哦——

猩猩己：偉大神聖的木屐！

猩猩庚：神奇，不可思議。

猩猩辛：你讓我們覺得自己像上帝。

（於是他們快樂地扶住肩膀左幾步右幾步地跳了起來，由於木屐已被繩子串成一長條，所以跳起舞來非常不便，但當然他們反正也不是真的要跳舞，動作愈滑稽，他們反而愈覺好玩）

（開場時的那種音樂愈來愈大聲，奇怪的是眾猩猩中沒有一隻覺得恐懼，事實上，當他們自己成爲恐懼景象中的一部分的時候，他們反而不覺恐懼了）

土人：（忽然，從樹叢中縱身而出，放肆地大笑了起來）

眾猩猩：（幾乎弄呆了，他們唯一的反應就是往後退縮……）

猩猩甲：（半醉）奇怪，我明明記得他已經回去了。

猩猩乙：是啊，我記得他早已經回到家裡去了。

**猩猩丙**：我好像記得他的祖宗叫別卜西，哦，不，叫卜別西，哦，不，我什麼都不記得了。

**猩猩戊**：（喃喃地）我記得我們贏了，可是，我們贏了什麼呀？你們一直不讓我知道我們贏了什麼？你們這些毛頭小夥子，總是連話也說不清楚。

**猩猩己**：我記得——我記得——（終於很確定地說）我記得我什麼都不記得了——

**猩猩庚**：可是，他要來幹什麼，他帶著繩子。

**猩猩辛**：不行，他是要來捉我們了啊！

**猩猩甲**：大夥兒逃命啊！逃命啊！

**衆猩猩**：（又哭又喊又急）逃命啊，快跑啊。

（由於木屐被繩索繫住，所以大家彼此牽連在一起，每有一個人想跑一步另外必然有一個人會絆跌，第一個倒下去的是猩猩戊，有人去拉他，自己也弄倒了，不知道是不是由於酒醉，也沒有一隻猩猩想到可以從木屐裡抽腳出來）

**猩猩甲**：解開啊，解開啊，我們一定要先解開繩子啊！

**衆猩猩**：（毫不思索地接受）解開啊，解開啊，我們一定要先解開繩子啊！

**土人**：（冷靜地兀立，簡直像一個陰影，並且磔磔地笑著）

**猩猩乙**：可是，我從來沒有看過這麼多結（哭了起來），可怕，一條繩子上怎麼會有這麼多結……

**猩猩丙**：我的手指頭太粗，我根本解不開結啊？

**猩猩丁**：我不知道，不過我發現，我每次在這邊弄開一個結，就在那邊結下兩個結。

**猩猩戊**：哦——哦——我們到底在這裡做什麼啊？

**猩猩己**：不行哪，我覺得結子愈解愈亂了！

**猩猩庚**：我們怎麼辦啊？我們該怎麼辦啊？

**猩猩甲**：可以用牙咬，把繩子咬斷。

**眾猩猩**：是的，是的，用牙咬。

（他們把腳舉起來艱難地用牙齒咬繩索）

**猩猩辛**：不行啊，我醉了，我沒有力氣，我只想睡覺，（哭）我眞的沒有力氣……

**猩猩甲**：（自己也感到力不從心，所以他又想到另一本書上的智慧）還有一個聰明人的書上說，可以把酒罎打破，用破片來割斷繩子。

**眾猩猩**：（茫然地望了酒罎一眼，酒罎大約在十步之外，他們站起來，要去拿酒罎，可是剛走一步，立刻便你牽我絆地跌成一堆）

**猩猩乙**：我們搆不到啊！我們根本走不過去啊！

**猩猩甲**：誰把木屐脫下來去拿酒罎來，好不好，誰肯把木屐脫下來走過去拿？

**猩猩丙**：不行啊，不行，我是死也不捨得脫下我的木屐的。

**猩猩丁**：我也捨不得，這木屐穿在我的腳上眞是好看哪。

**猩猩戊**：我們到底在這裡是幹什麼的啊——

**猩猩己**：我寧可死——

**猩猩庚**：我絕不脫我的木屐——

**猩猩辛**：我也絕不脫——

**猩猩乙**：我說過，這木屐使我美麗，使我美麗得像皇后——我爲什麼要脫它？

**土人**：（忽然出手，用甩索套住了一個猩猩的脖子）

**眾猩猩**：（再度慌亂起來，推推擠擠地想逃，大家又跌成一堆）他要來逮我們了！他要來殺我們了！

**士人**：（迅速地，他在每個猩猩的脖子上像懸掛獎牌那麼容易地一一繫上套索，他把所有的套索一總握在手裡，殘忍地用力一抽緊，猩猩驚恐萬狀地叫了起來）

你們不要怕，（他說起話來幾乎有些仁慈的樣子）我不會脫掉你們的木屐的——換句話說，在你們未死之前，這雙木屐就算我送你們的了！

**猩猩乙**：啊，（激動地）他是多麼仁慈啊！

**猩猩甲**：可是——（他還維持著與眾不同的一點點理性）我們什麼時候會死呢？

**士人**：（走過來，看著他狡獪地）放心，不會是你。現在，聽著，我是你們的主人，你們要聽我的話。

**眾猩猩**：是的。

**猩猩戊**：天要黑啦，怎麼我們還不回去啊？我們到底要幹什麼啊？

**士人**：聽著，我要蓋一個籠子，所以，你們每個猩猩都要砍幾根木材來——砍木材你們會嗎？

**眾猩猩**：（出人意外地，他們的回答簡直近乎欣悅）會！

（說著他們各自去砍了幾段木頭來，他們工作得忙碌興奮，甚至有些競技遊戲的意味在內，木頭一會兒就砍好了）

（整個工作進行時，他們都未脫木屐，所以行動起來很滑稽，略像一條長蜈蚣）

**士人**：（從隱藏的地方推出一個類似希臘車台的東西，大約是六尺寬八尺長，下面有輪子，周圍有洞眼）好，聽著，現在你們上去自己把木頭架好，（眾猩猩居然無師自通地一一把木材放進洞裡，圍成很整齊的欄柵，所有的猩猩都被圍在車籠裡）

唔，這裡有繩子，你們會綁結嗎？

**眾猩猩**：會！（現在他們都密密地站在自圍的欄柵裡，看來是很稱職的囚犯，原來對於做囚犯這件事他們竟是如此有天才的）

**猩猩甲**：不行啊，（對猩猩乙）我來，我來，你的綁法完全不對啊，那樣綁不牢的呀！唉，你們女的……

**猩猩戊**：我想睡了，你們都不想睡嗎，天晚了啊……

**猩猩己**：（興奮地）哎呀，我相信我綁的這個結是全籠子裏最結實的一個了……

**猩猩庚**：（不服氣）我看比不上我的！

**猩猩丙**：哼！

**猩猩辛**：你哼什麼？

**猩猩丁**：他哼他要哼的那事！關你什麼事！

**猩猩辛**：呸！

**猩猩丙**：你呸什麼？

**猩猩庚**：他呸他要呸的那件事，關你什麼事！

**土人**：不要吵，我們要趕在天黑以前把籠子弄好！

**猩猩乙**：（諂媚地）我們馬上就好！

**土人**：好，你們好好綁繩子，一面聽我告訴你們一件事，我打算以後每天早晨給你們三個栗子吃，晚上四個，你們說好不好？

**猩猩丙**：不行，不行，早晨才吃三個栗子，我會餓啊！

**猩猩丁**：我也不夠，三個栗子是吃不飽的啊！

**土人**：好的，好的，——這樣好了，我早晨給你們四顆栗子，晚上給你們三顆，怎麼樣？

**猩猩甲**：四顆？哦，四顆我是夠了，（滿意地）你們呢？——我是夠了。

**眾猩猩**：哎呀，他眞是仁慈，他多麼好啊！

**土人**：好了，你們的籠子到底弄好了沒有。

眾猩猩：好了，好了，你看，已經好了。

土人：好，我還有二件事，弄好了，我就帶你們回去。（走向猩猩甲）你出來，你站在靠欄的這裡，我要吸一點你的血！

猩猩甲：什麼？什麼？（驚惶，而又欲哭無淚）你說過，反正不會第一個吃我，……

土人：是啊，我說過不會第一個吃你，我現在並不是吃你，我要你的血。

猩猩甲：我聽說，你們拿猩猩的血染毛毯，可以不褪色，（嗚咽）染出來的紅就叫猩猩紅……

土人：是啊，你眞是一隻聰明的博學的猩猩……

猩猩甲：（忍不住有幾分得意）我還聽說，（愈來愈以自己的見聞自豪）吸血不可以超過一斗。

土人：眞的，你眞是我所見過的最最見多識廣的猩猩了，我不會吸血超過一斗的，我會吸到剛剛好讓你不死的程度，死了就沒有下一次了。（說著，出其不意地一把抓住猩猩甲的手腕，眾猩猩一起驚叫起來，他一言不發取出刀子，割猩猩甲的指頭，放血）

猩猩甲：嗚……嗚……（顯然地，他是痛苦的，但由於他是一隻有智慧的猩猩，他簡直相信這種事既是以前有，以後也有，所以必然是「該有的」，因此忍受也就是應該的）

猩猩乙：啊，可憐，他是一個多麼有學問的猩猩，啊，你痛不痛啊，你痛不痛啊？（她哭了起來）

眾猩猩：（聽猩猩乙一哭，各人也就忍不住嗚嗚然地哭了）

土人：不要哭，不要哭，馬上就好了，我會給他二顆栗子吃，補一補的。

猩猩戊：栗子，在哪裡？奇怪，你們哭什麼啊，有栗子吃爲什麼還哭啊？
土人：好了，好了，你看已經好了。喏！這二個栗子給你。大家站好，我們馬上就要走了。
猩猩乙：（幾乎是立刻忘了她的痛苦）給我看看你的栗子！
猩猩丙：我也要看看——以後我們早上要吃的四個栗子就是這種栗子嗎？
猩猩丁：你不要擠我，你踩到我的木屐啦。
猩猩戊：栗子在哪裡，我也要看看。
猩猩己：我們的車子要開了嗎？（興奮）我要站在前面，前面好看風景。
猩猩庚：我也要站在前面。
猩猩辛：你們能不能不踩我的尾巴啊！
土人：第一個要殺的猩猩坐前面，因爲以後他再看不到風景了。
衆猩猩：誰？誰？誰是第一個。
猩猩甲：不是我！
猩猩乙：不是我——我聽說是先殺肥的。
猩猩丙：（指丁）那，就是你了。
猩猩丁：（指丙）不，你比我胖多了。
猩猩戊：什麼，你們爭什麼第一？
猩猩己：反正不是我。
猩猩庚：反正不是我。
猩猩辛：反正不是我。
猩猩甲：不要吵了，我說句公道話——他們兩個雖然都胖，可是他（指猩猩丙）比他（指猩猩丁）肉多，所以應該是他第一。
猩猩乙：這話是眞的。
猩猩丙：不是我，不是我，上次我們兩個一起爬樹，我沒壓斷樹枝，他卻壓斷了！
猩猩丁：那是我的骨頭重，我的肉可並不多。
猩猩戊：唉，你們不睏嗎？我想睡了啊！
猩猩己：天要黑了，我們這樣吵下去有什麼

結果呢！

**猩猩庚**：是啊。（十分仁慈體貼地轉向猩猩丙）等天黑了上路，你站在前面又看得到什麼風景呢？

**猩猩辛**：反正我們都覺得你第一，這還有什麼好辯的。

**猩猩丙**：不是我，不是我，不是我。（他哭了，可他的氣勢顯然越來越弱）

**土人**：（仁慈地牽他到前面）不要哭，你看，這件事是大家決定的，是完全公平的。

**猩猩丙**：（他已經被拉到車籠前面的位置，可是他仍在抗辯）不是我，眞的不是我……

**土人**：我們要走了。（他推起車籠）不要哭，你看風景很不錯呀。

**猩猩丙**：（忽然，他轉過頭來，似乎認了命）我死了，你們要記得把我的木屐替我收好啊——

**衆猩猩**：當然，當然！

**猩猩丁**：啊，我眞的受不了——（放聲而哭）他是多麼好的一隻猩猩啊，爲什麼他要第一個去死啊……

**猩猩甲**：眞的，很少有猩猩像他一樣仁慈，而且，他又那麼年輕……

**猩猩乙**：他一向對女猩猩多有風度啊——

**猩猩戊**：怎麼，誰要死？我在這裡睡得很好啊，你嗎？什麼，我眞弄不懂你年紀輕輕的爲什麼要去死啊？

**猩猩己**：我忘不了他……

**猩猩庚**：我今天會哭一整夜。

**猩猩丙**：（忽然又想起一件事，立刻補充）你們誰也不准偷穿我的木屐啊！

**衆猩猩**：當然，當然。

**猩猩辛**：我想我明天早上的四個栗子只好收藏起來了——我一想起他，怎麼吃得下去呢？

（衆猩猩哭得一抽一抽的，也許由於

悲傷，他們越來越擠成一團，縮在車尾，車頭部分留出極大的空間，猩猩丙竟因而稍微有了一些慷慨赴義的光彩）

**土人**：怎麼樣，都好了吧？我們得趕路了。

**猩猩乙**：（忽然失聲尖叫起來）啊，我的花——掉了——在那裡。

**土人**：（跑過去，爲她撿起來）

**猩猩乙**：（無言地接過來，找了一個自以爲最好的地方別好，然後繼續啜泣著）

**土人**：（幾乎像催眠一樣溫柔）不要怕，你臨死的時候，我會給你三杯桃子酒。眞正的陳年桃子酒。

（猩猩丙茫茫然地點點頭，車後的哭聲細弱有如蟲吟，老猩猩似乎已經睡著了，車子一路推向前去）

張曉風作品集 04

# 曉風戲劇集

著者　張曉風
責任編輯　陳慧玲、胡琬瑜
發行人　蔡文甫
出版發行　九歌出版社有限公司
臺北市105八德路3段12巷57弄40號
電話／02-25776564・傳真／02-25789205
郵政劃撥／0112295-1
九歌文學網　www.chiuko.com.tw
印刷　崇寶彩藝印刷有限公司
法律顧問　龍躍天律師・蕭雄淋律師・董安丹律師
初版　2007（民國96）年1月10日
初版2印　2011（民國100）年3月
定價　420元

書號　0110104
ISBN　978-957-444-350-5
（缺頁、破損或裝訂錯誤，請寄回本公司更換）

版權所有・翻印必究　Printed in Taiwan

國家圖書館出版品預行編目資料

曉風戲劇集／張曉風著. -- 初版. --臺北
市：九歌， 民96
面； 公分. --（張曉風作品集；04）

ISBN 978-957-444-350-5（平裝）

854.6 95017379